UN SOMMEIL DE GLACE

Dan Chartier

UN SOMMEIL DE GLACE

Editions Anne Carrière

Du même auteur :

The One, Editions Anne Carrière, 2001.

Les Mémoires sauvages, Editions Anne Carrière, 2002.

Noir comme un ange, Editions Anne Carrière, 2002.

Symphonie Lucifer, Editions Anne Carrière, 2003.

ISBN : 2-84337-249-6

www.anne-carriere.fr

Cette vision paradoxale de la vie
est dédiée à

Jade,
Jérémy,
Jonathan,
les chaînons suivants dans
la longue histoire d'une parcelle
de l'humanité.
Porteurs, pour avancer dans
le temps, des gènes de leur ancêtre
le plus direct, leur père.
Et de son amour.

« Vous voudriez mesurer ce qui dépasse toute mesure et ne se laisse mesurer : le temps.

Vous souhaiteriez faire du temps une rivière pour vous asseoir sur sa berge et la regarder couler.

Cependant, ce qui en vous est étranger au temps sait que la vie échappe au temps,

Et qu'hier n'est autre que la mémoire d'aujourd'hui, et que le rêve d'aujourd'hui est demain.

Et il sait que ce qui chante et contemple en vous vit toujours à l'intérieur des frontières de ce premier instant qui éparpilla les étoiles dans le firmament.

Le temps n'est-il pas, comme l'amour, sans césure ni cadence ? »

Khalil GIBRAN, *Le Prophète*

Prologue

Le paléolithique fut la période des hommes de la pierre taillée, ceux de Cro-Magnon, par exemple, incomparables chasseurs de rennes, de rhinocéros laineux et de mammouths, poursuivant leur gibier à travers une steppe gelée. Bien plus tard vint le néolithique, période où les premiers cultivateurs installèrent dans la prairie bœufs, chèvres, moutons, et défrichèrent la forêt. Entre les deux s'étendit une période de transition, le mésolithique, ou « milieu de l'âge de la pierre », que les spécialistes s'accordent à estimer entre 10000 et 5000 ans av. J.-C.

Brusquement, le climat se réchauffa. Malgré un court épisode rigoureux, les glaciers reculèrent jusqu'en Scandinavie, et progressivement ne subsistèrent plus qu'en altitude. Les océans et les mers absorbèrent beaucoup d'eau, et leur niveau monta pour atteindre celui d'aujourd'hui. La steppe arctique perdit du terrain, la toundra dégela en été, laissant s'établir les mousses et les lichens. Le climat se réchauffant, de vastes forêts de tilleuls, d'aulnes et de pins s'implantèrent à côté du bouleau, de l'orme, du noisetier, du chêne, du hêtre et des fougères. La mer, en montant, noya les côtes et les basses vallées des rivières, formant de nombreuses étendues d'eau.

Les énormes troupeaux de gros herbivores migrèrent vers le nord. Les grands carnivores, les mammouths, les rhinocéros à longs poils s'éteignirent progressivement, en raison de la famine ou de l'enlisement. Dans ces forêts se multiplièrent des animaux adaptés, tels les cerfs, bouquetins, chevreuils, sangliers, bovins, lapins et... escargots.

En deux millénaires – une goutte de temps au regard de l'histoire de la Terre – le paysage européen prit la configuration que nous lui connaissons aujourd'hui.

Le climat, la faune et la flore se déplacèrent, l'homme suivit. De vastes mouvements de populations commencèrent, qui dureraient plusieurs millénaires. Une partie des chasseurs progressa vers le nord, suivant les rennes jusqu'au cercle arctique. D'autres se sédentarisèrent progressivement. La cueillette des végétaux s'améliora, la pêche s'intensifia sur les littoraux, le long des rivières, des lacs et des étangs, les escargots firent vivre des populations entières. La dispersion et la diversification des ressources entraînèrent l'éclatement de la société en petits groupes mobiles et adaptatifs. Les grottes, partout où il y en avait, continuèrent de constituer l'habitat traditionnel d'hiver, en raison de leur solidité naturelle, mais surtout de leur stabilité thermique. Un habitat plus léger se développa parallèlement, souvent d'été, dans les zones de pêche, dont il ne reste que peu de traces. Des échanges se firent sur de longues distances. Le loup se domestiqua pour donner progressivement naissance au chien.

Les femmes atteignirent trente-cinq ans, les hommes cinquante-cinq. Alors qu'à l'époque de Cro-Magnon un individu sur dix seulement vivait jusqu'à quarante ans. La population se développa en conséquence.

Les outils se miniaturisèrent, notamment ceux en silex, et les techniques de taille progressèrent. L'homme façonna le silex en microlithes, petits éclats en forme de croissant, de tige, de trapèze ou de triangle, qui se collaient aux traits de corne, d'os ou de bois avec de la résine et pouvaient facilement se remplacer, caractéristiques d'un artisanat qui se standardisait, se simplifiait. L'arc apparut. La maîtrise du feu devint totale.

L'artisanat se développa et l'art s'appauvrit. Il ne faut pas y voir une dégénérescence intellectuelle de l'espèce humaine, mais songer que les besoins alimentaires d'une population en expansion exigeaient des solutions nouvelles. L'idée d'une abstraction significative, liée probablement à une nouvelle symbolique, semble remplacer l'art figuratif extraordinaire des grottes. La rentabilité, même si le mot n'existait probablement pas à cette époque, fut de mise. De même que l'ingéniosité, la recherche, l'avidité de comprendre davantage, toutes données qui constituent de nos jours encore les fondements de notre société.

Comme les tombes retrouvées permettent de l'interpréter, le culte des morts avec ses traditions funéraires se poursuivit, se structura plus encore qu'au paléolithique. Des colliers, des ornements, des outils fins, de riches objets embellirent les dépouilles, donnant ainsi un témoignage d'une croyance en la survie, ou d'un désir de neutraliser les défunts pour s'attirer leur faveur posthume, donc d'une foi. Mais leur religion, dont nous ne pouvons que soupçonner la transcendance, nous échappe complètement.

Suivant l'évolution climatique des pays, ces étapes furent franchies à des époques différentes, faisant coexister, en des lieux parfois peu éloignés les uns des autres selon nos normes actuelles, des peuples souvent décalés techniquement, socialement et économiquement.

Mais une chose est certaine : si, par quelque tour de passe-passe temporel, l'un de ces hommes se trouvait soudain devant nous, parmi d'autres de nos contemporains, et en habit de notre époque, nous serions incapables de le reconnaître ! Il était déjà nous, et nous sommes lui.

1

Jeudi 18 décembre.

Bientôt minuit. La lune, qui flânait entre les nuages, caressait le bitume comme un aveugle relisant du bout des doigts les huit visions de Zacharie. A croire que les lumières pâlottes des quelques réverbères disséminés çà et là suffiraient à dissiper l'appréhension qui me chahutait le diaphragme.

Je détestais intervenir dans des coins que je ne connaissais pas. Surtout à chaud.

Nous aurions pu arrêter le maquereau en flagrant délit à Annecy. Mais Arcady voulait le coincer pour le trafic de coke qu'il avait discrètement mis en place dans plusieurs écoles, et qui touchait des gamins dès l'âge de dix ans. Une diversification d'activité qui lui aurait permis de figurer au CAC 40 vu le train de vie qu'il affichait. On avait tout contrôlé. Des interpellations nombreuses, mais pas de condamnation, pas de casier, pas de problèmes fiscaux. Même pas de contraventions. Un permis de port d'arme en bonne et due forme, délivré par la préfecture de Lyon. Le type y avait une boutique de chasse et pêche. Pour ne pas dire une armurerie. Il s'était fait cambrioler deux fois en cinq ans. Probablement pour se constituer son petit arsenal personnel en toute illégalité. Et payé par les assurances.

Il n'y avait pas de petits profits. Autant dire un dossier aussi palpitant que les arbres à pain des îles Sandwich, mais qui sentait très fort les fonds de poubelles. Spécialité officieuse de notre armurier : agressions et voies de fait. Il abordait les prostituées du bord du lac, les emmenait chez lui. Là, il les rouait de coups, les shootait à l'héroïne, prenait des photos d'elles les aiguilles dans les bras et les faisait violer par deux ou trois acolytes pour couronner le tout. J'étais tombé sur l'affaire grâce à une des filles que je connaissais – une vieille connaissance datant d'une ancienne vie, une vie que je m'efforçais de nettoyer un peu.

J'en avais parlé au boss. Il s'en foutait. Ou, plus exactement, il était complètement dépassé par une sombre affaire de pédophilie que nous avions récemment mise au jour. Beaucoup de beau monde impliqué. Trop [1]. De quoi le coller aux objets perdus jusqu'à la prochaine glaciation. Alors, pour cette affaire, il m'avait envoyé bouler. Poliment et sans desserrer son nœud de cravate ni froisser son beau costume prince-de-galles. Il avait autre chose à faire ! A moi de me débrouiller et d'assumer ! Un commissaire, c'était fait pour ça ! Agir, régler les problèmes, faire le minimum de vagues, j'avais l'habitude. Cela faisait maintenant vingt-cinq ans que ça durait. Arcady, lui, avait pris cette histoire de drogue à cœur. Un vrai sentimental. Moi, c'était celle des putes. J'étais plus romantique.

Le type était un salaud pur et dur. Formaté dernière génération. Apparition sur le marché avec un plan de marketing bien préparé. Processeur de méchanceté manichéenne intégré. Disque neuronal très dur. Ecran de vie en couleurs à matrice parfaitement active. Système de refroidissement cérébral intégré. Modules de protection aussi présents que son ombre. Internet en réseau permanent, ce qui avait d'ailleurs permis au brigadier Gallay de le repérer. Quand

1. Voir *Symphonie Lucifer*, du même auteur.

l'orgueil court un peu trop vite après le fric, il arrive que la vertu lui fasse un sale croche-pied. On n'est jamais sûr de rien ! Surtout de soi !

Les rues étaient mortes. Le froid de fin décembre et, tout simplement, l'heure tardive. Encore que, dans ces coins de banlieue difficile, les sous-sols devaient avoir des horloges à retardement programmé. Les fenêtres défilaient. Quelques centaines encore allumées au bleu krypton. L'heure des gamins au dodo, des séries policières aussi originales qu'un pneu de rechange, des films X qui dévidaient leurs spirales de pellicules branlographiques pour transformer des rumstecks défraîchis en pétards mouillés et en bandaisons illusoires. Des téléviseurs allumés sur le spectacle d'une vie vécue par vedettes interposées. Taches blafardes sur l'écran d'une nuit triste. Le lierre d'une certaine misère accroché aux façades des immeubles comme des étoiles de strass oxydées sur une capeline mitée.

La circulation était inexistante. Un vent faisait tourbillonner des papiers, des canettes vides roulaient sur la chaussée. Arcady conduisait. Le moteur ronronnait. La radio jouait en sourdine un blues d'Ella Fitzgerald, *Into Each Life Some Rain Must Fall*. La *First Lady*, l'avait-on surnommée. *Of Song, of Swing, of Jazz*, chacun faisait son choix, elle cumulait les mandats.

Comme si la pluie n'avait attendu que son injonction, une bourrasque incongrue et isolée a frappé violemment le pare-brise avant de s'évanouir. Un ange qui avait trop bu là-haut, ou un démon.

– C'est vrai qu'il y a toujours un moment où il finit par flotter, ai-je répondu pour remplir le silence.

– Pourquoi tu dis ça ? C'est juste deux gouttes !

– A cause d'elle. C'est ce qu'elle disait, ai-je précisé en désignant l'autoradio.

– Je comprends pas l'english et je m'en fous ! Elle chante bien, c'est le principal ! Encore qu'il paraît qu'elle a une allure de ménagère fichue comme l'as de pique, toujours prête à se prendre les pieds dans l'ourlet de sa robe.

– Remarque, du coup, la brave dame qu'on croise chez le crémier du coin se retrouve anoblie par sa voix, non ?

– Faudra que je demande à Denise. C'est peut-être pour ça qu'elle a acheté le CD ? Mais, question musique, c'est rien à côté de notre fumier quand on va le pincer, crois-moi ! Lui, je vais lui mettre la perruque en bataille, le menton en banana split et les cordes vocales en four crématoire, tu peux en être sûr !

A l'entendre, j'avais l'impression qu'il avait du gravier dans la bouche ! Mais c'était seulement dû à l'énervement et aux borborygmes d'un estomac au bord du collapsus alimentaire. Arcady n'avait pas mangé depuis midi et son visage était en berne gastrique.

Il a fait glisser les plis de son ventre sous le volant, s'est collé le nez au pare-brise, tâchant de repérer les plaques des rues.

Des décharges. Un terrain vague jouxtant une tour aux ouvertures murées. Une mosquée Mohammed Machin. Une église Sainte-Truc en face. La synagogue ne devait pas être bien loin, concurrence obligeait. Une boutique de jeux vidéo où, malgré l'heure tardive, quelques ombres s'activaient encore sous des lumières clignotantes. Une cabine téléphonique, ou du moins ce qu'il en restait. Plus abîmée que Pompéi après la visite du Vésuve. Les rideaux métalliques d'une supérette, aussi consciencieusement tagués que les bas-reliefs d'Akhenaton à Karnak. Des réverbères qui devaient servir de cibles d'entraînement. Un entrelacs de ruelles encombrées de pavillons en retard d'une génération de promoteurs. Un éclairage public engageant comme *L'Assommoir* de Zola. Tout ça était aussi excitant qu'une pharmacie de garde.

– C'est là, patron ! Au 28. Une baraque assez délabrée, facile à repérer, m'a-t-on dit. On va s'arrêter dans la rue d'à côté.

Il a garé la voiture, pris deux chargeurs dans la boîte à gants. Les miens étaient déjà dans ma poche.

La maison n'était pas plus minable que sa voisine. La pelouse avait dû perdre ses dernières illusions au millénaire précédent. La clôture se résumait à un vague grillage recouvert d'un lierre poussiéreux qui jouait son rôle comme il le pouvait. Un crépi désabusé. Le portail rouillé s'est ouvert sur un jardin incertain. Des volets fermés, aux lames aussi ajustées que les dents d'un râteau. La lueur de la télé filtrait à travers. Et un autre éclairage semblait raser le sol.

– Le sous-sol, m'a soufflé Arcady. C'est là qu'ils se réunissent. Accès par l'intérieur.

Sur le côté, dans l'ombre, trois voitures. Porsche, BMW M3, Audi RS4. La came payait bien, même si elle se planquait derrière des façades décaties. Les grenouilles qui coassaient à la sortie des écoles gonflaient leur panse plus vite que le bœuf de la fable.

On a fait le tour de la maison. En restant dans l'ombre, à couvert, et en silence. J'avançais accroupi. Arcady a fait de même. Il a dû tenir les plis de son ventre pour éviter qu'ils rebondissent sur le sol.

J'avais la gorge sèche. J'ai senti mes joyeuses se ratatiner dans mon caleçon. Pas de trouille, mais d'appréhension. On était en train de faire une connerie. Nous deux contre combien ? Six, sept ? On était des flics, pas Zorro ! Théoriquement destinés à arriver à l'âge de la retraite, et, en attendant, à rester le plus entiers possible. Il aurait fallu demander du renfort. Et probablement rater notre flag, c'était certain ! Mais il était trop tard pour songer à tout ça maintenant ! Dans une heure ou deux, au plus, la maison redeviendrait aussi silencieuse qu'un tas de crotte largué par une souris géante dans une quelconque banlieue lyonnaise.

On est arrivés sous une fenêtre. Un coup d'œil à travers les lattes. Une télé dans un coin dévidait ses images inutilement. Un match de boxe. Des visages qui regardaient ailleurs. Quatre types autour d'une table, des cartes à la main, cinq chacun. Plus des billets. Un poker. Une bouteille de scotch à moitié vide. Des verres. Deux types avec un holster bien visible. Les autres devaient avoir leur arme à la ceinture.

Les murs en crépi blanc, cassé depuis longtemps. A gauche, le trou sombre du vestibule conduisait à l'entrée, et probablement au sous-sol. A droite, dans une encoignure, la porte qui donnait sur l'arrière. Du contre-plaqué et de la colle. Aussi costaud que la solidarité nationale.

Un obèse a retourné ses cartes. Un jeunot s'est gratté le crâne, des cheveux couleur de paille. Un type maigre a raflé les billets. Le quatrième a allumé une cigarette, s'est étranglé en tirant dessus et a recraché la fumée. Il avait mal digéré la dernière mise. Le jeunot s'est levé, a fait craquer les jointures de ses articulations, et s'est étiré comme un chat. Puis, il s'est rassis et a commencé à distribuer les cartes.

– C'est le moment, patron ! m'a fait Arcady. On passe par-derrière. Je pulvérise la porte et je fonce en premier, direction le hall, pour coincer les mecs en bas. Tu me couvres, et, s'il y en a seul qui bronche, on tire.

Arcady à l'action ! Jamais dans la dentelle !

– Peut-être qu'on peut éviter un carnage, non ? On n'est pas à Los Angeles ici !

– T'as une autre idée ? Tu vas quand même pas aller frapper à la porte et te présenter poliment avec ta carte tricolore, non ?

C'est mon imagination qui s'est sentie frappée. D'une amnésie temporaire globale, rétrograde et non apathique.

Arcady m'a regardé les narines frémissantes. Il pompait l'excitation comme une pub pour aspirateur. Une sangsue en manque découvrant un élevage de diabétiques. Nos ondes cérébrales se sont croisées. Rencontrées. Choquées. Il s'est dirigé vers la porte. Je l'ai suivi. Je me sentais aussi à l'aise que le type qui doit plonger dans une boîte de sardines et qui s'aperçoit qu'elle est à moitié vide.

La vision d'Aline m'a traversé. Nos deux corps. Symétrie crue sans dessus ni dessous. Etre tout et rien à la fois. Ses dents qui remontaient le long de mon cou. Ses ongles plantés dans mon dos jusqu'à y laisser des zébrures perlées de sang. Mon visage mal rasé contre la peau moite de ses seins. Nos ventres qui s'entrechoquaient. Un énorme trou qui nous engloutissait dans le plaisir et l'amour. La permanence de la vie. J'ai éteint l'image.

Arcady a testé la poignée. La porte n'était pas fermée à clé. Il l'a poussée d'un coup, s'est propulsé à l'intérieur avec la légèreté d'un tank Sherman, son revolver à la main.

Les types ont eu l'air fascinés par l'apparition : un mètre quatre-vingt-quinze et un quintal et demi aussi menaçants qu'un fauve à l'heure du casse-croûte.

– Police ! ai-je gueulé pour les sortir de leur méditation. Vos cartes dans une main et l'autre paluche en l'air !

Arcady avait traversé la pièce et surveillait déjà l'accès au sous-sol.

L'obèse et le type à la cigarette ont obtempéré sans un mot. Le jeunot a fait glisser sa main sur le tapis de cartes. Arcady a tiré. Déflagration. Le rugissement d'un 9 mm. Un trou dans les cartes. Tapis ! Brelan aux as ! Toujours imbattable au tir, mon gros lieutenant ! Le type s'est levé, les deux mains en l'air. Il tremblait, et a pissé dans son froc. Son entrejambe a suinté, la tache s'est étendue. J'ai cru qu'il allait tourner de l'œil.

Une seconde d'inattention dans la mauvaise direction. La table a sauté en l'air, balancée par le maigrelet, celui qui n'avait pas de holster. Les verres par terre, les billets aussi. Les chaises renversées, la table en écran, et le gars qui voulait se planquer derrière. J'ai tiré à mi-hauteur. Arcady un peu plus haut. Le type s'est à moitié relevé. Il était plombé. A la gorge et au thorax. Foutu. Ça gargouillait déjà.

Mais il avait un Mac 10 à la main. Une rapidité de tir telle qu'un homme au milieu de la foule pouvait commencer à arroser et voir tout le monde s'écrouler avant qu'on puisse tenter de l'en empêcher.

Il y a encore eu deux coups de feu – Arcady et moi – et le type s'est transformé en passoire.

Le maigrichon s'est effondré, le doigt appuyé sur la détente. La rafale est partie en giclant dans toutes les directions, assourdissante. Le hurlement de décibels déchaînés à haute dose. Les murs ont été criblés de plomb. Le vacarme m'a rendu sourd. J'ai perçu des ondes de choc. La poudre faisait un brouillard. J'ai pu me planquer derrière le retour de mur de la porte arrière. La pièce a été vite transformée en un chaos de bois, de verre et de billets qui volaient. L'unique ampoule a explosé. La télé est tombée, le tube contre le sol, toujours allumée.

Les flammes ont cessé. Plus de lumière. Plus de points de repère. Un silence ouaté de cordite et de commentaires sportifs en sourdine.

Je me suis avancé, le flingue à bout de bras.

– Arcady ! Arcady, bordel, où es-tu ?

J'ai eu comme un coup de froid. Deux glaçons dans mon caleçon.

J'ai redressé la télé pour me permettre d'y voir plus clair. L'arbitre annonçait la fin du combat, Lopez Cabrero avait gagné en quatre rounds, par K.-O. technique.

L'obèse était étendu de tout son long, sa tête tenait encore au corps par miracle, le cou était passé au hachoir, la peau brûlée, les chairs labourées jusqu'aux vertèbres. Le blondinet avait été chopé en pleine poitrine, les yeux grands ouverts d'incrédulité, la main crispée dans un dernier réflexe sur un billet. Cent euros. Le prix de son âme.

– Arcady ?

Une balle lui était entrée juste en dessous de l'œil droit, un petit trou bien propre, et était ressortie en emportant un bon bout de la boîte crânienne. Il s'était effondré contre le mur du hall, son Beretta encore chaud à la main. Je n'ai pas voulu regarder la trace sanglante derrière lui.

Les plis de son ventre bibendumien avaient débordé de sa ceinture, ils avaient fait leur saut final. Mais l'élastique s'était cassé et ils avaient atterri sur la dure réalité d'un terminus flicard, sans même avoir eu une dernière satisfaction gastronomique ! Doucement, je les ai remis en place.

Arcady me fixait droit dans les yeux de son regard de gentil cocker. Pour la dernière fois.

La date s'est affichée sur mon cadran personnel. Jeudi 18 décembre, 1 h 12. Le lieutenant Arcady, affecté au commissariat d'Annecy, était mort dans l'exercice de ses fonctions. Mon lieutenant. Mon pote. Mon ami depuis toujours.

J'ai eu envie de chialer.

Mes oreilles se sont débouchées. Les sons me sont revenus. Des pas qui trébuchaient, qui dérapaient.

L'homme à la cigarette. Le survivant ! Il foutait le camp par l'arrière.

Je me suis relevé. J'ai récupéré le Mac 10. Avec ce qu'il restait dedans, je pouvais pulvériser tout le quartier !

L'homme avait atteint le portail. J'ai enjambé le corps au sol, je suis passé par la porte de devant. Je lui ai couru après. Le type a ralenti, s'est à moitié retourné, a brandi son arme. J'ai relevé le Mac 10. Les coups de feu ont éclaté ensemble. Des flammes ont jailli des canons. Des lueurs ont éclairé la rue. Le type m'a manqué. Moi aussi. Il a repris sa course, moi derrière. Il s'est arrêté, a tiré, m'a de nouveau manqué, est reparti ventre à terre. S'est encore arrêté, s'est retourné. Ça suffisait maintenant !

J'ai ajusté bas, la rafale l'a couché au sol. Il est tombé, a atterri sur des graviers. Il mangeait déjà des cailloux quand je l'ai rejoint. Il avait le nez dans la poussière et les mégots de cigarette. Il a essayé de rouler sur lui-même. Son pantalon était en lambeaux. La peau déchiquetée. Quelque chose de blanc qui devait être un os pointait dehors.

Je lui ai mis le canon derrière l'oreille. Je lui ai collé un penalty dans les valseuses. Le type a hurlé, s'est replié en fœtus. Je me suis baissé, lui ai passé les menottes, pied et main attachés. Il pourrait tranquillement attendre les gyrophares.

Le silence s'est installé. En sourdine, le mec gémissait. Au loin, une sirène s'est fait entendre.

Je me suis relevé. J'ai repris mon souffle. Lentement, je suis revenu sur mes pas. Mes pieds faisaient crisser les graviers.

Je n'avais même pas eu le temps de pleurer.

Les trois types ont jailli sur le trottoir à cinq mètres de moi. Je les avais complètement oubliés, ceux-là ! Notre maquereau au milieu. Chacun un flingue à la main. Direction mon bide. Avec le carnage à l'intérieur, ils n'avaient plus rien à perdre.

Moi non plus ! Et quelqu'un devait payer pour Arcady. J'ai relevé le Mac 10. Mon cœur saignait et j'ai cru qu'une couture allait céder. Mais il charriait un sang aussi froid que la banquise.

– On a fini de jouer, maintenant, ai-je simplement dit.

Et mon doigt a appuyé.

2

Très loin dans le passé...

Les guetteurs surveillaient depuis des jours. Ils avaient finalement repéré les aurochs. Un gros troupeau. Dans une vallée très proche. L'un des leurs avait alors couru prévenir Ranac, le Premier du clan de l'Ours, du peuple des Oldubai.

Depuis, ils se relayaient pour surveiller en permanence.

A cette période de l'année, l'été, l'herbe était excellente et les bêtes nombreuses. Probablement avaient-elles migré depuis les steppes lointaines, distantes de plusieurs semaines de marche. Elles y avaient dévoré les jeunes pousses de printemps, et la steppe, maintenant aride, ne leur offrait plus que des feuilles rabougries et des tiges jaunies. Le temps était venu pour les grands aurochs de rechercher l'herbe nouvelle. Celle bien verte de ces vallées protégées, des clairières et des lisières de forêts. Le territoire des Oldubai. Celui du clan de l'Ours. Le territoire de Ranac et des siens.

Les aurochs se déplaçaient sans cesse pour combler leur énorme appétit. Dans quelques jours, ils seraient peut-être sur un autre territoire. Plus loin, plus bas, dans les forêts qui bordaient la grande plaine. Ils devaient se constituer des réserves de graisse pour réussir à traverser la période hivernale, pour survivre. Comme le clan. Comme tous les clans.

Ranac était venu voir le troupeau, il était le meilleur chasseur et le plus sage du clan. Il aimait ceux de son peuple qui l'avait désigné Premier du clan de l'Ours. C'était un bon chef, écouté, respecté, aimé. Des siens et des clans voisins. Les choses étaient simples en ces temps anciens. Si le Premier ne convenait plus, un autre était choisi.

Le nombre d'aurochs était considérable. Ranac sut que cette chasse ne pouvait être menée que collectivement, avec les chasseurs des deux autres clans voisins. Il en était souvent ainsi pour le gros gibier vivant en troupeau. Les mammouths, les bisons, les rennes, les chevaux, les bovidés, et même les loups. Les prises étaient alors réparties entre tous les participants.

Les différents clans des Oldubai se répartissaient le long de la Grande Rivière. Des groupes d'une trentaine d'individus. A l'origine, loin dans le temps des Anciens, il n'y avait eu qu'un clan unique vivant dans une seule caverne. Et puis, avec les naissances, ils étaient devenus trop nombreux. Les grandes roches et les cavernes tempérées étaient trop petites pour les abriter tous. Certains couples étaient partis un peu plus loin et s'étaient installés au-delà des territoires de chasse de la première caverne. Ils avaient prospecté de nouvelles clairières, de nouvelles forêts. Ils s'étaient constitués leurs propres territoires. Personne ne subsistait plus des premiers temps. Et même les plus âgés des vivants ne pouvaient rapporter les paroles de leurs ancêtres à ce sujet. Cela faisait déjà partie des légendes des Anciens. Le long de la Grande Rivière, tant en amont qu'en aval, il y avait maintenant onze clans oldubai. Chacun avait pris un nom lié à une quelconque caractéristique géographique ou anecdotique. Les légendes racontaient que le clan de l'Ours avait acquis sa caverne auprès d'un ours des cavernes géant. Au prix du sang oldubai.

Les Oldubai des différents clans se rencontraient fréquemment : à l'occasion des grands rites, la mort d'un chef, des unions entre des membres de statut élevé de territoires différents, les grandes chasses. Des liens tant familiaux qu'ancestraux les liaient. Certains faisaient parfois un long voyage pour aller visiter des parents ou des amis, revoir des enfants qui s'étaient installés plus loin. Les rencontres étaient toujours l'occasion de festivités collectives. Les prérogatives territoriales étaient parfaitement connues. Aucun Oldubai n'aurait imaginé chasser ou cueillir sur un territoire autre que le sien, sans l'autorisation du Premier de ce clan. La paix régnait.

Ainsi en était-il en ces temps où la Terre-Mère nourrissait ses enfants dans l'abondance.

Au prix d'une marche rapide, Ranac alla voir, le jour même, Foonec et Talec. Foonec était le Premier du clan de la Roche penchée. Il était maintenant âgé et Talec était devenu le responsable de la chasse de son clan. D'après les dires des mères, Foonec était un oncle de Ranac. Foonec remercia Ranac et chargea Talec de prévenir l'autre clan. Celui de la Grotte blanche. Le rassemblement pour la chasse fut prévu pour le surlendemain.

Ranac était uni à Noona. Noona venait du clan des Terres blondes. Ils s'étaient rencontrés lors d'un grand voyage de connaissance que Ranac avait effectué, voilà trois étés déjà. Il avait rencontré le peuple ami des Lazonai. La première compagne de Ranac, Saldanha, avait rejoint le Monde de l'Au-Delà en mettant au monde leur enfant, Yolac. Yolac avait besoin d'une mère. Ranac était revenu avec Noona, qui était devenue la mère de Yolac. Ceux du peuple des Oldubai étaient bruns, au teint mat, à l'ossature charpentée. Noona, comme les Lazonai, avait des cheveux couleur de blé, une peau plus claire. Elle était plus grande que la majorité des femmes oldubai. Ses muscles étaient longs et puissants et elle participait activement à toutes les chasses.

Si le mot avait existé à l'époque, tous auraient dit que Ranac et Noona s'aimaient.

Talec jalousait Ranac, son prestige, son courage légendaire dans les chasses, l'admiration que son clan lui portait. Même Foonec l'admirait. Talec désirait Noona. Il lui avait fait des propositions, un jour près de la rivière. Elle avait ri, et avait repoussé ses avances de la pointe de son couteau. Maintenant, Talec détestait aussi Noona. Mais il la désirait encore davantage.

Ranac connaissait les aurochs. Il les respectait, comme il respectait tous les êtres issus de la Terre-Mère. Talec était encore jeune. C'était un bon chasseur. Un jour, il serait peut-être le Premier du clan de la Roche penchée. Mais les temps n'étaient pas encore venus. Talec devait encore apprendre.

Ranac emmena Talec voir les aurochs et discuter de la stratégie de la chasse avec lui. Talec n'avait jamais encore affronté les énormes bovins qu'il apercevait dans la plaine. Des monstres à ses yeux ! Un mâle adulte faisait jusqu'à une fois et demie la hauteur d'un humain ! Il pouvait peser près du double de ses descendants domestiqués, le bœuf et l'ovibos. Des poils noirs et longs. De longues cornes pointues d'un gris blanchâtre, qui viraient au noir aux extrémités. Le noir du sang répandu sur la Terre-Mère, une fois séché. Une touffe épaisse de poils sur le front. De loin, ils ressemblaient à de jeunes mammouths, et étaient aussi grands.

Talec eut très peur. Ranac le comprit et lui expliqua le danger. La connaissance supprimait la peur. Ranac l'avait appris lui-même de son père. Ces bovidés constituaient des proies redoutables. Les mâles, en période de rut, ou les femelles, pour protéger leurs petits, ne craignaient personne. Surtout pas les humains. Ni même les lions des cavernes sans crinière ou les loups géants. Ranac donna des détails. Les aurochs étaient capables de charges terribles, tout aussi inattendues que furieuses, et aussi brutales que celles d'un ours. Ils étaient dotés d'une agilité comparable à celle des bisons. Ils ne cherchaient pas à fuir et plusieurs chasseurs imprudents s'étaient ainsi retrouvés encornés ou piétinés, rejoignant le Monde de l'Au-Delà.

Mais les mammouths n'étaient pas encore venus, et peut-être ne viendraient-ils pas. Les Oldubai ne pouvaient délaisser les aurochs.

Ils pratiquaient la cueillette des baies et des fruits, mais la viande constituait la base de leur alimentation. Les animaux étaient vénérés et leurs images gravées sur les parois des cavernes sacrées. Les Oldubai feraient un grand festin. Puis ils conserveraient la viande. Les glaciers étaient proches, et le permafrost, cette sous-couche gelée, servait de chambre froide. Il suffisait de creuser des trous dans le sol. On pouvait aussi sécher la viande, en la laissant au soleil estival pendant de longs jours, et en faisant de grands feux, en permanence, pour éloigner les mouches qui auraient gâté la viande. On la conservait aussi en l'immergeant dans des eaux froides, attachée à des perches et lestée de lourdes pierres.

La graisse de l'aurochs était précieuse. Elle permettait de se chauffer et de s'éclairer. La peau servait à fabriquer des vêtements et à couvrir les abris, ainsi qu'à faire certains récipients. Les tendons et les nerfs étaient utilisés pour faire des liens. Les dents faisaient de petits outils et des bijoux ; les cornes, des coupes, des louches, des gobelets ; les intestins, des enveloppes, des sacs pour la graisse, des couvertures étanches.

Les explications n'enlevèrent pas la peur de Talec. Il détesta encore un peu plus Ranac. Il détesta le calme avec lequel il racontait.

Le rassemblement des chasseurs devait se faire très tôt le matin. La plupart des participants étaient arrivés la veille, terminant souvent leur chemin à la lueur de torches. Ils avaient été accueillis par ceux du clan de l'Ours.

Un grand feu avait été allumé. Un brouillard froid montait de la Grande Rivière proche et de l'affluent près duquel ils se trouvaient. La brume blanche recouvrait la plaine, noyait les silhouettes, remplissait les intervalles entre les arbres. Certains chasseurs discutaient de la stratégie du lendemain. D'autres se trouvaient ou se retrouvaient. La plupart dormiraient dans des abris légers, ceux utilisés par les chasseurs pour leurs camps de voyages, des peaux tendues sur des cannes de bois.

Certains psalmodiaient les mots magiques de la chasse. D'autres, les jeunes surtout, cherchaient des compagnes pour la nuit. Talec fit ainsi, mais n'en trouva pas. Les jeunes femmes aimaient les hommes rieurs, enjoués. Talec était taciturne et n'aimait pas se mêler aux jeux.

Le ciel sombre, sans lune, parsemé d'une multitude de lumières, acquit doucement des nuances pâles, tandis que s'éteignaient les taches lumineuses accrochées au firmament. L'heure était venue.

Ranac et Noona furent les premiers debout. Ranac saisit les quatre lourdes sagaies qu'il emportait. Il les inséra l'une après l'autre dans le trou du redresseur. Un outil fabriqué en bois de cerf. Il fit levier, lentement, jusqu'au réalignement des sagaies. Puis il contrôla la fixation des pointes en silex. Elles tenaient à la hampe par des filaments de tendons, fixés au moyen d'une colle obtenue en faisant bouillir des sabots de chevaux. Il saisit son carquois, les projectiles plus petits qui y étaient, et son propulseur. Quand il se retourna, il vit que Noona était déjà prête. Elle aussi avait son carquois et son propulseur, mais, par habitude, elle ne chassait qu'avec des hampes à pointes détachables. Economie de poids lors des longues marches. Les têtes étaient en silex ou en os effilé, aux formes diverses. Le carquois était plein de hampes déjà assemblées, et plusieurs têtes de rechange se trouvaient dans un étui en peau accroché à la ceinture. Chaque chasseur gravait sur le manche de ses armes un symbole personnel. Par tradition, mais surtout pour pouvoir les récupérer en cas de chasse collective, comme aujourd'hui, quand elles auraient été lancées sur les proies.

Celui de Ranac était une silhouette d'ours sur ses quatre pattes et celui de Noona une ligne de six triangles encastrés les uns dans les autres.

Ranac et Noona se rapprochèrent. Ils se serrèrent tendrement l'un contre l'autre. Leurs deux silhouettes se découpèrent sur la clarté du ciel nouveau.

Talec les observa, il serra les dents. Son cœur débordait d'envie et de haine.

Les chasseurs se mirent en route dès que la lumière le permit. Les éclaireurs, partis en avant, repérèrent le troupeau d'aurochs. Le soleil n'était pas encore très haut. Les bêtes paissaient toujours dans la vallée. Celle-ci formait une vaste étendue herbeuse qui s'ouvrait au nord vers l'horizon lointain. Au sud, la vallée se rétrécissait et formait un goulet d'étranglement qui conduisait lui-même à une deuxième zone plate, plus petite. Celle-ci, sans constituer à proprement parler une voie sans issue, était néanmoins un endroit stratégique pour dresser un piège. D'un côté, un torrent tumultueux dégringolait en cascades infranchissables, pour rejoindre la Grande Rivière, loin en aval. De l'autre, la falaise. A l'extrémité opposée du goulet, une pente très forte rejoignait la rivière après les cascades. L'extrémité, côté rochers, présentait un à-pic de la hauteur de sept ou huit hommes. Une plate-forme rocheuse, en contrebas, se terminait sur la boucle du torrent. L'autre extrémité descendait en pente raide vers l'eau.

La veille, Ranac et les siens avaient travaillé pour fermer la zone en pente. Ils y avaient accumulé des arbres, des broussailles sèches, dans un enchevêtrement plus haut que le garrot d'un aurochs mâle. Cela apparaissait comme un obstacle naturel que les bêtes devraient normalement éviter pour aller vers l'à-pic. Deux hommes se tiendraient néanmoins proches de cette barricade, des torches à la main, prêts à l'enflammer si jamais les aurochs voulaient quand même forcer le passage.

L'approche des rabatteurs fut très longue. Ils encerclèrent le troupeau par le nord, le contournèrent en s'efforçant de ne pas effrayer les bêtes, se cachèrent dans les hautes herbes.

Un cri guttural de gypaète traversa l'air, venant du nord. Un autre, de corbeau, lui répondit du sud, au lointain. C'était le signal.

Les rabatteurs se redressèrent. Ils frappaient des os plats les uns contre les autres. Les claquements étaient effrayants. La horde animale se mit en marche, lentement, vers le sud. Les aurochs, animaux grégaires, se déplaçaient lentement, comme une énorme vague ondulante. Plus perturbés qu'animés par une quelconque crainte de ces silhouettes qui s'agitaient. Au fur et à mesure qu'ils se rapprochaient du goulet, les rabatteurs se mirent à gesticuler, à hurler de plus en plus fort. Finalement, l'une des femelles aurochs se décida à courir, peut-être pour suivre son petit affolé. Ce fut la cohue. Tous suivirent. Le sol trembla sous la charge de ces centaines de sabots.

Les bêtes se bousculèrent au goulet. Quelques vieilles femelles aguerries tentèrent de suivre une autre direction, d'échapper à la masse meuglante. Mais il était trop tard. Bousculées, parfois renversées, elles durent suivre le flot.

Les aurochs de tête filèrent droit vers l'espace libre qui s'offrait à eux. Quand le vide s'ouvrit sous leurs pas, il était trop tard. Les premiers se fracassèrent les membres sur les rochers. Des meuglements épouvantables jaillirent. Les suivants voulurent faire demi-tour, mais, poussés par la masse, ils basculèrent à leur tour, s'embrochant sur les cornes des précédents. Un tapis de chair, de poils et de sang se forma.

Les bêtes ralentissaient de plus en plus aux abords du vide.

Les chasseurs lancèrent alors leurs armes à tête de silex, d'os ou d'ivoire. Certains utilisaient de lourdes sagaies à pointe de silex comme un javelot. D'autres leurs propulseurs, décochant des traits plus petits mais avec davantage de puissance. A cette courte distance, les fines pointes effilées étaient d'une efficacité mortelle.

Les chasseurs en attente étaient postés sur les rochers surplombant le vide.

Ranac était penché au-dessus des bêtes, à quelques mètres des croupes. Chacune de ses quatre lourdes sagaies avait atteint son but. Il avait maintenant posé son propulseur sur le bras et visait les bêtes qui tentaient de fuir, plus bas, sur le tas meuglant.

Talec était au-dessus de lui et, malgré la protection des rochers, il avait été effrayé par la masse en mouvement. Il n'utilisait que des sagaies. Ses traits avaient manqué de précision et deux d'entre eux n'avaient rencontré que le vide.

Noona était postée à une quinzaine de mètres d'eux, un peu plus haut dans les rochers. De là, elle avait une vision parfaite sur l'ensemble. Ses traits atteignaient avec précision les bêtes qui arrivaient, avant même le saut final. Les rabatteurs lançaient aussi leurs sagaies, se regroupant progressivement du côté de la barricade.

La tactique de chasse était éprouvée. Les Oldubai étaient probablement les meilleurs chasseurs que ces temps anciens aient connus.

Un gros mâle frappait des sabots, refusant l'inéluctable, voulant faire demi-tour. Il était à trois mètres de Ranac. Ranac tendit la main vers Talec pour lui demander une sagaie lourde. Talec la tendit, pointe en avant. Quand la main de Ranac saisit le silex, Talec poussa de toutes ses forces. Le silex perfora la poitrine de Ranac. Une blessure superficielle. Pendant une seconde, il fut en équilibre sur le rocher et poussa un cri.

Malgré les meuglements, Noona l'entendit. Elle le vit, avant qu'il ne bascule, avec Talec arc-bouté qui poussait.

Ranac tomba, la main crispée sur la sagaie de Talec qui portait son symbole, directement dans les pattes du monstre. Celui-ci le piétina, s'acharna sur lui, avant de faire demi-tour et de sauter, entraînant le corps du chasseur avec lui.

Noona ajusta le bout de bois bien droit, plat et avec une rainure centrale, sur son avant-bras droit. Tenant le propulseur bien horizontal, elle engagea une fine sagaie à pointe d'ivoire dans la rainure, la fit coulisser jusqu'au crochet arrière qui servait de butée. Elle passa son majeur sur la sagaie pour la maintenir en place. Puis, sans la moindre hésitation, elle lança le projectile marqué de ses six triangles.

A cette courte distance, la puissance était telle qu'elle traversa Talec de part en part. Il eut le temps de voir Noona, avant de basculer à son tour dans les pieds des bêtes.

Certains Oldubai avaient vu le geste de Talec.

D'autres, celui de Noona.

Dès cet instant, la paix ne régna plus le long de la Grande Rivière.

3

Jeudi 18 décembre, 10 heures.

– On a fini de jouer, maintenant, ai-je simplement dit.

Mon doigt a appuyé sur la commande.

Tout est soudain devenu d'un noir d'encre. J'étais aveugle.

J'ai arraché le casque que j'avais sur la tête. Les gants et les chaussons. Tout cet attirail que m'avait collé Gallay et qui me reliait à l'ordinateur.

– Alors, patron, qu'est-ce que vous en pensez ?

J'avais le souffle court et probablement que mon palpitant tressautait encore au rythme de la *Charge de la brigade légère*.

– Vous avez pu suivre ce que je faisais ?

– Non. Simplement les options que vous avez prises quand il y avait une procédure de choix. Vous êtes parti sur une voie dangereuse ! Et au bout, généralement...

– Vous pouvez m'appeler Arcady ? lui ai-je demandé.

Il a pris un air contrarié, l'allure d'un vieil écran éteint.

Les signes habituels se sont manifestés une minute plus tard. Crayons et stylos en transe, vibration dans le sol, gobelets de café à retenir pour éviter la chute, et Double-Mètre a abandonné le dessous de sa chaise, trop exposé, pour venir se tasser contre ma jambe.

– Tu voulais me voir, patron ? m'a demandé mon brave colosse, presque au garde-à-vous.

– Approche un peu, tu veux.

Je lui ai pris la tête à deux mains, avec délicatesse, la lui ai inclinée, et lui ai posé un chaste baiser sur le front.

– Merci ! lui ai-je dit.

Son bide a tressauté de bonheur, un soupçon de larmoiement lui a traversé l'œil, puis un deuxième sursaut stomacal a manifesté son incompréhension la plus totale.

– Mais la prochaine fois, tâche de faire un peu plus gaffe, hein !

Il m'a lancé un regard doux-amer, comme une plainte esquissée, considérant qu'il avait probablement franchi, sans le savoir, le mur du son de l'irréparable. Ou alors, c'était moi qui avais coupé la ligne continue de la raison.

– Allez, va ! La vie t'attend !

– Les emmerdes, tu veux dire ! a-t-il marmonné en tournant les talons.

Arrivé à la porte, il m'a regardé.

– Tu m'expliqueras quand même, hein ?

Gallay s'est détendu, a souri. Il attendait mon commentaire, aussi impatient qu'un champ de mines.

– C'est pas un truc pour cardiaques, votre système virtuel, brigadier ! On s'y croirait vraiment ! Vous avez pensé aux infarctus ?

Il s'est accroché au bureau pour rigoler. Ses dents étaient à deux centimètres du plateau et j'ai vu le moment où il allait m'en grignoter un bout.

– Vous avez dû y passer un sacré temps, non ?

– Quelques milliers d'heures, m'a-t-il soufflé, comme s'il s'en excusait.

– Et vous voulez en faire quoi, exactement ?

– Heu... J'avais pensé... Si vous pouviez m'aider, bien sûr... Peut-être le proposer comme méthode de formation, ou d'entraînement, à Saint-Cyr-au-Mont-d'Or [1]. Vous

---

1. Centre national de formation des commissaires de police, près de Lyon.

comprenez, avec mon physique, je ne serai jamais lieutenant. Alors, l'informatique...

Brave Gallay ! Côté esthétique, c'était la fée Carabosse dans un jour de grande forme. C'était tout dire ! Mais pour l'intelligence, la fée Octet. Peut-être n'avait-il pas vraiment perdu au change ? Au moins était-il apprécié pour ses vraies qualités !

J'avais reçu une formation de policier. Et je me suis rappelé qu'on m'y avait appris ce qu'était la peur, et ce qu'elle ne devait pas être. Il y avait bien longtemps ! Mais affronter la mort, c'était indispensable. Et le plus vite possible ! Alors, autant commencer par une virtuelle ! L'expérience venait de me prouver qu'elle était tout aussi effrayante.

– Je crois que c'est une très bonne idée, brigadier. Simple réflexion, la scène dans la bicoque, c'était un peu trop dans le style années 30 à Chicago ! On se serait cru dans un épisode des *Incorruptibles* !

Il n'a pas eu le temps de me répondre. Le boss est entré, apparemment pressé. Il a pris un air gêné en voyant tout l'attirail informatique, se sentant aussi déplacé qu'un steak dans l'assiette d'un brahmane, a voulu faire demi-tour.

– Encore en train de bricoler vos ordinateurs, Gallay, l'ai-je entendu murmurer.

– Restez donc, patron, lui ai-je demandé. Vous aimez les belles femmes, je crois ?

Il a cherché le trou de souris où il pourrait bien se planquer, n'a rencontré que le sourire chevalin épanoui de Gallay.

– Asseyez-vous donc, je vous en prie.

Il a épousseté le siège en pensée avant de s'asseoir dessus, s'y est posé avec la délicatesse du type qui étrenne son nouveau slip en papier de verre à gros grains.

– Savez-vous, lui ai-je dit, que la formation des pilotes d'avion se fait maintenant par réalité virtuelle ? On peut les mettre dans les situations les plus impossibles. Celles qu'ils n'ont qu'une chance sur un milliard de rencontrer réellement dans leur carrière. Un moteur en moins, deux moteurs en moins, plus de moteur du tout ! Un bout d'aile qui s'arrache, le feu à bord, dépressurisation totale, et j'en passe ! Leur faire affronter tous les aéroports du monde, les pépères, les pourris, les coincés entre des tours de cinquante étages, les aquatiques avec le grand plongeon au bout de la piste en cas d'erreur. De jour, de nuit, par pluie, neige, brouillard, blizzard ou sirocco. Au moteur, en vol plané ou même sur le dos ! Bien plus efficace que les méthodes traditionnelles et beaucoup moins cher !

– Vous m'aviez parlé de belles femmes ?

– J'y arrive. Et il y a même des bordels virtuels qui se sont développés, en Asie et aux Etats-Unis, à ma connaissance. Vous pouvez y trouver les plus belles filles du monde, les plus beaux mecs aussi, d'ailleurs. Car les acteurs et autres célébrités vendent leur image numérique pour figurer dans ces programmes. Vous arrivez, vous dites : « Ce soir je voudrais baiser avec Nicole Kidman », c'est juste un exemple, bien sûr, vous avez peut-être d'autres goûts...

– Non, mais dites donc, Marac, je ne tolérerai pas que...

– Allons, patron ! S'il ne fallait pas tolérer des autres tout ce qu'on se permet à soi-même, la vie ne serait plus tenable ! Pour en revenir à nos histoires virtuelles, vous croyez que j'exagère ? Mais non ! C'est déjà en Allemagne, et ça va bientôt arriver chez nous ! Tenez, Gallay va vous faire une démonstration !

Il y a bien eu quelques récriminations, quelques tentatives aussi vouées à l'échec qu'une immortelle dans une léproserie, mais il s'est retrouvé coiffé du casque, équipé des gants et des chaussons, et Gallay lui a envoyé le programme de base.

Nous l'avons récupéré une demi-heure après.

Il avait les yeux qui s'agitaient comme des poissons au fond d'un aquarium et son visage réclamait un cessez-le-feu immédiat et sans conditions.

J'ai dû l'aider à rejoindre son bureau.

– Vous vouliez me parler ? lui ai-je demandé.

– Fantastique ! a-t-il soufflé. C'est fantastique !

J'ai pu tranquillement lui exposer le projet de Gallay. Avec un peu de chance, la gloire lui retomberait sur le paletot. Soudain, l'avenir lui est de nouveau apparu comme autre chose qu'une voie de garage pour locomotives à vapeur.

– A propos d'avenir, moi, c'est du passé que je voulais vous parler, Marac, m'a-t-il lancé après être allé chercher lui-même deux cafés.

Le boss aimait bien converser de la permanence et de la pesanteur de la vie. Je me suis confortablement calé pour l'écouter.

– Vous vous souvenez de l'histoire de l'homme d'Ötzi ?

– Ce cadavre retrouvé dans les Alpes de l'Ötzaler, d'où son nom, à la frontière entre l'Autriche et l'Italie ? Et qui s'est avéré avoir approximativement cinq mille ans ? Celui qu'on a surnommé Hibernatus, ou Iceman ?

– C'est ça. D'après ces documents, a-t-il continué en tapotant une chemise bleue, il serait mort plus exactement entre 3360 et 3300 avant Jésus-Christ, avec 56 % de probabilité. Et il était bien en territoire italien. Un accord a été passé, au terme duquel le corps est resté en Autriche, pour analyse, jusqu'en 1998. Le temps que les Italiens construisent une chambre froide high-tech, au musée de Bolzano, pour recevoir leur illustre visiteur. Un million d'euros ! Maintenant vous pouvez le contempler à travers une vitre blindée, dans une pièce à moins 6 °C, 98 % d'humidité et 15 lux de luminosité, m'a-t-il précisé, fier de ses connaissances.

– Et alors, patron, quel rapport avec nous ?

– Un homme surgi de la préhistoire en plein XXe siècle ! Entier, en chair et en os, vous vous rendez compte ! Pas une momie décérébrée et parcheminée. L'instantané palpable d'un monde disparu ! Notre monde ! J'ai ici tout son dossier. Depuis le moment où il a été trouvé par les grimpeurs allemands... Erika et Helmut Simon, le 19 septembre 1991, a-t-il précisé en jetant un coup d'œil sur les feuillets, en passant par les conditions désastreuses pour le libérer de la glace, jusqu'aux détails de toutes les analyses qui ont été faites sur lui et tous les objets retrouvés à ses côtés.

– Vous ne voulez tout de même pas que je contre-enquête sur sa mort, non ? D'ailleurs, la presse s'en était donné à cœur joie, si je me souviens bien ?

– C'est exact. Les raisons de sa mort ont finalement passionné davantage l'opinion que tout le reste. Et les explications tardives des scientifiques sur sa fin par épuisement n'ont pas emballé les foules. Alors, tout a été évoqué. On a dit qu'il avait été sodomisé. Puis castré. Ses tatouages ont laissé planer l'ombre du chamanisme. On l'a imaginé guérisseur, puis berger, puis négociant de minerai. On a parlé d'empoisonnement, puis de mort par la faim, de sacrifice rituel et finalement de meurtre par une flèche dans le dos !

– C'est de l'histoire classée maintenant, non ?

– C'est vrai ! Mais les anthropologues français ne l'ont pas vraiment bien digérée. Tout s'est joué entre les Autrichiens, les Allemands et les Anglo-Saxons. Comme pour nous faire payer d'avoir les plus beaux sites paléolithiques du monde : Cougnac, Chancelade, Montgaudier, Niaux, Pech-Merle, Rouffignac, Solutré, et Lascaux bien sûr. Plus de soixante-dix rien que dans le Sud-Ouest ! Et les meilleurs spécialistes avec !

– Ötzi était du néolithique, pas de Cro-Magnon, non, ça peut se comprendre ?

– Enfin, ça ne change pas le problème !

Un silence de quelques millénaires s'est installé entre nous. J'ai vidé mon gobelet de café. Le boss a mâchouillé son stylo. Pour tout dire, ces histoires d'anthropologie, ou de paléontologie, me passionnaient à peu près autant que les amours de sainte Cunégonde avec Henri II le Boiteux.

– Pourquoi me parlez-vous de toutes ces vieilleries, patron ?

– Car le préfet de la Haute-Savoie, un ami vous le savez, vient de me transmettre ça !

Et il m'a tendu une photo format A4.

Gamin, comme tous ceux de mon âge, on s'amusait à fabriquer des poignards en bois grandeur nature. Du type de ceux que possédaient les adultes et qu'ils ne nous auraient jamais permis d'utiliser. Les mêmes qu'on trouvait maintenant en supermarché ou dans l'estafette de n'importe quel coutelier ambulant. Comme quoi la notion de relativité du danger avait bien changé ! On choisissait une bonne branche de noisetier, et on taillait avec le couteau à découper qu'on avait subrepticement emprunté dans la cuisine avec l'autorisation tacite de maman. Gros manche bien arrondi pour avoir une bonne tenue en main, et lame effilée dans le style Bowie. Du moins c'était ce qu'on essayait de faire ! Car on avait généralement réalisé quelque chose d'informe, bien qu'étant fièrement convaincu du contraire. Une petite ficelle au milieu terminait le chef-d'œuvre, permettant d'accrocher l'arme à la ceinture et d'aller jouer à Tarzan dans les forêts avoisinantes.

La photo représentait à peu près le même instrument. Un objet d'une bonne trentaine de centimètres. Une poignée relativement distincte de la lame, le tout taillé dans le même bloc. Un lien central paraissant plat, et non rond. A un détail important près, et il ne fallait pas être conservateur de Lascaux pour en être certain : le poignard était en silex !

Je lui ai lancé un regard de pylône à haute tension attendant l'arrivée de la décharge.

– On l'a trouvé sur le glacier de Talière.

– Au-dessus de Chamonix ?

– C'est ça. Il faut que je vous explique. Tous les glaciers alpins sont étroitement étudiés. En France, par le LGGE – le Laboratoire de glaciologie et de géophysique de l'environnement – situé à Grenoble, un département du CNRS.

Ainsi que par le Service d'observation des glaciers alpins. Essentiellement parce que les glaciers sont le reflet vivant des changements climatiques. L'observation de la variation de leur masse, ainsi que leur dynamique, vitesse, épaisseur, permet de nous faire une petite idée de notre passé, notre présent, et peut-être de notre futur météorologique.

– Vous oubliez l'aspect commercial, patron ! Le ski notamment. Les grandes stations, ou considérées comme telles, ont toutes leur glacier en première page de leur prospectus publicitaire. Chamonix pour commencer.

– C'est vrai. Enfin, toujours est-il qu'il y a des glaciologues spécialisés pour toutes ces observations. Deux d'entre eux faisaient un contrôle de routine, à la cote 3 200. Vous lirez le dossier en détail. A cette altitude, et jusqu'à 3 400 mètres, il existe un phénomène particulier : une sorte de dépression importante du sol rocheux qui supporte le glacier. Assez proche du col sommital, très profonde, 500 mètres de long sur 200 de large, un mouvement tectonique anarchique, pourrait-on dire, un affaissement qui crée depuis toujours une accumulation importante de glace très ancienne. Alors que l'épaisseur habituelle du glacier de Talière est de l'ordre de 200 mètres, elle atteint dans cette espèce de cuvette près de six cents mètres. L'endroit est sous haute surveillance depuis que les géologues l'ont découvert, il y a trente ans environ. Certains craignent que l'assise rocheuse en aval puisse céder un jour et que, avec le réchauffement général, quelques millions de mètres cubes de glace décrochent tout d'un coup et se retrouvent sur les toits du village d'en bas.

– Je connais bien l'endroit. Enfin, je le fréquentais il y a quelques années déjà ! C'est une supposition aussi absurde que d'imaginer que *Le Docteur Jivago* a été tourné dans le désert du Kalahari ! Ce genre de truc, ça a tenu des millénaires et ça prendra des millénaires pour se faire grignoter petit bout par petit bout !

– Enfin, là n'est pas la question. Pour en revenir à nos deux spécialistes, ils ont descendu une sonde de contrôle dans une crevasse. Relevés de température et d'hygrométrie à différents niveaux. La routine ! A 35 mètres de profondeur, la crevasse en question fait environ 25 à 30 centimètres de largeur d'après eux. Quand ils ont voulu remonter leur appareil, il était coincé. Ils ont bataillé un moment, finalement ont tiré un coup sec, et se sont retrouvés avec cet objet accroché à leur appareillage.

L'histoire commençait à entrouvrir la fermeture Eclair de son mystère. J'ai attendu avec intérêt.

– Coup de chance – enfin, peut-être, l'avenir le dira –, l'un des gars, un certain Denis Servoz, est passionné de préhistoire. Il a suivi l'histoire d'Ötzi en détail. Deux jours après, il est remonté seul sur le glacier. Sans en avoir parlé à personne, a-t-il juré, surtout pas à son jeune assistant qui, lui, ne s'intéresse qu'au hockey sur glace. Avec un appareil photographique équipé d'un flash et d'une commande à distance. Un ami photographe animalier de Chamonix le lui a prêté. Il lui a fallu la journée pour réaliser une dizaine de photos. Un appareil au bout d'une corde, 35 mètres plus bas, avec la neige qui vous dégringole dessus, vu le temps, ce n'était pas vraiment évident ! Toutes ne présentaient qu'une tache plus ou moins blanche. Toutes, sauf celle-ci, a ajouté le boss en me tendant un autre cliché.

Celui-ci semblait uniformément d'un blanc laiteux, avec l'éclat caractéristique d'un coup de flash sur une surface plane et réverbérante, la glace en l'occurrence. Sauf dans un coin, en bas à droite, ou une vague forme apparaissait, plus sombre.

Une forme qui ressemblait incontestablement... Mais oui... A une main !

– Nom de Dieu ! ai-je murmuré.

– C'est bien vous, Marac, qui m'avez dit, il n'y a pas si longtemps que ça, qu'il ne fallait pas trop compter sur lui, non ?

Je n'étais pas un spécialiste, mais il était facile d'imaginer les choses. Là au fond, dans cette dépression, la glace ne suivait pas le mouvement naturel du glacier. Elle stagnait. Depuis des siècles. Des millénaires. En surface, elle s'accumulait, glissait, coulait, se fracassait dans les séracs terminaux, comme dans n'importe quel glacier. Et au lieu d'avoir deux ou trois siècles au plus, comme tous les glaciers de Chamonix, là, au fond, elle s'était immobilisée, et le temps l'avait oubliée. Enfin, pas tout à fait ! La preuve ! Le corps avait quand même fini par remonter, mais plus lentement. En fait, exactement le même scénario qu'Ötzi. Sauf que lui s'était retrouvé dans une cavité balayée par le vent et où la neige fraîche n'avait jamais pu se stabiliser.

– Se pourrait-il...

– Qu'il y ait des restes humains là-dessous ? C'est bien la question ! Car, s'il y en a, ils ne peuvent être que congelés, comme dans le cas d'Ötzi. Denis Servoz a longtemps hésité. Finalement, il s'est renseigné et a contacté directement le Pr Benjamin Thomsen, à Paris, qu'il connaissait de réputation. Il est conservateur du musée de l'Homme. J'aurais certainement agi comme lui, dans sa situation. C'est probablement le plus grand spécialiste mondial de la période Cro-Magnon et de celles qui l'encadrent. Il a daté sans hésiter le travail de ce poignard, 10000 ans av. J.-C. ! La jonction entre le paléolithique supérieur et le mésolithique. La période des inventions cruciales : l'arc, la pyrite, notamment. Le fragment de corde est en peau de bison, mais est impossible à dater vu son séjour dans la glace. Qui plus est, Thomsen est un alpiniste confirmé. Comme vous.

– Vous voulez dire ?

– Vous avez bien compris. L'affaire est top secret. S'il y a effectivement les restes d'un corps là-dessous, ce sera la plus grande découverte archéologique du siècle. Et en France, vous imaginez ! Dans le cas contraire, inutile de se couvrir de ridicule. Le Pr Thomsen a chargé le préfet de

Haute-Savoie de trouver quelqu'un capable de mener cette... disons... enquête, avec efficacité et discrétion. Le préfet a beaucoup entendu parler de vos talents pour les affaires compliquées et sortant de l'ordinaire.

– Je nie tout !

– D'ailleurs vous savez que pour votre nomination de principal...

– Et arrêtez donc de vouloir vous débarrasser de moi !

Ma repartie l'a fait sourire, mais je l'ai senti aussi tendu que pour un rendez-vous chez son dentiste.

– Ce n'est pas vraiment ma spécialité, les histoires préhistoriques, vous savez, ai-je continué. Moi, c'est plutôt patauger dans les eaux noires de la réalité avec un seau qui fuit dans chaque main. La vraie vie. Une fosse à purin. Celle où on en a jusqu'au menton et où on peut choisir entre ne pas bouger de peur de faire une vague, et aspirer un bon coup pour faire baisser le niveau. Franchement, ça me passionne autant qu'une chaude-pisse dans un internat, votre affaire ! Et puis, vous ne croyez pas qu'on a d'autres choses à régler ici ?

– Arcady peut s'occuper des affaires courantes. Et Scampana se débrouille très bien avec l'affaire Boivin, vous savez ! Grossend lui donne un coup de main. Il y a les nouveaux aussi, qui ne sont pas si mal. Et puis, ces derniers temps, vous avez vraiment donné de vous-même, Marac !

– Personne n'est irremplaçable, je sais. Sauf les heures qui passent. Perdues ou pas !

– Ce n'est pas ce que je voulais dire, Marac.

Sa voix a soudain eu l'air de marcher sur des œufs.

Je savais bien que ma repartie avait dépassé le fond de ses pensées, mais je n'avais pas pu résister au plaisir pervers de lui faire un petit croche-pied mental. Il était du genre planant, attaché à sa paperasse et à ses rêves de promotion. Moi, je faisais plutôt dans la marche à pied en gros godillots.

Je l'ai senti tomber tout droit avec sa gueuse attachée par des menottes aux chevilles sans même avoir l'espoir de trouver la clé.

Il a passé un doigt entre son cou et son col de cravate, comme s'il étouffait, a réajusté trois fois ses lunettes sur son nez, pour mieux voir le néant de ses profondeurs.

– Je ne vais pas vous implorer, Marac, ni vous supplier. Mais imaginez un peu le rejaillissement d'une telle affaire si vous réussissez. La gloire, Marac, la gloire ! Pour la France ! Et pour vous !

– Vous ou moi ? Vous savez ce que j'en pense de la gloire ! Ce n'est pas une maîtresse après laquelle je cours. D'ailleurs, je suis casé ! Je ne sais pas si elle ne se donne qu'à ceux qui ne l'ont jamais rêvée, ou l'inverse, mais je suis certain qu'elle ne fait que diminuer la liberté de ceux qui lui courent après. C'est la dernière illusion des temps modernes, *Star Academy* and Co, le grand final de notre cirque médiatique. D'ailleurs, regardez-vous, patron !

Il avait l'habitude de mon irrespect verbal, mais il portait sa dignité comme un vêtement du dimanche et il a su laisser sa repartie offusquée au vestiaire. Je me suis reproché d'y être allé un peu fort ce coup-ci.

– Les spécialistes de Paris pensent que c'est une femme, Marac, m'a-t-il répondu d'une voix basse.

– Une femme ? Qui ?

Je n'avais pas suivi.

– La main. Ils ont décortiqué la photo en informatique, fait des comparaisons. Ils pensent qu'elle appartient à quelqu'un du sexe féminin.

Une femme ! Quelle différence cela pouvait-il faire ?

Et pourtant la nouvelle m'a dégringolé en cataracte jusqu'au ventre ! Comme si un crissement venu d'un autre monde se faufilait doucement jusqu'à mes émotions. Creusant en moi une tranchée, un sillon, un chemin, et se terminant en un éblouissement imaginaire d'images du passé.

Peut-être cette inconnue était-elle l'ancêtre de toutes celles que j'avais aimées dans ma vie ? Toutes celles que j'appréhendais un peu de retrouver de l'autre côté de la barrière lorsque je ferais le grand saut final ?

Du temps s'est écoulé, comme toujours d'ailleurs.

– Je vais aller voir. Sans rien vous garantir, patron. Mais faites attention ! Le dicton dit que celui qui court après la gloire court à sa perte.

– Depuis l'affaire Boivin, je cours plutôt après la rédemption de toutes les fautes que je n'ai pas commises, vous le savez. Et question gloire, on dit aussi que c'est un vêtement de lumière qui ne s'ajuste bien qu'aux morts. Pour l'instant je suis bien vivant ! Et vous aussi !

– Félicitations pour vos lettres, patron ! C'est de qui ?

– De Pierre Reverdy, a-t-il soufflé, un peu gêné.

– Mais elle, là-bas au fond de son gouffre, si elle existe, elle est comme votre poète, par contre. Bien morte ! ai-je conclu.

Il m'a regardé tel un sablier laissant tomber ses minutes dans le bocal du temps. Comme si, soudain, j'avais rétréci jusqu'à devenir l'image douloureuse et implacable de son avenir. Il m'a tendu le dossier d'Ötzi. Puis un autre dossier marqué « Talière » au feutre vert. Je le savais superstitieux. Le vert, c'était l'espoir.

– Vous avez tous les détails là-dedans, m'a-t-il dit. Vous devriez contacter Denis Servoz. Il a l'air d'un type très bien.

Puis il a sorti une grosse enveloppe de son tiroir.

– Tenez, c'est pour vous personnellement.

J'ai ouvert. Une location de chalet, pour un mois. Un bon pour un équipement illimité, au magasin La Grande Cordée à Chamonix. Un chèque en euros, avec quatre zéros, libellé à mon ordre.

J'ai sifflé doucement.

– Dites donc, ce n'est pas dans les habitudes de la maison, ça !

– Une dotation spéciale du ministère via la préfecture. Vous essaierez quand même de me justifier ce que vous pouvez. Enfin, ce n'est pas vraiment une obligation... Par ailleurs...

Largesse et mesquinerie ! Ses paroles avaient l'air de sortir d'un pressoir. J'ai attendu.

– J'ai contacté le directeur de l'hôpital. Il nous devait bien ça pour avoir réussi à lui retrouver leur psy kidnappé, Charles Fragnère. Et même pas en morceaux. Grâce à vous, Marac ! Il n'a pas fait d'objection pour accorder un congé spécial à Aline. Cas de force majeure, lui ai-je expliqué. Elle pourra profiter un peu de la montagne, avec votre petite Indienne, Melinda. Pour une fois que vous pourrez concilier le boulot et les vacances !

Je lui ai balancé un regard qui aurait fait rentrer César, le grand Jules, dans un trou de souris. Cet enfoiré avait pensé à tout ! J'ai regardé dehors. La nuit tombait. Les collines avaient l'air de grosses esquisses tracées au noir de charbon sur l'orangé que les cieux nous offraient dans leur grand spectacle hivernal. Il m'a pris l'envie de choper la face du boss, de la lui barbouiller jusqu'à le transformer en ramoneur.

– Vous savez, Marac, je suis un piètre combattant. Mais un bon intendant. C'est dans ma nature, a-t-il ajouté, l'air faussement navré.

– Et moi je ne trouve la paix qu'en cédant les rênes aux sombres tunnels de l'incertitude. Les certitudes me paraissent un assujettissement. Ou un vertige. Mais ne vous en faites pas ! Si elle existe, votre endormie, je la trouverai !

Au moment où je franchissais la porte de son bureau, il m'a lancé, faiblement :

– Merci, Marac.

Une façon comme une autre de me montrer qu'il tenait quand même à avoir le dernier mot.

4

Loin dans le passé...

– C'est ainsi que Bachoi nous a raconté la chasse des aurochs lors de la dernière Grande Initiation. Il était de la famille des Conteurs, ces hommes qui voyagent de tribu en tribu, et se transmettent entre eux le souvenir des faits des ancêtres. Cette année, aucun Conteur n'est avec nous. Peut-être le dernier d'entre eux a-t-il rejoint le Monde de l'Au-Delà avant de transmettre son savoir ? Peut-être n'ont-ils pas pu répondre à notre appel ? Mais la Grande Initiation ne peut se faire sans le souvenir des Anciens, et c'est pourquoi j'ai tenu à vous raconter moi-même cette dernière chasse entendue de Bachoi le Conteur. Elle est le début des grandes divisions qui ont fait s'affronter des hommes et des femmes tous issus de la Terre-Mère, alors que celle-ci offrait abondance à chacun. Nul ne sait vraiment qui a commencé, mais il en a été ainsi. Et tout s'est poursuivi depuis.

Il y eut un silence profond dans la caverne du Haut pendant que l'homme, celui qui s'appelait Kostai mais que tous n'appelaient plus que Celui-qui-sait, laissait lentement retomber sa tête sur sa poitrine. Il voulut prendre un peu d'eau dans un bol en fibres végétales tressées posé à côté de lui, mais il était vide. Une jeune femme du groupe se leva aussitôt, prit le récipient. Elle se dirigea vers le fond de la caverne. L'endroit était sombre. Une lampe à brûler éclairait un renfoncement dont la paroi du fond ruisselait d'eau, provenant d'une infiltration quelconque des strates rocheuses. Le sol formait une cuvette creusée de toute évidence pour en faire un bassin réceptacle. La lampe grésillait, émettant de petits chuintements irréguliers. Elle était en pierre tendre, taillée avec du granit. Elle avait été polie, puis décorée de marques symboliques tracées au burin en silex. Une mèche dépassait de la graisse dans laquelle elle trempait. Celle-ci avait été obtenue en faisant fondre des amas graisseux animaux dans de l'eau bouillante. Les impuretés tombaient au fond, et ne restait en surface que le suif, une fois que l'eau avait refroidi. La mèche, un tortillon serré de mousse et imprégné de suif, fournissait une bonne lumière. La jeune femme prit une sorte de louche taillée dans une corne de bélier, en remplit le bol, et le rapporta à Celui-qui-sait. Elle le lui tendit avec déférence.

– Je te remercie, Lotha. Mes os se font vieux, et je ne serai bientôt plus bon qu'à retourner à la Terre-Mère.

Il y eut un murmure et des dénégations diverses dans l'assistance, pendant que la dénommée Lotha reprenait place parmi les autres jeunes gens assis sur les peaux posées sur le sol.

Les représentants des tribus venaient de partout. Les langues, même si elles avaient encore de nombreux points de ressemblance, s'étaient depuis longtemps diversifiées. Le langage universel était de mise, maintenant, dans toutes les grandes réunions. Celui que beaucoup apprenaient depuis leur enfance, en plus de leur langue maternelle. Ainsi en était-il pour ceux qui participaient à la Grande Initiation.

Kostai but lentement, appréciant cette eau pure qui descendait directement de la montagne. Il reposa le bol à moitié plein sur la roche plate qui lui servait de siège, fit un léger signe de la main pour réclamer le silence avant de continuer.

– Quand Bachoi nous a raconté cette histoire, les mammouths étaient remontés vers le nord depuis un nombre de générations que les mots des vivants ne savaient dire. Leurs traces ne subsistaient plus que dans les paroles des Conteurs et sur les parois des grottes sacrées. Leur long pelage noir recouvrant un revêtement laineux, la bosse de leur tête suivie d'une seconde bosse au garrot, leurs petites oreilles, leurs défenses recourbées, et leur taille qui pouvait atteindre trois hommes, ne sont plus qu'un souvenir. Certains ancêtres des Conteurs disaient même qu'ils avaient rejoint la Terre-Mère par milliers, se sacrifiant en s'enfonçant en son sein pour la remercier de leur avoir permis de rester si longtemps au Pays des Vivants. D'autres prétendaient que les derniers chasseurs des Anciens avaient fait des pièges si perfectionnés que plusieurs fois les doigts des deux mains ne suffisaient pas à compter ceux qui y mouraient chaque fois. Mais les Conteurs sont là pour parler des légendes, et personne ne peut savoir si les légendes reflètent la réalité de ces temps éloignés. Les derniers Anciens qui ont vu de leurs yeux les mammouths reposent maintenant dans le sein de la Terre-Mère. Leurs sagaies et leurs épieux aux pointes en silex biface ou en andouiller de cerf les ont accompagnés dans leur sépulture. De même que leurs couteaux, leurs grattoirs, leurs burins.

Kostai fit une pause avant de poursuivre. Ses yeux se posèrent lentement sur la quinzaine de jeunes femmes et hommes pendus à ses paroles qui se trouvaient assis devant lui. Depuis plus de quinze ans maintenant, c'était lui qui organisait la Grande Initiation. Celle qui transmettait tous les deux retours d'hiver le savoir des tribus éloignées les unes des autres. Depuis les grandes migrations, la vie avait fortement changé, il le savait. Beaucoup de ceux des peuples des cavernes étaient partis vers le nord, pour suivre les troupeaux de rennes. Certains s'étaient fixés au bord des grandes eaux, pour devenir pêcheurs. D'autres avaient préféré les grandes plaines tempérées, dans lesquelles ils passaient maintenant toutes les saisons. Et ceux qui étaient restés oubliaient les origines. Lui était déjà vieux quand il avait décidé de contacter par messagers toutes les anciennes tribus qu'il connaissait, en leur demandant de lui envoyer un de leurs représentants, porteur de leurs dernières découvertes. Beaucoup avaient finalement adhéré. Le culte des Anciens restait le fondement spirituel qui animait ces communautés, et tous avaient trouvé l'idée excellente. Elle permettait, en outre, de se mettre au courant des découvertes faites parfois très loin par d'autres, et d'avancer plus vite. Et ces connaissances communes, éparpillées un peu partout, il les avait toutes entendues. Il était ainsi devenu Celui-qui-sait. Celui dont l'avis était parfois demandé par des communautés lointaines pour régler des conflits d'interprétation sur les temps, les connaissances et les croyances des Anciens.

Cette Grande Initiation serait pourtant particulière, songea-t-il. C'était sa dernière. Il ne voulait plus compter les printemps et les hivers qu'il avait traversés. Ses os le faisaient souffrir, ses articulations se raidissaient, le froid réussissait maintenant à transpercer même les vêtements les plus chauds taillés dans les peaux de bêtes qu'il portait sur le dos. Il voyait venir le moment où il ne serait plus qu'une charge pour sa tribu. L'heure approchait où il rejoindrait à son tour la Terre-Mère. Peut-être l'un de ceux qui étaient présents ici voudrait-il devenir à son tour le nouveau gardien des traditions ? Lors de la précédente Grande Initiation, personne, il l'avait vu, ne voulait continuer sa voie. Une grande tristesse l'avait envahi. Son cœur en avait été très lourd. Mais ainsi en était-il des nouveaux temps.

– Vous savez, continua-t-il d'une voix lente, que c'est depuis le temps de ces Anciens que les rites funéraires lors

du retour dans la Terre-Mère existent. Ce sont eux qui nous les ont légués. C'est de ces temps anciens que datent les traditions. Creuser une tombe. Parer soigneusement de leurs plus beaux vêtements ceux qui vont visiter le Monde de l'Au-Delà. Les accompagner de leurs armes, ou de leurs outils préférés, et de leurs colliers de perles d'os, de vertèbres de poissons, et de dents de cervidés perforées. Pour ceux qui ont acquis un statut social élevé, par leurs compétences en tant que chasseurs ou leur savoir, adjoindre des ornements particuliers : couronnes de dents de cerfs et vêtements brodés et incrustés de coquilles ou de perles d'os. Faire une cérémonie funéraire. Répandre alors l'ocre rouge réduit en poudre sur les corps. Couvert de la terre rouge, de la couleur du sang des entrailles, le sang retourne alors à celui de la Terre-Mère dont il est né. Ainsi le cycle est accompli et les esprits peuvent partir pour le Monde de l'Au-Delà sans avoir envie de revenir rôder parmi nous. Mais ces rites, vous les connaissez tous, vous qui êtes présents ici, même s'ils sont légèrement différents d'une tribu à une autre.

– Mais le culte de la Terre-Mère est contesté, dit la voix d'un participant.

– Il l'a toujours été et le sera toujours. Mais l'important est qu'il persiste. Même s'il doit se modifier, s'adapter aux grands changements que nous vivons. D'ailleurs Kooba, de la tribu de Skoghall, des grandes tribus du Varmland, nous en parlera demain.

Il y eut un cri d'alouette, dehors. Le signal qu'un inconnu approchait !

Tous se levèrent et se dirigèrent vers l'entrée de la caverne. Sauf Kostai. Il prit lentement son bol de fibres, et termina ce qui restait d'eau.

La corniche permettant l'accès à la grotte était petite, et l'entrée proprement dite pratiquement impossible à voir depuis le bas de la pente. Les jeunes gens regardèrent celui qui s'approchait. Personne ne lui adressa un quelconque signe, et certains portèrent même la main sur leur couteau d'os ou de silex. Cette réticence aux nouvelles rencontres était propre à ces temps, Kostai le savait.

L'homme était de haute taille. Robuste et fortement musclé. Il portait une espèce de robe cousue verticalement de peaux claires et noires alternées, serrée à la taille. L'ensemble était délicatement coupé, agréable à regarder, et dégageait une impression de confort. Une ceinture formait pagne et comportait des poches, dans lesquelles il devait avoir de petits outils de première nécessité. Dessous, on apercevait des jambières en peau qui se terminaient sur des bottes, probablement fourrées d'herbes, comme cela se pratiquait. Un bonnet en peau de renard recouvrait sa tête. Il avait un sac à dos fait d'un cadre en mélèze courbé et tendu de cuir clair. Rejetée sur les côtés, probablement parce qu'il avait trop chaud, une cape presque blanche, faite d'herbes tressées, complétait son habillement.

L'homme était chargé. Outre son sac, il portait sur l'épaule gauche un carquois rempli de projectiles dont on apercevait les pointes en os et en silex, et tenait un drôle de bâton auquel était accrochée une corde. Une hache en silex à manche d'if était glissée à sa ceinture, ainsi qu'un poignard en ivoire dans un étui en fibres végétales. Plusieurs récipients en bois pendaient sur les côtés du sac. Et sur son épaule droite, un jeune sanglier achevait de se refroidir.

En gravissant la pente vers le groupe qui l'observait, l'homme semblait dépourvu de la moindre appréhension. Il fit un signe d'accueil de sa main droite levée, paume ouverte.

La jeune femme qui avait apporté l'eau à Celui-qui-sait, Lotha, descendit de quelques mètres à sa rencontre.

– Tu es Tumai ? demanda-t-elle, un peu craintive.

– C'est moi ! répondit-il avec un sourire. Je suis en retard, n'est-ce pas ?

– Kostai pensait que tu ne viendrais plus.

– J'ai été retardé. J'avais aperçu des traces de sanglier, et j'ai pensé que ce serait bien de pouvoir l'apporter ici. Cela m'a pris la journée, mais je ne regrette pas, fit-il. Et puis, j'ai eu un peu de mal à trouver le chemin.

Tandis qu'il parlait, tout en rejoignant l'entrée de la caverne, la jeune fille découvrait l'homme. Il était blond. De longs cheveux descendaient jusqu'à ses épaules et une barbe de plusieurs jours couvrait ses joues et son menton. Mais le charme de ses yeux clairs était incomparable. Elle fut la première à ressentir cette sensation, mais pas la seule !

Tumai entra dans la grotte. Il déposa sur le sol le sanglier, son sac, son manteau, le carquois et l'étrange bâton avec sa corde enroulée autour.

Il aperçut Kostai dans la pénombre, et s'avança vers lui.

– Tu es Celui-qui-sait ? demanda-t-il.

– C'est moi.

– Tumai, de la tribu de Skive, des grandes tribus du Jylland, te salue, Celui-qui-sait, dit-il en présentant ses mains paumes ouvertes, à plat, selon la coutume de salutation rituelle. Je suis très honoré de pouvoir passer ces quelques jours avec toi.

Kostai y posa ses mains ouvertes, en signe d'accueil de son visiteur.

– J'ai été retardé, expliqua Tumai.

– Mes yeux ne sont plus très bons, mais mes oreilles encore excellentes, précisa Kostai avec un sourire. J'ai entendu que tu avais tué un sanglier ? C'est très bien ! Nous pourrons faire un festin ce soir ! Viens donc que je te présente à notre petite communauté.

Les présentations se firent avec le rituel classique, chacun donnant le nom de sa tribu et son lieu d'origine. Tumai ne pouvait retenir tous ces noms, mais il savait que, dans quelques jours, la promiscuité de la Grande Initiation les lui rendrait familiers. Il y eut ainsi Ambro, Chulai, Omec,

Saldan, et d'autres chez les hommes. Et Ayona, Chesa, Lotha, Yolda, et d'autres aussi chez les femmes. Quand vint le moment où ses mains touchèrent celles de Kooba, de la tribu de Skoghall, des tribus du Varmland, il fut surpris.

– Je ne savais pas que nous étions si proches l'un de l'autre, lui dit-il. Peut-être nous retrouverons-nous après la Grande Initiation !

– Peut-être, répondit pensivement la jeune femme à ce qui n'était de toute façon pas une question.

Tumai prit le temps d'observer avec attention le lieu où il allait passer plusieurs jours.

C'était une grotte située en altitude, plus haute que là où commençaient les glaces éternelles du Grand Glacier. L'approche avait été longue et difficile. Il s'était perdu plusieurs fois, et si, en chasseur expérimenté, il n'avait pas réussi à relever toutes ces traces sur le terrain accidenté, peut-être n'aurait-il pas trouvé l'accès. Il ne savait pas très bien pourquoi ce lieu avait été choisi, mais cela lui importait peu. Telle était la décision de Celui-qui-sait.

L'entrée était petite et facile à fermer. Sur le côté, Tumai vit une quantité importante de gros blocs rocheux, et il se demanda si, à l'origine, ils n'avaient pas obstrué l'accès. Il remarqua un tronc de bois fixé au plafond, et, sur le côté, deux grands panneaux faits de peaux de bovin brutes, dures et raides, fixés à des poteaux de bois qui formaient un cadre. Des liens permettaient de les attacher à la poutre supérieure et de former ainsi un coupe-vent efficace en cas de grand froid.

Tumai n'avait jamais beaucoup apprécié ces grottes au plafond souvent bas, sombres et qui s'enfumaient rapidement. Même si elles procuraient d'excellents abris pour les hivers les plus rudes. Il fut étonné par les dimensions de la caverne du Haut. Elle aurait facilement pu contenir le double des participants présents. Elle était très vaste et ne ressemblait pas aux espaces exigus qu'il avait vus lors de ses nombreux voyages de découverte. Deux hommes debout l'un sur l'autre auraient à peine pu toucher son plafond. Une étrangeté attirait immédiatement le regard. Au-delà de la zone sombre suivant celle, claire, de l'entrée, une lumière semblait tomber du ciel. En s'en approchant, il vit une large ouverture verticale, inaccessible par l'intérieur vu sa hauteur. Et probablement par l'extérieur aussi, car située à même la paroi. Outre l'avantage de la lumière, et du fait que très peu de précipitations devaient pouvoir pénétrer à l'intérieur, ce puits permettait de générer un courant d'air en hauteur. S'il enlevait un peu de chaleur, il évacuait la fumée des feux intérieurs, laissant l'air parfaitement respirable. De fait, malgré le froid vif extérieur, l'endroit était confortable et l'on pouvait y vivre à l'aise avec quelques vêtements chauds.

Plusieurs assemblages de pierres formaient des murs, directement appuyés aux parois naturelles, jusqu'à une hauteur un peu supérieure à celle d'un homme grand. Les pierres, choisies avec soin, étaient superposées, chacune se logeant dans les creux laissés par la couche précédente. Des petites pierres avaient été utilisées pour combler les trous, leur imbrication les unes dans les autres devenant ainsi parfaite. L'ensemble était très régulier, agréable à l'œil, et constituait des structures internes rigides.

Sur ces murs de pierre avaient été fixés des panneaux de cuir montés sur cadre, comparables à ceux de l'entrée. Ils formaient ainsi des cellules différenciées les unes des autres, des sortes de pièces protégeant à la fois des voisins et de la grande salle commune, et délimitant des espaces personnels. L'entrée dans chacune se faisait par un passage libre de la largeur d'un homme, qui pouvait être obstrué par une peau souple. De nombreux panneaux étaient décorés, essentiellement d'animaux stylisés : mammouths aux défenses recourbées et à la longue trompe, rhinocéros laineux aux doubles cornes, rennes, chevaux.

Il put distinguer, dans chaque espace, un feu qui brûlait, et le sol recouvert de peaux.

Le voyant contemplatif, Lotha s'approcha de Tumai.

– Je suis la gardienne de ces lieux, lui expliqua-t-elle. Ils ne sont ouverts que l'hiver. Après la Grande Initiation, nous les fermons avec les roches que tu as pu voir à l'extérieur. Nous sommes ici sur le territoire de Kostai. Son campement habituel est plus bas, juste à la limite de celui de la Horde, ceux de la vallée, que tu as pu croiser en venant. Ils sont très différents de nous. Kostai m'a dit que ses relations avec eux sont très tendues. Il est vieux, maintenant, et ne chasse plus. Il ne veut pas de problème, mais tient à ce que cette grotte soit respectée.

Lotha prit la main de Tumai et le conduisit plus loin dans la grotte.

– Depuis deux fois déjà, je prépare les lieux pour la Grande Initiation. Voici ta pièce, lui dit-elle en le précédant dans le passage étroit.

Sur le sol, deux grosses fourrures de chevaux avec leur toison d'hiver, dans lesquelles il reconnut les poils d'un alezan grisâtre. Sur l'une d'elles, une épaisseur plus importante correspondait à la zone pour dormir. Sous les peaux on avait probablement installé un matelas d'herbes sèches, comme cela se pratiquait. D'autres peaux souples étaient accrochées au mur en pierre, pour se couvrir. Un peu plus loin, des roches, situées de part et d'autre d'un foyer constitué de pierres disposées en cercle, permettaient de s'asseoir. Une provision de bois et des herbes sèches étaient préparées.

– Tu as ton nécessaire pour allumer le feu ?

Il fit un signe affirmatif en désignant une de ses poches.

– Si petit ? fit-elle surprise.

– Une pierre à feu. Et un silex.

– J'en ai entendu parler, mais je n'en ai jamais vu. Ici, tout le monde utilise la méthode de la drille que l'on fait tourner entre ses mains sur une sole en bois sec.

– C'est beaucoup plus long. Tu veux voir ?

Lotha s'assit sur une des roches proches du feu.

Tumai prit dans la poche un petit étui en peau fine, souple, fermé par un lacet. Il en sortit une pierre aux reflets gris et or, aux angles vifs et aux côtés plats propres à sa structure cristalline. Puis un silex, beaucoup plus gros, ainsi qu'une petite touffe de lichen bien sec. Il s'accroupit près du foyer, y disposa une pincée de lichen, puis quelques brindilles bien sèches. D'un geste vif, qui dénotait l'expérience, il frappa la pierre étrange avec le silex. Une étincelle jaillit, et tomba exactement sur le petit tas. Doucement, il souffla. Une flammèche apparut, qu'il entretint doucement, tout en rajoutant d'autres brindilles. Deux minutes après, un feu brûlait.

– C'est extraordinaire ! s'exclama Lotha.

– Non ! C'est de la pierre à feu, tout simplement ! Il n'y a en fait qu'une seule difficulté, répondit-il avec un sourire, c'est d'en trouver !

Pendant quelques instants, tous deux restèrent à contempler les flammes qui réchauffaient lentement l'atmosphère.

– J'ai vu que tu n'avais pas de propulseur, questionna finalement la jeune femme. Ni de sagaies. Comment as-tu chassé le sanglier ?

– Avec un lance-flèches, répondit Tumai. Je vous ferai une démonstration demain.

Elle comprit qu'il ne ferait aucun commentaire supplémentaire.

– Si tu veux encore du bois, il y en a beaucoup dehors, dit-elle finalement. De longues branches bien sèches. Il faut simplement les couper !

En partant, elle s'arrangea pour que sa poitrine croise celle de l'homme. Elle se serra contre lui, sans retenue. Tumai eut le temps d'apercevoir, pendant entre ses seins, un lourd collier d'os de cervidés et de dents de poissons. Avec, au milieu, une petite figurine d'un blanc grisâtre. Il reconnut la structure particulière, en feuillets, de l'ivoire des défenses de mammouth. La forme représentée était étrange, avec un visage indéfini et des caractères sexuels hypertrophiés. Il n'eut pas le temps de se poser d'autres questions. Lotha plaqua ses lèvres sur les siennes, rapidement mais avec avidité, et sortit. Cet homme lui plaisait bien ! Et les femmes, depuis longtemps, avaient leur mot à dire sur la question !

Quand elle se fut éloignée, Tumai retourna près de l'entrée pour récupérer et ranger ses affaires.

Il vit que deux jeunes femmes étaient déjà en train de dépecer le sanglier. La mâchoire avait été ôtée et les dents seraient récupérées pour en faire des ornements de colliers et des outils délicats. Une autre femme avait étalé la peau sur le sol et la raclait avec un grattoir en silex.

Le goût des lèvres de Lotha était encore sur les siennes. Il se dit que ces quelques jours à passer ici risquaient fort de ne pas être si désagréables !

5

Jeudi 18 décembre, 16 heures.

Le soleil, en passant derrière les sommets, rendait doucement le ciel plus sombre. Celui-ci se préparait à sa torpeur. Je venais de traverser Chamonix. Le mont Blanc, le Dôme et l'aiguille du Goûter et, en avant-plan, ses confrères voisins, l'aiguille du Midi et la barre dentelée des aiguilles de Chamonix, se dessinaient en des silhouettes bleu-gris sur un fond pâle. Elles émergeaient du brouillard froid qui parait déjà la ville, réduisant celle-ci à ce qu'elle avait toujours été : une réalité insignifiante au regard du temps.

Chamonix, l'Olympe des montagnards, le Parnasse des grimpeurs du monde entier depuis 1786, date de l'ascension du mont Blanc, ce sommet baptisé jusque-là la « taupinière blanche » ou la « montagne maudite ». Dans lequel on ne voyait qu'une encombrante masse cachant trop longtemps le soleil et portant la responsabilité de toutes les calamités de la vallée, éboulements, crues, coulées de neige. Sans même évoquer à haute voix les mauvais esprits qui s'y cachaient, et les âmes des morts. Enfin, toutes choses qu'il valait mieux ne pas déranger ! C'étaient deux Anglais, William Winham et Richard Pococke, rêveurs d'aventure qui, les premiers, allaient découvrir la mer de Glace, et insuffler l'idée saugrenue de « monter là-haut » à ceux qu'on appellerait bientôt les « ascensionnistes ». Notamment à un certain Horace Benedict de Saussure, jeune aristocrate de Genève, naturaliste, botaniste, encyclopédiste, et surtout plein aux as, qui promettait une récompense à celui qui trouverait la voie d'accès. Et, bien que la première ascension ait été effectuée par Jacques Balmat, un pauvre cristallier, et le Dr Paccard, le 8 août 1786, la gloire retomberait sur Saussure, qui atteindrait le sommet en août... de l'année suivante ! Entre le paysan de la vallée et l'aristocrate de la ville, la renommée n'avait pas hésité. Vanité, tout n'est que vanité ! « Trompettes de la renommée, vous êtes bien mal embouchées », avait résumé un autre réaliste, un certain Georges Brassens.

La formidable épopée avait commencé ! En une trentaine d'années, les sommets les plus remarquables avaient été conquis les uns après les autres. Par les arêtes, les couloirs, les parois... En été, et puis on recommençait en hiver ! Avec le mythe du toit de l'Europe, les fameux 4 807 mètres de nos manuels scolaires qui, en fait, depuis octobre 2001 et une mesure par GPS, étaient exactement 4 808,40 mètres. Soyons précis ! Et sur ce mythe, depuis, mis à part y grimper, on y avait tout fait ! Des concerts, des banquets, des mariages, l'amour, des émissions de radio, puis de télé, des commémorations, un atterrissage en avion. Sans parler des descentes à ski, en voiture, en vélo, ni de la course de vitesse aller et retour depuis la place de l'église de Chamonix. Ni des modes successives qui allaient apparaître. Les enchaînements – gravir des voies d'envergure les unes derrière les autres dans la même journée, avec hélicoptère pour rejoindre chaque voie –, les liaisons successives en parapente et aile delta, le ski extrême – les fameux « skieurs de l'impossible » qui se promenaient sur des pentes à 60° comme d'autres sur une piste de danse –, la grimpette à mains nues, sans assurance.

En résumé, Chamonix était le berceau des alpinistes, des vrais, des purs, de ceux qui s'accrochaient avec les dents aux surplombs des parois granitiques et au marbre des plaques funéraires. Tous les sommets, toutes les aiguilles, tous les monts, toutes les pointes, toutes les voies, pratiquement, portaient dans leurs strates cristallines les noms de quelques-uns qui les avaient défiés. Tous étaient veufs d'un premier de cordée offert au grand sacrifice rituel de la renommée.

Le chemin de fer à crémaillère du Montenvers avait mis les glaciers à portée des bottines urbaines. Le téléphérique de l'aiguille du Midi, devenu le plus célèbre du monde avec plus de cinq cent mille visiteurs par an, voyait défiler des cars de souliers à talons ou d'escarpins vernis. A un point tel que les portes des toilettes étaient même signalées en japonais ! Le village alpin d'antan était devenu une ville. Il y avait gagné en aisance, et perdu en authenticité. Il fallait maintenant aller un peu plus loin pour la trouver.

Un virage m'a amené dans l'axe des Drus, avec l'aiguille Verte qui coiffait cette chaîne de géants. J'ai arrêté la voiture un instant, en laissant le moteur tourner. Je transportais un véritable dortoir. Aline dormait, la tête à demi appuyée contre mon épaule. Et pour rien au monde je n'aurais échangé la crampe diffuse qui montait le long de mon bras contre un quelconque autre instant de tendre abandon. Melinda, à l'arrière, dormait. La plume d'aigle fichée dans sa longue tresse venait caresser le nez de Double-Mètre, qui avait choisi les genoux de ma petite Indienne en guise d'oreiller. Mon mammifère aurait fait fureur au pléistocène. Parfait exemple de l'évolution d'un reptile mammalien, genre thrinaxodon, vers une forme poilue ne s'étant pas encore décidée entre le Stetson en feutre délavé de John Wayne et le pelage d'oryctérope. Pour l'instant, seul comptait son présent. Il était simple. Il dormait !

J'ai songé qu'un jour, il y avait des millénaires, des hommes, et une femme, s'étaient trouvés là où j'étais et avaient, eux aussi, contemplé ces hauts sommets. Ceux-ci étaient déjà là bien avant que les humains n'aient commencé à poser les yeux sur eux, et ils seraient toujours là, aussi imposants, bien après que la dernière partie serait jouée entre l'*homo sapiens*, de la famille des mammifères dits supérieurs que nous étions censés être, et le cours du temps. Et quelles que soient les tentatives misérables que nous pourrions faire pour essayer de le domestiquer.

Sans savoir exactement pourquoi, ces réflexions m'ont paru rendre les choses plus agréables. Les spécialistes, disaient mes récentes lectures, situaient notre possible et contesté ancêtre, l'aegyptopithèque de l'oligocène, à plus de dix millions d'années. Il m'en restait bien quelques-unes encore à vivre !

J'avais faim et envie du casse-croûte que nous n'avions pas pris en partant un peu en catastrophe. Des œufs au plat, du pain complet couvert du beurre non pasteurisé que j'arrivais encore à trouver dans une laiterie de Thônes. Un litre de café, du vrai, un spécial Cap-Vert que me fournissait un torréfacteur de Saint-Julien qui l'importait directement, en plus d'autres activités que je préférais ignorer. En grains, que je moulais consciencieusement chaque matin avec un moulin à main en bois, avec son petit tiroir pour récupérer la poudre odorante, et arrosé d'un soupçon de bourbon.

Il ne restait qu'une dizaine de kilomètres. Je suis reparti lentement. Avec une certaine appréhension au premier virage qui me ferait découvrir le glacier de Talière, et celle qui m'attendait dans une faille à 3 200 mètres d'altitude, quelque 2 000 mètres plus haut !

Quand on venait ici, ce n'était pas parce qu'on détestait les foules, la circulation et le stress des grandes villes. Mais parce qu'on adorait la montagne. Elle était partout ! Au nord, la route se perdait dans des lacets qui, quelques cols plus loin, conduisaient chez nos voisins helvétiques et néanmoins alpins. A l'ouest, une barrière, une paroi continue, une ligne de crêtes, 800 mètres plus haut. Bien assez pour rappeler à la vallée que si le soleil faisait théoriquement une ellipse continue du levant au couchant dans le cadre de sa révolution complète de 250 millions d'années, ici, il tombait systématiquement en panne à mi-course, et plongeait le village, dès l'après-midi, dans une ambiance de fin du monde.

A l'est, que l'on se tortille le cou un peu vers le nord ou vers le sud, des sommets, de la neige et de la glace à perte de vue. Avec une petite bande de verdure qui luttait vaillamment pour défendre ses droits à l'existence, face à des pentes caillouteuses et vite enneigées l'hiver. Et un fond de vallée encombré de constructions humaines et de torrents qui se frayaient furieusement leur chemin pour accéder au repos bien mérité de la vallée de Sallanches, une trentaine de kilomètres, 700 mètres de dénivelé, et beaucoup de laideur plus bas.

Le temps épouvantable que nous avions subi pendant plus d'un mois avait apporté ici une neige prématurée. Les derniers rayons du soleil découvraient un paysage beaucoup plus blanc que dans mes souvenirs chamoniards, qui, eux, auraient plutôt viré au rose.

L'époque du CAF [1]. Records en tous genres ! Grand sacrifice postpubérien et néobranlographique au rite du montagnard malgré lui, déguisé façon Vieux Campeur et chargé de sa quincaillerie de piolets, crampons, pitons, clogs, descendeurs, mousquetons et cordes. Extase d'un dépassement tout autant personnel que fantasmatique vu les rondeurs anatomiques postérieures de celle qui précédait dans la cordée. Ascensions vertigineuses et émues de rochers agressifs et glacés la journée. Assauts horizontaux et enflammés de chairs alanguies la nuit venue.

---

1. Club alpin français.

J'avais bien fait, dans le secteur, les quelques grandes courses de neige et de glace, incontournables pour un Haut-Savoyard pur-sang, sans lesquelles mon paternel m'aurait relégué au niveau d'un plouc citadin. La pire insulte ! Pendant les quelques années qu'il avait daignées me consacrer, il m'avait baigné dans le culte de la montagne et dans celui du jazz. A un point tel que j'en étais arrivé parfois à me demander qui faisait quoi : Isabella Straton [1] chantait-elle en duo avec Louis Armstrong ? John Ruskin [2] était-il bassiste avec Dizzy Gillespie ? Bob Haggart, Teddy Wilson ou Chick Webb [3] étaient-ils de ces grimpeurs passionnés d'outre-Manche dont les tombes se trouvaient au cimetière de Chamonix ? Une fois absorbés les trente et quelques sommets de la chaîne des Aravis, j'avais eu droit au massif de Chamonix, puis aux Ecrins. Quand on a fini, on recommence !

Mais les parois verticales à aborder les valseuses à l'envers, le palpitant aux oubliettes, et les jambes en parenthèses entropiques, je les avais laissées sans regret à ceux qui penchaient d'une façon trop prononcée pour le grand Cinémascope sur fond de cimetière alpin.

Je gardais pourtant en mémoire Abel, un vrai pote de mon père, un vieux guide qui avait partagé toutes ses courses dans le massif, et m'avait souvent accompagné dans les miennes, par obligation paternelle. Un gars incroyable, un des plus anciens membres de la fameuse Compagnie des guides, à l'époque où elle ne recrutait que dans la vallée et

---

1. Anglaise, qui réalisa la première hivernale de la cime du mont Blanc, le 29 janvier 1876, sous la conduite du guide Jean Charlet, qu'elle épousa quelque temps plus tard. La montagne est une porte d'accès au bonheur, dit-on.

2. Géologue et aquarelliste amoureux de Chamonix. Une de ses figures emblématiques.

3. Jazzmen très prolifiques mais souvent restés dans l'ombre des grands noms.

où tout non-Chamoniard devait se contenter de faire du portage dans les refuges. Dans mes derniers souvenirs, il devait bien avoir la septantaine, continuait à faire des « sonnettes » – ces clochettes en tôle appelées aussi clarines –, débitait de la glace alimentaire au glacier des Bossons, n'avait, bien sûr, ni auto, ni vélo, ni radio, n'était jamais allé à Paris – mais qu'aurait-il bien pu y trouver si ce n'était de l'air pollué ? –, et chiquait et crachait depuis l'école, comme il se complaisait à nous le dire. Il se nourrissait presque exclusivement de farçons – une gratinée de pommes de terre, pruneaux et lard – ou de bougnettes – des beignets de pommes de terre –, à la rigueur de ribollets – pommes de terre et oignons –, toutes spécialités à peu près aussi digestes que des plâtras, et avait une aversion déclarée pour la fondue bourguignonne qui lui rappelait la défense des châteaux forts du Moyen Age. Il était guide depuis l'âge de dix-neuf ans, n'avait jamais été malade, ne se souvenait pas de sa première ascension, mais gardait une vision très nette de la première fois où il était « monté » sur une femme. A soixante-dix ans sa passion restait la lecture de revues porno, spécialement celles où l'on voyait des nibards monstrueux et des moustachus Teutons enfoncer des braquemards chevalins dans des touffes épanouies, revues que j'allais lui piquer en douce avant de m'endormir, une hallebarde érigée en hampe sur le ventre. Le cul des femmes et le sexe, rien ne conservait mieux, comme il le criait et le répétait à qui voulait l'entendre, notamment à celle qui partageait son lit, une jeunette de trente-cinq ans bien alerte.

Mais il avait quand même contribué à me faire aimer la montagne d'une façon simple et profonde.

Finalement, je m'attendais tellement à le rencontrer que ça s'est fait sans trop d'émotion. Il était bien là, le glacier de Talière ! Un des plus longs d'Europe, après celui d'Aletsch en Suisse, et son voisin internationalement connu, la mer de Glace, qui trichait un peu puisqu'elle était en fait la réunion de plusieurs glaciers.

Près de 15 kilomètres dans sa plus grande longueur. En fait, pratiquement le double si l'on comptait les nombreux affluents qui s'y déversaient. Plus de 3 800 mètres au sommet, mais la moraine terminale mourait entre 1 300 et 1 600 mètres, selon les années et la variation du front de glace. Un sacré recul, ai-je noté. J'avais encore l'image de mon dernier passage ici, en 1988 ou 1989, et de l'impérialisme glaciaire qu'il affichait alors. Mais aujourd'hui il jouait au discret ! Et les moraines latérales avaient même été colonisées par la végétation, donnant un aspect plus humain au monstre.

Car il méritait bien ce nom. C'était probablement le glacier le plus meurtrier de tous. D'après les statistiques officielles, quatre-vingt-sept corps avaient été rejetés en un siècle par le gros monstre blanc. Sans parler des disparus qui attendaient patiemment leur tour dans une quelconque crevasse. Certains évoquaient près de cent corps... A la cote 2 000 un ressaut provoquait une rupture de pente – 300 mètres d'altitude sur une distance de 500 mètres – telle que l'étirement engendré dépassait les possibilités plastiques de la glace. A cet endroit, le glacier avançait de plus d'un mètre par jour ! En 1995, trois inconscients venus faire de la contemplation de trop près avaient été écrasés par un bloc qui avait soudain basculé dans le vide. En août 1950, avec un claquement sec, deux à trois millions de mètres cubes de glace se détachaient, en quelques dizaines de secondes, de ce fameux ressaut. La pente très forte avait emporté cette masse près de 800 mètres plus en aval, tuant au passage six promeneurs et cent vingt vaches, et détruisant près de vingt chalets. En 1960, une poche d'eau s'était vidée brutalement, faisant exploser le front du glacier, dévalant dans la vallée à 30 mètres par seconde et y provoquant une inondation et de gros dégâts. Ce n'était pas la première ni la dernière catastrophe, mais elle était là pour rappeler celle de juillet 1892. Une voûte de glace, mise en porte-à-faux, s'était brutalement effondrée, provoquant la rupture d'un barrage de glace interne au glacier, 300 000 mètres cubes selon les estimations, creusant jusqu'au roc en place, enlevant les cailloux, les blocs rocheux, la terre, pour débouler dans la vallée, ravageant tout sur son passage et faisant cent soixante-quinze morts.

C'était l'une des raisons majeures qui en avait limité l'exploitation touristique. Ici, pas de téléphérique, de télésiège ou de téléski permettant des descentes bien balisées, ou des raids blancs guide en tête, skis aux pieds et adrénaline au ventre, à raconter aux collègues de bureau. Peu de longues et éblouissantes remontées d'été pour approcher le col et la grande barrière d'aiguilles qui marquait la frontière de la République transalpine. Les accès aux sommets se faisaient habituellement par les glaciers voisins de Leschaux ou du Tour. Ou encore, plus simplement, par le versant italien.

En revanche, ces mêmes caractéristiques avaient poussé l'EDF à s'intéresser au captage des eaux sous-glaciaires, pour l'amener par gravité naturelle vers un barrage hydro-électrique. Un réseau de galeries avait été creusé dans la roche supportant le glacier pour permettre l'accès à celui-ci et y capter les torrents qui y circulaient. Mon rapport précisait que Denis Servoz était chargé de mission pour cet ouvrage et possédait ainsi une connaissance parfaite des tréfonds de l'animal qui m'attendait.

En fait, me suis-je dit, j'avais une sacrée chance : il n'y avait pratiquement qu'en hiver, avec un bon enneigement, que l'on pouvait se promener sur sa surface avec des risques raisonnables. A condition d'avoir un bon moyen pour y grimper !

Le village comptait quelques centaines d'habitants et le maire y remplissait ses fonctions depuis trente ans avec autant d'abnégation que de traditionalisme viscéral. Quatre familles étaient à l'origine de tout. Un étranger venant s'installer ici était considéré avec l'intérêt et la suspicion d'un curé découvrant de l'aquavit à la place de l'eau céleste dans son bénitier.

Le boss avait cru bien faire en me collant au pied de la bête. Peut-être eût-il été préférable de jouer l'anonymat à Chamonix ? Mais les dés étaient jetés !

J'ai songé à mon dossier. Talière, ce village perdu, avait eu son heure de gloire durant l'été 1940, en plein conflit. Deux jeunes gens avaient, par le plus grand des hasards, découvert sur une paroi difficile d'accès, à plus de 2 000 mètres d'altitude, dans un endroit sauvage, une anfractuosité qui s'était révélé être une grotte. Avec de nombreux objets bizarres, à l'intérieur. Ils en avaient parlé au gendarme du village, qui avait prévenu l'instituteur. Celui-ci était venu voir et avait fait le nécessaire : sauvegarder la découverte en postant les deux jeunes, sous une tente, à côté de leur trou, et prévenir qui de droit. Le grand spécialiste de l'époque, l'abbé Henri Breuil, s'était immédiatement déplacé, et avait identifié les éléments trouvés comme datant des débuts du mésolithique. L'affaire avait fait grand bruit. Les sites préhistoriques alpestres de cette époque, en Europe occidentale, étaient inexistants. Pour une raison qui paraissait évidente : les Alpes, pour les paléontologues de cette époque, ne semblaient être qu'un immense glacier continu.

La science de la préhistoire sortait de ses balbutiements. Depuis la découverte d'Altamira – la « chapelle Sixtine de la préhistoire » – , dans les monts Cantabriques, en Espagne, en 1879, suivie d'autres, dans le sud-ouest de la France, les choses commençaient à être prises au sérieux.

Talière avait dérangé tout ce beau monde. La grotte ne correspondait à aucune logique, à aucun des schémas conventionnels sur l'évolution de l'homme préhistorique. Mais surtout, la découverte de Lascaux, en septembre de la même année, quelques semaines plus tard, avec la splendeur de ses fresques rupestres, avait complètement éclipsé celle de Talière, avec ses cailloux, ses silex et ses restes d'os et d'ivoire.

Cette découverte confirmait pourtant certaines suppositions. L'homme de cette époque savait bâtir des murs de pierres sèches ; il maîtrisait la pyrite pour allumer le feu ; il connaissait l'arc ; il avait atteint une précision exceptionnelle dans la taille du silex et il avait déjà abordé la sculpture sur os et ivoire, avec ses Vénus à la symbolique mystérieuse.

La guerre faisait rage. D'autres découvertes inestimables avaient été faites un peu partout. La grotte de Talière, une fois vidée de ses témoignages, était retombée dans un quasi-oubli. D'autant plus qu'un cinglé, British et lord de surcroît, avait acheté juste après la guerre, après des tractations houleuses et en posant une bonne bourse sur la table, tout un flanc de montagne. Plus de deux mille hectares surplombant la moraine nord du glacier, et ne présentant, de toute évidence, aucun intérêt, ni économique ni ascensionniste, pour qui que ce soit. Et la fameuse grotte se trouvait sur sa propriété. Du coup, même les gens du village ne savaient plus exactement où elle était, perdue parmi les nombreuses autres du secteur.

Pourtant, l'abbé Breuil, un peu avant sa mort en 1961, avait déclaré : « Talière était un mystère. Et je crois que personne d'entre nous n'en a compris la réelle importance. »

L'endormie congelée, si elle existait, lèverait-elle un peu le voile ?

Mais, pour être franc, une seule question me saturait les méninges : que diable venait-elle fabriquer à 3 200 mètres d'altitude ? Ou encore bien plus haut, il y a dix mille ans, dans la mesure où l'épaisseur de glace devait être considérablement plus importante ? En ces temps, la principale préoccupation était la survie, et elle ne se trouvait pas en haut d'un glacier !

Nous approchions.

J'ai enclenché doucement le CD que m'avait imposé ma nouvelle voiture, modernisme oblige. J'avais presque un regret des petits crachotements de mon ancien autoradio à cassettes, dernière et anachronique réminiscence musicale des 45 tours de mes jeunes années. Ne plus pouvoir écouter mes morceaux favoris m'avait laissé tel un veuf inconsolable. Gallay, mon brave brigadier de tous les services, n'avait pu supporter de me voir traîner tel un jars en deuil. Un jour, avec la complicité d'Arcady, il s'était arrangé pour récupérer toutes mes vieilles cassettes, et les avait transformées en CD. J'en avais eu des larmes de bonheur, un soupçon de nostalgie et une pincée d'amertume. Ce viol par le modernisme m'avait flingué le moral, comme un coup de pied dans les parties. Tout en me convaincant encore un peu plus, s'il en était besoin, qu'il fallait savoir vivre le moment présent avec l'intensité du dernier. On ne pouvait prévoir !

John Lee Hooker swinguait doucement *Time Is Marching*, avec l'incomparable Jimmy Reed qui se déchaînait sur son harmonica. C'était vrai que le temps foutait le camp ! Qu'il nous dépouillait lentement de notre carapace d'ingénuité et d'espoir. Mais au moins les sillons gravés savaient-ils nous donner parfois l'illusion du contraire en prônant qu'on devait pardonner à un univers qui voulait que la route de l'innocence soit pavée de notre propre sang.

Et, par la même occasion, réveiller doucement la maisonnée roulante !

17 heures.

Le chalet Les Lucioles brillait par l'absence de ces dernières, vu l'heure et la saison. Mais du moins était-il royalement situé dans l'axe du glacier, le seul, à cet endroit d'ailleurs, qui osait braver une éventuelle dégringolade catastrophique.

Il s'agissait d'un authentique chalet en bois savoyard, le prototype du dépliant publicitaire, qui aurait pu se trouver aussi bien au Tyrol que dans les Aravis, la vallée d'Aspen ou Zermatt. Le truc qui vous collait le cœur en romance rien qu'à le regarder. Structure en poutres de bois massif, aux ajustages encore irréguliers, signe qu'il datait d'au moins cinquante ans. Les chalets actuels sont réalisés par des machines-outils quatre faces qui vous calibrent un tronc au demi-millimètre près. Couverture en vrais tavaillons, ces planchettes de bois taillées hachette à la main et sueur au front, disposées en couches superposées pour assurer l'étanchéité. Soubassement en pierres sombres. Grande terrasse exposée plein sud et plein glacier. Au-dessus, courant sur toute la façade, un balcon aux palines ajourées, avec des bacs à fleurs intégrés qui devaient crouler sous les géraniums, l'été venu.

Le chalet était divisé en deux. Une partie pour ses propriétaires, qui assuraient le service et la restauration, une autre pour les locataires, qui pouvaient se réunir dans une salle commune organisée autour d'une énorme cheminée. Les aménagements étant prévus pour dix locataires, nous n'avions que le choix des chambres. Nous avons opté pour le premier étage, deux chambres communicantes, sur l'insistance de Melinda qui tenait à nous avoir tous les deux sous la main. Ou sur le cœur, allez savoir !

On retrouvait dans les chambres la cordialité de l'extérieur. Du bois partout. Un grand lit d'un mètre quatre-vingts de large. A baldaquin, avec un voilage pour s'enfermer dans le cocon, y faire danser, bouger, arquer, nos corps, y assouvir nos fantasmes de ruts idiosyncrasiques. Avec toutes les heures du futur pour nous, devant le glacier qui déroulait lentement le spectacle de son passé. Des éclairages camouflés dans de vieilles lampes à pétrole. Une odeur de mélèze et d'arolle, un peu partout. Même dans les salles de bains, qui semblaient presque s'excuser d'avoir sacrifié au modernisme de notre époque.

– C'est toi qui as choisi, n'est-ce pas ? m'a demandé Aline d'un air entendu.

– Bien sûr, ai-je menti.

Tout en me disant qu'il était impossible que le patron ne soit pas venu faire un tour ici auparavant avec une de ses conquêtes, pour m'avoir choisi un endroit pareil.

La patronne, affable, portait une soixantaine sportive, des cheveux coupés court, bien enneigés, malgré une blondeur qui se bagarrait encore vaillamment. Elle vivait apparemment seule. Une jeune fille du village l'aidait en saison, et viendrait ultérieurement, comme elle nous en a informés. Derrière des yeux aussi bleus que de la porcelaine émaillée se camouflait la nostalgie d'un accent d'ailleurs, nonchalant, rehaussé d'une touche de parfum rare. Son nom, Lina Hagfors, était de consonance nordique. Son sourire, discret et vite effacé, faisait parfois place à un petit éclat de rire, une cascade de joie inattendue et cherchant son trop-plein quelque part dans les yeux de son interlocuteur. Tout en découvrant des dents de petit carnassier à l'affût de la proie qu'il choisirait de croquer. Sa silhouette aurait fait fureur pour une pub pour la DHEA [1], ses muscles se dessinaient sous son chemisier, et son tonus laissait aussi interrogatif que l'ordonnance d'un gérontologue frappé d'Alzheimer. Pour tout dire, elle avait dû être une jeune femme sacrément irrésistible, et restait une femme mûre aux attraits certains.

Le visage humain ne ment jamais. Il trimbale avec lui toutes les vérités entr'aperçues, tous les mensonges effacés, toutes les rencontres et les croisements de passage, tous les omnibus ou les arrêts d'urgence. Un peu – ou trop –, de

---

1. Déhydroepiandrostérone, substance produite par les glandes surrénales et le cerveau. La fameuse hormone miracle anti-vieillissement...

lointain flottait dans ses yeux. Qu'était donc venue faire une si belle femme dans un coin perdu comme celui-ci ?

Elle était franche, directe, nous a immédiatement demandé de l'appeler Lina. Pendant une seconde, je me suis senti comme un menteur que le respect aurait rendu muet.

Une fois les présentations faites, elle nous a regardés d'un drôle d'air. Jamais encore, probablement, quelqu'un ne lui avait réservé ses cinq chambres d'un coup, pour un mois, à cette période de l'année. Tout au plus pouvait-elle compter, habituellement, sur la période de fin d'année. Elle devait se poser des questions à mon sujet. Qui étais-je ? Un plein aux as en goguette, ou un gentil farfelu ? Ou peut-être, tout simplement, un commissaire un peu déplacé ? Je l'ai néanmoins prévenue que nous aurions plusieurs visites durant notre séjour ici.

Nous nous sommes installés tranquillement. Je me suis vautré sur le duvet du lit, les mains sous la nuque, les yeux fermés sur un insondable quelque chose qui ressemblait peut-être au bonheur.

J'avais presque oublié que la vie pouvait être parfois faite de regret et de sincérité à parts égales. Que, quand il ne restait plus grand-chose à brûler en soi, il pouvait y avoir quelque chose d'autre, ou quelqu'un d'autre, pour rallumer la chaudière.

Le lendemain je devais rencontrer Denis Servoz, le découvreur. Et, si le temps se maintenait, aller faire un tour sur le glacier avec lui. Essayer d'avoir davantage de précision sur une chose improbable qui se trouvait à 35 mètres de profondeur, dans une faille de 30 centimètres de large tout au plus.

L'Odyssée de l'espèce, avait écrit quelqu'un, avec un art certain de la catachrèse.

Carpe diem, avait écrit un autre, un certain Horace, dans ses *Odes*.

Carpe diem, Marac !

Quand Aline est sortie de la salle de bains, après y avoir rangé ses affaires, je l'ai attirée vers moi sur le lit en riant.

Double-Mètre a poussé des jappements de joie en nous voyant gesticuler.

Melinda a ri aux éclats, avant de nous enfermer dans notre bulle de voilages, et de filer en courant, le chien sur les talons, après avoir refermé derrière elle la porte de communication.

6

Depuis longtemps déjà, l'or de l'astre céleste s'était doucement paré de nuances orangées, elles-mêmes estompées en rouges, puis en violets qui s'étaient assombris en bleu nuit. Les premiers feux du ciel s'étaient allumés devant le regard émerveillé de ceux de la caverne du Haut. Longtemps, ils contemplèrent les lumières qui criblaient le ciel, dans un silence seulement troublé par les craquements du glacier proche. Comme cela était souvent le cas en cette saison de grands froids, le ciel était étonnamment limpide et, avec l'absence de lune, d'un noir de bois brûlé.

Une voix féminine se leva soudain, qui les surprit tous.

– Je crois que nos Anciens savaient déjà que la Terre-Mère a été enfantée par une énigme encore plus grande que celle de l'apparition de notre race en son sein. Et de celle de tous les animaux qui nous entourent. Nous savons que la plupart sont arrivés bien des temps avant que le premier homme ne sorte des entrailles de la Terre-Mère. La vie ne vient pas de nos ventres, mais de là-haut ! ajouta-t-elle doucement en faisant un geste vers les étoiles.

Un silence étonné s'abattit sur cette déclaration inattendue.

– Je respecte tes idées, Kooba de la tribu de Skoghall, répondit enfin la voix posée de Celui-qui-sait. De même que toutes celles que vous pourriez avoir. Et n'êtes-vous pas là pour vous faire entendre ? Et pour transmettre notre savoir collectif à ceux qui nous suivront ?

Il y eut un silence dont Tumai profita pour mieux observer Kooba. Les présentations faites lors de son arrivée lui avaient permis de percevoir le regard de deux yeux verts plantés dans les siens. C'était lui qui avait baissé les yeux en premier, contrairement aux traditions. Maintenant, il la voyait, un peu détachée du groupe. Celui-ci, inconsciemment, avait fait corps non pas contre elle, Kooba de la tribu de Skoghall, mais contre cette idée folle qu'elle venait de lancer. Sa silhouette se détachait sur la tache un peu plus claire que faisaient les grandes glaces dans la nuit. Il perçut à quel point sa beauté était farouche. Contrairement aux autres femmes, elle n'avait fait aucun effort pour se faire belle ou se parer de beaux vêtements. Son habit en peau était simple. Une sorte de tunique sans manches, aux poils longs, qui descendait à mi-mollets, serrée à la taille par une lanière souple. Des jambières épaisses, mal finies, nota-t-il, remontaient sur ses jambes, avec un laçage de cuir rudimentaire. Ses cheveux, d'une blondeur presque blanche, retombaient en ondulations désordonnées jusqu'en bas des reins. Elle ne les avait retenus par aucun lien, contrairement aux autres femmes. Seul un étrange collier ornait son cou. Un lien de cuir, simple, auquel étaient attachées des plaques d'os, probablement taillées dans des omoplates, gravées de dessins qu'il ne put clairement distinguer.

Kooba se savait jugée par le groupe. Elle aurait voulu développer ses idées, ses recherches spirituelles, le lendemain. Mais comment faire comprendre ce qu'elle avait à dire mieux que devant cette voûte illuminée ?

Tumai détacha le manteau de fibres qu'il avait sur les épaules, s'approcha d'elle, et le posa doucement sur les siennes. Elle le remercia d'un signe de tête et referma le vêtement sur elle. La main de Tumai effleura la peau de la jeune femme, suffisamment pour la sentir tressaillir.

Celui-qui-sait reprit la parole.

– Je ne sais si tu as raison, Kooba, et je vais t'écouter avec intérêt. Mais je crois que la Terre-Mère... pardon,

dit-il, ou qui que ce soit, nous a donné un don qu'aucun animal ne possède. Celui de penser ! Avez-vous tous déjà songé à cela ? Un sanglier, un cerf, un aigle, ou même un mammouth de nos Anciens, a-t-il jamais fait autre chose que ce que faisaient ses parents ? Nous pouvons..., il chercha le mot juste un instant, concevoir une idée et la transformer en un nouvel objet utile. Pourquoi pas en une nouvelle pensée aussi ?

Kostai laissa le murmure d'approbation s'éteindre avant de continuer.

– Mais le culte de la Terre-Mère vient des traditions. Celles de nos Anciens, peintes sur les murs de calcaire de leurs grottes. La plupart d'entre vous les ont vues lors des grands voyages de connaissance, là-bas, vers le sud-ouest, dans le pays des clans anciens. L'ours des cavernes, le mammouth, le rhinocéros, l'aurochs, le bison, le renne et le cheval ont dominé nos lointains ancêtres pendant des générations. Ceux-ci les craignaient, les respectaient, et les savaient bien plus anciens qu'eux. Ils étaient issus de la Terre-Mère, presque inaccessibles. Ils étaient l'essence vitale de la Terre-Mère. C'est pourquoi les Anciens les ont peints, pour nous transmettre leur foi. Celle que personne n'a jamais contestée. Mais toi, Kooba, qu'as-tu découvert de nouveau ?

Tumai apprécia que Celui-qui-sait eût volontairement donné ses chances à Kooba. Il ne l'attaquait pas sur le plan des idées, par définition incontrôlables, mais sur celui des faits. Seuls ceux-ci devaient être retenus. Et chacun de la caverne du Haut, après la Grande Initiation, ne devrait emporter dans sa tribu que ce qui faisait avancer la connaissance collective avec certitude.

– Je pense que nos Anciens, il y a bien longtemps, contemplaient beaucoup le ciel. Peut-être plus que nous, avança Kooba en parlant doucement pour obliger chacun à l'écouter. Ils étaient peu nombreux, les Traditions nous le disent. Nous sommes des centaines de tribus, éparpillées

sur de grands territoires. Le nombre de leurs clans ne dépassait pas quelques doigts. La vie était terrible avec les glaciers qui descendaient très loin vers le sud. Les chasseurs et les femmes rejoignaient le Monde de l'Au-Delà plus jeunes que nous. Mais il y avait de la nourriture en abondance. Et probablement beaucoup plus de paix, même si les rivalités existaient, comme le conte de Bachoi, que Celui-qui-sait nous a rapporté, le disait. Contrairement à aujourd'hui. Ils avaient le temps de peindre et de décorer les grottes sacrées. Aux temps présents, nous n'avons plus que celui de sculpter de petits objets. Nous ne pensons qu'à améliorer nos outils de chasse et de pêche.

Tumai, comme tous, était maintenant intéressé par les réflexions de Kooba. Ce qu'elle disait était simple, et juste, il le sentait. Elle poursuivit :

– Nous savons que les grottes sacrées n'ont jamais été habitées. Elles n'étaient qu'un sanctuaire, dit-elle en cherchant le mot dans le langage universel. Ils n'ont pas peint sur les murs les animaux que l'on croyait représenter la Terre-Mère dans les traditions ! Ces animaux ne faisaient qu'accompagner la course du soleil au sein de la Terre-Mère. Ils étaient là pour assurer la renaissance future de celui qui nous donne sa lumière. C'est lui qui leur donnait la vie par sa lumière dans les grottes. C'est lui aussi qui avait donné la vie aux Anciens. De même qu'à la Terre-Mère ! De même qu'à nous !

Un craquement brutal du glacier fit sursauter l'assemblée, attentive aux paroles de Kooba. Celle-ci reprit.

– Les Anciens ont peint sur les murs les animaux qu'ils percevaient dans le ciel. A l'image de ceux qu'ils connaissaient sur la Terre-Mère.

Il y eut un murmure général. Jamais personne n'avait interprété les traditions de cette façon ! Tumai fut étonné par la profondeur des réflexions de la jeune femme. Tous, comme lui ici, se consacraient à comprendre, améliorer, perfectionner le savoir des Anciens. Elle, Kooba de la tribu de Skoghall, venait peut-être de faire un grand pas dans... des idées !

Une voix s'éleva.

– Et qu'est-ce que ça change, en fait ?

– Tout ! répondit si rapidement Celui-qui-sait que tous en furent étonnés. Nous avons peut-être perdu certaines connaissances des Anciens ! Nous n'avons peut-être jamais compris le vrai sens des peintures dans leurs grottes ! Si Kooba dit vrai, bien entendu, et peut nous apporter une preuve de ses idées.

Tous les visages se tournèrent de nouveau vers la jeune femme.

– Je suis allée passer plusieurs lunes dans les tribus descendant des clans des Anciens, ceux que nous appelions les Oldubai, dit-elle. J'ai pu rester longtemps dans les grottes sacrées. Celles que les traditions appellent les grottes de la Roche penchée et de l'Ours. Celles qui portent de si nombreuses peintures que nous les avons toutes vues un jour, sur place ou gravées dans des tablettes, nous qui détenons la connaissance de nos tribus. Ces grottes sont profondes, sombres, et il devait être difficile d'y travailler les couleurs et les formes. Pourtant, les dessins des animaux ont été gravés dans la roche tendre avec un outil en silex. Puis soulignés de traits colorés, noirs ou ocre. A l'extérieur de la roche gravée, la paroi a été grattée pour révéler la couleur claire de la pierre, et mettre ainsi en relief les dessins. De même, ils ont utilisé les mouvements naturels de la paroi pour rendre certains animaux presque vivants. Un arrondi de pierre pour un ventre, une concrétion pour une jambe. Tout cela demandait beaucoup de temps et de lumière. J'ai cherché à comprendre pourquoi les Oldubai avaient choisi ces grottes pour célébrer les traditions. J'ai longtemps observé le ciel. Très longtemps, ajouta-t-elle. Ainsi que celui qui nous donne la lumière. Et j'ai découvert quelque chose.

Kooba s'arrêta un instant, jeta un regard circulaire sur ceux qui l'écoutaient, comme pour préciser ses idées.

– J'ai vu qu'à la saison des chaleurs les plus fortes, quand le soleil se couche, il envoie sa lumière contre l'entrée des grottes. Puis il rentre à l'intérieur, et s'enfonce jusque dans les profondeurs de la terre. Et ceci pendant un long moment. Et plusieurs jours de suite ! Et ainsi en est-il chaque nouvel été ! C'est ainsi que les Anciens ont eu la lumière pour peindre et graver ! Et c'est la raison pour laquelle ils ont choisi ces grottes sacrées. Car c'étaient elles, et non pas d'autres, qui savaient capter la lumière du soleil.

Il y eut un mouvement de réel étonnement. Personne ne mettait en doute les paroles de Kooba. Ceux qui délivraient la connaissance ne pouvaient mentir et n'auraient jamais eu leur place ici !

Tumai sentit une main serrer la sienne. Lotha s'était glissée près de lui, discrètement. Il perçut son odeur particulière, qui l'envahit et le troubla.

– J'ai gravé sur ces tablettes tous les dessins de ces grottes, ajouta Kooba, désignant les plaques qu'elle portait comme un collier étrange. Et j'ai cherché les animaux dans le ciel !

Le murmure général couvrit un instant sa voix. Elle attendit, et reprit plus doucement pour que le silence soit total.

– Et j'en ai trouvé ce nombre, précisa-t-elle en montrant ses deux mains ouvertes.

Dans le brouhaha qui suivit, elle put ajouter :

– Venez voir !

Kooba rentra dans la caverne, hésita, puis choisit un grand panneau de séparation qui ne portait aucun motif. Elle prit un bout de bois noirci, choisit l'une de ses plaquettes, et demanda à l'un des participants de lui tenir haut une torche. Avec une précision qui dénotait une habitude certaine, elle reproduisit le dessin de la plaquette sur le panneau.

– Le grand aurochs de la caverne de la Roche penchée, murmura Kostai.

– C'est vrai, dit Kooba.

Puis, lentement, se fiant toujours à la plaquette, elle ajouta des croix au bout de chaque corne, à l'endroit où la corne supérieure formait un angle, dans l'œil de l'animal, à hauteur de la gorge, au poitrail, dans les pattes avant. Elle joignit d'un trait les croix, obtenant schématiquement la forme de tout l'avant de l'animal. Puis, lentement, elle estompa les contours de l'aurochs lui-même.

– Regardez ce dessin avec attention, demanda-t-elle alors.

Pendant quelques instants, chacun parut chercher dans ce bizarre motif la réponse à quelque interrogation inconnue.

– Maintenant, venez !

Le groupe la suivit dehors.

– Et trouvez dans le ciel le grand aurochs !

La voûte céleste était un fourmillement de lueurs dont il fallait en extraire quelques-unes pour les emmener jusqu'à une pensée. La plupart abandonnèrent vite, dépassés par ce qui leur semblait impossible. D'autres commencèrent à entrevoir des formes, des lignes, des regroupements, qu'ils avaient peut-être vus mille fois sans les comprendre réellement.

Ce fut Yolda qui, la première, repéra enfin les points brillants représentant le grand aurochs.

– Là ! cria-t-elle avec enthousiasme et en donnant des détails pour que chacun pût repérer l'emplacement dans le ciel.

– Et c'est la même chose pour tous les animaux, ajouta Kooba après un moment, en désignant ses plaquettes. Pour tous ! Ils sont tous dans le ciel ! Et c'est le ciel qui les a désignés aux Anciens pour qu'ils puissent les représenter dans les cavernes sacrées à l'image de ce qu'il leur avait envoyé sur la Terre-Mère.

– C'est extraordinaire, souffla Kostai.

Il se dit que, même si cette Grande Initiation était la dernière qu'il vivait, elle lui aurait apporté une de ses plus grandes émotions. Peu importait qu'il y eût ou non quelqu'un pour poursuivre son œuvre. Kooba de la tribu de Skoghall saurait seule faire avancer la connaissance des traditions. Il s'approcha de la jeune femme.

– Tu as su faire ce que personne d'entre nous n'avait osé : chercher dans les pensées, et non pas seulement dans les objets ! J'envie ton esprit, Kooba. Puisse la vie te conduire plus loin que le Monde de l'Au-Delà.

– Ce n'est qu'un début, lui répondit-elle. Il y a encore beaucoup d'observations à faire pour vraiment comprendre. Beaucoup de temps à y passer.

La soirée fut animée. Chacun émit des commentaires sur ce qu'avait trouvé Kooba. Chacun voulut voir ses plaquettes. Tumai le premier. Tumai avait l'esprit curieux, il avait découvert une multitude de choses, mais jamais dans le domaine des idées des Anciens. Comment imaginer percevoir ce qu'ils pouvaient penser en ces temps si reculés ? Personne ne savait plus la langue des ancêtres ! Elle s'était diluée dans la nuit des temps. Pourtant, Kooba avait réussi à retrouver un peu de la spiritualité des clans. Cet aspect des choses le troublait plus que la technique même de la découverte.

Demain, il présenterait le lance-flèches, beaucoup plus précis et aussi puissant avec une flèche légère qu'un propulseur avec une lourde sagaie. Un homme qui était venu le voir leur montrerait aussi le secret de la taille du silex en fragments si petits, des microlithes, que l'on pouvait en faire des outils pour tirer le fil à travers les cuirs, ou des têtes de flèches perforant les peaux les plus épaisses, ou même un grattoir pour se couper la barbe. Peut-être serait-il nécessaire de leur rappeler comment allumer le feu avec les pierres ? Cela était aussi prévu. De même, chacun présenterait une des dernières découvertes de sa tribu, qui serait portée à la connaissance des autres tribus, et qui permettrait ainsi de comprendre et d'aller plus vite.

Mais il sut qu'il irait voir Kooba de la tribu de Skoghall, chez elle. Le Varmland n'était pas si loin de son pays du Jylland. Et il avait déjà tant voyagé pour apprendre !

Le repas fut pris en commun dans la partie centrale de la grande salle, où un grand feu avait été préparé, autour duquel chacun s'installa. Certains avaient amené de leur pièce une pierre pour s'asseoir, d'autres simplement une peau, d'autres les deux, pour éviter la froideur du sol brut.

Tumai ne vint pas s'installer à côté de Kooba, très sollicitée, mais pas très loin d'elle, sur le côté. En tournant légèrement la tête, et sans être gêné par le feu, il pourrait rencontrer son regard. Il était impressionné par Kooba comme aucune femme précédemment n'avait pu le faire.

Lotha vint s'asseoir sur une peau à côté de lui. Sa peau était bronzée et douce. Elle était belle et attirante et désirait Tumai.

Chacun avait pris avec lui son plat à manger, fait d'une omoplate taillée, ou de bois sculpté, ou de fibres végétales tressées, ainsi que sa coupe à boire et son couteau de silex. Seul Tumai, par habitude, avait un couteau fait d'une seule pièce d'ivoire pour le manche et la lame.

Le sanglier avait été découpé en fines tranches disposées dans un plat commun. Pour les cuire, chacun posait la pièce de viande directement sur des pierres mises dans le feu depuis des heures.

D'autres pierres, plus petites, avaient aussi été chauffées. Quand elles furent brûlantes, Lotha, avec une pince constituée d'un morceau de bois fendu, en mit dans un récipient fait de branches de noisetier tressées et fixées sur un socle de bois. Il contenait de l'eau, ainsi que divers végétaux desséchés : fougères, ail sauvage, pousses de pissenlit et de sureau, tiges de chardon, bulbes et baies divers, récoltés plusieurs lunes auparavant. Un nuage de vapeur s'éleva. Lotha laissa les pierres un instant, puis les ôta, les remit dans les braises, et recommença l'opération avec d'autres pierres brûlantes. Elle servit chacun avec une louche taillée dans une corne de bovidé. Puis elle versa ce qui restait dans un estomac de cheval monté sur un cadre de bois, et placé au-dessus des braises. Ainsi, la soupe demeurerait-elle chaude encore longtemps.

Plusieurs fois le regard de Tumai croisa celui de Kooba. Il ne baissa pas les yeux devant les iris verts. Il lui sourit, de ce sourire discret et irrésistible qu'il savait prendre quand il cherchait à charmer une femme. Elle le regarda avec insistance, semblant descendre loin en lui, mais son visage resta impassible.

Les conversations allèrent bon train. Chacun parla du pays de sa tribu. Certains venaient des régions froides du Grand Nord. D'autres des plaines immenses de l'est. Il y en eut qui racontèrent les grandes îles éternellement mouillées par le ciel. Un homme volubile et à la peau mate, venait du sud, des terres chaudes de l'autre côté de la grande barrière montagneuse qui séparait la mer à l'est des eaux sans fin à l'ouest. Un autre, petit et taciturne, habitait le long de la Rivière débordante, dans la grande plaine alluviale de l'autre côté du Grand Glacier.

Puis la soirée se termina lentement. En même temps que le sanglier, le feu et les paroles.

Tandis que chacun rejoignait sa pièce, l'obscurité s'installa totalement dans la caverne du Haut. Le ciel était noir, sans la moindre clarté.

La fatigue de cette longue journée commençait à envahir Tumai. Mais il ne pouvait pas dormir, l'esprit encore encombré des propos de Kooba.

C'est alors que, sans même l'avoir entendue approcher, il sentit la femme se glisser doucement à côté de lui.

7

Vendredi 19 décembre, 7 heures.

Les ombres dansaient sur les parois de la chambre et j'ai mis un moment à comprendre d'où venait la lueur incertaine à cette heure matinale, où le ciel était si noir. Un réverbère montait la garde devant le chalet, aussi incongru et isolé qu'un poivrot en caleçon à une réception de l'Elysée. Les rideaux se mouvaient faiblement au souffle de la fenêtre restée entrouverte.

Je me suis levé en silence. J'ai contemplé Aline. Ses cheveux blonds, ou châtain très clair – je n'avais jamais pu me décider – répandus comme un éventail ouvert dans les plis de l'oreiller. Ses lèvres palpitaient inconsciemment, à peine effleurées par les ombres de notre nuit. Sa bouche qui savait si bien chantonner l'hymne à la vie dans mon oreille. Sa peau nue, si blanche, diaphane et pure. Son cou où j'aimais enfouir mes dents pour y trouver l'odeur de cannelle qui imprégnait sa peau, musc bouleversant de futurs imprécis. Son corps, la quintessence de la féminité.

J'avais géré ma vie sentimentale comme si j'avais eu deux siècles devant moi. Les plus longues erreurs, les plus courts ennuis. Les explosions du cœur, les implosions de chair. Les chavirements des sens, les naufrages de sentiments. Les respirations trop courtes, les soupirs trop longs.

Les passions et les langueurs incurables. Avec un penchant pour les virées en solitaire, et le désir de sortir des sentiers battus pour suivre mes propres pistes. Et Aline était arrivée sur celle que je n'avais pas choisie, avec des oublis intarissables, des regrets irréconciliables, des spasmes de vie aussi veloutés que des cristaux, des vertiges viscéraux.

Pour moi, les aventures sexuelles avaient toujours été aussi imprévisibles que latentes. Il existe en tout individu des besoins émotionnels différents des besoins physiques. Et parfois les deux s'emboîtent. Ma rencontre avec Aline faisait partie d'un de ces moments. Nous nous étions griffé le corps, ensanglanté l'âme, et finalement cramponnés l'un à l'autre comme si la fin des temps elle-même était en jeu.

Contre les ombres du passé, j'avais découvert que le seul vrai remède était le présent. Tenter de le maîtriser, s'y concentrer, s'y immerger, en s'efforçant de voir son mental prendre prise dans l'oubli. Encore qu'on ne pouvait fuir ou renier celui qu'on était, notre moi profond comme se plaisait à l'appeler notre époque.

J'ai laissé mon regard s'échapper par la fenêtre. Le ciel avait lancé toutes ses étoiles dans un pétillement de commencement du monde.

Comme après une éclipse, je sentais refluer en moi cette angoisse obscure, viscérale, du lendemain. Lentement, pour ne pas bousculer le fil de mes sensations, j'ai fermé la fenêtre et je me suis habillé.

9 heures.

Denis Servoz m'avait bien expliqué où il habitait et je n'ai pas eu trop de difficulté à trouver la voie qui conduisait à son lotissement, comme il avait appelé ça, un peu sur les hauteurs de Chamonix. Le coin où il se trouvait, les Pècles, était une espèce de parenthèse entre deux univers.

D'un côté, la forêt se bagarrait vaillamment contre les assauts nordiques de la chaîne du Brévent, 1 300 mètres plus haut. Au contact des pentes les plus raides, les jeunes conifères, toutes aiguilles en avant et sève au cœur, tentaient vainement de s'accrocher aux rocs froids et aux verticalités indigestes des hauteurs. Hachés, décapés, élimés par les pentes ravinées, les vallons scarifiés, les roches dévalées, les combes ciselées par les éléments, ne tolérant aucun intrus sur leurs flancs. Et puis, plus bas, la cohorte des résineux résignés, qui épanchaient les certitudes de leurs positions dans des racines bien plantées en terre et des ramures orgueilleuses. La neige jouait provisoirement à l'arbitre en rappelant qu'à cette période elle savait aplanir les différences d'altitude.

De l'autre côté, la vallée. Vision panoramique sur la route Blanche, le bouillonnement de l'Arve, la voie de chemin de fer et ses rails. Un peu plus loin, en arrière-plan, le téléphérique de l'aiguille du Midi réchauffait à peine ses câbles et ses cabines à cette heure-là, dans l'attente de ses premiers clients.

La matinée était froide, pas autant cependant qu'à Talière. Mon pare-brise avait eu le temps de dégeler, mais pas la route qui menait au cul-de-sac en forme de plateforme noyée dans son écrin de verdure. Les conifères étaient encore transis et, blottis les uns contre les autres sous leur zibeline de givre, semblaient avoir le moral aussi bas que la température. Le groupe d'une dizaine de chalets semblait somnoler, seules quelques fenêtres éclairées rappelant qu'ici on ne se trouvait pas dans un internat de marmottes. Tous étaient plus ou moins construits sur le même modèle : des petites unités individuelles, au soubassement en maçonnerie traitée en crépi clair, et la partie supérieure en bois. Certains avaient des bardages verticaux clairs, et des balcons aux dessins alambiqués, d'autres, apparemment plus anciens, des lames horizontales ayant tiré plus que leur temps et paraissant sortir tout droit d'une réclame du lait Mont-Blanc des années 1960. Seule la première bâtisse était différente. C'était une construction collective sur quatre niveaux, à l'aspect flambant neuf, d'un blanc virginal presque indécent, agrémenté de volets et de linteaux en bois, avec des balcons à chaque étage. Le cul entre deux définitions, l'immeuble de montagne et le chalet de ville, par essence aussi imprécises l'une que l'autre. Sur le côté, était accolée une annexe d'un seul niveau, avec une volée de garages et un logement allumé.

J'ai garé ma voiture sur le parking réservé aux visiteurs et me suis engagé dans l'allée privée conduisant aux petits chalets. L'air était froid, et j'ai refermé le haut du col de mon blouson.

– Hé, vous, là ! Qu'est-ce que vous cherchez ?

J'ai eu une hésitation. Mais j'étais seul et, incontestablement, il ne pouvait s'agir que de moi. Je me suis retourné, un peu étonné. Un type était sur le pas de la porte de la petite annexe. Probablement un gardien ou quelque chose comme ça. Il donnait l'impression de s'apprêter à bondir. Et comme je ne voyais pas de raison valable, j'en ai déduit qu'il devait être très agité, ou très abîmé par la vie, vu son allure. Le bonhomme aurait fait s'interroger le grand Pablo Ruiz Blasco y Picasso lui-même. Un nez qui lui bouffait la moitié de la figure, véritable morille lunaire cratérisée à l'alcool, avec des comédons de la taille de mouches prêtes à décoller de leur base nasale. Une tignasse faisant apparaître un crâne aussi lustré et cabossé qu'un discours de Mitterrand sur le pluralisme politique. Des arcades sourcilières si épaisses qu'elles formaient antichambre, véranda et parasol tout à la fois, à des yeux de la taille de pois chiches, et de couleur plus ou moins identique aussi. Une mâchoire prognathe avec des dents si longues et pointues qu'il m'a semblé que le gars devait en avoir plus que la normale, ou alors qu'il déchiquetait de la viande crue à longueur de journée. Le reste passait quasiment inaperçu. Au vu de mes récentes lectures d'information, il m'a paru le parfait prototype de l'homme de Neandertal. Comme quoi, trente mille ans plus tard, les chromosomes avaient la vie dure ! Cela étant, il avait fallu une sacrée pochette-surprise génétique pour trouver un numéro pareil ! Le bonhomme brandissait une canne d'un air menaçant, et j'en ai déduit que c'était sa façon habituelle de s'exprimer.

– Vous cherchez quoi ? m'a-t-il répété, un rictus imbécile plaqué sur la face, alors que je m'approchais.

Arrivé à trois mètres de lui, j'ai aperçu un bout de tissu rouge qui dépassait de sa braguette. Sa chemise étant jaune et verte sous son gilet violet, il ne pouvait s'agir que de son maillot de corps. J'ai parié sur un slip bleu et j'ai senti le fou rire me gagner.

– Un gars nommé Denis Servoz. J'ai rendez-vous.

– Et alors ?

– Alors, il habite ici !

– Peut-être bien, m'a fait l'homme-singe.

– Certainement, lui ai-je répondu.

– Vous êtes sûr ? m'a-t-il lancé.

– Sûr de quoi ?

– Que vous avez rendez-vous avec lui ?

– Et pourquoi devrais-je en être sûr puisque j'en suis déjà certain ?

Le type m'a regardé d'un drôle d'air.

– Vous êtes qui ?

A ce rythme, la conversation pouvait durer jusqu'au prochain solstice d'été !

– L'agence Pinkerton [1], ai-je répondu.

– Ah, je pensais bien qu'il finirait par le vendre, son chalet ! C'est le troisième, celui avec le petit auvent.

Il s'était enfin décidé !

---

1. Allusion à la fameuse agence de détectives américaine.

– Merci, mais je le savais déjà. Faites gaffe, lui ai-je confié avant de tourner les talons, avec ces courants d'air, en allant vidanger, vous risquez de vous trouver pris dans les glaces jusqu'au printemps.

Il m'a regardé d'un air aussi attirant qu'un cul de poule.

J'ai frappé ; pas de réponse. Il y avait de la lumière. J'ai frappé plus fort. C'est alors que j'ai entendu la musique qui sourdait à travers la porte. J'ai mis un petit moment à reconnaître *Le Lac des cygnes*, de Tchaïkovski. Le type était mélomane. Ou alors sous sa douche. Encore que prendre une douche en attendant un visiteur, ce ne soit pas d'un synchronisme idéal. J'ai frappé pour la troisième fois. J'ai tenté d'ouvrir. Fermé. J'ai tendu l'oreille. La Reine des Cygnes était en pleine danse extatique sur ses chaussons à pointe, mais, là-dedans, il n'y avait personne pour l'applaudir.

Dans mon dos, j'ai senti, distant et hargneux, le regard du molosse qui m'avait accueilli.

L'entrée était au rez-de-chaussée, la lumière au premier, les fenêtres du bas aussi sombres qu'un puits de mine. Tout était fermé. J'ai essayé le garage. La porte basculante s'est soulevée dans un crissement de cigales complètement déplacé pour la saison. Je suis entré. Un Mitsubishi Pajero 4 × 4 de quelques années somnolait, les clés sur le contact. Plus tout le matériel d'hiver obligatoire qu'on peut s'attendre à trouver dans un coin comme ici. Une porte au fond communiquait avec le hall d'entrée.

– Il y a quelqu'un ? ai-je crié depuis le bas.

L'escalier me tendait les bras. J'ai gravi les marches. Un hall carré, deux portes à gauche, deux à droite. La première à gauche donnait sur le salon. Elle était ouverte, de même que sa comparse lui faisant face, par laquelle on accédait à la cuisine. Le salon était chaleureux, meublé tout en mobilier d'arolle, dans le genre de notre hôtel. Au sol, un plancher aux lames irrégulières, fleurant le bon vieux temps. Aux murs, des panneaux lambrissés, recouverts d'innombrables photos de montagne. La chaîne débitait son CD. Je me suis approché. Il était sur *Repeat.* Je l'ai arrêté. Le silence m'est dégringolé dessus comme une avalanche. Un instant est passé, le temps que je me dégage de la coulée. J'ai repéré le feu mort, avec quelques braises bien camouflées sous les cendres qui terminaient doucement la digestion de leur carbone. Le feu datait certainement d'hier soir. Un coussin posé à même le sol sur lequel, les traces ne pouvaient pas mentir, quelqu'un s'était assis. Sur la table basse lui faisant face, un échiquier, les pièces d'ivoire blanches et noires étaient alignées, prêtes à prendre le grand départ, avec cet aspect précis et attentif qu'elles ont toujours au début d'une partie. Juste à côté, un verre aux trois quarts vide, et une bouteille sans étiquette et au bouchon en liège, aux trois quarts pleine. Probablement une fabrication artisanale dans le genre de celle de mon pote Pollet, le légiste au parfum de fleurs des Alpes. J'ai approché mon nez pour sentir. De la poire, sans qu'il soit besoin d'avoir un appendice nasal de cercopithécidé nasique de Bornéo pour s'en convaincre. A côté encore, une brochure de tournoi d'échecs, retournée à plat sur une combinaison quelconque. J'ai toujours admiré ce jeu qui m'apparaissait comme la bataille idéale, sans violence, sans effusion de sang, sans canons ni bombes, avec pour toute armée seize figurines dans chaque camp capables de vous broyer les méninges mieux que n'importe quel tortionnaire des impôts. Mais je n'ai jamais eu le temps de m'y investir autrement qu'en suivant de bout en bout, en 1997, le tournoi de Kasparov contre *Deeper Blue,* au nom de saint IBM de toutes les informatiques.

Un vague pressentiment m'a traversé, sans avoir le temps de s'installer, brutalement interrompu par une voix qui canonnait en bas.

– Non, mais dites donc, vous foutez quoi, là-haut ?

Je suis passé à la cuisine, et j'ai répondu au vilain planté au bas de l'escalier, sa canne à la main.

– Je cherche à découvrir le mystère de la chambre jaune [1].

La cuisine était proprette, accueillante, avec ce qu'il fallait de pratique sans céder à un modernisme inutile pour un célibataire comme Denis Servoz. Mes yeux ont fait le tour, ont noté au passage, dans l'évier, de la vaisselle sale, de toute évidence pour une personne, et une tasse à café, lavée, mise à sécher sur l'égouttoir.

– Sa chambre, elle est au fond à gauche, a grogné la voix du bas. Mais elle est pas jaune !

Il fallait avouer qu'il avait raison. Elle était dans des tonalités crème et marron. Une commode, une penderie entrouverte, le lit défait. Rien de particulier, au regard de mes propres habitudes. Et, négligemment posés sur une chaise, un blouson, un pantalon, un pull, une chemise, des sous-vêtements, et au sol, une paire de grosses chaussures de marche un peu boueuses et des chaussettes rouges. J'ai sifflé entre mes lèvres.

Je me suis détaché de la porte en vitesse et j'ai poussé celle de la salle de bains. Elle s'est entrouverte de vingt centimètres, puis s'est bloquée. Mais c'était suffisant pour me faire retrousser les lèvres et retourner l'esprit en reniflant l'odeur qui arrivait par l'ouverture, âpre et lourde, envahissant celle de la vie dans un combat gagné d'avance. J'ai poussé la porte d'un coup d'épaule, mais elle s'est rabattue, comme si quelqu'un la repoussait de l'intérieur. J'ai forcé, passé ma tête par l'entrebâillement, et, au vu du spectacle, me suis glissé à l'intérieur.

Denis Servoz était bien en tenue d'Adam, comme les vêtements dans sa chambre me l'avaient fait pressentir. Un simple raccourci de quelques minutes pour se retrouver plus vite dans la chambre froide de la morgue. La baignoire

---

1. Allusion au roman de Gaston Leroux, avec le célèbre détective Rouletabille qui a œuvré aussi dans *Le Parfum de la dame en noir*. Un écrivain qui aimait les couleurs ! Comme d'autres les métaphores...

était encore pleine d'eau, rougie du sang qui s'était échappé de la blessure qu'il portait à hauteur du cœur. Mais il avait eu la force de sortir. Des traces d'eau mêlée de sang se voyaient au bord de la baignoire, sur la console de lavabo en bois, sur le sol en plastique. Dans la main gauche, il tenait encore une serviette, ensanglantée d'un rouge devenu ocre, qu'il avait pressée, dans un réflexe désespéré, sur la plaie. Puis il s'était effondré, bloquant la porte. Couché sur le sol. Très seul. Très mort.

Ses yeux étaient ouverts, d'un bleu translucide à donner la chair de poule.

Sa peau était glacée et la rigidité cadavérique avait déjà atteint la totalité de son corps. Il avait rejoint le territoire des ombres depuis une bonne dizaine d'heures, me suis-je lancé comme approximation.

Mais je me foutais de ces détails, que le légiste me préciserait bien assez tôt. Mes yeux étaient rivés sur la main droite de Denis Servoz, couverte de sang, les doigts repliés dans un dernier arrachement du baiser de la mort. Tentant de la repousser. Vissés sur l'objet qu'il tenait et qu'il avait eu la force de retirer une fois que son assassin le lui avait planté en plein cœur. Sauf un doigt, l'index, tendu tel un bout de bois. Vers le sol ? Ou le bidet blanc ? Ou encore autre chose avant que sa main ne retombe ? A moins que ce ne soit qu'un dernier spasme ? Ses yeux grands ouverts fixaient la même direction indéterminée que celle de son index, avec une expression d'étonnement qui, je le savais, pouvait également provenir des dernières contractions *post mortem*.

– Putain, mais si ça continue, je vais appeler les flics, moi ! a grogné l'*homo limitus* qui avait grimpé l'escalier.

– Si ça vous intéresse, lui ai-je répondu, ce n'est pas le mystère de la chambre jaune que j'ai découvert, mais celui de la salle de bains pourpre.

Mon ironie était grinçante, et les mots sont sortis de ma bouche comme une collision d'instruments préhistoriques.

Comme le poignard en silex qui avait éclaté le cœur du jeune glaciologue.

Le bonhomme s'est approché, a poussé à son tour la porte pour y jeter un œil.

J'ai eu le temps de l'entendre murmurer :

– Putain ! Putain !

Il a reculé, a rencontré mon regard. Ses deux pois chiches ont eu l'air aussi expressifs que des papilionacées prêtes à s'ouvrir. Avant que la gousse n'éclate et que le type ne s'affaisse lentement le long du mur.

Au moins, ça me dispensait provisoirement de devoir lui raconter qui j'étais !

La puanteur s'était maintenant répandue dans le hall. Elle agressait comme une force invisible, envahissante, pénétrant par le nez, dans la bouche, coulant sur la langue et cascadant dans la gorge.

J'ai pris une gorgée de la flasque qui ne quittait que rarement la poche de mon blouson. Dr Jack Daniel's. En tant que solution à l'ignoble, les toubibs qui me suivaient avaient toujours considéré l'alcool d'un mauvais œil, me prédisant que sa consommation m'engageait sur la voie de l'alcoolisme et de la destruction physique. En fait, si l'un ou l'autre avait dû se produire, cela se serait déjà produit bien des années auparavant. Il n'en avait rien été, et un équilibre s'était établi entre l'excès et la sagesse. C'est sans honte ni regret que j'ai laissé le liquide descendre lentement.

Il ne fallait pas être la fée des neiges pour comprendre que quelqu'un avait voulu empêcher Denis Servoz de parler. Le *qui ?* viendrait après. Mais de quoi ? Cette petite vérité m'a soudain dégringolé dessus, plus froide que ne le serait jamais la glace du glacier de Talière.

Où étaient son matériel, ses notes ?

J'ai foncé en bas. La première porte a été la bonne. Des cordes, des pitons, des piolets, des sacs à dos, des raquettes, des skis, des bâtons, une mire, du matériel de relevé topographique, une armoire remplie de vêtements spécialisés, des chaussures, des crampons. Le tout impeccablement rangé.

Et sur un bureau, un registre sur lequel figuraient toutes ses interventions. Mois par mois, jour par jour depuis le début de l'année. Les caractéristiques de chaque relevé. Conditions météo, température, hygrométrie, largeur et profondeur des failles, ainsi que d'autres annotations obscures pour moi. Et leur emplacement, indiqué par les coordonnées précises en latitude et longitude. La découverte qui me concernait avait eu lieu le 14 décembre, il y avait six jours. J'ai cherché les pages. Arrachées ! J'ai fouillé à la recherche du GPS avec lequel il devait immanquablement travailler. D'ailleurs, en toute logique, il aurait dû en avoir plusieurs. Ne serait-ce qu'à titre de précaution. Mais rien !

Un fil traînant sur la table a attiré mon attention. Relié à une prise téléphonique. Puis un autre, relié, lui, à une arrivée électrique. Et juste à côté, une housse en plastique noir rigide. Il y avait un portable ! Probablement celui avec lequel il devait enregistrer les informations relevées, comparer leur évolution dans le temps, faire ses analyses, et transmettre les tendances, si nécessaire, à ses employeurs ainsi qu'aux services météo et à ceux de la prévention des risques en montagne.

Le type là-haut remuait un peu. Tout en le surveillant du coin de l'œil, j'ai appelé Annecy. Le soleil était levé et le patron serait au poulailler jusqu'à son coucher.

Il m'a fallu moins de cinq minutes pour le convaincre de se débrouiller par tous les moyens pour me charger de cette enquête. Avec le préfet en arrière-plan, mais surtout la nécessité d'une discrétion au moins provisoire sur les raisons de cet assassinat, je savais qu'il n'aurait aucun problème.

Puis j'ai fait le nécessaire habituel. En moins d'une demiheure, la petite allée privée conduisant aux chalets a été le théâtre du son et lumières des gyrophares, tandis que les techniciens flashaient, mesuraient, relevaient, analysaient avec efficacité et froideur, dans une chorégraphie de ballet, sur le plateau du théâtre de la mort.

Dans l'agenda de Denis Servoz, nous avons trouvé les coordonnées de ses parents. Ils habitaient Bordeaux. J'ai composé leur numéro. Je me sentais vidé à l'intérieur, et glacé. Mou comme un porridge, et les jambes si faibles que j'ai craint, si je me penchais un peu trop d'un côté ou d'un autre, de ne plus pouvoir m'arrêter et de me retrouver le nez dans la neige. J'avais la voix étranglée, et je savais de tout mon corps ce que ressentait le père de Denis Servoz quand je lui ai annoncé la nouvelle.

– Ma femme et moi, nous serons à Chamonix demain, m'a-t-il annoncé.

– Après-demain s'il vous plaît, compte tenu des... formalités. Mais ce n'est pas indispensable, vous savez, son corps a été identifié sans aucun doute possible, leur ai-je dit en tâchant de leur faciliter les choses.

– Il le faut, commissaire. Pour nous.

12 heures.

Ce n'est que plus tard, en revenant lentement vers le chalet Les Lucioles, que j'ai songé au jeune assistant de Denis Servoz. Ses coordonnées étaient dans le dossier, et j'ai soudain senti des fourmillements sous les pieds. J'ai accéléré pour aller les récupérer.

Nous étions en fin de matinée, le soleil était au rendez-vous avec le bleu du ciel et le biset des cimes, et Aline et Melinda étaient allées se balader à le recherche d'un petit fragment de bonheur. J'ai simplement croisé Lina Hagfors, la patronne, des paquets de linge sur les bras.

– Vous avez été bien matinal, commissaire, m'a-t-elle lancé.

– Une habitude ! Le sommeil, c'est comme l'appétit, ça vient en dormant. Et pour tout vous avouer, il y a longtemps que je me contente de repas légers !

Elle m'a lancé un sourire à peine esquissé, à peine entrevu, et déjà inoubliable.

– Des ennuis ? Je vous croyais en vacances ?

– Moi aussi, pour tout vous avouer.

Du temps est passé, comme chaque fois que les paroles fondent dans la bouche avant de s'extraire de leur gangue de réflexion. De toute façon, elle allait apprendre la chose le jour même par la radio locale sur laquelle la plupart des habitants de la vallée étaient branchés. Je ne pouvais évoquer la façon dont le crime avait été commis, et tous les services avaient eu pour instruction de ne rien laisser filtrer, surtout à la presse, sur l'arme retrouvée sur place. Vœu pieux s'il en était ! Mais, pour l'essentiel, j'ai préféré lui apprendre la vérité, laide dans sa nudité, et aussi indigeste qu'un bout de silex.

– J'ai retrouvé un jeune gars assassiné, à Chamonix. Un certain Denis Servoz, avec lequel j'avais rendez-vous.

– Mon Dieu ! a-t-elle fait, en posant son baluchon sur le sol.

– Vous le connaissiez ?

– Bien sûr ! C'était quasiment un enfant du pays ! Et puis, tout ce qui se passe sur le glacier, croyez-moi, je le sais ! C'est bien pour ça que je me suis installée ici ! Et Denis, ça fait plus de dix ans que nous nous connaissons... connaissions, a-t-elle aussitôt corrigé. Ce n'est pas possible... pas possible... Assassiné ! Mon Dieu ! Un si gentil garçon ! Mais qui donc pouvait lui en vouloir ? Quel chagrin pour toute sa famille ! Et la vallée aussi !

Les mots ne pesaient pas lourd parmi les morts. Qu'ils soient habituels ou sophistiqués, banals ou recherchés. Celui de *chagrin* m'avait toujours paru se réduire à un synonyme ordinaire de désespoir, malheur, peine, souffrance, et bien d'autres. Devant moi, il m'est apparu soudain comme quelque chose de concret, ni creux, ni vague, ni métaphysique, ni secret. Un objet bien défini, l'urne future de cette mort, le faire-part de l'exacte vérité d'un cœur. Ou peut-être même la netteté de ce couteau de silex qu'il tenait dans la main.

Le chagrin de Lina Hagfors était aussi intense que l'éclat de ses yeux. Une douleur térébrante lui perforait le cœur en prenant la réalité d'un visage disparu, la forme précise et unique d'une absence désormais définitive. Je l'ai laissée s'éteindre doucement, dépérir, mourir sur ses lèvres, pendant qu'elle me parlait du jeune géologue.

– Quand il intervenait sur le glacier, il passait toujours me voir, à l'aller et au retour. Il était tout content de savoir que d'ici je pouvais le surveiller à la lunette pendant un bout de chemin.

– A la lunette ?

Un espoir fou m'a soudain envahi.

– Oui. J'ai un gros télescope de montagne là-haut, dans ma chambre. Avec lui, je pourrais voir une crotte sur la glace ! Oh ! Excusez-moi, commissaire !

– Tout le glacier ?

– Non. Vers 2 700 mètres, avec la différence d'altitude, il n'est plus visible d'ici. C'est d'ailleurs dommage, car c'est justement à peu près là que la grande zone des séracs se termine ! Celle qui fait trembler tout le monde ! a-t-elle ajouté avec un sourire qui en disait long sur l'idée qu'elle se faisait de cette hypothèse.

Quand je l'ai quittée, il m'a semblé que Denis Servoz avait laissé en elle une souffrance plus aiguë qu'elle n'aurait dû. Comme l'explosion d'un bibelot intime. Comme les ruines d'émotions désormais inutiles. Peut-être l'avait-elle aimé comme le fils qu'elle n'avait jamais eu ?

13 heures.

Serge Vergandi, le jeune assistant du glaciologue, habitait les Praz-de-Chamonix, la quasi-banlieue de Chamonix, un petit immeuble juste de l'autre côté de la voie ferrée. Un coin très tranquille.

Il avait vingt ans, vivait chez ses parents, comme cela est de règle à cet âge et à notre époque, et les tenait informés de sa vie privée autant qu'un nonce apostolique de la recherche d'une péripatéticienne assermentée.

Son père, un brave homme, avait l'allure du gars qui suivait le long cheminement de la vie comme d'autres traversent un champ de mines.

– Nous étions vendredi, un week-end de farniente se présentait devant lui. Peut-être, avec un peu de chance, est-il allé passer la soirée et la nuit chez sa copine ?

Une vieille de vingt-quatre ans qui habitait Les Houches, quelques kilomètres plus bas dans la vallée, m'a-t-il aimablement précisé.

– A moins qu'il n'ait fait la fête avec quelques copains du hockey ? lui ai-je suggéré.

– Peut-être bien, m'a confié son père, aussi désemparé par ma venue qu'un inspecteur des impôts devant un SDF. Hier soir, quelqu'un lui a téléphoné. Vers 20 heures. D'après ce que j'ai cru comprendre, c'était un copain d'un de ses copains qui avait des places gratuites pour des matches. Il était de passage dans le coin et voulait lui en filer. Il devait les récupérer vers 22 heures, et peut-être qu'il a filé ensuite rejoindre ceux du club ? En tout cas, il était aux anges !

Tous ces *peut-être* qui avaient un net penchant pour le oui, tout en laissant peser la tare du refus, m'ont paru aussi agréables qu'une purée mousseline au beurre rance. Ils m'ont soudain semblé prendre l'aspect un peu paranoïaque du type qui vit dans l'imaginaire sans en avoir jamais la jouissance, qui fantasme sans jamais rien décider, pour finalement se retrouver devant un néant bien plus réel que le virtuel dont Gallay m'avait gratifié.

Quant aux anges, lorsque je leur ai appris que Denis Servoz s'était fait abattre dans la nuit, ils ont soudain pris une allure luciférienne.

Emmanuelle Monin, des Houches, a répondu à la deuxième sonnerie. Elle avait une voix qui trébuchait dans des nasillements mouillés, et la moitié des mots s'étouffaient entre laryngite et Kleenex. Elle s'est excusée d'un rhume qui ne la lâchait pas avant de me répondre :

– Serge ? Non, je ne l'ai pas vu hier soir. Ni de toute la semaine d'ailleurs ! Et, pour tout vous avouer, ça tombe bien que vous m'appeliez ! Vous pourrez lui dire, à Serge, quand vous le verrez, que je n'ai plus envie, mais alors plus envie du tout, de le revoir ! Jamais !

Elle m'avait balancé son *jamais* comme un coup de marteau sur un clou qu'on veut enfoncer dans la pensée avec certitude, violence, cruauté même, et surtout pour l'éternité. Un synonyme parfait de *Adieu !* faxé en pleine page et caractères géants !

– Vous vous êtes disputés ?

– Encore faudrait-il avoir le temps pour ça ! Il est toujours absent, ce mec ! Ou bien il crapahute sur les glaciers à fabriquer je ne sais pas trop quoi, ou bien il est au club avec ses potes du hockey, ou encore il file voir des matches ! Vous parlez d'un plaisir ! Et puis, je vais vous dire, les *Huskies* de Cham, les *Brûleurs de loups* de Grenoble, les *Pingouins* de Morzine, les *Yétis* de l'Alpe-d'Huez, les *Ours* de Villard-de-Lans, j'en ai ma claque !

– Dites donc, ça vous fait un sacré bestiaire, tout ça !

– Ce n'est rien ! Il y a encore les *Castors* d'Albertville, les *Eléphants* de Chambéry, les *Aigles* de Saint-Gervais, les *Boucs* de Megève, les...

– C'est bon, c'est bon, vous savez ! La ménagerie est pleine !

– Et les *Lions* de Lyon ! Pour vous dire que les glaciers, les hockeyeurs et la glace en général, j'en ai vraiment pardessus la tête ! a-t-elle lancé dans un ultime souffle.

– Il y a simplement un petit problème ! C'est que si vous ne souhaitez plus le voir, Serge, nous, c'est l'inverse ! Mais pas tout à fait pour les mêmes raisons.

– Pour lesquelles ? a-t-elle expiré, sa voix semblant soudain glisser sur la patinoire avant de s'étaler sur le fil téléphonique.

– Pour savoir s'il est encore vivant ! lui ai-je répondu avec un agacement inutile et déplacé.

Il y a eu un silence, une manière peut-être plus adroite encore que les mots pour parler.

– Vous le retrouverez, n'est-ce pas ?

A l'autre bout du fil, il n'y a plus eu que le hoquet tremblotant d'une jeune femme amoureuse et désespérée.

Je l'ai rassurée comme je pouvais. Très mal, en fait.

Par le club des *Huskies*, à Chamonix, j'ai réussi à contacter deux jeunes qui devaient effectivement rencontrer Serge Vergandi le soir précédent, pour faire une virée en boîte ensemble. Au téléphone, il leur avait parlé d'une « sacrée surprise ». Ils l'avaient attendu jusqu'à plus de 23 heures, et, en désespoir de cause, étaient sortis sans lui.

Finalement, j'ai décidé de faire appel aux services de la gendarmerie.

17 heures.

Nous l'avons retrouvé juste avant le coucher du soleil, à deux pas de chez lui, près du camping de la mer de Glace, fermé à cette période.

Le corps avait été déposé derrière une barrière, et était à moitié caché par un gros conifère.

Il gisait sur le dos, les bras le long du corps. Dans sa main droite, le jeune Serge Vergandi serrait encore une brassée de billets pour différentes rencontres du championnat de France de hockey.

Ses yeux étaient ouverts sur l'étonnement que pourraient avoir des vestiges préhistoriques exhumés en pleine avenue des Champs-Elysées.

Mais quant à la flèche qui lui avait perforé le thorax, en faisant éclater le cœur au passage, elle aurait pu figurer dans n'importe quel catalogue illustrant la fabrication des flèches au début du mésolithique. La hampe, impeccablement lissée, semblait tout droit sortie de la tige d'un noisetier, arbre réputé pour la rectitude de ses rameaux, et avec lequel se faisaient les cannes de montagne. L'empenne était constituée de plumes qui m'ont paru provenir d'un canard, ou de quelque volatile du même genre, trois rangées glissées dans des fentes dans le bois, apparemment collées avec une glu quelconque, et un ajout de petites ligatures devant et derrière pour bien resserrer le bois. Quant à la pointe, ressortie dans le dos, en y regardant mal, elle aurait pu passer pour une fabrication moderne. Mais, malgré le sang qui l'avait maculée, la finesse du travail était parfaitement perceptible. La forme générale était celle d'un petit triangle très allongé, constitué en fait de deux ailerons en silex tranchant comme un rasoir. Leur base était encastrée dans la hampe, fixée à la pièce de bois par une minuscule ligature et une glu. L'ensemble constituait une flèche qui n'avait probablement nul besoin de se tortiller pour savoir où terminer sa course une fois expédiée. Et un pouvoir destructeur, au point d'impact, équivalant à une pointe d'acier, effroyable. Serge Vergandi avait dû être foudroyé sur le coup.

Le légiste et les techniciens me confirmeraient de toute façon tous les détails.

Pendant que les gendarmes faisaient les constatations d'usage et que d'autres délimitaient la scène du crime, déjà, les spécialistes mesuraient, flashaient et notaient.

Lorsque je lui ai posé la question, l'adjudant de gendarmerie m'a précisé qu'il connaissait personnellement les parents du jeune Vergandi et qu'il les préviendrait lui-même.

Un attroupement s'était fait. Le grouillement de la mort avait commencé.

Mes pensées se sont mises à survoler les lieux. Elles faisaient autant de bruit que s'il s'était agi d'un Alouette en vol stationnaire dans mon cerveau.

J'étais parti en dilettante à la pêche. Celle d'un passé congelé, peut-être présent, et certainement aussi inoffensif qu'une carpe, qui venait ainsi s'ajouter à la longue liste que je me complaisais à collectionner : passé composite, conditionné, conditionnel, décomposé, incomposé, imparfait, parfait, passif, plus qu'imparfait, recomposé, simplifié, subjectif, virtuel... Ça continuait !

Mais je me retrouvais, plaque de flic en boutonnière, à la chasse. Celle d'un présent bien vivant, probablement issu du passé, et incontestablement aussi féroce qu'un aurochs.

8

Dans les profondeurs de la grotte obscure, un rayon de clarté s'infiltra par une fêlure de la nuit. Le jour était timide et le sommeil de chacun encore lourd.

Tumai tendit machinalement la main à côté de lui pour sentir la forme de la femme. Mais il ne rencontra que le vide. Le souvenir lui revint qu'elle était partie dans la nuit. Il se tourna, enfonçant son nez dans la peau de cheval, pour tâcher de retrouver son odeur, mais celle de la fumée, noyée dans des relents de viande cuite, de sueur et de sperme, dominait.

Il n'avait eu que le temps d'entendre le bruit du vêtement de peau qui tombait sur le sol et la femme s'était déjà glissée près de lui. L'obscurité était totale et il ne pouvait pas deviner le moindre de ses traits. Il avait voulu parler, dire « Lotha », mais, presque avec brusquerie, elle lui avait collé la main sur la bouche pour lui imposer le silence. Il avait senti son souffle tiède sur sa peau, juste devant ses lèvres, avant qu'elle ne vienne y coller les siennes.

Ses doigts calleux avaient remonté la cuisse lisse et frémissante qui s'offrait, et il avait senti les muscles se détendre et s'ouvrir pour laisser passer sa main.

Les battements de son cœur s'étaient accélérés, son souffle s'était fait rauque, tandis que ses lèvres descendaient lentement le long de son cou, de son torse, en une caresse ondoyante. Il avait senti sa poitrine sur son sexe, sa chair lisse sur ses muscles tendus. Dans la sombre sauvagerie de la grotte, leurs deux corps s'étaient activés dans un sabbat furieux, pris de frénésie, comme si elle ne parvenait pas à l'attirer suffisamment vite en lui, et lui à la posséder avec assez de violence. Elle s'était offerte d'une façon presque bestiale, toujours sans un mot, seul un râle presque discontinu manifestait son plaisir.

Ce que savait l'esprit de Tumai et ce que son corps avait ressenti étaient deux choses différentes, presque irréconciliables. Il aurait voulu faire partie d'elle et en même temps la détruire, la sauver d'une démence inconnue et la faire fusionner en lui, la prendre pendant des heures comme il avait vu faire les gros ours bruns et l'extraire en même temps de ses sens.

Il l'avait saisie par les cuisses, et tandis qu'elle s'agrippait à lui, plantant ses ongles dans son dos jusqu'à y laisser des sillons perlés de sang, il s'était englouti dans un monde plus intense que le plaisir. Lorsque enfin ils avaient joui, des spasmes insondables, presque hémorragiques, avaient traversé leurs deux ventres qui s'entrechoquaient dans un accouplement animal et furieux.

La violente émotion physique s'était ensuite épuisée en frissons, tandis qu'ils retombaient tous les deux sur la peau de couchage, pour y reprendre lentement haleine.

Il l'avait alors serrée contre lui, avait caressé son corps enfin détendu. Ses doigts avaient suivi le contour de ses lèvres, de son nez, de son front, s'étaient attardés au coin des yeux mi-clos, avaient rencontré la moiteur des tempes. Il se souvenait y avoir senti, d'un côté – il n'aurait su dire lequel –, la trace d'une cicatrice... non, c'était trop régulier... celle d'un tatouage peut-être. Beaucoup de ceux qui possédaient la connaissance des tribus étaient tatoués, il le savait. Lui-même ne portait-il pas, sur l'épaule gauche, le signe de l'ours ? Les fines lignes avaient été dessinées dans sa chair par une dague de pierre. Puis du charbon de frêne calciné y avait été ensuite inséré pour noircir la cicatrice, sans qu'il eût la moindre infection, le frêne produisant un antiseptique naturel, comme la science des temps futurs le découvrirait.

La femme s'était finalement glissée sur lui. Avec des ondulations infiniment lentes de tout son corps, elle avait semblé chercher le contact de chaque parcelle de sa peau avec celle de Tumai. L'envie était alors revenue en lui.

C'était à ce moment-là, il s'en souvint, qu'il avait entendu des pleurs, quelque part de l'autre côté du cadre qui délimitait sa pièce.

Longtemps après, la femme – il aurait juré qu'il s'agissait de Lotha – avait posé ses lèvres sur les siennes avec une tendresse extrême, pendant un temps qui lui avait paru infini. Puis elle s'était levée et avait disparu dans la nuit.

Tumai se leva, ayant du mal à extraire ces images de ses pensées. Il s'habilla rapidement, voulut faire du feu pour réchauffer son espace, mais songea que le bruit du choc des pierres allait réveiller tout le monde. Il se dirigea vers le foyer central, dans la grande salle, et y trouva facilement une braise encore rougeoyante, sous les cendres chaudes. Il la rapporta délicatement, et mit le feu à des brindilles. Il rajouta du bois plus gros et, tandis que le feu se développait, il se dirigea vers l'entrée de la caverne pour y respirer l'air frais du matin.

Il leva la tête et vit que le soleil levant peignait les nuages en orange, comme de la lave en fusion glissant lentement dans le ciel. L'air était imprégné d'un froid vif et le brouillard montait du glacier, envahissant les ravins et les collines qui n'étaient plus que des silhouettes mystérieuses dans la brume.

– Tu es bien matinal, Tumai de Skive.

La voix, sortie de l'ombre, le fit sursauter.

– Kooba ? C'est toi ?

Remis de sa surprise, il s'approcha de la jeune femme, assise dans l'ombre sur l'un des gros rochers proches de l'entrée, et s'aperçut qu'elle était recroquevillée, les bras serrés contre elle. Elle ne portait qu'une grosse veste assez longue, mais ni pantalon ni jambières, et des chausses en peau couvraient ses pieds.

– Tu as froid ?

– La contemplation des étoiles n'est pas réchauffante, avoua-t-elle.

Tumai prit sa longue veste en peau, en recouvrit les épaules de la jeune femme, et alla se chercher un autre vêtement dans sa pièce.

Au moment de ressortir, il se trouva face à face avec Lotha. La jeune femme portait une peau de nuit, entrouverte sur sa nudité. Elle se serra contre lui, puis posa ses lèvres sur les siennes. Dans la pénombre, à la lueur du feu, il put distinguer ses traits fatigués, ses yeux rougis. Il lui rendit son baiser, passa avec douceur la main sur ses tempes, et sentit à droite la légère boursouflure d'un tatouage. Puis elle disparut aussi silencieusement qu'elle était venue.

Quand il revint près de Kooba, elle lui fit signe de s'asseoir à son côté. Il s'installa à même le sol, le dos appuyé contre le rocher où la jeune femme avait pris place. Ses mains effleurèrent involontairement les jambes de Kooba, sans qu'elle réagisse. Il eut presque envie de les serrer contre lui pour les réchauffer, mais il eut peur qu'elle interprète mal son geste. Il sentit la jambe de Kooba venir s'appuyer sur la peau de sa veste, pour y chercher de la chaleur, et il n'osa plus bouger.

– J'ai longuement réfléchi, cette nuit, dit-elle à Tumai. Je sais que ce que j'ai découvert est exact, comme je vous l'ai montré. Mais je ne sais pas s'il n'est pas trop tôt pour le faire savoir à chacun.

– Mais... tes recherches, tout ce temps ?

– Nous sommes jeunes, Tumai. Nous avons encore de nombreuses saisons devant nous. Peut-être faut-il attendre un peu ?

Il tourna la tête pour regarder la jeune femme. Ses yeux lui parurent pâles et inconsistants comme la brume uniforme qui couvrait le relief.

– Nous avons encore tant de choses à découvrir sur les Anciens ! Je crois que la connaissance de ce qu'ils ont fait est peut-être plus importante, pour l'instant du moins, que celle de ce qu'ils ont pensé. Elle nous aide chaque jour à mieux les comprendre. Ce sont tes parents, Tumai ! Et les miens ! Nous sommes de leur sang ! Ne l'oublie jamais !

La violence des derniers mots étonna Tumai. Il attendit.

– Ces plaques, ajouta-t-elle en faisant s'entrechoquer les plaquettes d'os pendues à son cou, portent toute la connaissance de ce que j'ai trouvé. Quand tu viendras me voir dans le Varmland, Tumai, j'annoncerai alors ce que je vous ai fait découvrir hier soir. Et nous serons deux pour le faire savoir partout.

Tumai demeura un instant étonné. Par l'invitation, en fait, mais surtout par ce qu'elle sous-entendait. Les questions se bousculèrent dans son esprit.

– Mais, la Grande Initiation ?

– Il n'y en aura plus ! Kostai, Celui-qui-sait aura rejoint depuis longtemps le Monde de l'Au-Delà. Peut-être même vivons-nous la dernière ?

– Comment...

– Comment puis-je le savoir ? Regarde ses mains, regarde ses yeux, regarde son esprit, Tumai ! Les signes ne trompent pas !

– Et pourquoi moi ? demanda-t-il.

– Car tu es le meilleur parmi ceux qui délivrent les connaissances. Tu as trouvé le secret pour tailler le silex en fragments si petits que l'on vient te voir de loin pour

apprendre la technique. Tu as visité presque toutes les grottes des anciens clans. Tu connais les traditions mieux que personne. Tu...

– Comment sais-tu tout cela ? demanda Tumai.

– J'avais entendu parler de toi, et Celui-qui-sait m'a confirmé que toi, Tumai, tu étais bien cet homme. Et je t'ai observé. Tu as des vêtements faits avec des coutures si fines que tes outils doivent être minuscules. Tu manies la pierre à feu comme personne. Tu as découvert le secret du lance-flèches, avec lequel tu as tué le sanglier, alors que nous n'en sommes tous encore qu'au propulseur dont l'invention se perd dans la nuit des temps. Tu es celui qui m'aidera, Tumai. Dans autant de retours de saisons qu'il y a de doigts dans mes mains.

– Dans dix ans ? répéta Tumai en utilisant les nombres à compter.

– C'est cela ! dit-elle.

– Si longtemps ?

– Si je décide que les choses doivent se savoir plus tôt, je te trouverai, Tumai de Skive, au Jylland ou ailleurs !

– Et pendant ce temps ?

– Personne ne devra connaître le secret des animaux des Anciens dessinés dans le ciel.

Pendant un long moment, ils regardèrent sans un mot le furieux combat des ténèbres et du jour, avant que celui-ci ne prenne victorieusement possession des lieux.

Tumai sentit un contact, léger comme une plume ou un flocon de neige, sur sa tête. C'était la main de Kooba.

– Je t'attendrai, lui dit-elle.

– Je ne t'oublierai pas, répondit-il.

Et chacun d'eux sut que ces simples mots les liaient.

La journée fut consacrée à la présentation par chacun des découvertes faites, qui viendraient ainsi s'accumuler au savoir collectif issu des Anciens.

Ayona, des tribus du Soleil levant, leur présenta une étrange préparation.

– Elle a été trouvée, précisa-t-elle, par hasard. Une fois, une femme faisait fondre de la graisse au-dessus d'un grand feu, à l'extérieur. Il s'est mis à pleuvoir. Elle a couru s'abriter, et quand elle est revenue, plusieurs heures plus tard, la graisse avait débordé et s'était mélangée aux cendres et à l'eau de pluie. Tout cela avait formé une mousse. La femme l'a touchée, par curiosité, et a voulu la goûter. Elle s'est rendu compte qu'elle avait très mauvais goût, et qu'elle était glissante. Elle a alors voulu se rincer la main pour ôter cette mousse, et elle s'est aperçue que toute la graisse qui s'y trouvait avait disparu et que sa main était parfaitement propre. Depuis, nous avons cherché à reproduire cet incident. Les cendres, cuites dans de l'eau, puis refroidies, filtrées et enfin mélangées à de la graisse fondue, donnent ce mélange. Il nettoie parfaitement, même les taches de graisse, et en rinçant on enlève la saleté.

Avec beaucoup de détails, elle leur fit une démonstration et, en moins d'une heure, chacun put voir se former ce que les générations futures appelleraient le « savon ». Le hasard, comme souvent en ces temps anciens, avait permis une découverte. Et l'esprit humain, le « don de penser », comme avait expliqué la veille Celui-qui-sait, avait fait le reste.

Un autre homme, Omec, qui venait des lointaines tribus du nord, celles où il y avait encore des rennes, leur montra différentes inventions découvertes pour circuler dans les zones froides.

Tout d'abord, des pattes-à-marcher dans la neige. Un cadre de mélèze courbé, « en forme de plat à manger, ou de patte de mammouth », dit Omec en souriant, sur lequel de nombreux trous avaient été percés de façon à y passer des boyaux durcis qui s'entrecroisaient. Des lanières de cuir souple permettaient de fixer chaque patte-à-marcher sur les bottes, et ainsi pouvait-on circuler sur la neige fraîche sans s'y enfoncer.

Puis une planchette allongée, mince et sensiblement concave, légèrement rétrécie dans la partie centrale, faite en bouleau et munie de lanières de chaque côté. Une mince fente horizontale l'ouvrait sur presque toute sa longueur, sauf au centre. « C'est pour protéger les yeux, annonça Omec. Le reflet sur la neige est tellement fort qu'il peut rendre les yeux douloureux, et même aveugles. » Il en avait plusieurs exemplaires, et chacun put les essayer en s'approchant du glacier.

Il leur montra aussi différentes techniques pour fourrer les bottes, avec de la laine de mouflon, ou des feuilles séchées de laîche.

Une autre femme, Yolda, expliqua en détail les techniques pour rendre le cuir lisse et souple, même s'il venait à être mouillé accidentellement. Ce cuir permettait d'y coudre les coquilles percées, les disques d'ivoire, les perles d'os, les dents trouées qui servaient d'ornement, surtout pour les tenues funéraires.

Chulai, lui, fit une démonstration éblouissante de taille. La technique pour obtenir un outil, tel un couteau, était bien connue maintenant. Et même s'il fallait plus de deux cent cinquante coups pour aboutir à l'objet fini, cela faisait partie des acquis des Anciens et n'intéressait plus ceux qui portaient les connaissances. Mais il alla plus loin. Il prit un bloc de silex qu'il avait apporté, préparé en nucleus, de forme presque cylindrique. Il demanda à un assistant de le tenir verticalement, sur une pierre plate qui lui servait d'enclume. Il appuya un poinçon pointu fait en andouiller de cerf sur l'arête coupante, le frappa avec une pierre et débita une longue écaille, avec laquelle, à l'aide d'un poinçon plus petit, il fabriqua sous leurs yeux des petites lames triangulaires et en demi-pointes. Les pointes et les tranchants étaient exceptionnels, et ces pièces pouvaient s'adapter par encochage ou collage à n'importe quelle pièce de bois. En cas de rupture, elles étaient rapides et faciles à remplacer, beaucoup plus que les traditionnelles pointes de silex ou d'os.

A la fin de sa démonstration, Chulai remercia, sans le nommer, car ainsi en était-il lors de la Grande Initiation, celui qui lui avait enseigné cette technique. Les regards de Kooba et de Tumai se croisèrent un instant.

Ambro, des tribus des Roches blanches, les plus proches du territoire des anciens clans, fit un point complet sur la connaissance de toutes les techniques picturales. Il sortit d'un sac qu'il avait apporté avec lui différents minéraux à pigments, plusieurs pierres à broyer, ainsi que les récipients pour écraser les minéraux : palettes en pierre, os de forme creuse provenant de crânes d'animaux ou d'omoplates, et même quelques coquillages. Il montra à chacun comment s'effectuait le broyage. Chacun participa au travail. Une fois la poudre obtenue, et selon les échantillons broyés, les couleurs des traditions apparurent. L'ocre avait fourni le jaune, le rouge et le brun ; le manganèse, le noir et le marron foncé ; le kaolin, la couleur blanche ; la limonite et l'hématite, l'orange, le rouge et le bistre.

Les poudres furent délayées, soit dans de l'eau, soit dans de la graisse animale prélevée sur le sanglier, formant ainsi des liquides plus ou moins pâteux.

Sur un pan de la grotte qu'il avait soigneusement repéré la veille, un schiste clair et bien sec, il avait gravé au burin de silex les traits d'un mammouth, et il montra différentes techniques d'application des colorants. Les plus primitives, le doigt nu ou la main, des crayons d'ocre, des tampons de fourrure. Les plus évoluées, des pinceaux faits de poils de sanglier ou de crin de cheval, des tubes utilisés comme vaporisateurs en soufflant dedans. Comme il le reconnut, si la technique des Anciens était maintenant assez bien connue, bien qu'on ne pût déterminer si les méthodes d'application avaient été utilisées séparément ou ensemble, la symbolique de leur art restait incompréhensible. Certains pensaient que les signes représentaient des caractères sexuels : les ovales, les triangles et les carrés pour des vulves, les bâtonnets et les points pour des signes masculins. D'autres se demandaient pourquoi les animaux les plus consommés n'étaient que rarement représentés.

– Mais peut-être Kooba de Skoghall a-t-elle effectivement trouvé la vraie explication ! conclut-il finalement.

Kooba choisit cette opportunité pour annoncer, lentement et en expliquant bien ses raisons, qu'elle souhaitait attendre avant que sa découverte ne soit divulguée par ceux de la Grande Initiation. Sans néanmoins évoquer son accord passé avec Tumai. Tous en furent étonnés, mais comprirent que sa décision était irrévocable. Celui-qui-sait résuma en demandant à chacun de s'engager à respecter la décision de Kooba de Skoghall et à ne pas évoquer, à leur retour dans leurs tribus, cette découverte.

Seul, Saldan des tribus de la Rivière débordante, un homme aux cheveux bruns et bouclés, fit une remarque que beaucoup trouvèrent désobligeante.

– Peut-être n'est-elle tout simplement pas sûre de ce qu'elle dit ! Et, dans ce cas, sa présence ici ne se justifiait pas !

Personne, ni Celui-qui-sait, ni aucun autre, ne répondit, et un trouble traversa le groupe pendant un long moment. Le visage de Kooba se fit aussi inexpressif que celui d'un masque de gypse et, lorsque ses yeux croisèrent ceux de Tumai, il ne put supporter son regard.

Finalement, il fit diversion en proposant de présenter le lance-flèches.

Il avait repéré en arrivant, un peu en contrebas de la grotte, une zone relativement plate et suffisamment longue pour pouvoir y lancer des traits en toute sécurité. Sur un gros arbre, à hauteur de tête d'homme, il fixa une peau de lapin en guise de cible. Se reculant d'une trentaine de mètres, il demanda aux participants, tous parfaitement habitués au propulseur, de toucher la cible. Si le jet avec cette invention pouvait atteindre plus de 130 mètres, la portée mortelle pour un animal était à peu près celle où Tumai avait installé la cible. Tous les hommes essayèrent plusieurs fois, y compris Tumai, ainsi que Kooba et Lotha. Les meilleurs jets touchèrent la peau sur ses bords extérieurs, mais jamais en plein centre. Tumai prit alors le lance-flèches, leur décrivit le bois utilisé, la façon dont il avait été mis en forme par mouillage, une technique bien connue, et installa la corde, faite de boyaux de cervidé.

Il sortit de son carquois une flèche, leur en fit découvrir les détails. La hampe venait d'un noisetier, arbre réputé pour la rectitude de ses rameaux. L'empenne était constituée de plumes de faisan, glissées sur trois rangées dans des fentes dans le bois et collées avec de la glu d'épicéa. Des ligatures renforçaient la fixation des plumes. La pointe était en silex, taillée comme celles utilisées pour les sagaies, mais plus petite, fixée à la hampe par une longue et fine ligature. Le poids était peut-être le quart de celui d'une sagaie pour propulseur.

Tumai visa avec soin et, du premier coup, sa flèche vint se planter en plein centre de la peau de lapin. Il recommença trois fois son tir, et chaque fois la flèche vint se planter dans la peau.

En s'approchant, tous purent constater que la flèche était rentrée plus profondément dans l'arbre que n'importe quelle sagaie lancée avec un propulseur.

– A partir de notre époque, déclara Tumai, le propulseur va disparaître. Il sera remplacé par cette arme, beaucoup plus précise et légère, et plus adaptée au petit gibier actuel de nos forêts. Et avec les pointes interchangeables de Chulai, les flèches seront plus faciles à réaliser.

– En es-tu certain, Tumai ?

La voix de Kooba fit se taire l'assistance, puis elle continua.

– Vous ne mettez pas en doute ses propos, alors que vous semblez, toi en particulier Saldan, avoir des doutes sur mes affirmations !

Sans dire un mot, elle ôta la flèche fichée dans l'arbre, la tendit à Tumai, et alla se mettre dos à l'arbre. Sa tête se trouva à côté de celle de la peau.

– Je suis aussi sûre de ma découverte que de la justesse des paroles de Tumai et de la précision de son tir. Si j'ai tort, il n'y aura personne pour le regretter. Si j'ai raison, vous en aurez tous été témoins ! Tire Tumai !

Il y eut un brouhaha général, Celui-qui-sait voulut s'interposer, puis finalement, devant la décision irrévocable de Kooba, chacun s'écarta de l'arbre.

Tumai recula jusqu'au point de tir. Jamais, il n'avait tué un être humain. Ni même eu la tentation de le faire. Il pensa aux trois tirs précédents. Il mit la flèche en position, tendit la corde. Ses yeux ne devaient pas se porter sur ceux de Kooba. Elle n'existait pas, il n'y avait que cette peau sur l'arbre ! Rien d'autre ! Il visa. Il devait oublier Kooba. Lentement, son esprit se vida, oublia. Ses doigts s'ouvrirent, la flèche partit.

Elle se ficha à une main de la tête de Kooba, en plein dans la peau de lapin. Jamais la jeune femme n'avait fermé les yeux.

Elle se décolla de l'arbre, enleva la flèche, la rendit à Tumai lorsqu'il l'eut rejointe.

– Je n'ai jamais douté de toi ! lui dit-elle si doucement que personne d'autre ne put l'entendre, et, pour la première fois, elle lui sourit.

Puis elle se planta devant Saldan.

– Tu dois présenter les découvertes de ta tribu demain, Saldan. Mais je pense que tu ne verras aucun inconvénient à mettre en jeu leur véracité de la même manière que je viens de le faire !

L'homme brun la regarda, blêmit, se sentit observé par tout le groupe, baissa la tête. Il voulut dire quelque chose, mais les mots restèrent dans sa gorge. Peut-être la peur ? Ou l'orgueil ? Il fit demi-tour et regagna la caverne.

Alors, tous se précipitèrent vers Kooba pour la féliciter de son courage. Seule Lotha profita de l'instant pour venir près de Tumai, tout près.

– Je n'ai jamais douté un instant que tu réussirais ! lui dit-elle.

La similitude de sa réflexion avec celle de Kooba le fit sourire. Lotha prit cela pour elle. Ses doigts frémissaient lorsqu'ils saisirent d'un geste vif et impatient ceux de Tumai.

– Kooba a eu tort, dit-il. Je ne crois pas qu'il soit bon de provoquer ceux de la Terre-Mère. Ils ont déjà assez de colère en eux pour qu'on leur offre des prétextes à ne pas pardonner.

La soirée fut animée, comme celle de la veille, chacun semblant avoir oublié les tensions de la journée.

Personne, pratiquement, ne remarqua que le ciel ne présentait qu'un tapis obscur, que les étoiles s'étaient effacées, remplacées dans les cieux par des bourrasques venues du nord. La neige arriva au milieu de la nuit sous forme de petits flocons presque timides.

Cette nuit-là aussi, dès que tout fut silencieux dans la grotte, la femme revint rejoindre Tumai sur sa couche.

De nouveau, il entendit le bruit feutré du vêtement de peau qui tombait sur le sol. De nouveau, la femme se glissa nue contre lui et lui mit un doigt sur la bouche pour l'inciter au silence.

La rencontre de ces deux corps faisait partie de ces moments rares où physique et sentiments se rejoignaient. Mais peut-être ne le savaient-ils pas, ni l'un ni l'autre ? Leurs corps furent à l'unisson, loin de l'animalité de la nuit précédente.

Finalement, elle se retrouva couchée sur lui, ses bras enserrant la tête de l'homme, sa propre tête nichée dans le creux formé par le cou et l'épaule de Tumai. Son corps était abandonné, reposé. Il caressa le dos de la femme, longtemps, en parcourant sa peau fine du bout de ses doigts, presque gêné de les savoir si rêches.

Puis ses doigts s'attardèrent sur la nuque, remontèrent le long des tempes, et il sentit de nouveau la légère marque du tatouage. Il essaya d'en déterminer le dessin, le perçut régulier, peut-être un rectangle, ou quelque chose qui en avait les contours.

Quand, enfin, il voulut parler, elle posa ses lèvres sur les siennes, aussi légères qu'un papillon, puis elle se leva et disparut dans la nuit.

Les rêves de Tumai furent peuplés d'une chorégraphie stellaire d'animaux et d'étoiles enchevêtrés, d'une transe magmatique de flèches et de visages mélangés. Ceux de Lotha et de Kooba.

– Tumai ! Tumai ! Réveille-toi !

Il hésita un moment entre le rêve et la réalité, se décida à ouvrir les yeux. Un visage était penché sur le sien. Il mit quelques secondes à reconnaître celui de Kooba !

– Kooba ? Que se passe-t-il ?

– Mon collier de plaques a disparu ! Et Saldan aussi !

9

Vendredi 19 décembre, 20 heures.

Les constatations relatives au corps de Serge Vergandi avaient duré longtemps après que la nuit était tombée. Son corps avait alors rejoint à l'hôpital celui de Denis Servoz, les réunissant ainsi dans une dernière virée dans la glace.

L'atmosphère générale empestait un échec écrit d'avance. Tous sentaient bien qu'il y avait dans la nature de ces meurtres un motif qui leur échappait totalement. Une odeur de froid et de définitif s'était répandue, que j'avais toujours associée à celle de l'oubli. Mais je me refusais à céder par avance au sentiment d'impuissance qui semblait avoir contaminé les premiers enquêteurs.

Je décidais d'attendre le lendemain pour avoir les résultats complets du légiste.

La route du retour vers Talière s'est faite au ralenti. Le bruit de mes pensées, insistant, me perforait le crâne comme l'écho d'un marteau-piqueur. Chaque enquête se présentait pour moi comme un enfantement douloureux. Rassembler les éléments, les secouer, faire tomber les hypothèses, les trier, encore chaudes ou déjà refroidies. Et surtout ne pas devenir l'esclave d'une théorie. Les théories changeaient. On était passé de l'euclidien au quantique, du keynésianisme au mondialisme libéral, des quatre éléments des

Anciens au tableau périodique de Mendeleïev. Et ça continuait ! Il fallait savoir changer en cours de route. Même si, comme ici, d'obscures évidences s'imposaient telles un bel oxymoron.

J'avais depuis longtemps laissé mon équipe régler directement les affaires classiques. Le vol, la délinquance, l'insécurité, la drogue, leur appartenaient. Tous ces trucs qui faisaient l'ordinaire des flics que nous étions. Des hommes et des femmes vivant le côté sombre de la vie. Totalement noir, même. En tentant de supporter, chaque matin, coincés entre deux tranches de pain et recouverts d'une couche de Nutella, le clodo retrouvé mort de froid, la brave gamine violée dans un sous-sol de HLM, le curé pédophile couvert par son évêque, et toutes ces saloperies que notre société avait générées au nom du fric tout-puissant. En avalant une bonne tasse de café pour faire descendre le tout. Amer et bien noir. Comme Satan qui avait enfin réussi à déboulonner de son piédestal un dieu qui l'avait mis au tapis au commencement des temps. Vivions-nous leur fin ?

Dans tous ces cas, les enquêtes proprement dites se menaient sans mon intervention personnelle. Sauf celle, homéopathique, minimale et indispensable, pour manifester à mes braves mon appui total et suivre l'avancement pratique et administratif des choses.

Mais les affaires de meurtre, dès lors qu'elles présentaient un soupçon d'obscurité, étaient toujours restées mon jardin secret. Celui dans lequel j'aimais à gratter la surface pour y découvrir les mystères de l'âme humaine. En sachant que si aucune créature ne se sacrifiait ou ne se faisait souffrir inutilement, au nom de l'instinct de survie, ce même instinct en condamnait d'autres. Et l'homme, de tout temps, avait été le prédateur suprême.

Les raisons pour lesquelles ces deux meurtres venaient d'être commis étaient aussi évidentes qu'un cheval coincé dans une armoire : empêcher de retrouver un corps vieux de dix mille ans, perdu quelque part dans un glacier. Et aussi obscures : comment en était-on arrivé là ?

Et si le *qui ?* présentait une allure siliceuse, dure et tranchante [1] de début du monde, le *pourquoi ?* était de toute façon enfoui à 3 200 mètres dans le glacier de Talière.

Une sombre vérité s'imposait : les deux seules personnes qui connaissaient l'emplacement précis du corps hypothétique n'étaient plus là pour le révéler !

Mais un postulat semblait en découler : il devait donc bien y avoir quelque chose là-haut, dans la glace ! Quelque chose dont l'existence possible, et *a fortiori* la découverte, pouvait être si gênante que deux vies avaient été effacées du grand-livre des vivants sans une hésitation ! Et en le faisant bien savoir, pour qu'il n'y ait pas d'erreur possible sur le sens de ces morts !

Aline m'attendait. Elle avait été informée par Lina Hagfors du meurtre de Denis Servoz. J'ai eu une hésitation avant de lui annoncer celui de son jeune assistant.

– C'est une folie ! a-t-elle chuchoté, atterrée.

– Oui. Mais la folie a le sang encore chaud, lui ai-je gentiment répondu. Ici, il est bien froid !

Aline était infirmière. La mort était son ennemie omniprésente et inaliénable.

– L'homme en a une expérience journalière et naturelle. N'est-ce donc pas suffisant pour qu'il veuille encore la reproduire ? a-t-elle poursuivi dans un monologue dont j'étais le confident.

Moi, j'étais flic. La camarde n'était qu'une complice incontournable. Peut-être l'avais-je acceptée avec tous ses défauts ? Ou bien m'avait-elle un peu apprivoisé ?

---

1. Le silex est une roche siliceuse très dure constituée de calcédoine presque pure. Minéral dont la plupart des variétés (agate, cornaline, jaspe, onyx, etc.) sont bien belles et inoffensives.

– Tu vois, il n'y a pour l'homme que trois événements réellement importants dans son existence : naître, vivre et mourir. Mais tout est frustration. Il ne se sent pas naître, il oublie de vivre, et il souffre de devoir mourir !

– Tu penses comme certains que vivre est une maladie et mourir le remède, c'est ça ?

– Je ne sais pas si la mort est un quelconque remède à quoi que ce soit, mais elle est certainement une vérité absolue. Même si elle ne permet pas de révéler les secrets de la vie. Ce qui serait au moins une consolation quand on va à son unique rendez-vous avec elle !

Pendant un instant, le temps a glissé devant nous en silence.

– Crois-tu que leur mort soit la preuve de l'existence d'un corps là-haut ?

– Je n'ai fait que penser à cela en revenant ici. Pour l'instant, je ne peux t'offrir qu'une seule réponse en forme de question : qui peut être au courant de la découverte de Denis Servoz ?

– Personne au commissariat, en tout cas. N'oublie pas que tu es officiellement en vacances ! Il y a toi, moi, ton patron, le préfet, le Pr Thomsen, c'est limité !

– Tu oublies tous ceux qui gravitent autour : les secrétaires, les chercheurs du musée de l'Homme, les spécialistes de l'informatique qui ont analysé la photo de la main. Sans parler de celui qui a pu être le confident de Denis Servoz, sans qu'il nous l'ait signalé !

– Celui, ou celle, non ?

– Peut-être. Le doute est permis. Du moins pour le premier meurtre. Pour le second, j'ai essayé d'imaginer les circonstances. Notre tueur a remis les billets à Serge Vergandi. Ils se disent au revoir, probablement à côté de la voiture de notre inconnu. Serge s'éloigne, heureux comme tout, sans se douter qu'il vient de rencontrer Lucifer en personne. L'homme prend son arc, met la flèche en place. Il faut faire vite, une histoire de quelques secondes. L'arme était toute prête, certainement sur le siège arrière gauche, du côté le plus pratique. Il hèle Serge, qui doit déjà être à plusieurs mètres. Celui-ci se retourne. La flèche part. Il la reçoit en plein cœur. Soit dit en passant, le type doit être un sacré tireur ! Je vois mal notre archer avec un arc de tir. Beaucoup trop encombrant compte tenu des circonstances. C'est pourquoi j'opterais probablement pour un arc de chasse, plus petit et plus maniable. Et je ne sais pas si tu as déjà essayé ce genre d'engin, mais il faut une sacrée force pour le bander. Alors, imagine que la flèche a traversé le corps de part en part ! Je parierais pour un homme, vois-tu !

– Mais pourquoi, Marac, pourquoi ?

– Toute la question est là ! Mais je ne vois que deux hypothèses. La première, il s'agit de quelqu'un d'ici. En y réfléchissant bien, même si Denis Servoz, sous le coup de l'excitation, a pu souffler quelques mots de trop, je reste convaincu qu'il n'a dit à personne du coin ce qu'il a effectivement découvert. Peut-être a-t-il fait une simple allusion.

– Et dans ce cas ?

– Quelqu'un a eu peur !

– Peur ? Mais de quoi ?

– D'un passé enfoui dans la glace !

– Le silence au prix de deux vies ?

– Seule la mort est absolue, le silence n'est qu'une façon d'étouffer l'infini !

Le glacier a eu le temps d'avancer de quelques millimètres avant que nous continuions.

– Tu m'as parlé de la première hypothèse. Et la seconde ?

– La fuite provient d'en haut. Du côté de ceux qui ont eu accès à l'information du couteau en silex et de la photo de la main. Quelqu'un qui, pour une raison que nous ignorons, ne veut pas qu'une telle découverte soit faite.

– Le musée de l'Homme ?

– Oui. Ou la préfecture !

– Mais c'est... c'est... une enquête impossible !

– C'est bien mon avis. Et en fait, dans cette hypothèse, je ne vois qu'une seule solution vraiment réaliste.

Aline m'a regardé, la curiosité aux abois.

– Retrouver la faille, et ce qu'il y a dedans. Chercher, chercher, et retrouver ! Nous avons deux indices : elle est à la cote 3 200 et il faut aller voir à 35 mètres de profondeur. Simplement, il y a un hic, et de taille !

De nouveau les yeux bleu cobalt se sont rivés aux miens.

– Quand Denis Servoz a pris sa série de photos, il neigeait, et cela a duré pendant trois jours. Autrement dit, une bonne partie des séracs doit être maintenant recouverte de neige ! Sans parler de l'avancée du glacier !

– L'avancée ?

– Oui. Le corps ne pouvait être que dans cette sorte de bassin, ou de dépression souterraine par-dessus laquelle le glacier a coulé pendant tous ces millénaires. Très haut en altitude, presque au sommet, là où elle commence, où les vents sont si forts que la neige se fixe peu. Sinon, il serait ressorti depuis bien longtemps déjà. Peut-être, au fil du temps, est-il finalement remonté légèrement, et il a fini par frôler la masse en mouvement qui l'a alors entraîné. D'après mes souvenirs du glacier de Talière, il est dans une zone où des dépressions et des compressions se succèdent. Les crevasses s'ouvrent, puis, un peu plus loin elles se referment. L'avancée journalière peut être de 50 centimètres à 1 mètre, je me renseignerai plus en détail. C'est-à-dire plus de 2 mètres depuis la découverte de Denis Servoz. Et, si nous n'agissons pas vite, la crevasse va se refermer !

– Mais alors, que vas-tu faire ?

– Pour commencer, profiter de toi et de Melinda ! Dans trois jours, c'est Noël ! Pour une fois que les vacances nous sont offertes par la maison !

20 h 30.

Vu l'heure, j'ai appelé le patron chez lui.

Sa voix est passée de l'Orient-Express à celle d'un train de marchandises, avant de se perdre dans un tunnel, puis de carrément dérailler dans un silence aussi assourdissant qu'une catastrophe neuronale.

– Moi qui rêvais d'une mission tranquille... a-t-il enfin soufflé du fond de ses décombres.

– Les rêves sont imparfaits, patron, vous le savez. Il n'y a que trois vérités absolues : le rire, les larmes et la jouissance !

– Et le temps..., a-t-il cru bon d'ajouter.

– Il est difficile de rester vraiment raisonnable quand on s'attaque à ses mystères. Qu'ils soient congelés ou pas ! Les humains, les choses, tout ce qui est matériel et ne l'est pas, tout peut disparaître. Sauf le temps lui-même, tissé de silence et d'inaccessibilité, indomptable, inconnaissable et tout-puissant. Qui nous défie chaque jour !

Parfois, ça me faisait du bien de coller un coup de poésie sur le macabre !

J'ai quand même eu le temps, avant de raccrocher, de lui confier la charge de prévenir le Pr Benjamin Thomsen.

22 heures.

Ce soir-là, après le repas, bien installés devant la cheminée, en compagnie de Lina Hagfors qui nous avait rejoints, Melinda nous a raconté une légende de son pays.

– Plus personne ne se souvient exactement comment les choses se sont passées, lorsque Wakinai, l'ours clair, a vaincu Wakinan, l'ours noir.

« Selon les uns, Wakinai avait découvert une ruche dont il se régalait chaque jour. Elle était si grande et infinie qu'elle aurait pu l'alimenter toute sa vie et que les rayons de miel se perdaient dans le ciel. Survint Wakinan. Sans souci des convenances, il voulut se saisir de la ruche. Ce fut l'occasion d'une grande bataille, avec des poils clairs et des poils noirs volant partout. Wakinai était dans son bon droit. Jamais quelqu'un ne doit toucher au butin d'un autre. Naturellement, Wakinan reçut une correction bien méritée, et, en tant que guerrier vaincu, il dut quitter la tribu. Pour toujours ! Les lois étaient inexorables, et il savait sa faute impardonnable.

« Quittant les lieux qu'il connaissait, il abandonna la grotte où il vivait l'hiver, le paysage familier, dit un dernier adieu à la vallée et s'enfonça dans la montagne. Tout en marchant, il pleurait tant, de dépit et de chagrin, que les larmes lui brouillèrent la vue. C'est pourquoi il ne remarqua même pas qu'il allait tout droit vers le Pays des Neiges.

« Plouf ! Il tomba dans une congère, s'en sortit avec difficulté, se frotta les yeux, et réalisa enfin où il était. Du blanc, rien que du blanc ! De la neige et de la glace partout !

« Je trouverai bien une piste, se dit-il. Et il se remit en route. Avec la neige, la glace et le vent, sa fourrure noire devint toute blanche. Cependant il ne remarquait rien. Il allait toujours, montant, montant vers le sommet de la montagne enneigée. Il finit par déboucher dans un étrange pays où régnait une nuit profonde et glaciale, où personne ne s'aventurait, où seul le bruit de la neige craquant sous ses pas l'accompagnait. Et, par-dessus sa tête, le ciel resplendissait.

« La faim le tenaillait. Un peu plus haut, là où le Pays des Neiges touchait les cieux, il aperçut une colonne d'or qui tombait du ciel et la vit dégoulinant de miel jusque dans la ruche qu'avait trouvée Wakinai. Magnétisé par l'éclat de cette route, son estomac criant bonheur, il se mit à courir, courir, c'est à peine si ses pattes effleuraient le sol. Et, dans un dernier bond, il voulut s'envoler.

« Le voilà dans les airs, secouant sa pelisse enneigée, plus léger qu'une plume, volant de plus en plus haut.

« Mais seule la belle trace de la neige de son manteau resta en l'air, accrochée dans les cieux, formant une piste blanche. Tu peux encore la regarder, elle est là, cette trace, dans le ciel, regarde ! Les Visages pâles, eux, appellent ça la Voie lactée. Mais nous tous, les Indiens, savons bien qu'il s'agit du pont des Ames mortes, qui poursuit sa route vers les terrains de la Chasse éternelle, ceux qu'a trouvés Wakinan, l'ours noir qui avait quitté les siens. »

Melinda s'était tue. Tous, nous l'avions écoutée sans l'interrompre. Pendant quelques instants, nous sommes restés silencieux, pour profiter des bienfaits cachés du conte.

Puis, Double-Mètre a sauté sur les genoux de Melinda d'un air désapprobateur.

– Allez, dis, tu me racontes la suite ! a-t-il jappé.

Les dons cachés de Melinda étaient aussi indéterminés qu'évidents, faits d'un mélange de télépathie et de ce que, faute de mieux, nous aurions pu qualifier de spiritisme ou, selon les appellations modernes, de transcommunication [1]. Sans jamais savoir si tout cela résultait de pouvoirs effectivement paranormaux ou simplement d'un sens particulièrement développé de l'observation des choses et des êtres, acquis, comme pour d'autres de sa tribu, au contact étroit et permanent de la nature et des animaux. J'avais appris que, bien souvent, ce qu'elle nous racontait n'était ni gratuit ni fortuit.

– Et l'ours noir, qu'est-il donc devenu ? ai-je questionné à mon tour.

– Il a disparu dans les glaces et, quand les autres l'ont retrouvé, il était tout raide !

---

1. Aux Etats-Unis, Sarah Wilson Estep a fondé l'AAEVP, *American Association Electronic Voice Phenomena*, et elle interroge les êtres disparus avec la TCI, *Transcommunication Instrumentale*, technique électronique de communication avec l'au-delà.

– Quels autres ?

– Les autres ours qui étaient partis à sa recherche pour lui pardonner ! Un peu de miel, ça ne méritait peut-être pas ça !

– Melinda, dis-moi, pourquoi nous as-tu raconté cette légende ?

– C'est Wakantanka [1] qui me l'a demandé.

Melinda s'est levée et est allée à la porte-fenêtre, comme pour contempler le glacier invisible dans la nuit. Elle avait autre chose à dire, et le silence a soudain rempli la pièce, lourd et épais comme une confidence inavouable.

– Et elle ! a-t-elle finalement ajouté en désignant la masse de glace.

Je me suis approché et, doucement, je l'ai serrée contre moi.

– Qui, *elle* ?

– Le glacier. Mais il me parle au féminin.

Double-Sentimental s'est soudain mis à hurler à la mort en bon descendant de loup qu'il avait été voilà quelques millénaires.

Après cette virée dans mes réflexions et dans l'inexplicable auquel m'avait accoutumé ma petite Indienne, le sommeil et la nuit m'ont submergé comme une lame de fond. Je m'y suis noyé sans même m'en rendre compte, emporté dans un maelström où la lune cessait de ressembler à un croissant congelé et où l'univers avait bien retrouvé ses deux pieds sur terre. Au réveil, mes idées étaient claires, mes pensées tournaient rond et juste comme des balles tirées en pleine cible.

---

1. Souvent traduit, à tort, par le *Grand Manitou* (nom algonquin) ou le *Grand Esprit*, alors que son sens indien serait plutôt celui de *Grand Mystère*, ou de *Grand Tout*.

Samedi 20 décembre, 7 heures.

Du glacier, dehors, le brouillard s'élevait comme d'un chaudron géant, masquant les détails sous des nuages fantasmagoriques. D'après ce que m'avait dit la propriétaire, il ne s'agissait pas là d'un signe de beau temps. Le glacier avait absorbé les récentes chutes préhivernales, les avait transformées en glace, et rendait à la nature son trop-plein d'humidité. A elle, maintenant, d'enclencher un nouveau cycle et d'alimenter le grand géant glouton de son unique mets favori, la neige.

Les conclusions du légiste, je le savais, ne m'apporteraient que peu de précisions. Je préférais attendre celles des techniciens, et j'ai donc remis ma visite à plus tard.

J'ai contacté la Compagnie des guides de Chamonix, l'ENSA [1], les services locaux de Météo France, le PGHM [2], dénommé par tous le « service des secours en montagne », et me suis finalement rendu compte que toutes les informations à caractère météorologique ou concernant la sécurité en montagne aboutissaient finalement à la Maison de la montagne.

Je suis descendu retrouver l'ancien prieuré près de l'église Saint-Michel. Je gardais des souvenirs vifs de la place de l'église et de la place Balmat. Mais j'ai dû me rendre à l'évidence. Avec la statue de Saussure et Balmat, c'était bien à peu près tout ce qui n'avait pas changé ! Le village m'est apparu comme la concrétisation d'un dépliant touristique. Un Super U faisait face à une boutique Sergio Tacchini, le casino vous alpaguait maintenant du regard avec ses machines à sous, black-jack et roulette relégués au rang d'anecdote, un Souvenirs des Alpes contemplait

---

1. Ecole nationale de ski et d'alpinisme.
2. Peloton de gendarmerie de haute montagne, unité spécialisée créée en 1958.

tristement un Labo Kodak en se demandant où était la belle époque des grands de la photo, les lignées des Tairraz, Gay-Couttet et Rebuffat, oubliés au profit des posters de la mer de Glace édités sur papier glacé non recyclable en millions d'exemplaires et vendus à côté de marmottes à sifflet *made in China* en poils synthétiques. Ultime déshonneur, un Bureau des guides – ces dissidents de la Compagnie des guides, mais tout aussi professionnels – avait dû se satisfaire d'un triste entresol pour laisser de la place à un salon de thé et à une boutique Piercing et Tatoo.

Quant à ces diables de British, ils avaient continué dans le village l'invasion entreprise sur les sommets dès la quatrième ascension du mont Blanc, et il allait bientôt devenir plus difficile de déjeuner français que de voir un coq chanter cocorico sur la place de la Concorde à Paris. L'Irish Coffee annonçait les couleurs avec sa pancarte « bar à cocktails ». Une Miss W faisait du gringue à un Bar'd up, un Queen Vic annonçait ses *ales, lagers, wines and spirits*, et même une *pyjama party*. Les Goofy, Bumblebee et autres pubs concurrençaient très sérieusement les Croq'minute, *ristorante* et pizzerias et les épiceries s'appelaient ici *Wines, spirits and fine food*.

Bref, la parfaite illustration d'un univers où la passion des hauteurs s'était vite résumée à la raison des compteurs, ceux qui font les comptes, bien entendu, et ne racontent rien.

10 heures.

Le gars qui m'a reçu, un dénommé Patrick Chapez, était le prototype du parfait Savoyard. Il devait trimbaler la mémoire génétique d'un spermato germé dans les roustons de l'arrière-arrière-arrière-grand-père, couvé par cinq générations dans le compost du pays et expédié en recommandé et port dû à un gamète femelle, authentifié origines pures à

100 % de la vallée, pour être mis à l'air libre avec le visage bronzé, le corps ton béchamel [1], les skis aux pieds et le sac au dos.

Le type devait être sympathique dans ses bons jours, mais il avait l'air aussi fatigué qu'un réveille-matin, et j'en ai déduit que la dernière nuit de la semaine avait dû se terminer au petit jour. J'ai eu droit à un sourire épanoui comme un fil de fer, des yeux couleur de bouteille de bière et une expression aussi lointaine que les neiges du Kilimandjaro. J'ai failli lui dire que je ne venais rien lui piquer, ni même essayer d'acheter un terrain pour m'implanter sur place, mais je me suis abstenu et j'ai préféré lui tendre ma carte.

– Vous venez pour Denis Servoz ?

– C'est bien ça. Vous le connaissiez bien ?

– Nous le connaissions tous, ici. J'ai appris par la radio ce qui est arrivé. Franchement, personne ne comprend !

– Dites-moi un peu comment se passaient les choses lorsqu'il faisait des relevés sur les glaciers.

– Il travaillait d'une façon totalement indépendante. C'était un gars très actif, qui avait en fait pas mal d'activités. Des missions avec EDF, avec le laboratoire de glaciologie de Grenoble, des conférences, des contrats avec différentes communes, dont Chamonix, les Houches, Talière. Il intervenait aussi dans des expéditions polaires, et il a même écrit un bouquin. *Le Mont-Blanc et ses glaciers*. Il surveillait l'état des glaciers, été comme hiver. Pour essayer de mieux les comprendre, et d'éviter des tragédies, dans la mesure du possible.

– Et au niveau de ses rapports ?

– Il y en avait un par quinzaine, automatiquement. Et un pour tous les cas particuliers. Notamment pour les grosses

---

1. Inventée par le marquis de Béchameil, maître d'hôtel de Louis XIV, le roi qui raffolait de la blancheur pour les sauces et la peau des dames, sur le dos desquelles il s'essuyait les mains (d'où les grands décolletés !).

chutes de neige, et les risques d'avalanche qui, vous le savez, sont directement liés à la température de la sous-couche des jours précédents. Et un bulletin aussi lors des grosses pluies, ou des périodes chaudes anormalement longues. Il nous prévenait des risques de circulation l'été sur la glace, pour les guides.

– Et le dernier rapport, vous l'avez reçu quand ?

– Le 15, comme d'habitude ! Il n'y avait rien d'anormal de signalé.

– Il vous l'a transmis comment ?

– Par mail.

– Mais depuis, il a neigé ?

– Exact, mais pas suffisamment pour provoquer une alerte quelconque, d'autant plus que la saison n'est pas vraiment commencée. Il nous a juste envoyé un avis nous informant des risques à circuler dans certaines zones.

– Par mail également ?

Le gars s'est gratté les cheveux coupés au sécateur et collés au gel, et s'est transformé en un hérisson, avant de chercher le rapport.

– Non. Il est simplement passé nous remettre le papier. Ça lui arrivait fréquemment.

– Et ça concernait quelles zones ?

– Tenez, voilà, m'a dit le fatigué en me tendant une feuille.

J'ai mis deux minutes pour m'accoutumer à la présentation du document.

– Toute la vallée Blanche entre 3 200 et 2 900 mètres, séracs du Géant, du mont Mallet sous les Périades, et Talière de 3 500 à 3 200 mètres, ai-je résumé. C'est ça ?

– Oui. En fait, un avis pour les professionnels. Aucun péque... particulier, ne s'aventure dans ces coins tout seul à cette saison.

– Vous savez comment il pratiquait ?

– A pied, en raquettes, à skis, en motoneige, ça dépendait du temps, de la saison et du glacier. Mais vous devriez demander à Serge, son assistant, il vous donnera tous les détails.

La nouvelle du décès de Vergandi n'avait pas encore été diffusée, et j'ai retardé l'instant de son annonce.

– C'était un pote à vous, Denis ?

– Pas un pote, non. Il était devenu un ami. C'était un type bien.

– Et avec les femmes ?

– Il était célibataire, vous savez. Et plutôt beau gosse. Enfin, c'est ce qu'en disaient les filles... Alors... Mais il avait une règle. Jamais deux à la fois ! Même s'il restait rarement plus de quelques mois avec la même. Je crois qu'il cherchait un peu son idéal !

– Tout idéal prend un aspect désagréablement cynique quand il se concrétise. Il vaut mieux le mettre de côté et laisser faire le hasard !

– Peut-être bien, je n'en sais rien. Denis, lui, rêvait de fonder une famille, de se mettre enfin en ménage. Il avait trente-huit ans et il pensait qu'il était temps.

– Vous savez ce que c'est un ménage ? n'ai-je pu m'empêcher de lui dire. C'est comme un musée où seraient exposés les petits riens de la vie. La première scène, le décès d'un beau-père, l'accident de voiture, le cancer de la cousine...

– C'est vous qui êtes cynique, commissaire !

– Comme l'idéal de Denis, je vous l'avais bien dit ! Excusez ma digression ! Sa dernière copine, vous la connaissez ?

Il a ouvert les bras en signe d'impuissance.

– Après avoir quitté Nadia, une fille de Genève qu'il avait rencontrée ici l'été dernier, il a eu un passage à vide. Et depuis quelque temps, je sais qu'il fréquentait de nouveau. Mais je ne peux pas vous dire qui. Il était un peu secret sur ce genre de choses, vous voyez. Pas le type à étaler ses sentiments. Plutôt à les vivre dans l'intimité.

– Aucune idée ?

Il m'a fait non de la tête, d'un air vraiment désolé.

J'ai encore tenté ma chance. Peut-être était-ce un homme qui avait bandé l'arc fatal au jeune Serge ?

– Vous pensez qu'il aurait pu avoir des tendances homosexuelles ?

– Effacez cette hypothèse de vos tablettes, commissaire ! Il y a du beau monde ici pour vous prouver le contraire. Non, je crois que ce n'était pas du tout son genre, c'est tout !

– Une dernière question, Patrick. Quand Denis n'était pas sur ses glaciers, ni avec une nana, il faisait quoi ?

– Il étudiait la préhistoire. L'homme moderne, le paléo...

– Paléolithique.

– C'est ça ! Il m'a bassiné des heures sur l'*Homo erectus*, l'homme de Tautavel, de Neandertal, celui de Cro-Magnon, les fresques de Lascaux, celles de Pech-Merle, et je ne me rappelle plus lesquelles encore ! Il avait même suivi des stages de taille de silex, je ne sais plus où dans le Sud-Ouest.

– Et les grottes d'ici ?

Il m'a regardé comme si je venais soudain de faire réciter d'un seul souffle, en contralto et en canon, la table de multiplication de 19 par Enoch, Mathusalem et Noé réunis ! L'histoire de la grotte de Talière était bien passée à l'oubliette du temps !

– Une dernière question, et je m'en vais. Denis Servoz travaillait de temps en temps, paraît-il, avec un photographe, un type qui fait de l'animalier. Vous sauriez qui ?

– C'est Martial Munari, le Studio blanc. Il est dans la rue Whymper, juste derrière le Musée alpin, vous ne pouvez pas vous tromper. Une grande gueule, mais très serviable.

Je l'ai remercié et m'apprêtais à partir, lorsqu'une pensée m'a traversé l'esprit.

– Au fait, ai-je dit, Serge Vergandi, l'assistant de Denis, ne comptez plus sur lui. On l'a retrouvé près de son domicile hier soir, il a été tué la même nuit que Denis. Si quelque chose vous revient, n'hésitez pas à m'appeler. Je suis aux Lucioles, à Talière.

Il m'a regardé en hochant la tête de droite et de gauche, comme s'il venait d'assister à un point marqué dans un jeu dont il ne connaissait pas les règles. Celui de la vie et de la mort. Lui vivait le grand panorama blanc. Moi, le grand Cinérama noir.

Probablement m'a-t-il pris pour un flic blasé de la mort. Mais je préférais encore voir ces pensées flotter dans l'air plutôt que de céder au parfum entêtant et lourd dont la faucheuse avait lancé les premiers effluves dans la vallée.

En sortant, j'ai croisé un reflet dans la grande vitre du hall. Un type brut, paraissant sorti de décombres ou d'une avalanche de boue qui l'ensevelissait lentement. Le survivant d'un monde où, dix mille ans plus tôt, hommes et femmes puisaient leur force dans la pierre et le sang pour survivre dans un univers incompréhensible.

Je lui ai adressé un petit signe de reconnaissance. Il m'a répondu, me conjurant de m'accrocher des mains, des pieds, des dents au fragile édifice que nous nommions humanité.

11 heures.

Je suis remonté voir Lina Hagfors au chalet. Elle m'a confirmé qu'en hiver Denis Servoz se déplaçait toujours en motoneige sur le glacier de Talière. Il utilisait la piste d'accès qui avait été tracée par EDF jusqu'à la cote 2 400, où démarraient les galeries souterraines, et qui permettait d'éviter la première grande barrière de séracs. L'été, il utilisait un petit télésiège de service qui arrivait à la même plate-forme. Quelquefois même, quand il devait y faire plusieurs interventions de suite, il lui arrivait de laisser l'engin dans le garage des Lucioles. Mais, la dernière fois, il l'avait ramené sur la remorque derrière son 4 × 4, elle en était certaine.

Le vilain, aux Pècles où habitait le glaciologue, est sorti sur le pas de sa porte alors même que je me garais. Il avait toujours sa canne à la main, son air de gardien de bœufs enragés, et si aucun fanion ne dépassait de sa braguette, du moins était-elle toujours ouverte sur des béances obscures. Il m'a lancé le regard d'un boa condamné à avaler un porc-épic, avec une joie de me retrouver évidente. Mais celle-ci s'est vite transformée en une gêne de devoir partager avec moi quelque vieux secret inavouable remontant du passé. Un grondement est monté le long de son cou, est resté en équilibre sur ses lèvres avant de s'évacuer comme le bruit d'un torrent lointain.

– Agence Pinkerton, vous m'aviez dit ! Je pouvais pas savoir, moi !

– Qu'est-ce que vous ne pouviez pas savoir ?

– Que vous aviez rendez-vous avec lui !

– Bien, maintenant vous savez ! Et vous savez même qu'il est mort !

– Ça, je l'aurais jamais cru !

– Quoi donc ?

– Qu'il vous fixe un rendez-vous avant de mourir !

– Moi non plus, voyez-vous !

Celui-là, avec son encéphale à digérer des cailloux et à en ressortir du sable, il aurait fait fureur dans l'*Organon*, le traité de la logique d'Aristote !

– Il avait un skidoo, Denis ?

– Un quoi ?

– Une motoneige, un scooter des neiges.

– Ben oui, pourquoi ?

– Je n'ai rien vu dans son garage. Vous savez où il le garait ?

– Dans le chalet suivant. Il y a un garage double et il s'était mis d'accord avec les vieux.

– Vous avez les clés, je suppose. On y va !

Le grondement le long de son cou est devenu une explosion tellurique. Ça vibrait de partout.

– J'ai pas d'ordres à recevoir de vous, hein ! Et d'abord, vous êtes qui ? Moi, je vous connais pas. N'êtes pas d'ici, d'abord !

Le type m'a fait pitié. N'être gâté, ni au physique ni au mental, constituait vraiment un sacré handicap pour la course de haies de la vie. Aucune chance d'arriver classé ! Mais il me faisait aussi perdre un temps fou. Celui qui tombait dans le sablier et qui ne remontait jamais. J'ai failli sortir ma carte, je me suis ravisé. J'ai pris mon flingue, lui ai collé le canon sous le nez avec un gentil sourire.

– L'agence Pinkerton, vous connaissez sa spécialité ?

Le type louchait sur le canon à s'en coller une distension du nerf optique. Il s'est mis à pomper l'air comme un diesel marin, et s'est couvert d'une sueur rance. J'ai vu le moment où ses membres allaient s'égoutter comme de vieux linges pendus à l'envers. Il n'a pas attendu la réponse, a lâché sa canne, est rentré farfouiller dans un tableau mural, et a filé comme un chien de chasse, les clés en proue, en direction des petits chalets. Il a cherché la bonne clé, a laissé tomber le trousseau, l'a ramassé, a recommencé l'opération, a positionné la clé à l'envers avant de réussir enfin à l'enfiler dans le trou de la serrure. Il a soulevé la porte basculante. Je suis entré.

– L'efficacité, ai-je eu le temps de lui souffler au passage.

Le scooter était bien là, sur sa remorque. Un gros modèle biplace comme j'en avais vu au Québec, de marque Arctic Cat. Un moteur de 70 ou 80 chevaux, capable de circuler à plus de 180 kilomètres/heure sur du plat, et de grimper sur un mur de neige avec un peu d'habitude. Accroché à l'arrière, sur une espèce de ber conçu de toute évidence spécialement pour cet engin, il y avait tout un matériel spécialisé : une échelle repliable en de multiples éléments, deux longues cordes soigneusement pliées, une profusion de pitons, de pieux à neige et de vis à glace de modèles variés, et même, en y regardant d'un peu plus près, une tente à armature pour la haute montagne et une sacoche contenant du petit matériel de base pour bivouac.

Sous le guidon, glissée dans une pochette plastique, il y avait une check-list complète. Décidément, ce Denis Servoz était un type organisé !

Bien que convaincu de l'inanité de ma recherche, j'ai cherché dans tous les recoins un GPS ou un relevé quelconque des dernières zones contrôlées. Rien !

Je me suis senti revenir à la case départ, au commencement de tout.

Au début, tout était beau ! Je m'étais senti capable d'anéantir mes ténèbres quotidiennes et ma confusion sentimentale par K.-O. technique. Un esprit clair, net, impeccable, pur comme de l'orge mondé, au point que mon patron avait cru bon de m'offrir des semi-vacances ! Certainement rimaient-elles pour lui avec fécondes. Mais, pour moi, elles avaient saupoudré mon esprit de soupçons de détente blonde et profonde. Il fallait se rendre à l'évidence, et le bref état des lieux chamoniard ne laissait planer aucun doute : dans notre monde, qu'il soit des bords de mon lac irisé de ses reflets insolemment argentés ou des séracs du glacier entretenu dans son éternité impalpable, qu'il soit de la misère à l'opulence, de l'ombre à la lumière, la bête inique prospérait. La mort était le dénominateur commun, le point où on finissait toujours par se retrouver.

Au début, en fait, tout n'était pas beau, non ! Au début, il y avait Satan ! Et il avait fait un sacré cadeau à Dieu en lui laissant fabriquer l'homme à son image ! Un trésor qu'il lui avait offert ! Une fiction fugace laissée au gros barbu pour lui faire croire qu'il s'appropriait le gâteau terrestre, qu'il possédait l'homme et son avenir, alors qu'il n'avait même pas été foutu de le raccrocher à son nombril ! Un bel investissement pour l'avenir, qu'il s'était fait faire, le gars Lucifer !

– Hé, Pinkerton, on fait quoi maintenant ? La porte, elle tient pas toute seule, hein !

Le vilain m'a tiré de mes errances mémorielles et j'ai constaté que, effectivement, le contrepoids gisait au sol et que le gars m'offrait la lumière, tel Atlas soutenant une voûte céleste.

Je suis sorti et la porte s'est refermée dans un grincement métallique.

– Dites-moi, je suppose que les gendarmes vous l'ont déjà demandé, mais si quelqu'un arrive ici, vous ne pouvez pas le manquer ?

– En voiture, impossible ! Je connais tous les modèles des propriétaires. Et puis, vous avez vu, c'est minuscule le chemin vers chaque chalet. Si une voiture s'engage là, la seule solution pour ressortir c'est la marche arrière. C'est pourquoi il y a le parking visiteurs.

– Et à pied ?

– En passant par l'autre côté, par la forêt, n'importe qui peut venir ! Il y a même un petit chemin de tracé ! Moi, l'assassin, je suis certain qu'il est passé par là !

– A l'aller ou au retour ? ai-je murmuré.

– Comment ça ? a grogné l'homme *non sapiens*.

– Il a très bien pu arriver avec Denis, le flinguer et repartir de l'autre côté.

– M. Servoz était un brave type, mais de là à rentrer chez lui avec son assassin, il y a un monde, quand même !

J'ai préféré ne pas faire de commentaires, l'ai salué et lui ai tendu une carte de visite sur laquelle j'ai griffonné le numéro des Lucioles. En partant, j'ai entendu le gars qui maugréait.

– Pinkerton... Il se prend pour un Américain celui-là !

Il n'y avait pas à dire, le type avait au moins un sens aigu de la géographie !

11 h 45.

Quand je suis arrivé, Martial Munari était en train de briquer sa voiture, garée sur le trottoir, juste devant sa boutique.

L'engin était un gros 4 × 4 Chevrolet *made in US*, un pick-up à quatre portes, modèle long, encombrant comme un paquebot, qui devait être équipé d'un moteur de tractopelle, consommer comme un Boeing et avoir des performances de Mobylette. Mais ça en jetait, et après un petit tour au téléphérique de l'aiguille du Midi en prenant au moins quatre places conçues pour nos voitures européennes, toute la vallée était au courant ! De plus il était blanc, avec deux énormes M entrecroisés formant la silhouette d'une montagne, et était aussi recouvert de publicité pour le studio photographique qu'un Marquisien de Nuku Hiva de tatouages.

Quant au propriétaire, je me suis demandé comment il arrivait à conduire un engin pareil. Vu de loin, il paraissait aussi large que haut, devait faire 1,65 mètre, avait une tête de ballon de handball, coiffée de copeaux de chêne, posée sur un cou de séquoia et un corps de taureau, probablement sa meilleure arme pour fermer et ouvrir les portes. Il portait une combinaison blanche marquée également du double M, aussi moulante qu'un préservatif prêt au départ, et il remuait son chiffon avec l'activité d'un hippopotame batifolant dans une mare. A ce rythme, sa voiture serait nickel au prochain printemps. Probablement un signe de la patience qu'il lui fallait dans sa spécialité de reporter animalier.

Je me suis présenté. Le gars parlait en fracassant les consonnes comme un punching-ball, mais sa compassion pour Denis Servoz était sincère, et j'ai vu le moment où il allait mouiller de larmes son capot étincelant. Comme le jeune Patrick Chapez, de la Maison de la montagne, me l'avait laissé entendre, le type avait un ego d'enfer. Si important que si on lui avait demandé de citer les trois plus grands reporters animaliers du monde, il aurait certainement oublié le nom des deux autres.

Je voulais simplement savoir si Denis Servoz avait pu lui glisser deux mots en lui rendant son matériel, mais j'en ai été pour mes frais.

– Denis est passé là alors que je n'étais pas dans la boutique. Je profitais des derniers jours avant la saison pour apprécier la tranquillité des hauteurs. C'est la période idéale pour les lagopèdes et les tétras-lyres en robe mixte. Et croyez-moi, dans ce domaine, j'ai des photos qui ont fait le tour du monde. *National Geographic*, *Géo*, *La Vie sauvage*, ils me les ont tous achetées. Vous n'avez jamais vu mes reportages sur l'aigle royal du Beaufortain ?

– Non, désolé, moi, mon sujet de reportage c'est Denis Servoz !

– Bien sûr, bien sûr ! Denis, c'est... c'était un pote depuis longtemps, et je lui avais laissé les clés de la boutique. Quand je suis revenu, deux jours après, il m'avait laissé un petit mot de remerciement, en me précisant qu'il avait fait quelques développements au labo. Il savait s'y prendre, vous savez. Il était doué, et je lui prêtais souvent du matos un peu spécialisé, surtout pour ses histoires préhistoriques. La macro, les éclairages rasants, les flashes circulaires, c'est moi qui lui avais tout appris, croyez-moi !

– Je vous crois, lui ai-je dit, en songeant au cliché de la main dans la glace, qui n'avait pas dû être facile à réussir.

– Je le garderai toujours, son dernier petit mot, m'a ajouté la face ronde d'un air profondément ému.

Finalement, c'était vraiment un bonhomme avec le cœur sur la main. Mais toute sa bonne volonté ne m'avait pas fait plus avancer qu'une urne un soir d'élections. Je l'ai remercié, et me suis dirigé vers ma voiture, le moral en vrille, comme Diogène à la recherche de sa mythique lumière.

– Eh, commissaire ! m'a fait la voix du photographe. Je m'excuse, mais...

Il avait l'air gêné.

– Denis... quelque temps avant que je lui confie mon matériel photo, je lui avais passé un instrument à expérimenter et... il ne me l'a pas rendu. Vous ne l'auriez pas retrouvé, par hasard, dans ses affaires. Je suis sûr que c'était un oubli de sa part...

– De quoi s'agit-il ? lui ai-je demandé.

– D’un GPS miniature. Ça se présente comme une montre, et d’ailleurs ça fait office de montre, aussi ! C’est un matériel que j’ai pu avoir par l’armée américaine, très performant, avec une précision au mètre et un suivi de routage, alors...

– Nom de Dieu ! ai-je murmuré en fonçant vers ma voiture.

10

Voilà maintenant près de deux heures qu'ils avaient quitté la protection bienfaisante de la caverne du Haut, et ils avançaient tous deux d'un pas soutenu.

Tumai faisait la trace dans la neige peu profonde, avançant d'une enjambée qu'il avait progressivement raccourcie pour que Kooba, qui le suivait, puisse s'y adapter et placer ses pieds sans effort dans ses empreintes. Une corde de quelques mètres les reliait, nouée à leur taille, et ils étaient lourdement chargés.

Depuis longtemps déjà, ils avaient renoncé à parler, se concentrant sur leur effort, silhouettes spectrales glissant sur un tapis blanc.

Déjà, dans l'esprit de Tumai, tant sa concentration sur chacun de ses pas était intense, les événements précédents se décomposaient lentement en lambeaux dans sa mémoire.

Après que Kooba lui avait annoncé le vol de ses plaques, il ne lui avait fallu que quelques secondes pour se préparer. Il l'avait suivie dans sa pièce, située un peu plus profondément dans la grotte que la sienne.

– J'enlève toujours mes plaques pendant la nuit, avait-elle expliqué. Cela me gêne pour dormir. Et je les pose là, avait-elle ajouté en désignant une pierre plate située loin à l'intérieur de sa pièce.

– Comment pouvait-il le savoir ?

Et se rendant compte de l'inutilité de sa question, les faits étant là, Tumai avait ajouté aussitôt, tout aussi inutilement :

– Tu n'as rien entendu ?

– Je ne veux pas que ces plaques et la découverte qu'elles représentent soient divulguées par quelqu'un d'autre que moi ! Et quand je le déciderai, tu le sais, avait ajouté Kooba en regardant le chasseur droit dans les yeux.

Quand ils s'étaient décidés à rejoindre la salle commune, ils avaient été surpris d'y voir déjà une certaine animation. Omec, le voisin de Kooba avait entendu leur conversation et était allé prévenir Celui-qui-sait. Celui-ci, hâtivement habillé d'une grande peau de nuit, s'était assis devant le foyer central, et déjà quelques participants l'avaient rejoint. Maintenant, la nouvelle s'était répandue à travers les cloisons souples des pièces à vivre, et rapidement, les uns après les autres, les participants rejoignaient Kostai.

Personne ne fit réellement attention à l'absence momentanée de Tumai. Ou peut-être certains pensèrent-ils tout simplement qu'il était allé à l'extérieur procéder à quelque tâche fort naturelle.

Pendant que Lotha s'activait pour faire repartir le feu, Kooba avait résumé les événements.

– Je suis convaincue, avait-elle dit, que Saldan veut tirer avantage de ma découverte, et la répandre comme s'il en était l'auteur. Probablement ai-je eu tort de le provoquer hier, même si mon intention n'était pas de le voir collé le dos à l'arbre et Tumai en face de lui avec une flèche, mais je n'ai pas supporté ses insinuations. Nous tous, qui sommes ici, représentons le meilleur des connaissances des Anciens, et son attitude était... indigne !

– Tu as raison, Kooba de Skoghall, avait repris Celui-qui-sait. Mais les choses faites sont faites, celles dites sont dites, et rien ne sert de s'y enliser. Il faut maintenant savoir ce que nous décidons.

– J'ai déjà pris ma décision, Kostai, avait alors annoncé Kooba d'un air dur. Saldan n'a que quelques heures d'avance. Je vais le rattraper, où qu'il soit ! Et partir tout de suite !

Un brouhaha s'était ensuivi, et l'avis général avait été que Kooba connaissait très mal la région, et que, en bas, dans la vallée, et même juste à côté, il y avait ceux de la Horde. Elle courait au-devant des pires ennuis !

Une voix s'était alors élevée.

– Je vais aller avec elle ! Saldan n'est pas parti vers la vallée, mais vers le glacier.

Tous s'étaient retournés vers l'entrée de la grotte d'où la voix avait jailli. Tumai s'y tenait, sa silhouette se dessinant en contre-jour sur un blanc laiteux.

– Je viens de relever ses traces, avait-il précisé. Il est parti vers le sud, par le chemin qui conduit aux glaces. Et là, sur la neige fraîche, j'ai vu ses pas qui montaient la pente.

– Il est fou ! avait dit une voix.

– Tu as dit, sur la neige fraîche ? avait lancé Omec en se levant pour s'approcher de l'entrée, bientôt suivi par tous, surpris du tapis neigeux qui recouvrait déjà tout le paysage.

– Non, je crois comprendre ce qu'il veut faire, avait énoncé Kostai de sa place. Il veut atteindre le haut du glacier, traverser les crêtes et, de là, redescendre sur les grandes neiges du sud qui dominent l'immense plaine de la Rivière débordante. C'est la façon la plus rapide pour lui d'éviter la vallée, ceux de la Horde, et de rejoindre sa tribu de l'autre côté du glacier.

En fait, il avait peu neigé, et les flocons continuaient à tomber sur un rythme lent, dans un ballet mouillé et froid qui faisait ressembler le ciel à une immense chape cotonneuse et incertaine.

Au début, cette neige avait permis à Tumai et Kooba de suivre facilement les traces de Saldan. Il avait choisi la solution naturelle qui consistait à longer les flancs rocheux, pour éviter les crevasses profondes qui pouvaient présenter un danger dès qu'on se dirigeait vers le centre du glacier.

Mais au fur et à mesure que le temps avait passé, les empreintes avaient été recouvertes par la pellicule blanche, sans que cela puisse générer le moindre doute dans leur esprit sur les intentions de Saldan. Il comptait bien atteindre le sommet du glacier !

Maintenant, ils avançaient dans une neige qui leur arrivait à la cheville. Cependant, ils avaient jugé, d'un avis commun, qu'il valait mieux continuer encore avec leurs grosses bottes de neige plutôt que de mettre à leurs pieds les pattes-à-marcher d'Omec, qui auraient certainement ralenti leur rythme.

Leur départ s'était fait sans précipitation, avec calme et détermination. Selon Celui-qui-sait, il leur faudrait au moins deux jours pour arriver au sommet du glacier. A condition d'éviter les pièges, surtout ceux du ciel. Si les conditions venaient à se détériorer brutalement, peut-être même ne pourraient-ils plus avancer ! Et leur vie valait plus que n'importe quelle découverte ! Et lui, Kostai, Celui-qui-sait, s'était formellement engagé devant tous à dire la vérité au cas où Saldan viendrait à répandre la découverte des plaques, si Tumai et Kooba ne pouvaient pas le rejoindre.

Omec avait jugé la situation avec l'habitude que lui donnaient les conditions climatiques de sa région, les grands territoires du nord où les rennes couraient encore. Il avait été d'une efficacité totale pour préparer leur départ. En quelques instants, il avait chargé les deux sacs à dos, celui de Tumai et l'autre destiné à Kooba, qu'un des hommes dénommé Lanai lui avait prêté, avec des tranches de viande séchée, des galettes de plantes, des fruits secs et de gros bouts de gras qui restaient du sanglier. Il avait ajouté deux plats à cuire, et, dans une vieille peau, tous les restes de charbon de bois, ainsi que des brindilles, des herbes et des branchettes sèches, qui leur permettraient de faire un feu ou deux, si besoin était. Omec avait fourni deux paires de pattes-à-marcher ainsi que des protections pour les yeux. Avec une rapidité étonnante, il avait taillé dans une peau de bison deux grandes pièces ovales, qui pouvaient se refermer avec une lanière, et constituaient une protection quasiment inusable autour des bottes, si celles-ci venaient à se détériorer. Avec le reste de la peau, il avait taillé des semelles intérieures, et avait rajouté des herbes sèches pour mieux isoler du froid.

Tumai emportait aussi une longue lance sans pointe, qui lui permettrait de tester la neige devant lui, pour éviter les risques d'une crevasse cachée.

Yolda leur avait confié une grande peau de bovidé, d'un cuir blanc et souple, totalement étanche, leur avait-elle garanti, pour s'en recouvrir et s'abriter de la neige s'il le fallait. Cela se rajoutait à la longue corde et à la peau à dormir qu'ils emportaient chacun, ainsi qu'à leurs vêtements, pantalon, veste, moufles et bonnet de fourrure. Tumai avait son grand manteau d'herbes tressées et une femme avait offert le sien, en peau, à Kooba.

La jeune femme emportait un couteau et une hache en silex, Tumai son couteau en ivoire, son arc et cinq flèches. Au dernier instant, chacun s'était précipité pour offrir quelque chose d'utile. Chulai, dans une bourse en cuir, une dizaine de têtes de flèches utilisables par simple emboîtement. Ambro de la graisse pour le visage, et un gros paquet d'ocre écrasé qui pourrait, selon lui, soigner de petites plaies ou même les brûlures du froid. Et Lotha une petite lampe à éclairer pleine de suif et équipée de sa mèche. Au moment de lui glisser l'objet, elle s'était serrée vivement contre lui et lui avait murmuré :

– Je t'attendrai, Tumai.

Compte tenu du fait qu'il n'y avait pas de lune, Saldan n'avait pu partir qu'aux prémices de l'aube, de façon à avoir un minimum de visibilité.

Aussi, Tumai et Kooba en avaient-ils conclu qu'ils ne pouvaient guère avoir plus de trois à quatre heures de retard sur le fugitif. Mais probablement, avec leur chargement, avançaient-ils plus lentement que lui. C'est pourquoi ils espéraient que le temps se dégraderait et qu'avec la neige épaisse Saldan serait mis en difficulté.

Ils avaient quatre jours devant eux. Quatre jours, leur avait dit Celui-qui-sait. Un de plus que ce qui avait été prévu pour la Grande Initiation. Après quoi, tous devraient quitter la caverne du Haut pour rejoindre leurs tribus. Cela ne pouvait être changé, car ensuite, il n'y aurait plus de vivres pour le groupe.

Malgré la neige, ils avaient vite enlevé leurs manteaux, trop chauds, et les avaient rajoutés sur leur sac, par-dessus les peaux.

Dans cette espèce de brume neigeuse, la visibilité était faible, et ils avaient déjà dépassé deux glaciers affluents du Grand Glacier, qui tombaient du nord et venaient se fondre dans l'immense courant de glace blanche au milieu d'un enchevêtrement de séracs. Là, Tumai avait avancé en utilisant systématiquement le long bâton pour tester la neige devant lui. Malgré la faible visibilité, la grande muraille de rochers se devinait, et bientôt, il le savait pour avoir observé le glacier depuis la grotte, le jour précédent, la pente deviendrait plus raide, puis le glacier s'incurverait vers le soleil couchant, et les grands séracs commenceraient.

Sans qu'ils en aient réellement pris conscience, la neige était progressivement devenue plus dense. Les flocons étaient plus gros, plus lourds, et, régulièrement, ils devaient maintenant se passer la main sur les yeux pour enlever l'accumulation de neige qui se formait sur leurs sourcils et leurs cils. Ils avaient bien essayé les protections pour les yeux, mais, en quelques secondes, la fente se recouvrait de neige et ils naviguaient alors comme des aveugles.

Une heure plus tard, la neige leur arriva bientôt à mi-mollets. Ils durent chausser les pattes-à-marcher, presque heureux de se trouver maintenant dans des conditions de supériorité par rapport à Saldan.

Pour tout dire, si celui-ci s'était trouvé devant eux à plus de dix mètres, ils ne l'auraient probablement pas vu ! Mais il paraissait logique qu'il ait suivi le même itinéraire que le leur, le plus évident.

Ils avançaient.

Bientôt, ils perdirent toute conscience du temps et du moment de la journée. Même la faim et la soif s'étaient absentées de leur corps, leur esprit était si absorbé par leurs pas qu'il ne semblait plus trouver de temps pour commander à leur estomac.

Ils marchaient maintenant depuis sept heures, sans avoir pris la moindre pause, dans des conditions hivernales, et surtout d'altitude, auxquelles ils n'étaient pas vraiment accoutumés.

La fatigue venait, commençant à les submerger, et souvent, l'un comme l'autre, ils prenaient une grande poignée de neige fraîche, l'écrasaient dans le creux de leur moufle et la suçaient avec avidité. Peut-être aussi, par vanité déplacée ou orgueil inutile, aucun d'eux ne voulait-il tout simplement reconnaître sa fatigue !

Les crevasses, faciles à repérer quelques heures auparavant, et qu'ils avaient contournées en toute sécurité, devenaient maintenant invisibles, se recouvraient de ponts de neige encore trop fragiles. Des corniches de neige friable dégringolaient à leur passage, en blocs dont la taille dépassait largement la leur. La hantise d'une crevasse invisible obligeait Tumai à sonder la neige à chaque pas.

Ils étaient arrivés dans le grand corridor précédant l'incurvation du glacier vers le sud-ouest, la surface n'y était plus aussi plate et lisse qu'auparavant. Ils pataugeaient maintenant dans des monticules de neige fraîche, trébuchaient sur des amas de glace recouverts de poudre blanche, glissaient dans des creux sournois, coinçaient leurs pattes-à-marcher dans des fissures invisibles, contournaient des blocs instables.

Au fur et à mesure qu'ils prenaient de l'altitude, le vent se faisait plus violent. De brusques bourrasques arrivaient comme des ondes glacées sans crier gare, les agressant férocement, leur coupant brutalement le souffle, pénétrant comme des aiguilles gelées dans leurs poumons, les obligeant souvent à s'arrêter, à se mettre la main devant la bouche et à attendre que le vent ait faibli avant de repartir. La fatigue rendait leurs réflexes plus lents, leur attention plus relâchée.

Ils avaient maintenant atteint le point le plus dangereux du Grand Glacier, qui se présentait en fait comme un champ de séracs, mais ni l'un ni l'autre ne pouvait en avoir la moindre idée tant la visibilité était réduite.

Ils avançaient.

La longue lance de Tumai s'enfonça dans la neige d'un mouvement devenu presque machinal. L'homme appuya sur elle, traversa la couche de neige fraîche à la recherche du sol gelé. Il n'eut pas le temps de réaliser qu'aucune résistance ne se trouvait à l'autre bout. Soudain sans appui, son bras plongea en avant, puis son corps. Un bruit sourd, étouffé, terrifiant, accompagna sa chute. Une gerbe de neige poudreuse jaillit du sol. La crevasse se révéla devant ses yeux. Il sentit son corps tomber en avant, planta ses pattes-à-marcher dans une tentative désespérée pour se raccrocher au sol ferme, sentit son corps glisser, sut instantanément qu'il était incapable de freiner la chute inexorable. Il tendit la lance en avant, la sentit se bloquer de l'autre côté de la fissure, la tenant en appui contre sa poitrine. En même temps, il perçut la tension de la corde à sa taille. Kooba, de son côté, tentait de le retenir et, par la même occasion, de ne pas être entraînée avec lui.

Tout son corps, depuis ses cuisses, surplombait le gouffre de glace. Du fond montaient des grondements sourds, des plaintes incompréhensibles. Ce n'était pas son imagination, mais simplement la répercussion, à travers la masse glacée, des craquements des crevasses qui se fermaient ou s'ouvraient, et du mouvement constant du glacier qui glissait, s'étendait, basculait. Ces bruits, par leur étrangeté, le terrifièrent plus que la béance elle-même. Ils semblaient être des émanations lugubres, des invitations à venir découvrir cet abîme bleuté.

Il sut qu'il ne pourrait pas tenir longtemps ainsi, et qu'au moindre mouvement il basculerait.

La tension autour de sa taille se relâcha, Kooba venait de se séparer de lui.

– Vite ! put-il articuler pour la jeune femme, sans que son esprit ait la lucidité d'imaginer ce qu'elle pouvait tenter pour le sortir de cette situation.

Il attendit, immobile, percevant, à travers le souffle du vent et les craquements montant de la crevasse, d'autres bruits, ceux de Kooba. Soudain, il sentit la corde autour de sa taille se tendre de nouveau, commencer à le tirer vers l'arrière. Il raidit son corps, tentant de limiter les frottements, d'offrir le moins de résistance possible à la traction. Il poussa sur la lance, tendit ses bras, se trouva bientôt avec l'extrémité de la hampe dans les mains et les bras en extension. Puis il n'eut plus aucun appui, son corps fut suspendu au-dessus du vide. Mais sa taille était maintenant en appui sur le bord de la faille.

– Ne bouge pas encore ! entendit-il.

Encore une traction, et, d'un mouvement prudent, il put rouler sur le côté, se rétablir et s'allonger sur la neige, le souffle court.

Il tourna la tête, vit Kooba, à deux mètres de lui, allongée dans la neige, haletante. Elle s'était assurée avec sa longue corde à un bloc glacé qui les surplombait de quelques mètres et, ainsi arrimée, avait réussi à tirer Tumai. Il imagina l'effort, se demanda si lui-même aurait réussi une telle manœuvre.

A quatre pattes, il rejoignit la jeune femme qui tremblait. Il se plaqua contre elle, l'enserrant de sa masse de fourrure, collant son visage contre le sien.

– Tu m'as sauvé la vie, murmura-t-il.

– Tu as mis en danger la tienne pour me suivre, répondit-elle, comme si elle se devait d'être quitte de son action.

Lentement, leurs deux respirations retrouvèrent un rythme normal.

– Nous ne pouvons plus continuer, dit-il enfin. Il faut trouver un endroit où nous arrêter.

La visibilité était maintenant réduite à quelques mètres, mais, ils le savaient, les falaises étaient là sur leur gauche, à quelques centaines de mètres tout au plus.

Ils obliquèrent vers elles.

Sans le savoir – mais comment l'auraient-ils pu ? – ils manquèrent leur jonction avec Saldan. Celui-ci était à peine à plus de trente mètres au-delà de la faille qui avait failli être fatale à Tumai.

Saldan avait parié sur un temps qui, sans être beau, resterait acceptable, même avec la faible neige qui tombait lors de son départ. Cela lui permettrait d'atteindre le dôme du glacier et de basculer sur l'autre versant, exposé au sud et donc, il le supputait, plus facile.

Il aurait pu gagner son pari, mais il l'avait perdu, il le savait.

Durant les trois dernières heures, avec la neige qui s'était installée en tempête, le simple fait d'avancer était devenu un exploit. Chaque pas le faisait s'enfoncer jusqu'à mi-cuisses, il avait par miracle échappé aux pièges des crevasses, mais maintenant sa détermination autant que ses forces l'avaient abandonné. Lui aussi avait été contraint de s'arrêter. Là où il était, là où ses dernières forces l'avaient conduit.

Il avait creusé la neige sur un mètre de profondeur et s'était recroquevillé dans la cavité ainsi créée. Par-dessus sa tête, il avait disposé la grande peau de nuit qu'il avait emportée avec lui, et, peut-être inconsciemment, il avait laissé sa lance verticale, la pointe de silex en haut. Il se tenait replié sur lui-même, comme un fœtus arraché de son nid dans l'attente d'une hypothétique renaissance.

Lui, l'homme des plaines, eut le temps de songer à la Rivière débordante, au soleil qui, là-bas, écrasait la Terre-Mère, au son des oiseaux dans les roseaux et les ajoncs de son enfance. Bientôt, il ne fut plus que deux narines frémissantes aspirant un air confiné, et sa poitrine un long halètement luttant contre l'inéluctabilité d'une mort blanche.

Sa main droite se referma sur le collier de plaques qu'il avait passé autour de son cou.

– Les traditions des Anciens, eut-il le temps de songer avant de s'endormir. Si cela était vrai !

La mort rôdait dans les parages, impalpable et si matérielle à la fois. Mais elle n'eut pas le temps de se faufiler dans son esprit pour y laisser les funèbres images du Monde de l'Au-Delà. Il était trop épuisé.

Tumai avait repris la tête. Kooba l'avait sauvé et l'homme sentait maintenant frémir en lui un autre sentiment pour cette femme mystérieuse et farouche. Peut-être le sens d'une responsabilité qui le dépassait. Ses entrailles le savaient, sans que son esprit en soit conscient, il aurait risqué sa vie pour elle sans la moindre hésitation. Il lui semblait avoir partagé avec elle, un instant, le Monde de l'Au-Delà. Cette chose innommable qui sortait de ses propres ténèbres, et la sensation d'écailles tranchantes qui grattaient dans la chair de son futur cadavre.

Brutalement, comme cela se produit en montagne, la nuit tomba.

Tâtant le sol avec précaution à chaque pas, avançant comme des aveugles, ils se dirigeaient vers la barrière de rochers. Au bout d'un temps qui leur parut infini, la pente s'accentua, presque brutalement. Ils surent qu'ils avaient quitté la zone des séracs et qu'ils approchaient du roc. Ils firent les derniers mètres en trébuchant, moitié debout, moitié à genoux, épuisés.

La masse sombre, presque verticale, se trouva soudain devant eux.

Ils la longèrent, quasiment collés à la paroi, à la recherche d'un creux dans le roc susceptible de leur offrir une protection pour la nuit.

Une brèche brutale les obligea à gravir encore quelques dizaines de mètres couverts de neige. Les parois, de chaque côté, se resserrèrent, aboutissant à un cul-de-sac.

Et là, dans le roc, à gauche, presque à tâtons, ils découvrirent une longue fissure. Tumai dégagea la neige qui l'encombrait, y pénétra et constata qu'ils pouvaient y tenir tous les deux.

Ils s'y engagèrent.

11

Dimanche 21 décembre, 9 heures.

Le bruit rageur du moteur n'était en fait qu'un accompagnement en pistons majeurs de la fulgurante violence de mes pensées. La rage, ou un profond besoin génétique de montrer que j'étais le plus fort. Ou bien tout simplement la digue qui refoulait mon petit orgueil et qui s'était soudain trouvée débordée par de grands flots de satisfaction. Ceux d'avoir ramené au jour l'empreinte informatique de ce qu'une machinerie humaine vieille peut-être de dix mille ans n'avait su broyer dans son implacable progression.

La montre-GPS était là, à mon poignet. Avec toutes les informations que ce qu'on appelait l'inventivité avait pu réduire à quelques millimètres cubes de semi-conducteurs, de transistors, de capteurs, de circuits si miniaturisés que même les électrons s'y perdaient. Retrouvée dans la chambre de Denis Servoz, sur sa table de chevet, elle avait l'apparence d'une montre comme une autre, un peu plus grosse, dans laquelle le meurtrier n'avait vu qu'un objet banal. Mais celui-ci intégrait, outre les fonctions habituelles d'une montre, un GPS avec une précision d'un mètre – celle de l'armée US –, et une base de données permettant d'enregistrer deux cents points de repères, quatre cents points de route, avec affichage sur l'écran de la distance, la destination, la vitesse, la direction et la progression entre deux points. Avec, en annexes intégrées, les fonctions d'altimètre, de température et de baromètre – pression, suivi et graphiques d'évolution. Le tout connectable à un PC.

Je l'avais récupérée, puis manipulée pratiquement sans oser la toucher, avec autant de précautions que s'il s'était agi de la coupe à cent quarante-quatre facettes du Saint-Graal remplie du sang du Christ. Mais là, c'était celui de deux jeunes glaciologues qui s'étaient trouvés au mauvais moment au mauvais endroit. Le parangon égaré d'une chose saturée de passé et de silence, de froid et de néant.

Martial Munari, du Studio blanc, m'avait vu revenir deux heures plus tard. Il était toujours en train de lustrer sa carrosserie et avait attaqué la portière avant droite. Son plaisir de me revoir avait été réel. Peut-être parce que je lui avais retrouvé son engin, mais probablement parce que je représentais le dernier lien qui le raccrochait encore à Denis Servoz. Le fonctionnement de l'appareil lui était parfaitement connu et il me donna des explications dont je mémorisais le minimum indispensable. Ce qui m'intéressait, c'était ce que les tripes électroniques du GPS avaient enregistré.

Il avait fait sans hésiter la connexion sur son PC portable, et m'avait imprimé tout ce que contenait la mémoire, sans me poser la moindre question. Je lui avais demandé deux exemplaires, dont l'un que j'avais versé au dossier. Peut-être mon assurance vie ?

– Regardez, m'avait expliqué le photographe. Là, c'est le dernier relevé. Il part de 3 842 mètres et se termine à 2 516. Vous avez tous les changements de direction. Un vrai tracé d'autoroute, bon sang ! Impossible de s'y tromper ! Il est parti de l'aiguille du Midi, a fait la vallée Blanche et s'est arrêté au refuge du Requin. Il y a une dizaine de relèvements entre 2 800 et 2 500 mètres, et rien ailleurs. C'est la zone des séracs du Géant, juste avant le basculement sur le glacier du Tacul.

– Et là ? lui avais-je demandé en voyant trois autres diagrammes.

– Départ à 1 650 mètres, jusqu'à 3 600 mètres. Trois trajets, les 11, 12 et 14 décembre. Pratiquement identiques, vous voyez ? Et les points de relèvements, regardez ça ! Une trentaine presque alignés, sauf en haut, virage vers le sud-ouest. Et la majorité entre 3 400 et 3 000 mètres. Là, vous êtes sur Talière, aucun doute !

– C'est à ces dates qu'il vous a demandé votre matériel photographique ?

– Le 13 au soir, oui, je me souviens, m'avait répondu le petit balèze après un instant de réflexion. Je suis parti le 14 et ne suis rentré que le 18. Et en plus, si vous voulez aller faire un petit tour sur les glaciers, vous n'avez qu'à suivre les relèvements. Denis, croyez-moi, c'était la prudence même. Où il est allé, vous passerez !

– Vous pourriez me laisser votre appareil encore quelques jours ? lui avais-je demandé.

– Le temps qu'il vous faudra, commissaire. Mais si vous avez besoin de précisions ou d'un coup de main, demandez donc à Serge Vergandi, c'est un jeunot un peu tout fou mais un brave gars. Et il doit bien se souvenir des dernières interventions faites avec Denis.

Pour la deuxième fois en quelques heures, j'avais dû mettre mon masque de croque-mort et lui annoncer la vérité, brutale comme un cœur explosé de part en part.

Ses yeux s'étaient mis à tourner avec l'effervescence d'un asile de fous une nuit de pleine lune, puis ils s'étaient figés dans une expression lointaine, pendant que les traits de son visage s'affaissaient comme un bloc de caramel mou et qu'un grognement d'animal malade s'expulsait doucement de sa poitrine.

– Vous aurez ce salaud, commissaire ?

– Avec votre aide, peut-être.

Le gars avait paru sortir d'un mauvais cauchemar, et s'était planté en face de moi, la main sur la couture du pantalon, dans un garde-à-vous aussi imaginaire que parfait, les yeux soudain excités comme par un coup de chalumeau.

– Il me faudrait un équipement vidéo pour aller regarder quelque chose d'inaccessible, à environ une cinquantaine de mètres sous terre.

– Et dans la quasi-obscurité, je suppose ?

– Vous supposez bien !

Au stade où en était l'enquête, je devais m'efforcer de rester aussi évasif que possible, même si mes intentions étaient vouées à un échec écrit d'avance, comme celui de Don Quichotte avec ses moulins.

– Comme sous la glace ? m'avait gentiment lancé le râblé.

– Disons, là où l'éternité commence dans le silence.

Il lui avait fallu une bonne demi-heure pour tout me préparer. J'en avais profité pour continuer à lustrer son Chevrolet, une façon comme une autre de me transférer provisoirement l'esprit au niveau des biceps.

Il était revenu de son arrière-boutique, m'avait expliqué le fonctionnement du matériel, et avait chargé le sac dans ma voiture.

– Si je peux vous aider, commissaire, n'hésitez pas !

Je l'avais remercié, lui avais tapé affectueusement sur l'épaule et l'avais laissé avec les tranches du passé de son pote. Probablement dans des poubelles où une partie de l'humanité se blottissait.

Que Denis Servoz ait fait ses relèvements avec ce GPS à titre de sécurité, ou pour expérimenter l'appareil, je n'en avais pas la moindre idée, mais le fait était là : la voie de circulation m'était indiquée *post mortem* aussi clairement qu'un tatouage flamboyant sur la peau laiteuse d'une égérie rousse irlandaise.

La vingtaine de points enregistrés entre les cotes 3 400 et 3 000 correspondaient sans aucun doute possible aux sondages glaciologiques. Cinq d'entre eux étaient positionnés à l'horizontale, à 3 202 mètres, dont deux superposés faisaient l'objet de repérages consécutifs, le 12 et le 14 décembre. Je tenais ma longitude et ma latitude ! Avec autant de certitude que Kepler quand il avait décrété que le carré de la période de révolution d'une planète autour du Soleil était proportionnel au cube du demi-grand axe de son orbite. Il suffisait de regarder et de mesurer !

Le ciel était d'une blancheur laiteuse qui ne prédisait rien de bien, mais surtout qui écrasait le relief, le ratatinait, faisant ressembler la surface du glacier à une onde immense, figée comme ces paysages marins de Frederik J. Waugh ou de Walter Andrews, immobilisés par un objectif mystérieux, dans l'attente d'une éternité semblable à celle des millénaires précédents, mais qui n'en était que leur petite-fille.

Les nuages semblaient avoir absorbé la réflexion de l'aube rouge, ainsi que le bleu-vert de la glace, et les cieux avaient une teinte gris acier étrangement brillante, faisant songer à du niobium, et dans le lointain se voilaient de tons bleu foncé, comme s'ils irradiaient eux-mêmes cette couleur indescriptible.

La magie des glaces ! Comme il existe celle des déserts ! La magie à laquelle ont accès seuls les peintres et ceux qui savent voir, avait écrit Victor Segalen, alors que tant de choses entr'aperçues ne pourront jamais être vues ! Faisais-je encore partie de ceux qui savaient voir ? Voir, savoir, croire, et après ?

J'avançais lentement, consultant la feuille de route que j'avais placée dans une pochette plastique devant mes yeux, et la comparant en permanence aux données du GPS.

La solution pour accéder à mon rendez-vous mystérieux s'était imposée d'elle-même : le scooter des neiges de Denis Servoz était prêt, et j'avais trouvé chez lui tout le matériel nécessaire pour ce type de reconnaissance, y compris casque, bottes et gants qui étaient à ma taille. Pour les quelques vêtements qui me manquaient, j'avais fait appel, sans le moindre remords, au compte ouvert à La Grande Cordée, comme me l'avait si aimablement indiqué le boss.

La veille, en fin de journée, j'avais attelé la remorque au 4 × 4, et monté le scooter au point d'accès au glacier, par la petite route EDF que la patronne du chalet m'avait indiquée, qui démarrait un peu plus loin sous les Lucioles, avant de grimper par des virages serrés surplombant l'immense moraine latérale.

L'engin fonctionnait parfaitement bien, les poignées chauffantes m'apportaient un confort un peu traître, et je me suis pris à sourire en songeant qu'en bas, au chalet, Aline devait être en train de suivre ma progression, les yeux rivés sur la lunette que la patronne lui avait prêtée.

J'avais passé un bon moment, la veille, avec la légiste, une dénommée Carole Sauvage. Elle officiait au sous-sol de l'hôpital, dans le décor familier des plafonniers fluorescents et des murs de casiers en inox pour les corps. Le capitaine de gendarmerie Nicolas Kaufmann représentait l'équipe qui était supposée travailler avec moi sur cette affaire. En fait, nos relations s'étaient jusqu'alors limitées au minimum. De mon propre fait, il fallait bien l'avouer. Je détenais une information que je devais éviter, pour l'instant, de porter à la connaissance de qui que ce soit avant d'avoir une preuve, ou du moins une probabilité certaine, de son existence réelle. Et cette même information était probablement la cause du décès des deux réfrigérés étendus devant nous !

– On a failli commencer la séance de rock and roll sans vous, m'avait-il lancé en guise d'accueil.

C'était un homme soigné, grand et sec comme un réverbère marathonien, avec une colonne vertébrale qui semblait avoir la migraine tant elle était raide, une implantation de cheveux qui reculait devant un front très haut, et dont le visage aurait apprécié une bonne couche de crépi de bonheur pour effacer les vilaines fissures que les emmerdements de la vie y avaient creusées.

– Je suis désolé, mes goûts me portent plutôt sur le jazz, n'avais-je pu m'empêcher de lui répondre. Le bon vieux New Orleans de préférence, celui qui rappelle que chaque heure de la vie peut être belle et que chaque note peut devenir un souvenir futur.

Carole Sauvage m'avait été présentée comme quelqu'un à qui il manquait probablement quelques cases dans sa mécanique mentale. Elle en voulait à tout le monde, roulait dans un buggy sans capote été comme hiver, avait des cheveux rouge feu, coupés court qui lui donnaient l'impression de s'être fait une mauvaise frayeur, un éternel pantalon de cuir noir, totalisait trois ex-maris à son programme, plus une fille qu'elle avait perdue d'une attaque méningée foudroyante. Suite à quoi elle avait fait procéder à l'ablation de tous les organes qui faisaient d'elle une représentante du sexe reproducteur. « Pour ne plus jamais être emmerdée », aurait-elle déclaré.

Cependant, sur le plan professionnel, le Dr Sauvage avait la réputation d'être la meilleure du coin.

Je préférais toutefois me fier à mes impressions personnelles plutôt qu'aux ragots. Quels que soient leurs auteurs, les rumeurs gentilles n'existaient pas ; elles n'étaient, au mieux, que des pointes de verre brisé répandues sur un tapis de caoutchouc !

Elle nous avait dévisagés tout en enfilant sa blouse chirurgicale et en ajustant le micro-cravate qui permettrait d'enregistrer ses observations. Ses yeux étaient d'un gris acier à nous congeler sur place.

– Vous l'avez laissé se peler de froid, celui-ci, nous avait-elle déclaré en désignant le corps de Denis Servoz, dont elle avait ôté le drap d'un geste sec.

Effectivement, avec la recherche du jeune Vergandi, nous avions dû reporter l'autopsie normalement prévue pour la veille. Mais elle n'attendait en fait aucune réponse, et avait entamé sa litanie.

– Docteur Carole Sauvage, avait-elle commenté pour l'enregistrement, tout en paraissant tenir un petit conciliabule intime avec le défunt. Affaire numéro... Denis Servoz, né le... Type européen... Taille... Poids...

Les techniciens avaient pris tout un ensemble de radios et de photographies. Néanmoins, lors de l'autopsie officielle, elle avait inspecté chaque parcelle de cette enveloppe charnelle, décrivant en détail tout ce qu'elle voyait, cicatrices, marques diverses, état des yeux, soins dentaires, position des doigts, traces éventuelles sous les ongles, avant d'arriver à la blessure proprement dite.

– Un seul coup, avait-elle énoncé après un examen attentif de la plaie, porté directement au cœur, de haut en bas, avec une pénétration sous un angle de droite à gauche. Ce qui corrobore le fait qu'il s'agit d'un droitier qui a frappé, puisque la baignoire était à gauche en entrant. Et que notre client ne s'est pas méfié de son agresseur.

– Comment pouvez-vous en être certaine ?

Ses yeux m'avaient envoyé un éclat chaleureux comme une giclée d'acide.

– S'il avait pivoté pour regarder son agresseur, le coup serait arrivé sous un angle de 90°. Là, il est au mieux de 70. Votre macchabée devait se prélasser dans son bain, et vlan ! avait-elle conclu en assenant un coup sur le thorax du corps, qui avait tressauté sur la table métallique.

– Peut-on en déduire qu'il connaissait son visiteur ?

– Possible. C'est votre boulot, pas le mien. Moi, j'analyse la merde, vous, vous cherchez qui l'a faite !

– Et à force de plonger dans celle des autres, vous n'avez plus rien dans la vôtre ! lui avais-je répondu méchamment.

La tension était devenue d'un coup aussi palpable que l'odeur qui envahissait l'espace. Elle m'avait regardé de biais, les muscles des épaules raides comme une arche d'autoroute, son scalpel à la main, tendue comme si elle allait me sauter dessus.

– Excusez-moi, commissaire, je suis un peu à cran ! avait-elle finalement lâché, avant d'ajouter : Peut-être aussi qu'il ne l'a pas entendu entrer.

– Nous sommes tous à cran, avais-je dit, pour lui faire gentiment comprendre que je me balançais comme de ma première dent de lait de son aversion envers les bonshommes, passagère ou permanente,

J'ai songé au *Lac des cygnes* qui baignait l'atmosphère, chez Denis Servoz. Et à la porte de la salle de bains dont le loquet n'était pas enclenché. Probablement le glaciologue avait-il mis son CD, laissé la porte entrouverte pour l'entendre. Première hypothèse : il connaissait son agresseur. Seconde : il ne l'avait pas entendu entrer. Remise du compteur à idées à zéro !

– Vous pouvez faire une appréciation de la force nécessaire pour faire pénétrer ce... machin dans la cage thoracique ? avait demandé le capitaine de gendarmerie.

– En fait, malgré les apparences, pas tellement plus qu'avec un poignard normal. Vous avez regardé les arêtes ? On dirait des lames de rasoir. Les dégâts sont simplement irrémédiables, c'est tout. Un peu comme une balle dum-dum par rapport à un calibre 22. Les mecs de cette époque, avait-elle ajouté en désignant l'arme de silex, croyez-moi, ils ne s'emmerdaient pas avec des fioritures.

– Et le doigt tendu, avais-je demandé, vous pensez qu'il désignait la direction qu'a voulu nous indiquer la victime, ou bien que ce sont les contractions *post mortem* qui l'ont orienté ?

– Bonne question, commissaire. Mais sans réponse absolue. La main, vous avez vu, était appuyée contre la cuisse. Elle n'a probablement pas bougé. Et le doigt, c'est bien notre homme qui l'a tendu, dans un dernier effort pour nous désigner je ne sais trop quoi. Mais l'angle, à dix degrés près, je ne peux rien vous affirmer.

Elle avait conclu son petit entretien au micro, avant d'aboyer :

– On passe au suivant !

Après avoir changé la cassette dans son enregistreur, elle avait repris les préliminaires habituels, avant d'arriver aux seuls points qui m'intéressaient.

– Ce matin, j'ai passé deux heures avec un archer, nous a-t-elle annoncé. Un type de Genève que je connais bien. Je lui avais fait un topo rapide au téléphone et il a voulu voir la flèche. Il a été formel sur un point : le tir n'a pas pu se faire à plus de dix mètres pour pouvoir traverser la cage thoracique de cette façon. Et à condition d'avoir un arc de cinquante livres au moins.

– C'est-à-dire ?

– Probablement un arc de chasse.

Mon idée du scénario se précisait donc bien !

– Le corps a-t-il été déplacé ?

– S'il a été déplacé, cela a dû se faire sans que les chairs reposent à plat plus de dix minutes, un quart d'heure maximum avec le froid qu'il faisait. Donc, je vous dirais non, ou alors sur quelques mètres seulement, le temps de le passer par-dessus la barrière !

– Une dernière question, docteur Sauvage, qui porte sur les armes utilisées dans les deux cas.

Carole Sauvage m'a lancé un regard bref, qui venait de quelque part entre son nombril et l'endroit où elle accumulait tous les trucs qu'elle n'avait pas digérés avec la gent masculine.

– Les techniciens ont-ils pu déterminer si les silex – le couteau et les microlithes utilisés pour la flèche –, étaient neufs ou dataient de disons... quelque dix mille ans ?

– Je dois vous dire non !

– Non quoi ?

– Non, ils n'ont pas pu le déterminer. Et je pense que même les services techniques de la PTS [1] auront du mal à vous fournir une réponse fiable. C'est un truc d'archéologue, ça !

J'allais en avoir un sous la main, et des meilleurs, dans quelques jours. Et, en plus, spécialisé dans le paléolithique et son enfant immédiat, le mésolithique. J'avais noté de lui en parler dès que j'aurais confirmation de ce qui se trouvait effectivement sous la glace.

Le spectacle du glacier était fascinant. J'avais du mal à imaginer que la gigantesque masse de glace s'écoulait comme un long fleuve. Avec ses courants, ses tourbillons, ses eaux stagnantes, les obstacles naturels qu'il contournait en les érodant, et en laissant derrière des îlots de rochers déchiquetés. Mais un fleuve tranquille ! Très tranquille ! Un déplacement solennel, le temps de profiter du paysage et de la démonstration en force de son passage ! Parfois quelques dizaines de mètres par an, mais qu'importait ! Le glacier avait tout son temps !

Les ogives, ces sortes de chevrons alternativement blancs et gris qui zébraient la surface de la glace, semblaient raconter toute l'histoire de son avancée. Ces bandes trouvaient leur origine dans les secteurs où des crevassements formaient des vagues. Les bandes blanches correspondaient au remplissage par la neige lors du passage du verrou glaciaire, les grises au franchissement de celui-ci l'été, quand il se remplissait de poussières et de dépôts éoliens. Quant à la forme, elle était simplement due au fait que le centre du glacier avançait plus vite que les bords, freinés par le frottement sur les rochers.

Les glaciers ne connaissaient pas la sécheresse, aurait-on fait dire à notre bon monsieur de La Palice, et pourtant elle était leur mort annoncée ! En vieillissant, leur surface

---

1. Police technique et scientifique, installée près de Lyon.

immense éloignait les rayons du soleil par réflexion, l'air devenait plus sec au-dessus, et par conséquent les chutes de neige moins abondantes. De ce fait, son inclinaison diminuait, car l'eau, qui fondait sous l'effet des pressions colossales et du soleil, partait surtout des pentes les plus fortes et donc les plus hautes. Cette eau ruisselait, remplissait les fentes et les fissures, dissipait son trop-plein en bédières, ces torrents de surface, se perdait dans des puits profonds, les moulins, pouvant même former des marmites glaciaires quand elle attaquait le soubassement rocheux. Beaucoup de cette eau se dilatait en regelant. Le glacier pouvait s'allonger progressivement, mais il perdait de son inclinaison en hauteur, s'amenuisait en épaisseur. Il mourait lentement. Avant de revivre, peut-être dans quelques milliers d'années, à l'occasion d'une nouvelle phase de refroidissement terrestre. Ainsi en était-il de l'histoire éternellement recommencée de la Terre.

Mais ici, à Talière, comme d'ailleurs sur une partie du glacier du Géant et sur la vallée Blanche, une configuration exceptionnelle de la chaîne rocheuse empêchait les rayons solaires du sud d'atteindre l'étendue glacée. La proximité des sommets élevés du massif du Mont-Blanc créait un facteur dépressionnaire favorisant les chutes de neige, et si le recul des glaciers était général, M. de Talière se portait encore suffisamment bien pour coller la trouille à toute la vallée.

J'avais pratiquement atteint la cote 2 700, et après un grand signe de la main à mes hypothétiques surveillants télescopiques des Lucioles, je me suis engagé dans la grande courbe qui précédait la deuxième zone des séracs. Les yeux rivés sur la voie tracée par Denis Servoz et sur le GPS, j'avançais à un à l'heure, proche de la barrière rocheuse et des traîtrises de sa rimaye. Le scooter prit une inclinaison vers l'aval, me forçant à faire contrepoids – du moins en étais-je convaincu – pour maintenir chenilles et patins au sol.

La neige était épaisse, d'une blancheur d'autant plus éblouissante qu'elle était immaculée. Le retour aux premiers âges. J'ai songé à ceux qui avaient circulé ici, il y avait environ dix millénaires, sans équipement de montagne tel que chaussures à coques, crampons, pitons, sacs ergonomiques, lunettes-masque, cordes en Tergal, vêtements en Gore-Tex, Polartec, et autres innovations.

Les choses étaient pratiquement les mêmes, la blancheur et l'angoisse identiques.

Et toujours cette interrogation : mais que venaient-ils donc faire dans ce bout du monde ?

Ecrasé par la lumière blanche, le relief paraissait faussement inexistant. L'engin avait de la peine à avancer. Je devais contourner des blocs suspendus, passer par-dessus des sortes de congères géantes, éviter des corniches traîtresses, patiner dans des creux sournois. La hantise du sérac m'accompagnait, aggravée par le fait que seuls les monstres de la partie centrale se distinguaient, à quelques dizaines de mètres. Alors que bien d'autres, plus petits et que je ne voyais pas parce qu'ils étaient recouverts par les récentes chutes de neige, auraient néanmoins eu la taille de nous engloutir, moi et mon engin. Mais je ne pouvais que faire confiance au professionnalisme de Denis Servoz. Il était passé par ici bien des fois et, depuis les deux avant-dernières, il avait neigé. Il savait donc où il posait ses patins !

3 100 mètres. 3 150 mètres. 3 200 mètres !

J'étais arrivé au-dessus de la deuxième barrière de séracs !

Les points de routage continuaient plus haut, jusqu'à la cote 3 600. Soudain, là, sur place, j'ai brutalement assimilé une évidence. Un cauchemar : les relèvements au GPS se faisaient à pied, au milieu du glacier, le scooter restant sur les bords, en sécurité au plus près de la barrière rocheuse !

J'ai essayé de situer le point qui me concernait en prenant des repères de distance sur la carte. Aucun doute n'était possible. J'avais à faire au moins 400 mètres !

12 heures.

Il était midi. J'avais tout mon temps.

J'ai sorti mon réchaud Optimus à essence, ouvert mon sachet de lyophilisé, préparé un sachet de thé, et pendant un long silence, je me suis enfoui dans cet entonnoir glaciaire où ne régnait plus que l'absence humaine. J'ai laissé mon cœur se remplir d'un sang blanc, primaire, dépourvu d'émotions, à l'écoute de ce monde où nul n'entendrait un gémissement, un cri d'agonie ou un hurlement, où les morts se ratatinaient dans l'oubli, où l'humanité se perdait dans la nuit des temps.

Mes yeux ont scruté les alentours, sans jamais pouvoir céder à la tentation d'un point précis. Des mouvances de blanc laiteux se déplaçaient comme une eau salie dans un paysage fait d'abysses de clarté, de trompe-l'œil, de gauchissement des formes. La nature utilisait tous les moyens pour s'ensevelir sous la glace, pour fondre ses vestiges dans l'écran blanc d'un film éternellement rembobiné.

Rien n'était plus cruel que la survie d'une espèce, qu'elle soit animale, humaine, végétale ou même minérale. Mais rien aussi n'était plus vrai.

Mon sac à dos a tout juste été suffisant pour recevoir l'équipement vidéo. J'ai accroché le marteau-piolet, deux pieux à neige et une vingtaine de broches à glace à ma ceinture, passé mon harnais de sécurité avec un frein et deux jumars, équipé mes chaussures de crampons et empoigné mon piolet. J'avais deux cordes de 60 mètres, du 9 mm, qui me serviraient à faire des relais. Je me suis retrouvé à mes vingt ans !

Ma première longueur a été assurée sur le cadre du scooter et je me suis engagé sur la neige fraîche, les yeux rivés sur l'altimètre, et ne décollant pas d'autour 3 200 mètres. Avec prudence, je sondais le sol à chaque pas, à grands coups de pied. Après la première longueur, j'ai déblayé la neige pour trouver la glace vive, dans laquelle j'ai placé une broche. Puis, tous les 20 mètres environ, j'en replaçais une. Deux petits ponts de neige sans aucun risque ont explosé devant mes pieds dans un geyser de poudre blanche mais la longue faille qui courait à ma droite s'est vite laissé découvrir. Recouverte de neige au début, elle a offert sa béance à mon regard. Même en tenant compte du mouvement du glacier depuis le 14 décembre, il ne pouvait s'agir que de celle-là. Pas spécialement plus large qu'une autre, 4 à 5 mètres environ, mais d'une profondeur qui semblait se perdre dans les entrailles mêmes du magma blanc. L'impression de découvrir le chœur d'une cathédrale depuis le sommet du dôme, le fond se perdant dans l'ombre bleu-noir d'un abîme gigantesque, pratiquement sans interruption sur une longueur de 200 à 300 mètres.

Au-dessus, à ma gauche, le surplomb d'un sérac brisé en divers endroits a rendu la progression périlleuse. Cela tenait à la fois de la traversée d'un champ de mines et de l'assaut d'une forteresse médiévale protégée par des dangers secrets. J'étais parfaitement conscient que, une fois la piste établie, une pernicieuse sensation de sécurité risquait de m'envahir, mais, pour l'instant, j'avais le sentiment d'être attelé à une tâche que je comprenais et qui me plaisait au même titre que la découverte des éléments d'une nouvelle enquête.

Un bloc de glace de 6 à 7 mètres de haut m'a barré le chemin, venant mourir sur la crevasse. Il m'a semblé récent, et je me suis demandé si Denis Servoz l'avait rencontré sur son chemin. Je l'ai attaqué sur les pointes avant, droit vers le haut, piolet et marteau-piolet en main. A mi-hauteur, mes jambes m'ont soudain paru en coton, mon souffle s'est fait court. Mes bras se sont ankylosés, mes doigts voulaient s'ouvrir. Le manque d'entraînement à l'altitude ! D'un coup sec, j'ai enfoncé le piolet à son point le plus haut, avant de retomber comme un tas indigne. Pendant que je récupérais, les fesses dans la neige, la citation d'un alpiniste m'est revenue à l'esprit : « Le grimpeur agit comme un taureau, quand il voit la cape rouge d'une paroi, il ne peut s'empêcher de charger ! »

Le ciel était toujours uniformément blanc, mais la chaleur embrasait maintenant la glace dans un éblouissement de réverbération et la température atteignait 15 °C, bien plus que dans la vallée ces jours-ci. Quelques champignons de neige fraîche scintillaient comme des coussins pailletés. Les arêtes de glace étaient dentelées par le vent et des stalactites miroitaient de tous leurs feux.

Il m'a fallu plus d'une heure pour atteindre le point relevé par Denis Servoz. Penché au bord du gouffre, assuré par deux broches, il m'a semblé que ma poitrine se soulevait pesamment, et que mon moral s'effritait comme le liège d'un vieux bouchon. Comme si soudain il ne restait plus rien en moi. Je cherchais Ramsès II dans sa tombe, je me trouvais devant le sarcophage, je n'avais plus qu'à l'ouvrir, mais cette fenêtre soudain entrouverte sur un au-delà chargé d'un avenir incertain et torturé me semblait porter en elle tous les péchés de notre espèce. A moins que ce ne soit tout simplement ceux que j'hébergeais en moi ?

J'ai attendu un petit moment avant de me décider à ouvrir le couvercle du sépulcre. J'ai préparé la caméra comme me l'avait indiqué le petit homme au Chevrolet, l'ai reliée au câble conducteur sur enrouleur fixé sur son trépied, j'ai fait la connexion sur le moniteur couleur, et branché celui-ci sur la batterie. J'avais une heure d'autonomie assurée, et la lumière d'une bougie éteinte suffisait à la caméra, m'avait garanti Martial Munari.

Après avoir soigneusement protégé l'écran avec mon sac pour avoir la meilleure visibilité possible, j'ai déroulé le câble, les yeux rivés sur le défilement des repères de longueur qui y étaient marqués.

Arrivé à 30 mètres, j'ai enclenché le commutateur. Tout en bas, la caméra s'est mise à fonctionner, enregistrant les images sur sa cassette. Le moniteur, devant moi, me retransmettait son regard.

Une fois qu'on s'y était habitué, l'image était aussi parfaite que celle de l'horloge qui grignotait le temps me restant à vivre sur ma montre-bracelet.

Les parois se resserraient effectivement brutalement dans les derniers mètres.

Moins 32 mètres.

Lentement, j'ai agi sur le câble pour faire tourner la caméra et avoir une vision à 360°.

Moins 34 mètres.

De la glace, de la glace irisée dans des tons bleutés, comme la vision d'un monde sous-marin.

Moins 35 mètres.

J'avais les yeux rivés sur l'écran, bloqués sur lui comme du béton autour de sa ferraille, sans un millimètre pour y glisser un souffle. Ma main caressait le câble pour lui imprimer la rotation voulue, avec la délicatesse d'un papillon.

Et là, oui, là, il n'y avait aucun doute !

J'ai vu !

12

L'anfractuosité dans laquelle Tumai et Kooba s'étaient engagés se présentait en fait comme une énorme fissure courant dans la paroi de son sommet à la base, et ayant déjà écarté cette dernière de la roche mère. Dans quelques siècles tout au plus, la séparation deviendrait totale. Sous l'action combinée des infiltrations d'eau et du ruissellement qui suivrait les chutes de neige, puis des phases de gel, imperceptiblement mais inévitablement, une partie de la paroi s'effondrerait et deviendrait un pierrier.

L'espace au sol était étroit, de quoi s'y tenir côte à côte, profond et resserré vers le fond, à peine suffisant pour y déposer leurs affaires, avec une voûte se terminant en pointe dans les strates de la roche.

En entrant, l'obscurité était totale, et le petit triangle de l'ouverture était tout juste suffisant pour leur permettre d'entrer et de voir, dehors, la tempête de neige qui faisait rage.

A tâtons, gêné dans ses mouvements par l'étroitesse des lieux, Tumai sortit de son sac son nécessaire pour allumer le feu. Du plat de la main, il choisit un emplacement dépourvu de neige et, en quelques secondes, l'étincelle jaillit et vint se poser avec précision sur les brindilles.

Il sortit la lampe à éclairer, revit un instant le visage de Lotha contre le sien, avant le départ, quand elle la lui avait remise. La lumière chassa bientôt cette dernière image de la caverne du Haut.

– Nous remettrons doucement de la graisse de porc dans la coupe, dit-il à Kooba.

Il déplia la grande peau blanche. En utilisant deux flèches et la longue hampe de sagaie, ainsi que les sacs pour bloquer le tout, il réussit à l'installer devant l'ouverture. Ils se retrouvèrent comme dans un cocon.

– Nous sommes dans le ventre de la Terre-Mère, souffla Kooba, comme si elle avait pu lire dans ses pensées. Prêts à naître.

– Ou à renaître, précisa Tumai.

Lentement, grâce à leur seule chaleur animale, la température remonta.

Peut-être parce qu'ils avaient maintenant trouvé un abri pour la nuit, ou que les forces voulaient revenir dans leurs jeunes corps, la faim et la soif se rappelèrent à eux. Tumai prit une coupe à boire, y mit de la neige fraîche, et l'installa à côté de la lampe à éclairer.

– Elle finira bien par fondre, commenta-t-il.

Ils avalèrent de la viande fumée – de fines lamelles de canard que leur avait données Kostai – ainsi que de la graisse de sanglier, mais ne réussirent pas à avaler les galettes, dures comme du bois, et qui devaient être cuites. Mais ils étaient trop épuisés pour faire le feu qui aurait été nécessaire.

Ils installèrent une peau à dormir sur le sol, et, pardessus eux, le grand manteau tressé de Tumai recouvert de la deuxième peau.

Il souffla la flamme. Il y eut pendant quelques secondes le petit grésillement de la mèche, et l'odeur de graisse fondue enveloppa l'atmosphère.

Ils étaient côte à côte, corps contre corps. Tumai chercha une position confortable, en s'efforçant de ne pas gêner Kooba. Il avait du mal à se faire au contact physique avec la jeune femme que la promiscuité des lieux lui imposait.

Peut-être sentait-il encore sur sa peau la sensation de la chair de Lotha. Peut-être la femme transportait-elle une animalité, un instinct, une force qu'il n'avait jamais affrontés auparavant. Pour vivre dans leur monde si cruel, pour survivre et pour aimer.

Ils se retrouvèrent face à face. Leurs bouches ne furent qu'à quelques centimètres l'une de l'autre. Leurs souffles se mélangèrent, comme un flux et un reflux de plaisir inconnu, un déferlement de sensations qui heurta Tumai de plein fouet, balayant le spectre de ses émotions et de ses incertitudes.

Tumai plongea dans quelque chose qui lui parut d'une perplexité et d'un achèvement entiers, d'une tension et d'un relâchement complets, dans une faim qui courait en lui et une satiété totale. Ses yeux se fermèrent sur un sommeil empli de paix.

La différence entre la vie et la mort, entre le tout et le rien, entre le néant et l'infini, entre l'espoir et le désespoir, entre l'indifférence et la passion, c'est le temps.

Dehors, le temps effaçait tout.

Pendant la nuit, inconsciemment, leurs corps bougèrent, se déplacèrent, se séparèrent, se cherchèrent, se trouvèrent, partagèrent leur chaleur humaine.

Une lueur incertaine comme un feu follet fit ouvrir les yeux à Tumai, simple filet d'une pâle clarté glissé entre la paroi et la peau qui occultait l'ouverture. Il comprit que le jour reprenait furtivement ses droits sur les ténèbres.

Kooba était allongée à son côté. Sa tête reposait sur la poitrine de Tumai, enfouie dans le creux entre sa tête et son épaule, les cheveux étalés par-dessus son visage, son bras passé sur la poitrine de l'homme, dans un geste tendrement possesseur. Il replia son bras gauche, ses doigts rencontrèrent les cheveux de la jeune femme. Avec la délicatesse d'une plume, sa main se posa sur eux, les caressa timidement.

Kooba bougea légèrement. Tumai releva sa main, comme quelqu'un pris sur le vif en train d'accomplir une faute impardonnable.

– Non, souffla Kooba. Continue !

Ils restèrent ainsi longtemps, dans la chaleur de leurs corps confondus, dans la quasi-obscurité de ce ventre de la terre.

Quand enfin ils se décidèrent à changer de position, ce fut comme si des fibres invisibles s'arrachaient de leurs flancs, plus douloureuses que des lambeaux de peau.

Tumai se redressa, Kooba resta appuyée contre son dos, dans une attitude détendue, sa tête contre la sienne, ses deux bras autour de l'homme. Il aurait voulu que ce moment ne s'achève jamais. Bien sûr, il avait déjà éprouvé une attirance soudaine pour certaines femmes, mais jamais une pulsion si absolue. Sans doute à cause du mystère qu'elle semblait porter, de l'insondable qui l'entourait, de la violence latente, presque palpable, qu'il sentait vibrer en elle, et qui sourdait dans certains de ses mouvements.

– Kooba, murmura-t-il, contre l'arbre, quand je visais, tu n'as jamais eu peur ?

– Non ! dit-elle. On ne tue pas ceux qu'on aime !

Il essaya de trouver un sens précis à cette réflexion, crut y percevoir un souffle d'espérance, eut peur d'une déception ou, pire, d'une absence d'espérance. Et il lui sembla qu'alors il n'aurait plus eu envie de vivre.

En se penchant légèrement en avant, il put entrouvrir de quelques centimètres la peau blanche fermant l'ouverture. Une bouffée d'air gelé pénétra dans l'abri. Dehors, le vent était déchaîné. Des tourbillons glacés venaient frapper le fond de la brèche par laquelle ils étaient arrivés, rebondissaient sur ce fond de cuvette et repartaient en hurlant. Probablement ne neigeait-il plus, ou peu, mais le vent faisait maintenant le grand nettoyage, et toute sortie en direction du haut ou du bas du glacier aurait condamné quiconque à une mort certaine.

– Penses-tu que Saldan ait réussi à atteindre le dôme ? demanda Tumai.

– Je l'espère pour lui, répondit la jeune femme. Les paroles de Celui-qui-sait sont encore en moi. Il est vrai qu'une vie vaut plus que n'importe quelle découverte et j'espère qu'il aura pu échapper à temps à la tempête.

La voix de Kooba glissait comme des feuilles mortes sur une plaine dont le vent aurait gommé toutes les aspérités. Encore une fois, Tumai fut frappé par les réactions souvent inattendues de sa compagne. Elle était partie l'esprit dur comme une pointe de silex, haine et vengeance fusionnant à fleur de peau dans ses veines, et il la retrouvait dans la clairvoyance du pardon.

– Avec le vent, c'est le froid qui s'installe, dit Tumai. Ici, nous ne craignons rien, mais nous ne pourrons pas sortir tant que la tempête durera. Le seul problème, c'est la nourriture ! Nous n'avons pas grand-chose.

Ils firent l'inventaire de ce qui leur restait.

– Une dizaine de tranches de viande et de volaille séchée, du gras de sanglier, des galettes végétales, deux poignées de fruits secs, énonça Kooba.

– Dans des conditions normales de froid, à peine de quoi tenir une journée à deux !

– Il est rare de mourir de faim. Et boire ne posera aucun problème. Regarde, dit-elle, la température intérieure a été suffisante pour que la neige fonde par elle-même.

Dans la coupe à boire, la neige s'était effectivement transformée en eau, et ils en burent, à tour de rôle, lentement.

– Mais il y a bien pire que mourir de faim, ajouta Kooba.

Tumai lui jeta un regard interrogateur.

– Mourir seul. Et nous sommes deux !

La tempête dura encore cinq jours. Le vent jeta ses hurlements de début du monde, proféra ses féroces blasphèmes, courut dans le vacarme de mille chevaux sauvages, laissant son empreinte de congères glacées, pétrifiant tout sur son passage. Une tourmente sans demeure, sans limites, sans repères, partout à son paroxysme, exigeant son tribut de désolation, puisant dans son aveuglement abyssal la force nécessaire à son formidable bras de fer tridimensionnel avec le roc et la glace.

Cinq jours pendant lesquels l'homme et la femme partagèrent cette intimité imposée.

C'était à peine s'ils se voyaient dans leur minuscule abri. Deux animaux dans une tanière. Réunis dans un combat contre la nature et pour la vie. Leurs mains se devinaient, leurs corps se frôlaient, se touchaient, se fondaient, se palpaient.

Le premier jour passa.

Ils firent du feu avec le charbon de bois, réussirent à cuire les galettes, mangèrent un peu de graisse. Vers le soir, poussés par les exigences de leurs corps, ils tentèrent une sortie. La neige se planta dans leurs joues, le froid leur pétrifia les oreilles et le nez. Une horde de loups leur mordit le ventre, le sexe, gagnant les cuisses, les jambes. Tumai serra Kooba contre lui, la protégea, faisant rempart contre la tempête. Quelques mètres hors de la brèche auraient suffi à les perdre dans ce monde aveugle, à les geler à dix pas de leur abri.

La seconde nuit vint. Et un autre jour, et une autre nuit. Et les suivants.

Dans leur trou, couverts de leurs peaux, ils n'avaient pas froid. Ils mangèrent lentement ce qui restait. Tumai découpa son manteau de fibres pour en faire du feu. Vint un moment où ils consommèrent même le peu de graisse qui restait dans la petite lampe à éclairer.

Une fois par jour, ils faisaient une brève plongée à l'extérieur, dégageant la neige accumulée devant l'ouverture avant d'affronter la mort blanche. Puis ils rentraient, fermant soigneusement derrière eux, se repliant dans leur cocon.

Lentement, comme une marée vient s'étendre sur la grève avant de la submerger, Tumai et Kooba se cherchèrent, se trouvèrent, se découvrirent. Ils s'emplirent la tête de leur chair, les lèvres de leurs soupirs. Ils ne pensèrent plus à rien, ils dessinèrent de leurs mains tous les trésors de leurs corps.

Pas une seule fois ils n'évoquèrent ceux de la caverne d'en Haut. L'image des autres s'estompait. Dans la tête de Tumai, Lotha devint aussi imprécise que les traits du grand aurochs que Kooba avait tracés sur le panneau, puis effacés, pour leur faire part de sa découverte.

Le monde extérieur gelait. Eux brûlaient. Ils firent s'éterniser leur impatience. Quand leurs deux corps, telles des ombres, décidèrent enfin de fonctionner à l'unisson, ils ne pensèrent plus. Il n'y eut plus que frémissements, soupirs, gémissements, cris de bonheur, d'amour, de tendresse. Et, en eux, une reconnaissance infinie pour la vie qui leur avait permis de se rencontrer.

Ils voguèrent au confluent de toutes les rivières, de tous les fleuves, dans une vague unique qui les emportait vers l'ultime sommet, celui qu'ils n'avaient jamais encore parcouru, celui qui s'ouvrait maintenant devant eux.

Kooba prit dans ses mains la tête de Tumai, ouvrit les yeux, le regarda, le discernant à peine.

– Kooba est à Tumai, dit-elle simplement.

Tumai approcha ses lèvres de la bouche entrouverte et, si doucement qu'elle ne sut si c'étaient des mots ou un souffle qui la caressa, il lui murmura :

– Non, c'est Tumai qui est à Kooba.

La sixième nuit, Tumai fut réveillé brutalement. Quelque chose avait changé. A son mouvement, Kooba ouvrit également les yeux. Ils étaient toujours dans le noir absolu de leur microcosme. Il leur fallut un long moment pour comprendre.

La tempête avait cessé !

Ils dégagèrent un coin de la peau, osèrent risquer un œil, puis la tête, au-dehors. Le calme les effraya presque, par sa brutalité, son insolence, sa mainmise sur la neige et le roc. Le silence les inquiéta. Longtemps, ils contemplèrent l'obscurité, à l'écoute du grondement du vent qui allait revenir, qui devait revenir ! Ils touchèrent même du doigt des ombres créées par leur peur. Mais ils n'entendirent qu'un râle lointain, le souffle d'un vent mourant, un vague feulement qui s'extrayait de sa tombe glacée pour aller survivre ailleurs, un fantôme libéré de son sabbat cauchemardesque.

Ils se recouchèrent. Ils firent l'amour avec la violence et la tendresse d'une dernière fois, comme s'ils devaient se quitter ensuite et qu'il n'y ait plus de lendemain, comme si rien ne devait recommencer. Ils allaient abandonner leur abri et se voyaient déjà engloutis dans un monde plus inconnu que celui de l'Au-Delà. Le leur.

Ils attendirent que l'aube irise le ciel et écarte les ombres de la brèche, que la clarté chasse les reliefs de la nuit. Quand ils sortirent enfin, le soleil ressemblait à de l'or fondu, et le ciel était si bleu qu'il leur parut d'un autre monde. La luminosité brûlait leurs yeux confinés dans l'ombre depuis six jours, et ils durent mettre les protections oculaires données par Omec.

Le paysage autour d'eux leur était inconnu. Ils s'étaient retrouvés dans cette brèche presque par hasard, après avoir fui la crevasse, et y étaient arrivés en pleine tempête et de nuit.

Ils firent le tour des lieux du regard, leurs yeux se rencontrèrent à travers les minces fentes, et ils éclatèrent de rire en même temps. A moins de 20 mètres d'eux, juste en face, il y avait deux grandes grottes qui auraient pu accueillir une dizaine de personnes ! Et, en y regardant mieux, ils virent que de nombreuses anfractuosités entaillaient la falaise, pour la plupart bien plus grandes que leur refuge.

Après un long regard sur la fissure qui leur avait sauvé la vie et leur avait ouvert le cœur vers un autre avenir, ils descendirent rejoindre le glacier lui-même. Sa surface était maintenant dure. En certains endroits la neige avait gelé sous les attaques du vent. En d'autres, elle avait été soufflée et expédiée dans les combes, les creux et les failles, faisant apparaître la glace vive.

Ils repérèrent le chemin par lequel ils étaient montés, les immenses séracs de la partie centrale, les blocs de glace encapuchonnés de corniches gelées, la grande crevasse dans laquelle Tumai avait failli perdre la vie.

– Regarde, là ! hurla soudain Kooba en se mettant à courir.

Quand Tumai la rejoignit, elle se tenait à genoux devant un bout de bois qui dépassait de la neige. Une lance ! Ils en connaissaient bien les détails de la fabrication, avec, à son extrémité, une pointe en silex.

– Saldan, dit-elle, ce ne peut être que lui !

Ils essayèrent de tirer la sagaie. Elle résista. Ils voulurent creuser avec leurs mains, se râpèrent les doigts, s'écorchèrent les ongles, se brûlèrent la peau. Finalement, ils utilisèrent les pattes-à-marcher pour briser la croûte glacée, dégager la neige fraîche accumulée dessous. Ils travaillèrent sans arrêt, repoussant la neige sur les côtés, puis la sortant du trou qui s'élargissait, se relayant quand l'un s'épuisait, faisant céder le magma blanc, ouvrant le sol pulvérulent, forant un trou dans le couvercle de ce qu'ils savaient déjà être un tombeau.

Ils rencontrèrent la peau de nuit, gelée, dure comme de la pierre, raide comme un bloc de glace. Ils en dégagèrent un des côtés. Ils tirèrent, sans relâche, et réussirent à faire bouger l'immense coquille, l'empoignèrent, la hissèrent hors du trou.

Ils firent apparaître le corps de Saldan, replié sur lui-même comme un fœtus, recroquevillé dans son asphyxie. Ses deux mains étaient crispées sur la hampe de la sagaie, la serrant en un dernier adieu comme le symbole d'une vie aussi cruelle que sauvage.

– On ne peut pas le laisser ici, déclara Tumai. Avec le soleil, cette neige va fondre et son corps se trouvera posé sur la glace.

– Et nous n'arriverons jamais à le descendre jusqu'à la caverne du Haut.

– De toute façon, il n'y aura plus personne. Ils sont tous partis maintenant.

– Mais les siens voudront peut-être récupérer son corps ?

– Seul Kostai pourra nous le dire.

Tumai jeta un regard tout autour de lui, comme s'il espérait trouver dans ce paysage désolé une quelconque sépulture pour l'homme de la Rivière débordante. Il fit un signe à Kooba. Elle suivit son regard et comprit.

Ils creusèrent de nouveau. Lentement, la chair émergea, fut dégagée de sa gangue mortelle. Ils réussirent à passer une corde sous le corps, puis à le sortir de son linceul glacé.

Leurs poumons étaient maintenant douloureux, leurs membres brûlants comme si des écailles de feu tranchaient dans la masse de leurs muscles, glissaient leurs flammes dans les replis de leur chair.

Le corps était raide, gelé. Aucun d'eux n'avait jamais manipulé un cadavre. Le Monde de l'Au-Delà leur parut soudain encore plus effrayant que dans les incantations des traditions.

Ils le hâlèrent, le tirèrent, le traînèrent, le remontèrent jusqu'à la fissure dans le roc qui les avait hébergés durant six jours.

En lui brisant quelques doigts, Tumai réussit à arracher la lance à l'emprise du mort. Kooba retira de son cou le collier avec les plaques portant les pictogrammes des animaux célestes. Elle n'osa pas le mettre sur elle, et le glissa dans son sac.

– Il faut lui ôter ses vêtements, énonça Tumai. Si jamais ceux de la Horde le trouvaient, Kostai ne pourrait avoir que des ennuis.

Ils durent découper les peaux, les arracher par lambeaux du corps, ils lui ôtèrent ses bottes, ses rares accessoires. Kooba voulut conserver la lance, et Tumai accrocha à sa ceinture la hache de Saldan.

Pour le passer dans l'étroite ouverture, ils durent partiellement déplier le corps nu. Il craqua avec un bruit de bois mouillé. Quand il fut au fond de la fissure, ils remplirent tout l'espace de neige, puis obstruèrent l'accès lui-même avec un amalgame de neige et de pierres qu'ils trouvèrent dans les rochers et les cavités avoisinantes.

Lentement, en reculant, ils effacèrent du mieux qu'ils purent leurs traces dans la neige.

Quand ils se retrouvèrent plus bas, près des séracs, Tumai lança ce qui restait des habits de Saldan dans une crevasse. Kooba poussa un long gémissement de douleur. Elle ressentait soudain un froid intense s'insinuer en elle, et une sensation d'effondrement total à la disparition de cette vie.

– Il est mort pour un rêve, dit-elle. Pour rien !

– Mais son rêve, lui, existe toujours ! Un rêve, c'est la vie ! Il ne peut mourir que quand celui qui le porte l'entraîne avec lui dans le Monde de l'Au-Delà, répondit Tumai avec passion. Et ce n'était pas lui, mais c'est toi qui le portes !

Il prit la jeune femme dans ses bras, et longtemps ils restèrent là, assis dans la neige, à contempler le néant immaculé qui s'étendait devant eux.

Ils étaient épuisés. Après ce dernier effort entrepris pour sortir Saldan de son sépulcre de neige, chacun d'eux avait conscience de son incapacité à atteindre la caverne du Haut avant la nuit. Mais ils avaient fait ce qui était en leur pouvoir, et ce qu'ils devaient faire. Tous deux savaient aussi qu'il leur faudrait trouver un nouvel abri pour la nuit, à mi-chemin du retour. Mais après les épreuves qu'ils venaient de vivre, cela traversait leur esprit comme une brise après un ouragan.

Le soleil était au zénith. Sur le glacier, la chaleur était maintenant accablante, la réverbération aveuglante. Le phénomène, normal avec ce ciel parfaitement pur, durerait encore quelques heures. Puis, dès que le soleil aurait franchi la chaîne d'aiguilles qui barrait le couchant, et bien avant que la nuit n'arrive, le froid retomberait brutalement.

Depuis longtemps déjà, ils avaient enlevé leurs lourdes vestes de fourrure, et ne portaient plus que leurs habits de peau.

Kooba se tourna vers le chasseur.

– Je voudrais être propre, dit-elle. Me plonger dans une rivière et nager !

Tous les deux se sentaient sales. Depuis six jours, ils ne s'étaient pas lavés. Leur peau sentait la transpiration de leurs derniers efforts, mélangée à une moiteur transportant des relents séminaux qui s'étaient imprégnés dans leurs vêtements, dans leurs cheveux.

– Peut-être avec la neige ? ajouta la jeune femme.

Tumai comprit qu'elle voulait être seule.

– J'ai repéré des traces de lagopède dans la neige, dit-il. Peut-être pourrais-je en tuer un avant que nous redescendions ?

Avec des gestes sûrs, il détacha les pointes de lourd silex de trois de ses flèches, encocha à la place les petits triangles que lui avaient donnés Chulai. Il savait par expérience que pour abattre un oiseau c'était plus approprié. Il rangea ces trois flèches à côté des deux autres dans son carquois, prit son lance-flèches, une longue corde, et se dirigea vers la barrière rocheuse.

A mi-chemin, il devait contourner un petit amas rocheux, bien avant les grandes parois où il était susceptible de trouver son gibier. Dès lors, il perdrait Kooba de vue. Il en ressentit un petit arrachement, se rendit compte à quel point elle était maintenant présente dans sa chair. Il se retourna. Kooba était à une cinquantaine de mètres de lui. Elle avait choisi une petite cuvette ensoleillée comblée de neige. Elle était déjà nue et se frottait le corps vigoureusement. Avec ses cheveux blonds qui retombaient librement dans son dos, son corps se détachait sur cette blancheur comme une étamine au milieu de sa corolle.

13

Dimanche 21 décembre, 15 heures.

Devant l'œil de la caméra, là !

La vision est entrée tel un boutoir au fond de mes entrailles. Ma respiration s'est recroquevillée sur elle-même comme une virgule. J'ai eu le sentiment brutal que ma transe cardiaque cessait, que ma chair se répandait sur la glace, que mes membres s'égouttaient dans la neige comme des objets soudain sans intérêt.

L'objectif a hésité dans sa mise au point automatique, s'est focalisé sur la paroi, m'envoyant une image floue mais qui ne laissait place à aucun doute. Je me suis fait la réflexion que l'épaisseur de glace ne devait pas être énorme. Puis, lentement, comme s'il était atteint de la même curiosité que la mienne, l'œil de la caméra a recherché l'image derrière le miroir, l'a accrochée, s'y est cramponné. Tout m'est apparu avec une netteté parfaite.

Elle était là !

Mes narines se sont lentement remises à pomper le présent.

Je distinguais avec précision son visage, ses épaules, ses mains croisées l'une sur l'autre, juste au-dessous de la poitrine. Sous une veste de peau, ses seins étaient l'image même de la perfection d'une courbe dans l'espace.

La bouche était entrouverte, comme celle des corps dont la force de vie s'est brutalement retirée pour ne laisser place qu'aux lois inéluctables de la pesanteur. A travers les lèvres bleuies se laissait entrevoir un feston de dents délicates. Le nez était mince, droit, les pommettes hautes lui conféraient un air un peu asiatique. Des cheveux clairs, certainement blonds, incroyablement longs, retombaient d'un côté le long d'un visage allongé, plus bas que ce que le champ de l'objectif saisissait ; de l'autre côté, ils se perdaient dans son dos, dans la glace. Les sourcils dessinaient un contour d'ombre sur les yeux ouverts qui me regardaient.

Mes mains ont tremblé. L'image a vacillé un instant. J'ai bloqué mon poignet contre le trépied pour stabiliser le câble.

Les yeux étaient larges, d'un blanc pur. L'iris était d'un gris profond, parsemé de brillances qui m'ont paru dorées. Mais la caméra, avec la pénombre qui régnait à cette profondeur, retransmettait-elle les nuances de la réalité ? Ou ne faisais-je que rêver une quelconque perfection ?

Lentement, j'ai laissé l'émotion s'évacuer pour me concentrer sur l'image. J'ai remarqué alors l'action du froid sur la peau, l'aspect un peu parcheminé de celle-ci, les plis sur les mains, autour des yeux, des lèvres, sur les pommettes, sur les bras. Mais la sauvage beauté de l'inconnue, malgré le temps, était intacte.

Doucement, millimètre par millimètre, pour ne pas modifier la mise au point, j'ai laissé descendre le câble. La longue veste de peau couvrait le corps jusqu'aux genoux et il m'a semblé que, dessous, il n'y avait aucun autre vêtement. Ni pantalon, ni jambières. Simplement des bottes en peau qui rejoignaient presque le bas de la veste.

Là, sur le côté, à peine visible sur un peu de chair dévoilée, il m'a semblé voir une tache sombre. Du sang ?

La taille était serrée par une ceinture à laquelle étaient accrochés un poignard blanc ou gris – de l'ivoire ? – et une sorte de bourse. Il y avait aussi autre chose, mais il m'a fallu un moment pour me faire une idée précise. C'était des sortes de plaques, toutes de la même dimension, apparemment en os, avec des motifs dont je ne pouvais distinguer le détail. Elles étaient reliées entre elles par un cordon qui passait dans un trou supérieur, j'en ai compté dix, parfaitement alignées les unes à côté des autres le long de la ceinture.

De toute évidence, cette femme avait été disposée telle qu'elle était pour son voyage d'adieu aux vivants. Une sépulture dans la glace ! J'ai songé à des rites funéraires régionaux, au mésolithique. Les habitants de ces vallées auraient-ils utilisé leur milieu naturel, le froid, pour y ensevelir leurs morts, ou du moins certains d'entre eux ? Mais comment avaient-ils pu monter si haut en altitude avec un cadavre ?

Et *Elle*, l'avaient-ils enfouie beaucoup moins profondément, peut-être à quelques mètres seulement, et le temps avait alors fait son œuvre ? Mais cela collait-il avec les données géophysiques connues ? On savait maintenant, depuis plus de trente ans, que la glace du fond était des dizaines de fois millénaire à cet endroit. Les scientifiques y avaient même fait des carottages pour analyser les résidus qui s'y trouvaient et déterminer les conditions atmosphériques de l'époque.

Et le poignard de silex qui avait tué Denis Servoz, d'où venait-il puisque celui de la femme était à sa ceinture ? Et de quoi était-elle morte ? Toutes les interrogations soulevées par la découverte de l'homme d'Ötzi me sont revenues brutalement en mémoire.

Avec d'infinies précautions, pour avoir le maximum d'images, j'ai remonté la caméra le long du corps.

Je suis resté encore un moment à contempler le visage, à essayer de pénétrer dans ce passé qui me submergeait déjà, à extraire une sensation presque tactile de l'image. Mais j'étais trop fatigué, ou trop ému, et il m'a semblé que mes capacités de jugement étaient aussi râpées que la paroi de mon estomac.

Après avoir coupé la caméra, il ne m'a fallu que quelques minutes pour la récupérer avec sa précieuse cassette. Finalement, j'ai laissé le câble avec son enrouleur et son trépied sur place, bien protégés dans sa housse, et arrimés à une broche à glace. Selon toute probabilité je devrais remonter ici très rapidement.

J'ai installé les deux longueurs de corde, 120 mètres, en corde fixe depuis le point repère, et j'ai pris le risque de terminer le retour vers le scooter sans assurance, en suivant parfaitement mes traces de l'aller.

Une fois arrivé, je me suis posé quelques instants pour tâcher d'agir au lieu de réagir.

Dans quelques jours, tout au plus, la nouvelle de cette découverte allait toucher tant de personnes que des fuites médiatiques seraient inévitables, provoquant un émoi de force 10. D'autant plus que la période de Noël, traditionnellement consacrée aux petits bonheurs familiaux et alimentaires, était généralement, ou par voie de conséquence, aussi pauvre en informations excitantes qu'un steak de fourmi en protéines.

Sortir ma congelée du fond de sa crevasse allait prendre un temps fou, surtout si l'on voulait conserver un tant soit peu de discrétion le plus longtemps possible. C'est-à-dire jusqu'à l'annonce retentissante de la découverte par le Pr Thomsen, lauriers sur la tête, cocoricos boostés aux amplis et chevilles en pattes d'éléphant.

Le visage des deux jeunes glaciologues, couchés sur leur table de dissection, m'a rappelé à l'ordre. Ils étaient tout aussi morts que mon inconnue et avaient droit à autant de considération. Même s'ils n'avaient pas dix mille ans !

J'ai pris mon téléphone et j'ai composé le numéro.

– C'est une longue histoire, vous savez, ai-je commencé.

Il m'a fallu monter un peu plus haut sur le glacier pour trouver un endroit ou faire demi-tour avec la motoneige, mais la descente s'est faite sans problème.

Dans la poche intérieure de mon anorak, à hauteur de mon cœur, la cassette semblait me brûler. Une question me hantait l'esprit, régulière comme le roulement d'un piston, pénétrant jusqu'au fond de mes neurones avec d'autant plus de force que je savais ne pas pouvoir y apporter la moindre réponse.

Comment t'appelais-tu donc, toi des temps anciens ?

Quand je suis arrivé en bas du glacier, le ciel ressemblait à de la bourre de coton s'abattant sur la vallée pour l'asphyxier. Une odeur de tristesse avait envahi l'air et l'humidité imprégnait déjà le crépuscule. Les voitures, en bas sur la route, avaient allumé leurs phares. Les traits d'acier des rails s'échappaient vers quelques ailleurs inéluctables.

Je sentais en moi qu'une vague hurleuse avait envie de déferler, bien au-delà des limites d'un gosier humain, pour expulser tous les démons de mes certitudes et mes notions de passé, de présent et de futur.

Aujourd'hui, pour tous, c'était dimanche, le jour où le Grand Créateur avait tout arrêté. Puis il y aurait le rush initial, la grande envolée inconsciente, le plongeon yeux fermés vers le terme final mais non annoncé. Un jour de mort déjà inscrite parmi les vivants.

Pour moi, le jour d'une renaissance d'entre les morts.

Je me suis senti envahi par les lumières d'une nouvelle perception de l'univers, du temps, et de la relativité des choses. Interne, prête à m'éclater les tripes, souterraine, quasiment phréatique, le magma liquide et profond de l'essence de la nature.

J'ai chargé la motoneige sur sa remorque, l'ai déposée sur le parking des Lucioles sans même prendre le temps d'entrer dans le chalet, et j'ai continué vers Chamonix.

17 heures.

La peur était un sentiment avec lequel je vivais journellement, une présence bienveillante aussi impalpable que celle d'un ange gardien. Celle qui me broyait le ventre les soirs de pleine lune, de demi-lune, et sans lune aussi. Enfin, tous les soirs où je remettais en cause mon boulot de flic. Celle qui m'avait fait m'accrocher, me cramponner à ce que j'avais ou croyais avoir, qui avait monopolisé mon temps, mes découragements, mes abandons, mes tentatives d'évasion. Celle que j'avais apprivoisée, comme le renard du *Petit Prince* de Saint-Exupéry, et à laquelle je devais probablement d'être encore en vie. Avec sa discrète cousine qui ne la quittait jamais, l'appréhension.

Aline m'avait permis de découvrir une autre source d'énergie, à laquelle je n'avais jusqu'à présent trouvé d'autre qualificatif que celui d'amour. Même si le mot me paraissait être quelque dinosaure enfoui au fin fond d'un passé parfois brûlant, il m'avait entrouvert l'espérance de pouvoir arracher un jour le déguisement de flic qui m'enveloppait le palpitant, pour le sentir fonctionner enfin sans raté à chaque rupture, sans incendie dans la salle des machines, capable de donner au lieu de prendre, de lâcher au lieu de retenir, de réparer au lieu de sanctionner.

L'un ou l'autre de ces sentiments m'a soufflé de déployer mes barrières de protection face à celui qui voulait effacer toute trace de ce que le glacier recelait.

Il a fallu moins d'une heure à Martial Munari, le photographe, pour me faire trois copies de la cassette. Je lui ai simplement précisé que cet enregistrement contenait probablement les raisons de la mort de son pote Denis, ainsi que du jeune Vergandi.

– Vous pouvez compter sur moi ! a-t-il cru bon d'ajouter encore une fois d'un air de conspirateur.

Bien des pistes étaient en suspens, mais un point me paraissait valoir le coup d'une investigation parallèle par mon bon brigadier Gallay.

J'ai arrêté la cassette de la caméra sur le passage où les plaques mystérieuses accrochées à la ceinture étaient le plus visibles, et j'ai demandé au photographe de m'en tirer des photos avec la meilleure résolution possible. Le résultat était impressionnant de netteté.

Puis j'ai appelé directement Gallay chez lui pour lui expliquer ce que j'attendais. Nous étions dimanche. Il était sur le Net pendant que certains buvaient un coup de blanc au café de la gare, qu'une navette spatiale terminait sa cent quarante-troisième révolution autour de la Terre, que deux impalas faisaient une course de vitesse dans le désert du Kalahari et que des alcidés en redingote s'amusaient à la bête à deux dos quelque part un peu plus loin. Mais je savais que, après mon coup de fil, il allait plonger avec délices dans l'océan des connexions câblées.

J'ai expédié une copie de l'enregistrement à mon adresse personnelle, avenue d'Albigny, à Annecy, et l'original au boss. J'ai mis la troisième dans un emballage soigneusement fermé, avec la mention : « A l'attention du capitaine Nicolas Kaufmann, à n'ouvrir qu'en cas de décès du commissaire Marac », que j'ai demandé à Munari d'aller déposer à la gendarmerie. Je ne me sentais pas de taille à affronter les regards en biais, les sourires glacés, les sous-entendus narquois relatifs au superflic que le procureur leur avait imposé et qui brillait surtout par sa capacité à l'invisibilité. Sur chacune des bandes, j'avais collé une étiquette précisant les coordonnées en latitude, longitude et altitude, de ma redécouverte.

Après quoi, je me suis installé dans la voiture, face aux aiguilles.

19 heures.

Un présent bien réel m'attendait, dû à l'invention d'un certain Alexander Graham Bell [1] qui n'avait certainement pas imaginé que grâce à lui et à quelques satellites, un peu plus tard, notre mode de vie passerait de l'asservissement câblé à l'abrutissement hertzien.

J'ai commencé sans hésiter par Benjamin Thomsen, au musée de l'Homme.

– J'ai été informé, pour Denis Servoz et son assistant, m'a-t-il annoncé après les présentations d'usage. Vous avez des nouvelles ?

La voix était grave, avec une façon particulière de traîner sur les dernières syllabes, comme si elles paraissaient inutiles à la compréhension du mot, et teintée d'une sorte de nostalgie désabusée qui aurait résisté à tous les lavages de la vie, comme une vieille tache de sang qui ne voudrait pas se faire oublier.

– Ecoutez, pour l'instant, je me trouve coincé entre le marigot aux alligators et la rivière aux piranhas. Je suis officiellement chargé d'une enquête dans laquelle les causes de ces morts me paraissent évidentes, mais je ne peux officiellement les évoquer pour les raisons que vous connaissez bien ! Je fuis, mais ça ne pourra pas durer longtemps. Franchement, il y a plus agréable !

Il a eu un silence gêné avant de continuer.

– Il faut donc renoncer à nos espoirs ?

– Je l'ai retrouvée !

– Quoi donc ? Il n'avait certainement pas dû percevoir le « e » final, que j'avais placé avec la discrétion d'un rond de fumée.

---

1. 1847-1922. Pour mémoire, signalons qu'à l'origine il a été professeur pour sourds, et qu'il a même créé une oreille artificielle, avant d'inventer le téléphone en 1876, une autre façon de rompre le silence.

– La femme dans la glace ! ai-je gentiment assené, pour le plaisir simple et gratuit de flatter mon petit ego. Avec un enregistrement vidéo d'une quarantaine de minutes.

S'il n'y avait pas eu sa respiration un peu courte en arrière-plan, j'aurais pu croire qu'un bloc de granit venait soudain de tomber sur la ligne pour l'inciter au silence.

– Et comment... comment est-elle ? s'est-il finalement décidé à me demander, sans même chercher à savoir comment j'avais réussi à retrouver l'emplacement.

– Incroyablement bien conservée ! Et... – j'ai hésité un instant sur les mots – incroyablement belle ! Vingt, vingt-cinq ans tout au plus, des cheveux blonds très longs, des yeux clairs, ou gris, je ne sais pas exactement, des...

– Les yeux... ils sont ouverts ?

– Comme s'ils nous regardaient.

– Mon Dieu, mon Dieu ! ai-je perçu.

A l'autre bout, j'en étais certain, le Pr Thomsen pleurait. J'ai respecté son émotion.

– Vous ne pouvez pas savoir, commissaire. Toutes ces années, toutes ces années de recherches, d'études, d'attente.... C'est comme si... je ne sais pas... comme si, tout d'un coup, vous voyiez un œuf de dinosaure éclore dans votre poulailler et un petit monstre en sortir ! Rien ne peut être plus beau, plus extraordinaire ! Rien !

Rien était surtout le contraire du sens général que le mot supposait, tout le monde le savait ! Et surtout de vide, de néant, de dénuement, d'abîme ou même de fin ou de mort. Et celui que m'a lancé le Pr Thomsen m'a paru terriblement vivant, tonique, rayonnant, chargé de tension et de désir.

– Voulez-vous que je vous envoie une copie de la cassette ? Par Chronopost ou France Express vous pourriez l'avoir demain en fin de matinée.

– Non, inutile ! J'arrive après-demain ! a-t-il ajouté, confirmant mon impression. Le temps de régler les affaires courantes ici, au bureau, et je prends le premier train. Je crois qu'il y a un train de nuit qui part de la gare de Lyon vers 22 h 15 et qui me fait arriver à Chamonix avant 10 heures. Je vous confirme dès que j'ai la réservation. Vous pourriez me trouver une chambre sur place ?

J'ai songé que nous allions avoir à travailler ensemble. Le chalet était grand, avec trois chambres vides.

– J'ai ce qu'il faut, ne vous en faites pas ! Je viendrai vous accueillir. Préparez vos chaussures et vos vêtements de montagne. Prévoyez pour du froid car le temps est en train de tourner au vilain. Pour le reste, j'ai tout l'équipement ici. Dites-moi, ai-je ajouté en songeant à un détail évoqué la veille avec la légiste, vous pourriez déterminer si une pièce de silex est de taille récente ou si elle date de quelques milliers d'années ?

– Vous songez aux armes utilisées pour les meurtres ? m'a-t-il demandé, avant d'ajouter, après un petit blanc : C'est votre patron qui m'en a parlé. Il me faut simplement un bon microscope optique.

– Je pense qu'on devrait pouvoir trouver ça !

– Commissaire... – la voix hésitait –, vous avez informé quelqu'un de votre découverte ?

– Je ne tiens pas à être le troisième sur la liste, si c'est ce que vous voulez savoir ! J'ai pris mes précautions, ne vous inquiétez pas !

Nous nous sommes salués, j'ai raccroché et j'ai appelé le boss sur son portable.

– Marac, bon sang ! Mais qu'est-ce que vous foutez !

Il chuchotait comme un bibliothécaire, et j'en ai déduit, vu que la nuit était déjà tombée, qu'il avait quitté le bureau depuis belle lurette et qu'il devait se trouver *at home* et probablement pas seul.

Mais un bibliothécaire qui venait de perdre l'exemplaire original de son *Encyclopédie du savoir relatif et absolu* et qui cherchait fébrilement à qui en coller la responsabilité. Il y a eu des points de suspension de silence, et sa voix m'est revenue avec cinquante décibels de plus. Probablement avait-il changé de pièce !

– Vous allez me coller des boutons, Marac, si ça continue ! Nous avons deux morts sur les bras, et vous... vous... enfin, personne ne sait où vous êtes ! Le procureur m'a déjà appelé, ainsi que le préfet, et...

– Plongez la tête dans le sable ! lui ai-je suggéré.

– Quoi ?

– Oui, vous savez bien ! Ne rien voir, ne rien entendre, recevoir des coups de pieds aux fesses, et ressortir le nez quand la tempête est passée ! La spécialité des struthioniformes.

Il ne connaissait pas le terme, j'en étais convaincu, et j'ai pris un malin plaisir à lui dire tout haut ce que tout le monde pensait tout bas de lui dans la grande maison annécienne.

– Marac, vous...

– Moi ? Je suis en vacances, patron ! Vous avez oublié ? Aujourd'hui, j'ai fait du tourisme ! Pour tout vous dire, je me suis amusé comme un petit fou avec une motoneige. J'ai grimpé le long des séracs, évité les surplombs, patiné dans la neige fraîche, franchi quelques petites failles, dérapé dans des trous, et pour finir j'ai mis des crampons, escaladé une cascade de glace et installé des cordes !

– Mais qu'est-ce que vous me racontez là, bon Dieu ?

Sa voix avait dérapé de deux octaves, et j'ai vu le moment où il allait mordre le téléphone ou, pire, l'avaler.

– Et j'ai même fini par tourner un documentaire vidéo !

– Ecoutez, Marac, je ne vais pas...

– Un documentaire passionnant. Une femme fatale, une beauté intemporelle, comme vous les aimez tant, patron ! Et une blonde en plus ! Une femme d'il y a dix mille ans. Par moins 35 mètres de profondeur. A exactement 3 202 mètres d'altitude.

Le silence s'est ouvert comme une mer, et probablement, pendant quelques secondes, le boss est-il devenu Moïse devant les eaux de la mer Rouge, remerciant Yahvé tout-puissant, à genoux sur le tapis kilim qu'il m'avait invité un soir à venir contempler chez lui.

– Vous l'avez retrouvée, Marac ! Mais comment, bon sang !

– La persévérance, patron ! Le monde n'est qu'une balançoire perpétuelle. Il suffit parfois de se laisser aller au mouvement !

– Et... comment... comment est-elle ?

– Le genre qui vous plairait, je vous ai dit. Très bien conservée pour son âge, vous verrez ! Vous recevrez la cassette demain.

J'avais un service à lui demander. Pour lequel j'avais déjà fait le nécessaire, mais il fallait bien qu'il ait la conviction que tout venait de lui ! J'ai profité de son moment de béatitude pour le solliciter. Au point où il en était, il m'aurait de toute façon accordé la culotte de sa dulcinée, la pompe à injection de son coupé 406, et même son dernier bridge céramique, mais certainement pas la rosette de commandeur de la Légion d'honneur qu'il rêvait d'arborer un jour.

Juste avant de raccrocher, il a eu une petite hésitation.

– Marac... euh... un struthio... machin... c'est quoi exactement ?

– Un struthioniforme ? C'est de la famille des ratites !

– Des ra... ?

– Ratites, c'est bien ça patron !

A l'autre bout, une fois le téléphone posé, il a dû bondir sur son dictionnaire ! Ratites ! Il avait le choix entre autruche, émeu, kiwi – de son vrai nom aptéryx – et nandou. Lequel allait-il choisir ?

20 heures.

Quand je suis rentré aux Lucioles, Aline était installée avec Melinda dans le grand fauteuil de notre chambre, toutes les deux lisant avec passion une bande dessinée de

Rahan. Double-Flemmard était vautré sur leurs pieds dans l'attitude d'un boa constricteur étendu de tout son long en phase digestive.

– C'est de circonstance, tu ne trouves pas ? a-t-elle lancé en me montrant la BD du regard.

– Plus encore que tu ne crois !

Je lui ai simplement montré la cassette que je tenais du bout des doigts.

Déjà, elles m'avaient sauté dessus toutes les deux, renversé sur le lit, avec en prime le boa qui s'était réveillé et participait à la fête, au sommet du tas humain.

Melinda avait un rire spontané et léger comme un lâcher de ballons. Celui d'Aline accrochait la vie comme une morsure de bonheur. Quant à Double-Endormi, il glougloutait à la manière d'une bouillotte encore chaude.

Une réflexion d'Arcady m'est revenue à l'esprit.

Un jour, dans un instant d'abandon poétique, dû probablement à la lecture de quelque histoire de midinette dans un Harlequin dont raffolait sa femme, Denise, il m'avait comparé à un rocher puissant dominant un paysage usé, à un fleuve labourant une terre aride. Il avait certainement mijoté ça pendant quinze jours avant de trouver l'opportunité de me le sortir. Il s'était cru obligé de bien préciser les choses.

– Le paysage usé, c'est notre société. La terre aride, ce sont ceux qui ne comprennent rien !

L'interprétation était tendancieuse, mais l'image m'avait marqué, venant de ses neurones surchargés de lipides.

– Et, tu es où, toi, dans tout ça ? lui avais-je demandé.

– A l'ombre du rocher, m'avait-il répondu avec une émotion non feinte. Et puis, j'adore les saucisses !

Là, il m'avait collé un K.-O. par logique !

– Je sais que tu les aimes. Mais quel rapport entre un rocher, un fleuve et elles ?

– Les saucisses, c'est comme la vie. Moins on sait comment c'est fabriqué, mieux on se porte ! Pour continuer à en manger, je préfère être à l'ombre. Ça te va comme explication ?

Il y avait des jours où il valait mieux ne pas insister !

Et là, sur le lit, dans cet enchevêtrement de rires qui m'encombrait l'esprit, le corps et les sens, je me suis dit que les règles du jeu de la vie étaient comme une corde raide sur laquelle on avançait. Il fallait bien choisir où on posait les pieds, mais un faux pas était vite arrivé. Et si le chemin était apparemment tracé d'avance, avec, à l'arrivée, quelque havre de repos, le grand plongeon nous attendait à chaque instant. Jusqu'à présent, j'avais cru qu'il fallait tenir le monde et ma vie par les couilles pour en chasser tous les démons. Il en sortait toujours de quelque part, et bien souvent je n'arrivais même plus à les compter ! Je me sentais parfois incapable de les forcer à se tenir à carreau. Mais avant de ne plus pouvoir les voir quand ils étaient devant moi, et de risquer de perdre l'équilibre, je devais m'accrocher pour ne pas sombrer dans le calme désespoir d'une vie sans risque et sans passion.

J'ai serré Aline et Melinda très fort, ainsi que Double-Mètre, par la même occasion. Un peu trop !

Seule la tentation de la vidéo m'a permis de me dégager. J'ai filé sous la douche. L'eau chaude a jailli comme de la grêle, me dénouant les épaules, me giflant le visage, me griffant la poitrine comme un attendrisseur transforme une vieille viande d'ours en steak au cœur tendre.

C'est Aline qui a eu l'idée de visionner la cassette sur la télé de la salle commune. C'était un écran 70 cm, nous étions seuls, et personne ne viendrait nous déranger. J'ai branché le câble de la caméra sur la prise Péritel, il y a eu le bruit caractéristique du mécanisme qui se mettait en place, et les images ont commencé à apparaître.

Une longue séquence d'un blanc bleuté. Un désert de glace qui faisait défiler ses millénaires en une troupe compacte. Un site antique, nous le savions, où seuls quelques malheureux sillons, quelques traces plus sombres ou plus claires, quelques inclusions imprécises évoquaient encore un passé difficilement imaginable.

La forme est apparue, telle une lente résurgence de ce néant imprécis, avant que l'objectif nous la livre dans sa netteté.

Une couture dans la grande pelisse du temps venait de céder, nous procurant avec violence une émotion à peine contrôlable. Celle que j'avais ressentie sur l'écran de contrôle, là-haut sur le glacier, s'est trouvée décuplée par la qualité et la grandeur de l'image.

Aline m'a saisi la main, a replié ses doigts dans ma paume, a serré. Ses ongles s'y sont incrustés comme des sagaies. Je l'ai entendue murmurer, dans un souffle à peine perceptible :

– Mon Dieu !

J'ai senti en elle des fragments de certitudes et d'ignorance qui vibraient, tremblaient sur leurs bases, se fragmentaient.

Melinda, assise sur le sol comme elle le faisait toujours, m'a serré les deux jambes de ses bras, a calé sa tête sur mes genoux. J'ai posé ma main libre sur elle. Des larmes roulaient sur ses joues.

Quant à moi, je pelletais dans un grand vide noir creusé au plus profond de mes entrailles, en espérant que ce puits venu du passé ne vienne pas soudain à déborder.

Il n'y a pas eu une parole pendant que les images défilaient.

Vers la fin, pendant de longues minutes, le visage nous a envahis, semblant vouloir pénétrer notre monde par quelque gué inconnu du temps pour nous faire partager le secret de sa prison de cristal.

L'enregistrement est arrivé au bout. J'ai coupé.

– J'avais toujours cru que le temps dormait immobile, sur son passé, a soufflé Aline, et que nous n'étions rien d'autre que des ombres qui passaient, et tout d'un coup... tout d'un coup...

– Il devient palpable. Il arrête de se perdre dans le tic-tac de l'horloge ou les grains de sable du sablier. Il est là devant nous, et au-dehors, dans la glace. Peut-être le glacier vient-il de nous livrer un peu de sa précieuse éternité ?

– Nous, on dit que, quand la rivière coule, elle retourne vers le passé, a énoncé Melinda, coupant court à notre envolée poétique.

– Mais là, l'eau ne coule pas. Elle est figée ! Qu'est-ce que les tiens en penseraient ?

– Il a bien fallu de l'eau pour faire de la glace, non ? On pourrait repasser le film ?

J'ai rembobiné, relancé la bande.

Cette fois-ci nous nous sommes concentrés sur les détails et, à plusieurs reprises, j'ai appuyé sur *pause*.

La tache sombre, imprécise, sous la longue veste, faisait apparaître, dans un coin, une coloration marron.

– Du sang, ai-je conclu. J'en suis convaincu. Une plaie qui a saigné dans le dos et qui a coulé sur son flanc. Une grosse hémorragie. Probablement la blessure qui l'a tuée.

– Elle n'a donc pas fait l'objet d'une cérémonie funéraire classique, sinon les siens l'auraient lavée avant de la mettre dans son sépulcre de glace, tu ne crois pas ?

Les plaques à la ceinture ont retenu toute notre attention. Vues sur grand écran, on pouvait nettement distinguer des dessins irréguliers, des alignements de points étranges, des formes géométriques, qui formaient un entrelacs incompréhensible et différent pour chaque plaque.

– Il y a eu un accident, a continué Aline, perdue dans son imagination. Cette blessure dans le dos, dont elle est morte. Elle a été enterrée dans la glace. Presque sans vêtements, sans véritable arme, ni sac, ni collier, ni parure quelconque. Tu m'avais bien dit qu'à cette époque les rites funéraires étaient complexes, non ? a-t-elle ajouté sans attendre la moindre réponse de ma part. Quelqu'un a mis comme ornement la chose la plus importante pour elle.

Ces plaques ! Qu'elle avait avec elle au moment de sa mort ! Une chose qu'elle ne quittait probablement jamais ! Son amulette porte-bonheur !

– C'est quand même un peu grand pour une amulette, ai-je fait remarquer.

– De la terre a été mise sur elle, a énoncé Melinda qui fixait l'écran, perdue dans une hypnose contemplative. Comme chez nous ! Quand quelqu'un meurt, nous lançons des poignées de terre ocre sur le corps pour qu'il rejoigne notre Mère la Nature.

– Des grains, c'est vrai ! avons-nous observé. A l'époque, d'après les tombes retrouvées, il s'agissait d'ocre. Les traditions ont peu changé !

– Mais ce que je ne comprends pas, ce sont les cheveux. Pourquoi une partie devant et une partie derrière, au lieu de les mettre tous devant ?

– Pourquoi pas derrière ? C'était il y a dix mille ans tu sais !

– Mais même il y a dix mille ans, les cheveux devant, c'est beaucoup plus beau quand tu reposes ainsi, a énoncé Melinda avec sa logique enfantine.

Elle avait raison ! Tous les gisants, toutes les reproductions anciennes de mises en terre, que ce soit des Aztèques, des Egyptiens ou du Moyen Age, représentaient les femmes avec les cheveux ramenés devant ! Pourquoi, pour notre inconnue, avaient-ils été mis dans le dos sur le côté gauche ?

– Je crois que nous venons tout juste de faire connaissance avec elle, et qu'elle a encore beaucoup de choses à nous apprendre !

– Je voudrais tant connaître son nom ! a chuchoté Aline, à l'unisson de mes pensées.

Melinda m'a soudain serré avec force, s'est lentement redressée. Puis elle a lâché ma main, s'est mise debout, face à l'écran. Nous étions sur la dernière image, immobilisée en *pause*. Le teint cuivré de ma petite Indienne m'a semblé tout à coup pâle, sa poitrine se soulevait pesamment, ses yeux n'étaient guère plus vivants que deux écailles de peinture.

– Elle... elle... veut me parler, a-t-elle soufflé avant de s'affaler à terre.

14

Tumai suivit les traces qu'il avait repérées dans la neige. Les griffures en forme de petit triangle étaient très caractéristiques et ne pouvaient être confondues avec d'autres, par des yeux avertis comme les siens.

Probablement un lagopède avait-il été attiré par une brindille poussée sur la neige par le vent, car la trace ne s'éloignait que de quelques mètres des rochers. Il retrouva les empreintes dans des amas de neige coincés entre les rocs et dut rapidement prendre de l'altitude, poussant des pieds, tractant des mains, prenant appui sur des saillies rocheuses, pour suivre les traces du passage du volatile.

Il en repéra finalement trois. Compte tenu de la saison, ils portaient encore des dessins sur le dos et les ailes. Mais leurs plumes d'hiver avaient déjà commencé à pousser, y compris sur les pattes, blanches jusqu'aux griffes, ce qui les protégeait du froid et leur permettait également de mieux circuler sur la neige. Le camouflage, dans cet environnement de pierre, de neige et d'herbe jaunie, était idéal.

Il était assez rare, il le savait, de voir des lagopèdes à cette altitude, mais cet oiseau était très casanier et ne quittait que rarement, et pour de courtes distances, la région où il était né. En hiver, il creusait des niches dans la neige, l'ouverture protégée des vents dominants, pour s'y réchauffer et s'y blottir. Il se nourrissait de brindilles, de bourgeons, de feuilles de buissons, avec une capacité d'absorption impressionnante.

Avec une extrême économie de gestes, en se fondant dans le rocher, Tumai arma son lance-flèches. Les oiseaux étaient à une vingtaine de mètres, sur une petite plate-forme ensoleillée, et il visa le plus dodu.

Le bruit que fit la flèche en filant parvint à l'oiseau au moment où elle le traversait de part en part. Il eut un battement d'ailes bruyant, puis retomba, le bec contre le sol, un filet de sang coulant presque immédiatement sur la neige. Les deux autres s'envolèrent dans un grand bruit d'ailes, avec des gloussements rauques. Tumai suivit facilement leur vol, leur plumage une fois déplié faisant apparaître des dessins éclatants. Ils grimpèrent en un remue-ménage affolé, tournoyèrent un bref moment, puis se posèrent une vingtaine de mètres plus haut.

De son poste d'observation, Tumai arma sa deuxième flèche. C'était délicat. Il était un peu trop loin pour tirer sans faire de correction de distance. Un lagopède était visible et seule la partie supérieure de son corps dépassait de l'arête rocheuse où il s'était posé. Le chasseur se concentra, visa soigneusement.

Au moment où ses doigts s'ouvrirent, il entendit le cri lointain, presque étouffé :

– Tumai !

La flèche s'écrasa sur le rocher à un doigt de l'oiseau.

Mais Tumai ne regardait plus. Il avait déjà fait demi-tour. L'appel portait en lui un déchirement, une détresse, une interrogation encore plus angoissante. Pourquoi un seul appel ?

Il sentit ses veines devenir des rivières, ses jambes une cascade, sa tête un casque de glace. Puis, aussi vite, il se reprit, voulut entamer la descente. Le vertige le saisit. Pris par sa traque, il n'avait pas perçu la verticalité de la paroi. Il n'eut qu'une seconde d'hésitation, le temps de s'accrocher au rocher, de laisser l'envie du vide s'éloigner. Il enleva la longue corde attachée à sa taille, repéra un éperon rocheux, un peu plus bas, qui pourrait faire office d'ancrage. Il le rejoignit, accrocha la corde, se mit face à la paroi. A la seule force de ses mains et de ses jambes, il descendit la trentaine de mètres qui le séparaient du sol.

Il s'enfonça jusqu'aux genoux dans la neige devenue molle avec la chaleur des parois qui réverbéraient le soleil, glissa, se releva, continua, toujours aussi peu habile.

L'épaulement rocheux était là, devant lui, à partir duquel il pourrait de nouveau voir l'endroit où il avait quitté Kooba. La distance lui parut interminable, le temps lui sembla s'arrêter.

Et ce silence maintenant... Pourquoi ce silence ?

Quand il contourna le massif rocheux, la vision qui s'imprima en lui le secoua comme une onde de choc. Elle lui descendit dans les tripes, lui remonta dans les vertèbres, écorchant ses nerfs au passage, les faisant trembler comme la corde de l'arc dans ses doigts quelques minutes auparavant.

Kooba était étendue dans la neige, nue.

Un homme lui tenait les bras d'une main, pesant lourdement sur sa bouche de son autre main. Un autre, les jambes nues, pantalon baissé sur ses bottes, avachi, était couché sur elle, le corps rythmant une cadence maléfique.

D'un regard, Tumai comprit.

A une dizaine de mètres d'eux, juste avant la petite cuvette, il aperçut les vestes posées négligemment sur la neige, les sacs à dos, des pattes-à-marcher aussi. Et un chamois mort, une longue traînée de sang sur le flanc. Et leurs armes !

Des chasseurs ! Ceux de la vallée ! Ceux de la Horde !

Ils avaient aperçu Kooba alors qu'ils étaient plus hauts, dans les rochers. Probablement étaient-ils arrivés après le départ de Tumai et ne l'avaient-ils pas aperçu, lui.

Chaque être est la victime de quelque chose. Appelons cela le destin, un dieu quelconque, le milieu ou l'éducation. Qu'importe ! Ce qui différencie les uns par rapport aux autres, c'est la façon d'agir à partir de cette donnée irrévocable.

Tumai sut d'instinct qu'aucun d'eux, Kooba et Tumai, ne surmonterait cette épreuve, n'y survivrait même, s'il ne faisait pas ce qu'il allait faire. Ce qu'il devait faire.

Il choisit une de ses flèches habituelles, celle à la pointe de silex lourde. Il l'encocha sur la corde du lance-flèches. Il avança dans la neige, directement sur les hommes. Tout occupés à leur besogne, les autres ne le virent pas approcher.

Arrivé à une vingtaine de mètres, il cria :

– Lâchez-la !

L'homme qui tenait Kooba releva la tête, un sourire satisfait plaqué sur ses traits. En voyant Tumai, ses yeux s'agrandirent d'étonnement. Il dit quelques mots à l'autre, qui ne se retourna même pas.

Tumai se rendit compte que les hommes ne pouvaient pas comprendre sa langue, même s'ils en avaient deviné le sens.

Dans une ultime tentative, il lança, encore une fois, presque doucement, en utilisant le langage universel :

– J'ai dit, lâchez-la !

L'homme couché sur Kooba tourna à peine la tête vers lui. Ses yeux s'arrondirent, puis il éclata de rire.

La flèche de Tumai s'élança. Elle vola. Le temps, le bonheur de Tumai et de Kooba, la vie de l'homme.

Elle s'enfonça comme une queue de comète à travers les chairs, les tissus, les côtes, lui fit exploser le cœur.

L'homme s'affaissa sur Kooba.

Tumai vit le regard de l'autre. Il vit l'horreur, l'incompréhension, l'incrédulité, le blanc de l'œil qui semblait s'élargir, la peur qui s'installait. Les narines frémissantes, la pomme d'Adam qui montait et descendait, les joues qui se gonflaient et se dégonflaient, la peau luisante de sueur, le muscle de la mâchoire qui se contractait.

Sans quitter l'homme des yeux, Tumai encocha sa deuxième flèche.

L'homme lança un regard vers ses armes, à quelques mètres, hésita, puis, avec brutalité, il dégagea Kooba de la masse de l'homme mort, la redressa, la tenant devant lui comme un bouclier.

Il dit quelque chose à Tumai, que celui-ci ne comprit pas. Un sourire narquois se plaqua sur la face de l'homme, auquel il se cramponna. Il donnait plutôt l'impression de mordre dans un bout de corne.

Tumai leva son arme.

La tête de l'homme était à côté de celle de Kooba, ne la dépassant pratiquement pas. Un homme jeune, constata-t-il. Un visage long, tranchant comme une lame de silex, avec des cheveux roux et des taches de rousseur qui parsemaient son nez et ses pommettes de grains d'ocre. Et des yeux de démon, qui mettaient Tumai au défi de risquer de tuer la femme qu'il tenait devant lui.

Tumai ne regarda pas Kooba. Il songea à l'arbre, à la tête de la jeune femme à côté de la peau de lapin. Il s'agissait alors d'une simple cible, d'une peau morte, et maintenant de celle d'un humain. Il se concentra.

La flèche partit. Kooba ne ferma pas les yeux.

La flèche entra dans l'orbite, broya les os, des fragments de silex éclatèrent, trouvèrent le cortex, y provoquèrent un vide destructeur. L'homme s'affaissa comme une masse.

Kooba chancelait.

Tumai courut, la rejoignit, la saisit dans ses bras. Il la sentit qui glissait lentement au sol, qui fondait contre lui. Il la souleva, la porta jusqu'à sa veste qui était restée près de là, y étendit la jeune femme.

C'est alors seulement qu'il vit ses mains pleines de sang.

Le sang de Kooba ! Celui qui coulait de la plaie qu'elle avait un peu plus haut que la hanche, dans le dos.

Tumai regarda autour de lui. Et il vit le couteau rouge de sang, près du corps du deuxième homme.

– J'ai essayé... de me défendre..., dit Kooba. Des bêtes... les humains... ce sont des bêtes...

– Ne bouge pas ! lui dit-il doucement.

Il alla chercher ses bottes, les lui enfila. Il étala une peau de nuit sur le sol, y déplaça délicatement la jeune femme.

La chemise en peau de Kooba était à côté. Il la coupa en bandes. Il voulut tenter d'en faire un bandage autour de la plaie, mais la douleur de Kooba était si intense qu'il dut renoncer. Il ne put placer qu'une sorte de grosse compresse, qui tenait par le simple poids du corps.

Il fallait la redescendre, retrouver Kostai, la faire soigner ! Vite ! Son esprit agile et constructif cherchait. L'idée d'un travois [1] *lui vint immédiatement en tête. Il repéra les deux sagaies, la sienne et celle de Saldan, les apporta près de la blessée. De son sac, il sortit la grande peau blanche de Yolda, l'étendit sur le sol, posa une des deux lances au milieu, replia la peau pour amener un bord contre l'autre à hauteur de la deuxième lance. Rapidement, il coupa des languettes qui lui permirent d'attacher les deux plis de la peau ensemble à l'aide de nœuds.*

Avec d'infinies précautions, il glissa la peau de nuit et Kooba qui y était étendue sur le brancard rudimentaire, la tête légèrement relevée.

– Tumai, appela Kooba. Je suis fatiguée... très fatiguée...

Ils n'avaient pas mangé depuis près de trois jours. Tumai songea au lagopède, là-haut, qu'il n'avait même pas pris le temps de descendre. Puis ses yeux rencontrèrent la forme du chamois.

Il en dépouilla l'arrière-train, coupa de fines lamelles de viande, et les proposa à la femme allongée. Elle les mâcha lentement, tenta avec peine de les avaler, puis les recra-

---

1. Sorte de traîneau rudimentaire fait de deux perches de bois reliées entre elles, sur lesquelles les charges étaient posées. Ce mode de transport ancestral fut largement repris par les Indiens d'Amérique, qui y attelaient leurs chiens, puis, plus tard, leurs chevaux.

cha. Il goûta à son tour, mais lui aussi fut écœuré par ce goût de sang frais.

Depuis longtemps déjà l'homme ne mangeait plus que de la viande cuite, et son estomac avait oublié ses réflexes ancestraux de charognard, du temps où il s'appelait encore australopithèque ou pithécanthrope, du temps où il n'avait pas encore conquis le feu.

Du feu ! Il lui fallait du feu ! songea Tumai.

Il retourna aux rochers, s'enfonça dans la neige molle, glissa, se releva, trébucha, repartit, retomba, avança, maudit le ciel, tous les animaux qui s'y cachaient, et la Terre-Mère.

Finalement, il réussit à trouver quelques brindilles bien sèches ainsi que de la mousse, les ramena précautionneusement. Il saisit ses pattes-à-marcher, en enleva les cordes en boyau, fractionna le cadre de bois en morceaux aussi petits que possible. Puis il alla récupérer les flèches qui avaient tué les hommes, les arracha des corps sans une hésitation et les brisa en petits fragments. Il fit de même avec son arc. Des deux sacs, il se fit un abri du vent. Il sortit son nécessaire à feu, le percuteur en silex et le bloc de pyrite, et se fit la réflexion qu'ils étaient presque éternels et risquaient de vivre bien après que lui aurait rejoint le Monde de l'Au-Delà.

Malgré sa dextérité, plusieurs tentatives lui furent nécessaires pour projeter l'étincelle sur les brindilles, les enflammer, y ajouter doucement la mousse, puis les éclats de bois, et enfin les morceaux plus gros.

Il passa les lamelles de viande à la flamme, les tendit à Kooba, qui réussit enfin à les avaler. Puis il parvint à faire fondre un peu de neige directement dans un bout de peau replié en forme de sac, à la limite de faire brûler celle-ci, et obtint une eau tiède que la blessée but avidement. Plusieurs fois, longtemps, il répéta l'opération, jusqu'à ce qu'elle s'endorme.

Le soleil atteignit la limite des crêtes supérieures. Quelques nuages acérés comme des lances semblaient vouloir livrer un combat inégal avec la pureté indécente du ciel, toutes choses que Tumai vit sans les voir, le cœur sec et l'esprit ailleurs. Il veillait sur Kooba qui dormait et sut qu'il n'oserait pas la réveiller.

Il comprit aussi qu'il ne pourrait pas engager sa descente aujourd'hui et qu'il devrait attendre les premières lueurs de l'aube.

Un travail l'attendait, qu'il accomplit alors que les derniers rayons du soleil venaient s'écraser sur la glace comme des flèches, près de lui, avant que la boule de feu n'aille se cacher derrière les sommets de l'ouest.

Un gros sérac dévoilait sa béance, à une vingtaine de mètres de toute cette tragédie. Il y tira un corps, puis l'autre, et toutes leurs affaires. Après une hésitation, il conserva le couteau qui avait frappé Kooba, une belle arme, l'essuya soigneusement dans la neige et le glissa à sa ceinture. Quand les corps disparurent, il n'y eut qu'un grand remous de neige blanche qui montait des profondeurs. Même pas le bruit de leur chute.

Un instant, il songea à Kostai, à la pureté de leurs intentions quand ils avaient tous fait ce long déplacement pour la Grande Initiation. Et au résultat final. Les paroles de Kooba lui broyaient la tête : « Les humains... ce sont des bêtes... » Lui, Tumai, avait cru naïvement que ceux de son temps avaient évolué, étaient sortis des âges farouches des grands froids, que le développement de la connaissance apporterait une plus grande sagesse. Mais, du jour où il entrait dans la vie en vagissant, jusqu'à celui où il la quittait pour le Monde de l'Au-Delà, l'homme restait lié à ses instincts les plus bestiaux, le sexe, la violence, l'instinct de possession. Ceux de la Horde. Comme lui-même !

De nouveau son regard se posa sur celle qui avait partagé tous ces jours et ces nuits avec lui, celle qui devait partager tous les autres. Elle avait l'air reposée. Mais sous elle, lentement, la vie s'égouttait.

Le froid arriva. Puis la nuit.

Kooba se réveilla.

– J'ai froid, dit-elle.

Il replia sur elle la peau de nuit, y rajouta la seconde, en une seule épaisseur, se conservant de la plier en deux pour le milieu de la nuit, quand le froid deviendrait plus vif.

– Non ! Toi, lui dit-elle en tendant la main.

Il vint se coucher à côté d'elle, son corps contre le sien, tentant de lui communiquer sa chaleur.

– Regarde le ciel, reprit-elle. Comme c'est beau !

La lune était basse sur l'horizon, encore paresseuse, n'offrant qu'un croissant timide, presque gêné de devoir concurrencer la clarté des étoiles.

Lentement, comme on explique à un enfant, tendant parfois un doigt faible pour mieux lui permettre de voir, elle lui fit découvrir les animaux du ciel qui avaient été représentés dans les grottes des Anciens.

Le grand aurochs, celui qu'il avait vu la première fois lorsqu'ils se trouvaient tous dans la caverne du Haut, et qu'elle lui fit retrouver. Le lion des cavernes avec sa crinière et son encolure puissante. Le farouche bélier, à côté de l'aurochs. Le grand cheval, dans sa foulée de galop, et, un peu plus loin, presque discrets, semblant nager dans la voûte céleste, les poissons. Et aussi l'ours énorme, le plus proche de la grande étoile brillante autour de laquelle les autres semblaient tourner. Le serpent à la tête plate, et l'aigle, loin là-bas, sur la frange du ciel, si difficiles à distinguer. Et d'autres encore, qu'elle lui nomma, mais qu'il ne parvint pas à distinguer de l'amas de points brillants.

Kooba était épuisée.

– La terre aussi est belle, Kooba, lui dit Tumai.

Il lui parla du clair-obscur des forêts, des lits de mousse frais et tendres, de l'ombre des rochers sur les eaux courantes, des senteurs sauvages, des bains de couleurs vives, des clairières de lumière, des bouquets d'odeurs printanières, des frissons de feuilles dans le vent, des rubans d'oiseaux, des algues multicolores jouant avec les marées.

Il lui parla toute la nuit, sa main ne quittant pas la sienne.

Il lui dit aussi qu'il ne pourrait plus vivre sans elle, que leurs corps avaient fusionné, leurs esprits et leurs cœurs aussi.

Il lui dit encore une fois que Tumai était à Kooba.

Mais, déjà, elle ne parlait presque plus.

Alors, elle souleva doucement la main de Tumai, la fit glisser le long de son corps. Jusqu'à sa tête. Jusqu'à sa tempe gauche. Là, sous les cheveux, loin en arrière. Là où, dans leur tanière, il avait oublié d'aller, emporté par d'autres découvertes.

Il reconnut la sensation du tatouage régulier, de la marque presque rectangulaire. Son doigt s'y attarda doucement, avec la légèreté d'un papillon.

– C'était toi ?

Elle fit oui d'un clignement des yeux.

– Je t'aime, lui dit-il.

Kooba le regarda. Ses yeux dirent à Tumai qu'elle aussi l'aimait. Qu'elle l'avait aimé dès le premier instant. Que leur rencontre n'était pas une découverte, mais une reconnaissance, une reviviscence, les retrouvailles d'un destin écrit.

Les premières lueurs de l'aube rosissaient le ciel quand le corps de Kooba abandonna enfin la lutte, ses yeux ouverts sur Tumai, sa main glissée dans celle de l'homme.

Mais lui ne voulait pas de ce jour nouveau.

Il se releva, chargea tout ce qui restait sur le travois, aux pieds de Kooba. Les derniers vêtements, les sacs, le carquois, la corde de Kooba – celle qui lui avait sauvé la vie –, et même les restes du chamois. Pour qu'il ne reste rien de leur passage dans ce paysage immaculé. Rien de leur passage dans cette vie. Que la nature efface jusqu'au souvenir de leur mémoire.

Tirant son chargement, il se dirigea vers la plus grande crevasse.

Et sans une hésitation, les mains bien serrées sur les lances, il sauta.

15

Lundi 22 décembre, 9 heures.

Melinda n'était nulle part ailleurs qu'en elle-même. Un ailleurs personnel, refermé sur la conque d'un faisceau de volonté. Tendue comme une peau de vieux tambour. Avec une invulnérabilité âpre. Une présence rigide, son existence enchaînée à une autre qui l'appelait. Des yeux sombres qui lui barraient le visage comme une estafilade. Une bouche frémissant sur un inconnu qu'elle s'efforçait désespérément de ressentir avant même de l'avoir rencontré. Son petit visage n'était plus qu'un triangle d'attente aux arcades froncées. Ses mains, les poings serrés, livraient une partie de bras de fer inconsciente avec les sangles de son harnais.

Je me trouvais de nouveau devant la faille béante, en compagnie de Melinda qui nous avait rappelés, à sa façon, que nous étions peut-être arrimés à la réalité intangible de notre conditionnement. Mais qu'à la moindre occasion tout pouvait s'effondrer sur ceux qui s'y attendaient le moins.

J'avais apporté le nécessaire pour équiper tout le trajet en cordes fixes, du point d'arrivée en motoneige jusqu'au gouffre, et l'accès pouvait maintenant se faire rapidement et sans appréhension. Par le même voyage, j'avais également apporté l'échelle à éléments de Denis Servoz, qui enjambait maintenant les 5 mètres de large de la crevasse, offrant ainsi, combinée à des broches à glace, une sécurité totale pour descendre un humain dans la faille. Les services du secours en montagne m'avaient prêté un treuil, pour descendre ou remonter quelqu'un, qui pouvait s'actionner soit du haut, soit même, grâce à un astucieux système de poulies à renvoi, par celui qui était accroché au bout du câble. Une fois toute l'installation préparée, je l'avais expérimentée le premier, sur une vingtaine de mètres, Melinda m'ayant *formellement interdit* d'aller plus loin. J'étais descendu avec l'appréhension d'un plongeur partant avec une ancre de thonier accrochée à la ceinture et, dans l'hypothèse d'une défaillance technique, des images en tête aussi joyeuses que la bande de Gaza. Mais j'avais mes deux piolets, mes crampons, un radiotéléphone, un talkie-walkie, et une petite Indienne qui surveillait chacun de mes gestes comme un ayatollah la publication des mémoires de Rushdie.

Je n'avais jamais rencontré ce vide frémissant de l'angoisse, quand on affrontait sans s'y attendre une phobie inconnue, tel un coup de grâce. Mais j'ai dû me rendre à l'évidence ! Quelque part, au fond de cet enchevêtrement compliqué de matière organique et de connexions nerveuses que constituait mon ego, gisait la crainte d'un étouffement, d'une claustration, une trouille viscérale du resserrement des parois autour de moi. J'étais claustrophobe ! J'aurais fait un piètre spéléologue, je m'en rendais compte ! Tout en m'en foutant puisque j'étais commissaire, même si le terme supposait d'aller fouiller dans les profondeurs souvent ténébreuses de l'esprit humain. Mais le fait d'avoir eu besoin d'un demi-siècle pour percevoir cette nouvelle défaillance de ma machinerie m'a laissé, pendant quelques fulgurantes secondes, l'estomac retourné sur la fragilité humaine.

En retrouvant la surface du glacier, j'ai aspiré un grand coup l'air libre, avant de me précipiter sur la flasque de mon sirop favori planqué dans la poche intérieure de ma veste, même quand celle-ci se transformait en anorak.

En partant des Lucioles, des bourrasques de pluie s'abattaient sur le bitume en plaques sonores, suivies d'accalmies tout aussi impressionnantes. La pluie jouait la versatile, tantôt en étant une vraie de vraie, faisant rebondir ses gouttes en pizzicati légers sur les toitures et les carrosseries, tantôt ne l'étant plus, laissant alors à l'eau le temps de glisser doucement au sol sur des accords aquatiques. Ici, en altitude, les scènes étaient les mêmes, mais le soliste s'était déguisé en flocons. Je n'ai même pas prêté attention à ce gentil ballet, et me suis assis dans la neige pour récupérer.

– Tu as eu peur, Sun-kalowapi ? m'a demandé Melinda.

– Moi, non ! Mais quelqu'un là-dedans s'est amusé à leur faire croire que je faisais une descente aux enfers, lui ai-je répondu en désignant mes poumons.

– Les enfers, c'est là où il y a du feu, chez vous, non ? Ici, c'est de la glace !

– Tu connais Don Juan ? Non, bien sûr ! C'est un type qui a eu plein de problèmes. Avec son cœur, surtout.

– Tu l'as connu ?

– Non. C'était il y a très longtemps. Il paraît qu'il a dit que la raison pouvait foirer dès qu'elle avait des limites trop étroites. Alors, là, en bas, je pense que ce n'était pas tout à fait assez large pour moi ! Tu comprends ?

– Pas très bien. Tu me descends, maintenant ?

Je me suis senti comme un mollusque devant elle. Je l'ai arrimée, elle s'est positionnée, le visage grave, mais sans plus de traces d'émotions que le reflet d'un nuage sur l'eau. J'ai ouvert le talkie-walkie en position d'émission, et j'ai doucement actionné le treuil. Il m'a semblé que le glacier l'avalait et j'ai soudain eu peur que quelque chose se réveille en lui, qu'un sortilège glacé, ou une vibration courroucée aussi ancienne que celle que Melinda allait rencontrer, ne l'agite brusquement.

A travers l'appareil, accroché en collier à son cou, je percevais les mouvements de sa respiration. Bon Dieu que cette gamine avait l'art de me faire fondre le cœur et de me décortiquer comme une vulgaire crevette !

– Doucement, Sun-kalowapi, doucement ! Encore un peu... Stop maintenant !

Mon palpitant tremblait tellement qu'il aurait pu battre la cadence pour le scherzo frénétique du finale de la *Symphonie du Nouveau Monde* de Dvorak, et j'aurais avalé une boîte entière de bicarbonate de soude d'un coup pour mieux digérer mon stress.

Et elle, en bas, elle chantait !

Une mélopée à vous remonter le cœur au niveau des glandes lacrymales. A vous donner envie de jouer de la harpe sur vos cordes vocales. D'extraire Crazy Horse, Little Crow, Red Cloud, Sitting Bull [1], et les autres chefs indiens de leurs territoires éternels pour les voir piquer un galop sur le glacier.

– Il fait très froid ici, n'est-ce pas ?

La voix de Melinda m'a rappelé à la réalité des circonstances.

– Je m'appelle Melinda, a-t-elle ajouté.

Je l'ai imaginée, face à la paroi de glace, plus proche de celle à laquelle elle s'adressait que deux énarques dans une conversation de salon. Séparée par l'épaisseur de la glace. Et par des millénaires qui tentaient de s'extraire de leur tombe pour survivre.

– J'habite loin, dans un pays où il y a aussi beaucoup de neige en hiver, a-t-elle continué. Au milieu des montagnes, avec de grandes rivières et des lacs qui gèlent quand il fait froid, et des glaciers aussi. C'est très beau, mon pays. Aussi beau que le tien devait l'être. Celui d'ici, mais d'avant. Avant qu'il y ait trop de monde, comme maintenant.

Un silence. La neige s'était arrêtée. J'étais glacé.

– Moi, ce que j'aime, ce sont les aigles ! Et toi, tu en avais aussi des aigles, à ton époque ? Tu sais, les glaciers,

---

1. Tous chefs sioux (Dakota). Melinda est d'origine stoney (Assiniboine), un sous-groupe sioux.

je n'y étais jamais allée auparavant, aujourd'hui, c'est la première fois. Car tu voulais me parler, n'est-ce pas ?

Elle a soufflé un peu avant de poursuivre, et je me suis dit qu'elle devait plonger son regard dans celui qui lui faisait face.

– Chez les miens, certains disent que je peux communiquer avec ceux qui ont rejoint les terrains de la Chasse éternelle. Moi, je ne sais pas exactement ! Je crois plutôt que ce sont eux qui veulent me dire quelque chose. Alors ils m'appellent ! Et je les entends parfois. Seulement ceux que j'aime, comme les aigles. Eux, ils me parlent souvent et ils me font voir des choses que je ne peux pas imaginer. Les autres, ceux qui ont de mauvaises pensées, je n'arrive jamais à les entendre. Peut-être parce que je suis trop petite encore ? Remarque, c'est mieux, non ?

Il y a eu quelques centimètres de glace de silence, puis Melinda a repris son monologue, de sa voix calme. Quant à moi, malgré la neige, j'avais la gorge aussi sèche qu'un oued du Tafilalet.

– Quand je te regarde, je vois que tu as quitté les grandes plaines, heureuse. Tu es belle, et je suis sûre qu'il y avait un homme qui t'aimait. Et que toi aussi tu aimais ! Comme Marac et Aline ! Même s'ils ne savent pas très bien se le dire ! Mais ce sont des grands qui n'ont pas encore fini de grandir ! Tandis que toi tu avais déjà compris.

J'ai soudain senti ma bouche prendre la consistance d'un papier tue-mouches. Mais qu'est-ce que cette gamine de neuf ans connaissait de l'amour ? De ses commencements inexplicables, de ses fins souvent douloureuses, de ses intempéries et de ses éclaircies, de sa violence et de son intransigeance ? Et du désir qui le guettait perfidement sur chaque pli d'oreiller ? De cette ultime terre à conquérir, peut-être, quand on avait enfin compris que l'abandon de soi n'était en fait qu'un consentement à l'autre ?

– Mais si tu ne parles pas la même langue que la mienne ou que celle d'ici, ce n'est vraiment pas important, tu sais.

Avec l'esprit, il est si facile de se comprendre ! Maintenant, je vais t'écouter, si tu veux ! Bien sûr, tu ne me connais pas bien encore, alors tu peux simplement commencer par ton nom. Et après, si tu veux, seulement si tu veux, je pourrais revenir te voir.

Après, il y a eu le silence. Je n'entendais plus que les bruits du glacier, et celui d'un lent écoulement d'eau, venu de je ne savais où. Un bruit de ruissellement complice qui ne tentait pas de se jeter sur moi comme un agresseur, et qui ne s'enfuyait pas non plus comme un esclave de la lune. Non, un simple murmure, comme des voix venues d'ailleurs.

La voix de Melinda a resurgi des profondeurs du talkie-walkie.

– Kooba ? C'est ça ? Kooba... C'est un joli nom, tu sais ! Et... qui ? Tu veux retrouver qui ? Tumai... Tumai, c'est son nom, à lui ? Tu veux que je le retrouve pour toi ? Je ne sais pas si je pourrai, mais Marac fera le maximum, j'en suis certaine !

Kooba ! Tumai ! Je rêvais !

– Je m'en vais maintenant. A bientôt, Kooba.

Le récepteur est devenu silencieux dans ma main, je l'ai considéré un instant, puis, doucement, j'ai remonté le filin.

13 heures.

Le ciel s'était enflammé. Quelques gouttes lourdes comme des balles perdues venaient frapper au hasard. Les dernières flèches de soleil se faufilaient par des fentes dans la croûte nuageuse, se diluaient dans l'averse, la transformant en une brume presque argentée.

A l'intérieur de la gendarmerie, il faisait une moiteur étouffante et l'air y semblait aussi pesant qu'une couverture imbibée d'eau chaude.

Le capitaine Nicolas Kaufmann était en grande discussion avec une silhouette qui m'a fait frémir de bonheur en la revoyant. Je l'avais quittée voilà quelques jours seulement, mais, inconsciemment, je me devais de le reconnaître, sa présence m'avait manqué.

Elle portait sa veste noire trop longue, son jean à la Lucky Luke, un vieux col roulé noir, ses cheveux étaient plaqués comme avec de l'huile d'olive et coiffés d'une paire de lunettes calées à la verticale, sa minceur était si sèche qu'elle aurait fait concurrence à un élastique tendu autour d'une liasse de faire-part.

Quand elle s'est retournée et qu'elle m'a aperçu, elle a eu un sourire en me tendant la main, comme un remerciement discret.

– Bien arrivée, Dolorès ?

– A la première heure ce matin, comme vous me l'aviez demandé. Je me suis mise tout de suite au travail avec le capitaine.

Son teint était aussi blanc que celui d'un vampire, le blanc paperasserie caractéristique. Celui des formulaires, notes de service, états statistiques, listings informatiques, bulletins, avis, auquel s'était rajouté le blanc laiteux des écrans cathodiques qui donnaient maintenant la mesure de toute chose, faisaient promouvoir, déterminaient votre grade, votre salaire, vos congés, l'estime dont vous jouissiez.

Dans ses yeux flottait l'ombre d'un grand spinnaker noir, et je me suis dit que ce séjour à la montagne allait lui faire le plus grand bien après les journées ténébreuses qu'elle avait consacrées à l'affaire Boivin. Comme je l'avais dit au boss au téléphone, il y avait deux cent cinquante personnes au commissariat des Marquisats à Annecy, et une de plus ou de moins ne le ferait pas couler dans le lac.

– Bonjour, capitaine. Vous avez donc pu faire connaissance avec le lieutenant Scampana. C'est elle que j'ai spécialement chargée de l'enquête sur ces deux meurtres.

Il m'a rendu mon salut d'un petit mouvement de tête, avec le sourire du gars qui vient de se castagner avec un orang-outang dans l'ascenseur. Son visage ne portait plus trace du moindre espoir. Rien qu'un homme effondré que la vie était en train de noyer. Je me suis demandé quelle obscure désespérance décapait ses veines. La mort d'une vie antérieure ? L'effacement de vieilles ruines ? L'exorcisme de tout ce qui avait attisé son âme ? La découverte d'un trognon de vérité infâme caché à l'intérieur de lui-même ? Ou peut-être tout simplement son moi profond venait-il d'en prendre un coup, car il se trouvait en tandem avec une femme et n'avait même pas pu donner son avis ! Mais je n'avais aucune inquiétude. Le moi profond était un truc qui restait toujours intact. Quand il semblait remué, annihilé, détruit même, c'était seulement l'amertume qui le brouillait comme une eau qui se trouble. Ensuite, il s'éclaircissait et son fond, toujours ambigu et imprécis, recommençait à être apparent depuis la surface. Quant à Scampana, j'allais lui permettre de lâcher les rênes de la faim qui courait en elle, et elle saurait jouer la bonne carte pour aboutir à une efficacité maximum.

Mais il fallait faire quelque chose pour changer l'ambiance, qui était aussi joyeuse qu'au guichet des visas dans une ambassade de Serbie.

– Qui commence le jeu ? leur ai-je demandé. Vous ou moi ? Moi, je vous parle de l'Iran. Vous, de l'Irak ! Mais c'est interchangeable ! Ça vous va ?

La tension est retombée lentement.

– Vous avez du café ?

Le capitaine s'est déplacé vers une autre pièce où se trouvaient trois gendarmes, avec l'aisance d'un mur apprenant à marcher. Dolorès et moi lui avons emboîté le pas. La machine nous a servi un liquide caramélisé dans lequel nous avons laissé la poudre de sucre s'enliser avant de tourner avec l'unique cuillère de service.

– Il est à peu près aussi bon que le nôtre ! a pouffé Dolorès, soudain prise d'un fou rire imprévu.

Elle s'est mise à ressembler à un papillon de nuit venant folâtrer sur un fond de représentants de la loi impeccablement dignes dans leur tenue de gendarmes. Finalement, nous l'avons tous suivie !

Un peu plus tard, assis tous les trois dans le bureau du capitaine, elle m'a expliqué l'état de l'enquête.

– Comme vous me l'avez demandé, nous avons fait, avec le capitaine, le recensement de toutes les affaires étranges ou non résolues qui se sont passées dans la vallée, et qui pouvaient avoir un lien avec le glacier de Talière.

– Depuis combien de temps ?

– En supposant que l'assassin ait au plus soixante-dix ans...

– C'est une supposition qui se tient. Les gens d'ici vivent vieux et costauds, ai-je murmuré en songeant au vieil Abel.

– ... Et que l'affaire remonte à l'époque où il avait dans les dix-huit à vingt ans, cela fait une bonne cinquantaine d'années.

– Qu'en pensez-vous, capitaine ?

Il a cousu chaque syllabe avec du fil de précision pour nous répondre.

– Vous vous souvenez de la catastrophe du Constellation d'Air India, *Malabar Princess*, qui s'est écrasé en novembre 1950 aux environs des rochers de la Tournette, près du sommet du mont Blanc ?

– Ce n'est pas ce qui a donné lieu à un film, *La Neige en deuil ?* a demandé Dolorès.

– Exact. De Edward Dmytryck. Les débris ont été retrouvés entre 1975 et 1978 au front des Bossons, à environ 1 250 mètres d'altitude. Y compris, pour la petite histoire, un sac postal contenant plus de cent lettres dont le courrier a alors été distribué. Excepté une roue qui a resurgi en 1986, cela faisait 3 500 mètres de dénivellation en vingt-cinq ans !

– Ce n'est pas le seul exemple, non ?

– Exact. Lors de la tragédie de Vincendon et Henry, en janvier 1957, un hélicoptère Sikorsky de l'armée a capoté dans la combe Maudite en tentant de secourir ces deux alpinistes.

– Ils étaient morts d'épuisement et leurs corps ont été abandonnés dans la carlingue de l'hélico, c'est ça ?

– Oui. Et récupérés trois mois plus tard. Mais les restes de l'hélicoptère ont été dynamités, pour des raisons de sécurité. Les débris ont commencé à réapparaître en juillet 1973. Dix-sept ans pour 3 300 mètres !

– Vous voulez dire par là que...

– Vous m'avez compris, commissaire. Nous pourrions citer d'autres exemples, mais ils confirmeraient les précédents. Si quelque chose s'est passé sur le glacier de Talière, et qu'un corps ait disparu dans une crevasse, il ne pourrait pas avoir mis plus de vingt-cinq ans à réapparaître sur la moraine finale. Et c'est un maximum, car, si ce glacier est plus long, il coule, si l'on peut dire, plus vite que ses confrères du massif. Et à condition que l'affaire se soit passée près du sommet !

– C'est pourquoi nous nous sommes concentrés sur cette période, a ajouté Dolorès.

– Et le résultat provisoire ?

– Nous avons compulsé pour l'instant les dix dernières années. Neuf corps ont été retrouvés. Huit correspondaient à des disparitions ou des accidents signalés dans le passé. Ils ont tous été identifiés. Un seul est resté un inconnu. Une affaire d'il y a cinq ans. Mais elle a été classée en accident. Sans aucun doute possible.

– J'étais déjà là, a continué le capitaine Kaufmann, et l'affaire m'avait été confiée. Le type avait une trentaine d'années, probablement un Italien selon le contenu de son porte-monnaie et l'origine de son matériel. Il avait encore son sac au dos et un reste de ski au pied. Du matériel qui datait de vingt ans en arrière. Son gros anorak était à l'intérieur de son sac, ce qui laisserait supposer qu'il faisait relativement beau. Peut-être était-ce au printemps, ou en automne ? L'autopsie n'a pas pu le préciser. Elle n'a révélé qu'une fracture d'une jambe et des hématomes comme ceux que l'on peut se faire en tombant dans une crevasse. Le bonhomme n'avait aucun papier d'identité sur lui. Peut-être avait-il tout simplement oublié son portefeuille en partant skier ? La police italienne a été mise sur l'affaire, mais sans aucun résultat. Il avait certainement dû franchir le col au sommet, et redescendait sur Talière. Un pont de neige a cédé. L'accident classique.

– En supposant que son matériel soit neuf, il aurait donc passé vingt ans dans la glace ?

– C'est ça ! Et il serait tombé aux alentours de 3 200 mètres.

– A la hauteur de la barrière des séracs.

– Vous connaissez bien le glacier, commissaire ! C'est l'endroit le plus dangereux. Celui que Denis Servoz surveillait, notamment.

Ils me regardaient tous les deux, se demandant bien quelle porte j'étais en train de pousser dans la grande maison de mes réflexions.

– Vous avez eu des doutes sur cet Italien ? ai-je demandé au capitaine. Trafic, drogue, quelque chose de ce genre ?

– Vraiment aucun, je dois l'avouer. Il y a même une famille italienne de Turin qui était venue en pensant reconnaître le corps d'un des leurs qui avait disparu sans laisser de trace en 1960. Le corps était très abîmé, mais reconnaissable, et les vêtements ne correspondaient pas du tout. De même que les dates. Leur gamin, un étudiant de vingt-quatre ans, avait disparu pendant l'hiver 1960, mais ils ne savaient pas exactement où, ni même si c'était bien dans le massif de Chamonix ! Ni si le môme n'avait pas fait une fugue pour les quitter. Aucun rapport.

– On continue sur la même voie, ai-je ajouté.

– Nous avons aussi reçu le rapport technique sur la fouille du chalet de Denis Servoz.

L'attente n'est que l'antichambre de la patience. J'ai attendu.

– Nous épluchons son carnet d'adresses, ses papiers, ses lettres, ses bouquins. Comme vous me l'aviez demandé, j'essaye de faire le point sur tout ce qui concernait de près ou de loin sa passion pour la préhistoire.

Mon regard interrogateur a été suffisant.

– Beaucoup de livres et de documentations diverses. Rien qui soit susceptible de vraiment nous orienter.

– Et concernant les stages qu'il aurait faits pour apprendre à tailler le silex, notamment ?

– Aucun prospectus. Peut-être est-ce déjà vieux ? Nous allons devoir pointer ses relevés bancaires en espérant qu'il ait payé ses stages par carte ou chèque. C'est un boulot de plusieurs jours. Surtout à cette période de l'année où certains services bancaires seront fermés.

– Des indices dans le chalet ?

– Le grand nettoyage hivernal n'était pas son fort. Les techniciens ont trouvé une quantité impressionnante de cheveux ne lui appartenant pas. Dans la chambre, la cuisine, la salle de bains, et un peu dans le salon. Tous plus longs que les siens. Ainsi que des objets féminins. Tenez, voilà la liste.

Deux chemisiers, un pull, deux velours, trois culottes et un soutien-gorge, et des produits de toilette féminins dans la salle de bains. Rien d'extraordinaire.

– Il faudra contacter toutes les copines qu'il a eues, notamment la dernière, à Genève, Nadia, et comparer.

– C'est déjà fait, commissaire. Tout était dans son agenda. Nous épluchons tous les noms féminins qui y figurent. Beaucoup étaient de la vallée. Demain soir, nous les aurons toutes rencontrées, et elles nous auront dit si ces affaires leur appartenaient.

– J'ai quand même demandé une analyse ADN de tous les cheveux, a précisé Kaufmann. Une question de plusieurs jours, vous le savez. Qui nous permettra d'éliminer les femmes que nous auront rencontrées.

– Et qui ne nous servira que si nous avons un suspect sous la main. Et sa dernière copine, vous avez une idée ?

– Quelle dernière ?

– Celle dont m'a parlé Patrick Chapez, le gars de la météo à la Maison de la montagne.

Je leur ai fait part de ce qu'il m'avait raconté sur cette mystérieuse inconnue.

– Je vais mettre deux gars pour la retrouver, m'a promis Kaufmann. Et pour le... silex, vous avez une idée ?

– Une idée très précise, même. Nous étions très peu dans la confidence, capitaine. Scampana n'a été informée qu'hier après-midi, et c'est la raison pour laquelle je lui ai demandé de venir ici. Ne lui en veuillez pas si elle ne vous a pas soufflé un mot de tout cela, c'étaient mes instructions. Maintenant, nous allons être un de plus.

Et je lui ai raconté toute l'histoire, jusqu'à ma découverte du corps.

– Dix mille ans ! a-t-il pu seulement souffler.

D'un seul coup, ses pensées ne m'ont plus semblé qu'un boisseau de dilemmes cornéliens.

– Vous ne voudriez pas boire quelque chose ? a-t-il ajouté en se levant et en se dirigeant vers une armoire.

Le carcan qu'il portait m'a paru se briser et tout à coup son buste a fonctionné apparemment avec plus d'aisance. Il est revenu avec trois verres et une bouteille.

– De la vodka polonaise à l'herbe de bison, ça vous va ?

Pourquoi pas ? ai-je songé tandis qu'il remplissait les trois verres. Sa faiblesse pour cette spécialité me l'a rendu plus sympathique. Comme si nous étions soudain, tous les trois, plongés dans la jubilation d'une confrérie de poivrots.

– Pour l'instant, nous n'avons qu'une certitude, ai-je résumé. Il s'agit de quelqu'un du pays, qui connaissait bien les habitudes de chacun de nos deux morts, et qui a parfaitement planifié ses crimes. Le seul rapport que je vois avec le silex et ce lointain passé, c'est le fait que Denis Servoz était un passionné de préhistoire. Ainsi que cette vieille histoire de la grotte de Talière, ai-je ajouté presque machinalement, en laissant mes pensées s'exprimer tout haut.

– Quelle grotte ? m'a demandé le capitaine avec sincérité.

C'était donc bien vrai que toute la richesse de la vie était faite de souvenirs oubliés ! Je lui ai fourni les quelques données sorties de mon dossier.

– Il ne nous reste plus qu'à justifier nos fonctions ! a lancé Kaufmann d'un air presque joyeux.

– N'oubliez pas que la grande tâche de chacun dans la vie, c'est de se justifier. Et se justifier, ça devient finalement un rite.

Il m'a regardé bizarrement. Dolorès, elle, m'a lancé un de ses regards dubitatifs, assez costaud pour balancer un hippopotame en orbite.

– Et s'il y avait deux assassins, patron ?

Mes méninges ont subitement fait tant de faux plis dans mon cerveau qu'il aurait fallu les apporter à repasser.

Nous avons vidé notre deuxième verre.

– Pour en revenir à notre emmurée dans la glace, nous ne pourrons pas la remonter tant que le Pr Thomsen, du musée de l'Homme, ne l'aura pas examinée. Il arrive en principe demain matin. Mais d'ici là, il faudrait peut-être essayer d'élargir la crevasse à la hauteur du corps, pour pouvoir le dégager ensuite. Vous avez une solution, capitaine ?

– L'équipe du PGHM pourra faire le nécessaire, je pense.

– Avec discrétion ? Il est hors de question que toute la vallée soit au courant dès que le premier gars sera remonté du trou !

– Je vais en parler à mon collègue, de façon à ce qu'il puisse intervenir dès aujourd'hui ou demain au plus tard.

J'ai soudain eu un coup de blues comme celui qu'on peut choper en entendant une ballade irlandaise. Il m'a semblé que tout foutait le camp de mes mains, que quelque chose allait échapper à mon contrôle. Peut-être une histoire qui allait s'écrire sur un filin au bout duquel je ne serais pas ? Ou une vérité aussi enveloppante qu'une couverture réfrigérante ? A moins que la concrétisation du rêve de gamin du

Pr Thomsen ne m'apparaisse que comme un monument indécent à la mémoire de nos ancêtres ? Mais ne devait-il pas en être ainsi pour les contemplateurs dans mon genre qui regardaient se produire des choses bien plus grandes que celles qu'ils vivaient quotidiennement ?

D'un coup sec, j'ai vidé mon troisième verre de vodka. Les bisons sont descendus au galop dans mon estomac et, au passage, ils ont labouré un peu plus les terres déjà ravagées de ma gastrite.

14 heures.

L'homme et la femme sont sortis ensemble de la gare. Ils étaient vêtus de deuil discrètement. Lui portait un deux-pièces dans les tons roux, avec un manteau en loden style années 60, arborant un parement noir très rétro au revers. Il était mince, aussi grand que moi, se tenait très droit, des cheveux et une moustache d'un blanc neigeux qui lui conféraient un air un peu aristocratique. Elle était en tailleur noir, tout à fait déplacé ici, avec une grosse veste de laine par-dessus, des cheveux souples tendant vers le roux de la veste de son mari, une tonalité aussi naturelle que le vert de ses yeux, et quelques taches de rousseur qui lui donnaient un air encore enfantin malgré son âge.

Je me suis avancé pour les accueillir. Ils m'ont serré la main en se présentant.

– Raymond Servoz. Emma, ma femme. Nous tenons à vous remercier de nous avoir téléphoné, commissaire.

Sa voix était lisse, tendue, chargée de fatigue. Vu de près, une multitude de petites rides partait du coin de ses yeux, dégringolait sur des poches qui auraient nécessité un chariot pour être transportées. Ses yeux pâles reflétaient des sentiments aussi absents du présent que les abonnés du même nom.

– Avez-vous des bagages ? leur ai-je demandé.

– Juste ça, m'a répondu Emma Servoz en me désignant la petite valise que son mari portait. Nous ne faisons qu'un aller et retour.

– Vous avez réservé un hôtel ?

– Notre agence nous a trouvé une chambre à l'Alpina. Mais nous voudrions passer tout de suite voir Denis, m'a-t-elle répondu. C'est pour lui dire adieu que nous sommes venus.

Ses yeux étaient humides, mais son air était déterminé, et sa petite volonté farouche tranchait avec son apparente fragilité.

Je les ai conduits à ma voiture et j'ai pris la direction de l'hôpital.

Nous étions l'avant-veille de Noël. La ville s'était costumée en guirlandes, en lumières multicolores, en devantures aguicheuses. Des haut-parleurs diffusaient des cantiques perceptibles à travers les vitres fermées. Les vitrines étalaient les déguisements d'une fête à la mesure d'un calendrier figé. La table terrestre de notre époque avait été dressée et c'était une orgie de toc, de clinquant, de bric-à-brac d'humanité. Un étalage de rires grinçants et de désirs si compliqués que nous avions besoin de l'excès de tout pour pouvoir encore satisfaire nos papilles épuisées et nos yeux presque aveugles. Un Père Noël se hâtait, sa hotte sur le dos, vers un quelconque rendez-vous qui lui permettrait peut-être de gagner les trois sous qu'il dépenserait tout aussi vite dans la furie consommatrice qui l'entourait.

Du coin de l'œil, j'ai vu Raymond Servoz porter sur tout cela un regard indéchiffrable, déjà couvert de givre. Celui d'un feu de paille en train de s'éteindre dans le froid. Celui aussi d'un loyal combattant du travail mis à la retraite, et déjà en instance de mort.

Une fois à l'hôpital, un employé nous a conduits au sous-sol. Il a ouvert le casier, tiré le chariot métallique.

Les parents de Denis se sont approchés d'une démarche prudente, comme si le sol risquait d'exploser sous leurs pieds. Puis, lentement, l'employé a soulevé le drap. La lumière a inondé le visage cireux du mort. Il paraissait étrangement perdu dans un rêve placentaire. Un spécimen humain présenté grandeur nature comme on aurait pu en voir dans les éprouvettes du musée de l'Homme.

J'ai senti l'onde de choc qui les traversait de part en part. C'était de toute évidence le premier cadavre qu'ils voyaient, et celui de leur fils. Comme une virginité brutalement violée. Quelque chose d'unique, qui ne se retrouvait jamais.

Pendant un instant, ils se sont abandonnés à la vision hypnotique de ce visage perdu, que le temps allait baratter, dissiper, décomposer, lentement dans leur mémoire. Malgré la photo qui serait posée sur le buffet de la cuisine, malgré les mots qu'ils n'oseraient plus se dire, les silences qui les encombreraient dorénavant, les souvenirs qui les tortureraient chaque nuit. Ils découvraient que la vie n'était pas éternelle, et que la mort avait pris la forme de leur fils.

Puis, lentement, Emma Servoz s'est penchée et a embrassé les lèvres glacées. Son mari l'a regardée avec une tendresse, une douceur, que seul quelqu'un qui aimait, qui s'était donné à un autre être, était capable de poser, telle une caresse, sur l'autre. Il l'a prise par les épaules, l'a serrée contre lui. Elle a jeté les bras autour de son cou et a pleuré sans retenue.

Je me suis retiré et je les ai attendus dehors.

Puis je les ai conduits à l'Alpina. J'ai pensé que la moindre des choses à faire était de savoir si tout se passait bien. Je les ai suivis. Ils se sont fait enregistrer, ont récupéré leur clé et m'ont demandé de les accompagner au bar.

Assis dans les fauteuils, dans un coin discret, ils ont commencé à parler. Le genre de bavardage surréaliste où ils racontaient le temps épouvantable qu'ils avaient enduré lors de leur dernière sortie à Lacanau-Océan, les choux du jardin qui commençaient à pousser, la peinture des volets qui était à refaire, la nouvelle salle de bains qu'ils venaient de faire installer.

Le genre de situation qui faisait partie de mon boulot, même si je la digérais aussi mal que si j'avais avalé un cactus.

– C'était la chambre de Denis, avant. On l'a transformée en chambre d'amis, vous comprenez. Il ne venait plus nous voir. C'était un peu trop loin, et puis, il avait tellement de choses à faire ! a dit sa mère.

– Denis a grandi dans cette maison, a précisé son père. J'ai encore l'impression de le voir galoper partout dans le jardin quand il était gamin. Il était curieux de tout, et il adorait jouer avec les mômes du quartier. C'était un enfant vraiment... comment dire... qui avait un don pour lier connaissance avec qui il voulait. Maintenant, où il est, il doit se sentir bien seul.

Il a bu une grande lampée de son verre, presque brutalement. La lèvre inférieure d'Emma Servoz a tremblé. Son mari a cligné des paupières. Elle a pris son verre sur la table et a bu à petites gorgées, en le contemplant pensivement.

– Vous aviez de bons contacts avec lui ? ai-je demandé.

– Il nous téléphonait tous les quinze jours. Toujours très régulièrement. Je crois... sa voix a tremblé... je crois qu'il nous aimait beaucoup...

– Evoquait-il ses petites amies ?

– Oh oui ! s'est exclamée Emma Servoz, la voix presque gaie, le temps d'une demi-mesure. C'était presque un jeu avec moi ! Il me faisait marcher en me disant qu'il avait trouvé la femme de sa vie ! Et je le croyais à chaque fois !

– Et ces derniers temps, il avait évoqué quelqu'un ?

J'ai fait tourner mon verre dans la main, et les glaçons ont émis un petit bruit de nef secouée par un temps d'orage.

– Il m'avait annoncé sa rupture avec Nadia, il y a déjà plus de deux mois. Et depuis, non... Il ne m'avait parlé de personne... Je lui avais même posé la question, et maintenant que vous le dites, oui... il avait vraiment détourné la conversation pour ne pas me répondre. Cela peut-il avoir une quelconque importance, commissaire ?

– Dans ces circonstances, tout peut avoir de l'importance, vous savez.

J'ai laissé au temps sa chance de s'installer doucement avant de continuer, tout en sachant que j'allais encore les blesser.

– Il est arrivé autre chose. Denis a été poignardé avec un couteau en silex. Une arme préhistorique, ou façonnée selon des méthodes préhistoriques, nous n'avons pas encore pu le déterminer. Et son jeune assistant, Serge Vergandi, a été assassiné le même soir que votre fils avec une flèche à la pointe également en silex. Votre fils était un passionné de paléolithique, nous le savons, et...

Mais tout était dit maintenant. Je me suis tu.

Raymond Servoz est resté parfaitement immobile, sa mâchoire si contractée que des courants électriques devaient traverser ses plombages. Une veinule battait à sa tempe, irrégulière. Sa femme s'est levée, s'est approchée de la fenêtre pour regarder dehors un quelconque néant qui lui donnerait la tentation de l'engloutissement. Au bout d'un long moment, elle m'a fait face.

– Vous trouverez qui a tué Denis, commissaire ?

Sa voix était étrangement calme, détachée de tout. Comme celle d'un haut-parleur dans un aéroport. Comme celle, aussi, de la solitude qui avait accompagné les ultimes moments de l'agonie de son fils.

– C'est mon intention, lui ai-je répondu.

– Mais vous y arriverez, n'est-ce pas ?

– C'est mon travail, vous savez.

– Vous avez un enfant, commissaire ?

– Oui, ai-je avoué après un infime instant d'hésitation. Une fille.

– Une enfant unique, n'est-ce pas ?

– C'est ça.

– Alors, vous comprenez ! Vous trouverez cet assassin ! Vous le trouverez, commissaire, n'est-ce pas ? Vous le trouverez !

– Emma, voyons, a tenté d'intervenir son mari pour calmer son épouse.

– Laissez ! lui ai-je dit. Je le trouverai, madame Servoz. Oui, je le trouverai ! Et justice sera faite.

Quand je les ai quittés, elle était toujours debout et avait repris son interrogatoire silencieux sur le sens de la vie et de la mort.

Si je me fiais à la petite chaîne et la croix en or qu'elle portait autour du cou, ils étaient probablement croyants. Je me suis demandé s'ils pensaient que Dieu les attendait quelque part au tournant avec un petit cadeau pour se faire pardonner.

Il neigeait doucement, presque au ralenti.

J'ai été pris d'une irrésistible envie de mon décapant favori à 45 °.

16

Tumai ne voulait plus vivre sans Kooba, mais il ne voulut pas voir la mort arriver en face. Quand il sauta dans le vide glacé, il ferma les yeux.

Les mains serrées sur les deux lances du travois, il ne pensait qu'à Kooba. Il savait qu'il avait peu de temps pour que son esprit puisse encore composer des images claires avant d'être fracassé contre une paroi et de ne devenir qu'un territoire vide et noir qui lui échapperait alors.

– Kooba ! hurla-t-il une dernière fois en sentant son corps tomber comme une pierre.

Il croyait que ce passage de la lumière aux ténèbres durerait une éternité, qu'il serait une chute sans fin se terminant dans l'anéantissement du choc final.

Mais tout fut très rapide. Il perçut l'enfoncement de son corps dans une masse blanche qui le submergea immédiatement, le choc du chargement qui heurta sa jambe, une sensation d'étouffement. Le bref voyage de sa vie arrivait à son terme, pensa-t-il.

Le sol était froid, ses poumons ne parvenaient plus à respirer, il sentit le dernier souffle de la vie se recroqueviller en lui, la neige qui l'asphyxiait. Le visage de Kooba vint se superposer à ceux de ses parents. Ils s'enroulaient autour de son cœur, mêlant leur dernier souffle au sien.

Mais quelque chose en lui incita ses doigts à bouger, ses membres à se déplier, à fouiller la masse blanche, à creuser pour accomplir ce besoin primaire de respirer, à cristalliser une vision autre que celle de ce néant annoncé, à pousser.

Ses doigts s'activèrent, fouillèrent, creusèrent, griffèrent à travers la pulvérulence blanche. Il fora un trou dans le couvercle glacé de son tombeau, sentit sa bouche se remplir de froid, recracha, étouffa, inspira mécaniquement, avala encore l'envahisseur blanc, sentit des pointes de feu lui déchirer la poitrine. Il hissa sa tête hors de la masse neigeuse, creva la surface comme un ver, émergea finalement, boule de chair jaillissant, aspirant enfin avidement l'air qui lui parvenait.

Il se dégagea, regarda au-dessus de lui.

Les traces du pont de neige sur lequel il avait atterri et qui s'était effondré sous le choc étaient encore visibles, 15 mètres plus haut. La masse de neige, en l'embarquant dans sa chute, avait amorti son arrivée au fond du gouffre.

Là-haut, le jour l'éclairait pour mieux lui faire apercevoir le tombeau qu'il s'était choisi. Des parois bleutées, du blanc parfait de la strate de surface aux nuances de plus en plus foncées qui descendaient jusqu'à lui. Sur les parois s'accrochaient des lambeaux de neige blanche, arrêtés lors de la tempête des jours précédents. De l'eau ruisselait sur les parois, venue d'on ne savait quelle infiltration, par quel cheminement erratique dans le corps plastique de la glace. Le glacier devenait l'abîme d'une progression inéluctable vers un endormissement final, à moins que le monstre, dans ses sursauts, ne préfère encore le broyer, l'écraser dans un resserrement définitif.

Le souvenir moribond de sa vie émergea dans son subconscient. Cette mécanique inconnue capable de rallumer les ultimes forces d'un homme, cette aiguille brûlante toujours à pied d'œuvre pour affronter ce qui cherchait l'anéantissement de la matière humaine.

En lui s'insinua le désir de survivre à la mort qu'il avait manquée. Ou à la mort qui l'avait manqué.

– Kooba ! hurla-t-il en voyant émerger de la masse de neige qui l'avait accompagné l'une des lances du travois.

Tumai se mit à creuser, dégageant un objet, la corde, le sac de la jeune femme, les restes du corps du chamois. Il creusa avec ses moufles, puis ses mains nues, s'en servant comme d'une pelle pour avoir plus d'efficacité. Finalement, il rencontra une jambe, puis une autre. Avec d'infinies précautions, il réussit à dégager tout le corps, à le faire sortir de sa gangue laiteuse.

Il la prit contre lui, resta un long moment contre la peau encore chaude, sans oser affronter le regard qui s'était éteint, ouvert sur lui pour une déclaration finale.

– Noooooooooon !

Non ! Kooba ne pouvait finir ainsi, étendue sur ce sol glacé qui allait se resserrer, la broyer, faire éclater ses chairs.

Il se leva, chercha à comprendre la forme de la faille qui le séparait maintenant du monde des vivants. Elle s'étendait au loin. Il avança.

Le sol était d'un bleu presque vert, suintant d'humidité. A certains endroits, les parois se rapprochaient, lui livrant tout juste passage, puis, tout aussi soudainement, elles s'élargissaient. Parfois, l'obscurité le recouvrait, lorsqu'il passait sous les énormes ponts de neige formés au-dessus de lui, à mi-hauteur de la crevasse. Puis, la luminosité du soleil qui montait doucement de son horizon matinal pénétrait de nouveau jusqu'au fond.

Tumai avança vers ce qui lui paraissait un au-delà bien plus effrayant que ce que tous les Anciens pouvaient imaginer. Un néant froid et d'une éternité impalpable. Un labyrinthe mortel, sans autre débouché que cet univers ultime.

Devant lui l'espace se referma soudain, comme pressé par les mains d'une mécanique invisible. Mais, dans le bas, il vit le couloir qui s'enfonçait dans des ténèbres incertaines entraînant l'eau de ruissellement qui courait sur le sol.

Il sut qu'il avait trouvé le tombeau de Kooba.

Lentement, il reprit le chemin en sens inverse.

Il souleva le corps de Kooba, lui laissant les habits qu'elle portait au moment de son dernier souffle, sa grande veste de peau et ses bottes. Du sac de Kooba, il sortit le collier de plaques en os, voulut le lui mettre au cou, puis se souvint de l'hésitation de la jeune femme quand elle l'avait retrouvé sur Saldan. Il resserra soigneusement la ceinture, fit un double nœud, puis, avec soin, y attacha la rangée de plaques, et également la bourse en cuir de Kooba, avec l'ocre qu'elle contenait, et son propre poignard en ivoire, la seule chose qu'il pouvait lui offrir pour son éternité.

Après un instant de réflexion, il récupéra le poignard en silex de la jeune femme et l'attacha à sa propre ceinture, à côté de celui du chasseur qu'il avait tué, ainsi que sa hache en pierre. Il savait qu'il en aurait besoin pour le travail qu'il envisageait.

Lentement, en portant le corps dans ses bras, il refit le trajet jusqu'à la cavité qui s'enfonçait sous les glaces. Très vite, il n'aurait su dire au bout de combien de temps, la clarté se transforma en une simple lueur. Le couloir s'enfonçait loin dans la glace. Il dut se baisser, puis les parois s'élargirent de nouveau, sous l'effet des forces de pression fantastiques du glacier.

Depuis longtemps, le bruit qui montait des entrailles mêmes de la glace lui était devenu familier. Craquements, chocs sourds, grondements incertains, brusques et lointaines plaintes, frémissements qu'il croyait parfois sentir sous ses pieds. Mais un bruit nouveau vint se joindre aux précédents, et Tumai mit du temps à le distinguer des autres, puis à comprendre. C'était celui d'une eau qui courait quelque part, lointaine, sans qu'il puisse même en déterminer la localisation, et dont la résonance parvenait jusqu'à lui.

Les yeux de Tumai s'étaient habitués à cette presque obscurité. Il avança encore, décidé à poursuivre jusqu'au moment où la nuit ne lui laisserait plus que l'infime éclat lui permettant de creuser dans la glace.

Son pied se posa soudain dans le vide. Il n'eut même pas le temps de se repousser en arrière. Emporté par le poids qu'il portait contre lui, il se sentit glisser. Une pente presque rectiligne s'enfonçait en oblique dans les entrailles de la terre, et il fut enveloppé presque immédiatement d'une obscurité totale.

Il serra le corps de la jeune femme contre lui, dans un réflexe de protection, s'agrippant à ce qui lui restait de plus précieux. En écartant les pieds, en se collant le dos contre la paroi, il réussit à freiner la glissade, sans pouvoir néanmoins complètement la contrôler. Son dos encaissa des chocs, sa colonne vertébrale sauta sur des aspérités, ses bras heurtèrent des arêtes glacées, il eut l'impression que son corps se démembrait.

Tumai ne pouvait pas savoir qu'il venait d'aboutir dans un ancien « moulin », un puits glaciaire qui avait autrefois recueilli l'eau de bédières de surface et qui, sous l'action combinée du mouvement et des pressions du glacier, s'était incliné, tout en continuant à s'enfoncer inexorablement vers les strates les plus profondes et les plus anciennes, creusant à travers roc et glace.

La glissade s'arrêta, presque brutalement, et il lui fallut un moment pour se remettre de la douleur qui émanait de tout son corps meurtri.

Au toucher, il sut qu'il était sur du rocher. « Le fond du glacier ! » songea-t-il. Il avait atteint le ventre de la Terre-Mère, les abîmes !

Il se releva. L'obscurité était totale. Quelque part, là, de l'eau coulait, et le bruit de ruissellement qu'il avait entendu auparavant était maintenant presque assourdissant. Il comprit aussi que cette eau ne venait pas d'où lui-même était arrivé, mais d'ailleurs, de bien plus loin.

Il avait froid, son corps tremblait. Il se déplaça à quatre pattes, à tâtons, inquiet de ne pas retrouver l'endroit où il était arrivé et où le corps de Kooba l'attendait. Sa tête heurta très vite la voûte glacée, ses mains et ses genoux cognèrent contre des rochers. Ses doigts rencontrèrent le vide d'où montait, bien plus bas, le bruit de l'eau. La plate-forme sur laquelle il était parvenu était étroite, il le comprit. Il posa sa main sur la pente qui l'avait conduit ici, il sentit l'eau qui suintait sur elle et les inégalités rêches de la surface, la glace très froide, beaucoup plus froide que celle de là-haut. L'eau gelait au fur et à mesure qu'elle suintait. Il sut qu'il avait trouvé le sépulcre de Kooba.

Tumai toucha Kooba. Son corps était froid maintenant. Bientôt, il le savait, il deviendrait rigide.

Il l'étendit sur le dos, contrôla du bout des doigts que la veste, les bottes, la ceinture, le collier avec ses plaques, son poignard en ivoire, étaient bien en place. Il lui croisa les mains sur la poitrine, ramena les cheveux devant. Puis, lentement, il se pencha, prit la tête entre ses mains et posa ses lèvres sur celles de la femme qui l'avait accompagné si loin. Une dernière fois, ses doigts allèrent chercher le tatouage sur la tempe gauche. Il glissa ses doigts sous les cheveux, puis, d'un geste vif, les repoussa en arrière pour dégager la cicatrice. Elle la lui avait désignée avant de s'en aller, il ne la cacherait pas !

Dans la glace en pente, il se mit à creuser avec la hache de silex. En ne se servant que de ses mains pour déterminer la forme générale.

La hache était solide, le silex parfaitement fixé au manche. Il frappait, savait au bruit quand la glace se fendait et ensuite, tâtonnant des mains, dégageait les éclats de glace de son couteau.

Tumai frappait, touchait, dégageait, arrachait des plaques, des éclats, des fragments, des écailles de glace, égalisait. Et recommençait. Ses doigts étaient son guide, ses mains ses yeux, ses oreilles son instinct.

Il frappa des coups par dizaines, par centaines, par milliers, un nombre aussi inutile à compter que les étoiles dans le ciel. La main, le bras, puis tout le corps de Tumai furent bientôt ivres de fatigue. Chaque coup semblait lui briser le poignet, remontait dans son avant-bras, laissait un éclair de douleur dans son coude, un sillon de faiblesse dans son épaule.

Ses mains, ce poste avancé du cerveau, cette antichambre de la conscience, lui dictaient un rythme obsédant. Frapper, tâter, dégager, égaliser. D'une main, puis de l'autre quand les muscles se tétanisaient et ne voulaient plus continuer. Dans cette obscurité immatérielle, il avait perdu toute notion du temps. Un trou s'ouvrait en lui, de plus en plus profond au fur et à mesure que celui qu'il construisait prenait forme. Avec l'angoisse inconsciente que ces deux trous communiquent, qu'il creuse peut-être aussi son tombeau aveuglément pour recouvrir le néant d'une vie fracassée.

Tumai ne s'arrêta pas. La conscience semblait l'avoir abandonné, ayant fui les replis anéantis de ses mécanismes adaptatifs. L'humain solaire était devenu une taupe aveugle. Il n'était plus qu'un être cherchant à justifier son existence à travers un abrutissement cérébral, une mécanisation musculaire. Jusqu'au moment où, du bout de ses doigts maltraités, de l'extrémité de ses phalanges gelées, il comprit que le corps de Kooba pouvait rentrer dans la cavité qu'il venait de réaliser.

Quand il la prit pour la faire glisser dans sa fosse, elle était déjà raide. Une entité presque impersonnelle et déjà si lointaine. Le fantôme invisible d'une femme qu'il avait aimée dans une autre vie, celle de la lumière et de l'ombre, et qui s'apprêtait à verser son à-valoir sur une échappée finale. Un dernier répit vers le grand abandon abyssal. Dans la tête de Tumai, seuls existaient le martèlement sur la glace, le choc dans sa main, le froid sous ses ongles.

Il la dirigea vers la fosse avec la sûreté que lui donnait maintenant la connaissance sensorielle de l'espace, faisant s'ajuster le corps au caveau. Quand elle fut en place, il contrôla des doigts que l'épaisseur d'une main existait bien entre la poitrine de Kooba et les bords supérieurs de l'excavation.

– Quand l'eau aura tout rempli et bien gelé, tu reposeras pour l'éternité dans un sépulcre de glace tout aussi beau que celui des étoiles, se murmura-t-il à lui-même.

Puis, à tâtons, sans même la détacher de la ceinture, il sortit de la bourse de Kooba la terre ocre qu'elle y conservait, et la répandit sur le corps.

Alors seulement, il s'apprêta lui aussi à mourir, s'étendit aux pieds de Kooba, sur le sol glacé, ferma les yeux, et se laissa aller à ce sommeil qu'il savait éternel.

17

Lundi 22 décembre, 15 heures.

– Patron, c'est vraiment incroyable ce qu'il peut charrier, ce glacier. Je commence à comprendre sa réputation ! Avec le capitaine Kaufmann, nous sommes remontés un peu plus en arrière, jusqu'en 1973, il y a trente ans. Ça correspond à des affaires datant de 1951 pour la plus vieille.

– En imaginant des jeunes à l'époque des événements, les types auraient actuellement...

– Entre soixante-cinq et soixante-quinze ans !

– Si c'est le cas, l'assassin devait trimbaler une sacrée couche de trouille, car tout ça serait de toute façon frappé d'amnistie.

– A moins qu'il ne s'agisse de sombres histoires de fric ! Une succession volée par disparition de l'héritier légitime, ou des questions de terrains. A partir de 1958, d'après ce que m'a dit le capitaine Kaufmann, le foncier a commencé à sérieusement prendre de la valeur.

– C'est une idée. Ou en êtes-vous dans vos découvertes ?

– Comme je vous le disais, incroyable ! Ecoutez plutôt. Outre les neuf corps dont on a parlé ce matin, nous en avons recensé seize autres ! Mais...

– Mais ?

– Il s'agit dans tous les cas de disparitions signalées.

– Ce qui n'empêche pas qu'une affaire louche soit cachée derrière tout ça. Vous avez la liste ?

Dolorès m'a tendu le listing, le regard dur, comme s'il s'agissait d'une muraille dont elle aurait démoli quelques briques pour voir de l'autre côté.

Corps rejetés par le glacier de Talière (1992 et avant)

Date	Nom	Date de disparition	Age	Profession
10/04/1992	Bon Joël	06/1969	26 ans	alpiniste de Talière
5/09/1991	Grospellier Jean	06/1970	52 ans	cristallier des Houches
14/05/1990	Morin Emmanuel	02/1970	44 ans	guide de Chamonix
2/07/1990	Tresamini Giovanni	02/1970	38 ans	client du précédent
2/05/1987	Voltz Hans	04/1965	37 ans	alpiniste autrichien
1/07/1985	Charlet Bruno	12/1966	32 ans	guide de Chamonix
9/08/1985	Cheney Ronnie	12/1966	34 ans	client du précédent
2/10/1984	Couttet Alain	12/1966	29 ans	sauveteur des précédents
22/06/1981	Calmat Hubert	12/1960	20 ans	agriculteur
25/05/1981	Luchini Alberto	01/1959	47 ans	avion de tourisme
29/04/1981	Gattini Fulvio	01/1959	52 ans	avion (avec précédent)
15/05/1979	Schmitt Volker	08/1960	30 ans	guide de Zermatt
14/06/1977	Clarke Dave	12/1960	44 ans	préparation Himalaya
9/05/1977	McInnes Chris	12/1960	29 ans	préparation Himalaya
10/11/1975	Herrington Gloria	03/1955	31 ans	alpiniste australienne
4/10/1973	Debouassoux Jean	05/1951	24 ans	alpiniste de Chamonix

Suivait également, toujours classé par date, un long listing de choses rejetées par le glacier pendant la période allant de 1973 à nos jours. Tout y était ! Des cordes (en chanvre, en coton, en Nylon, en Tergal, en polypropylène), des piolets (en bois, en acier), des crampons, des bouts d'échelles à neige, des sacs, des couteaux, des morceaux d'avion (l'accident de l'hiver 1959), mais aussi de Deltaplane (un imprudent qui s'en était sorti de justesse mais y avait laissé son aile volante, précisait une note), ou encore des skis, des lanières, des carabines de chasse (probablement de contrebandiers, me suis-je dit), le corps d'un chien, celui d'un chamois à moitié boulotté, deux tentes d'altitude (arrachées par une tourmente, les propriétaires s'en étaient sortis indemnes), des perches, des toiles, des boîtes, etc. Une bonne centaine de choses, précautionneusement recueillies, puis numérotées et inventoriées. Plusieurs avaient retrouvé leurs anciens propriétaires, ou les descendants de ceux-ci, d'autres resteraient pour toujours de simples reliquats de la vanité humaine.

Pendant un long moment j'ai espéré que cette liste allait m'apporter des révélations éblouissantes, mais il n'en sortait que le triste constat du prix à payer pour tenter de domestiquer l'imprévisible.

– On exclut les guides et leurs clients, les alpinistes étrangers, l'avion qui s'est crashé, la préparation himalayenne qui s'est achevée à 3 500 mètres, enfin, ce que l'on peut considérer comme normal. Il reste qui ?

Scampana s'est plongée dans les fiches individuelles, pour avoir quelques précisions.

– Chacun des cas a été une véritable affaire pour la vallée. Surtout pour le PGHM, à partir du moment où il a été créé, en août 1958. Et aussi, quand il s'est agi de guides ou d'enfants du pays. Les alpinistes étrangers, eux, étaient tous de grands professionnels de la montagne. En général, c'est l'arrivée subite du mauvais temps qui a conduit à des catastrophes. Avec l'impossibilité pour les secours de s'organiser rapidement. Il y aurait une tragédie à écrire pour presque chaque affaire, vous savez.

– Et pour en revenir à ma question ? lui ai-je demandé doucement.

– Ça limite sérieusement, a-t-elle finalement laissé tomber de sa voix suave d'ongles grattant une ardoise. Disons, Bon Joël, Couttet Alain, Calmat Hubert, Debouassoux Jean.

– Pourquoi Alain Couttet ? Il faisait partie des sauveteurs, non ?

– Une sombre affaire. Bruno Charlet, le guide, était son cousin germain. Orphelin à quatre ans. Elevé par le père d'Alain. Son presque frère, donc. Le dossier précise que, quand Bruno a disparu avec son client, les sauveteurs ont refusé d'aller à son secours. Alain est parti seul. Il n'est jamais revenu. Son frère Georges...

– Je comprends. Vous vous occupez de lui et de Bon Joël. Je prends les suivants.

Une autre question me trottait dans la tête.

– Dites-moi, Scampana, vous avez pu voir Arcady avant de partir ? Je n'ai même pas eu le temps de le faire avant de filer. Et...

– Et ?

– C'est bien la première fois que je ne passerai pas Noël avec lui. Une tradition, si vous voulez !

– Il n'était pas franchement heureux que vous soyez parti sans le mettre dans le coup, pour tout dire ! Même si vous avez fait courir le bruit que vous preniez des congés !

– Et ?

– « Puisque le patron a envie de faire des cachotteries, eh bien, moi, je vais faire la même chose, m'a-t-il lancé. J'ai des vacances à prendre, ça va être l'occasion ! Pour la convalescence de Denise, tiens ! »

– Lui ! Des congés ! J'aurais vraiment tout vu ! J'espère qu'il aura eu l'idée de passer mettre un mot dans le bureau du patron, et pas de lui en parler, sinon...

– Le patron est avec le préfet aujourd'hui. Mais demain, vous aurez de ses nouvelles, c'est certain !

– Demain est un autre jour, Dolorès ! D'ici là, le glacier aura avancé d'un mètre !

– Et la neige aura continué de tomber ! a-t-elle ajouté pour me rappeler à la dure réalité de ce qui nous attendait sur le glacier.

16 heures.

Hubert Calmat figurait en tant qu'agriculteur sur le listing que m'avait confié Scampana. Le seul qui ne soit pas coiffé de l'étiquette de guide ou d'alpiniste. Ce qui, en soi, ne voulait rien dire. Dans les années 60, date de sa disparition, nombreux étaient les gens de la vallée qui vivaient encore d'activités autres que l'alpinisme, tout en connaissant parfaitement la montagne et en louant parfois leurs services à des clients de passage. D'autant plus que la Compagnie des guides était encore assez fermée et que ceux qui n'étaient pas originaires de Chamonix même restaient sur la touche le plus longtemps possible. Et la famille Calmat avait ses racines à Vallorcine, de l'autre côté du col des Montets, barrière symbolique entre « ceux de la vallée » et « les autres ».

Le col était déjà enneigé, et j'ai mis un moment pour rejoindre les Rupes, le coin où habitait Léon Calmat, l'oncle d'Hubert.

J'ai garé la voiture, et me suis engagé à pied sur le chemin qui conduisait au chalet isolé vers lequel on m'avait orienté. Ici aussi, les sommets dominaient la vallée de plus de 600 mètres, et le temps se promenait entre chien et loup.

La grande bâtisse s'est soudain dressée devant moi. En approchant, j'ai vu de loin un vieillard, un de ces vieux sculptés dans le granit du pays, qui ramassait du bois avec des mouvements lents. Le bonhomme ne paraissait pas se bagarrer avec un dur labeur quotidien, mais, tout au contraire, prendre plaisir à accomplir des gestes vitaux mille fois répétés.

Il me restait une dizaine de mètres à faire, et la neige fraîche absorbait les bruits. Je me suis approché à pas lents, presque sur la pointe des pieds, pour ne pas déranger l'ordre secret de son labeur. Bien sûr, il m'avait vu venir. Mais, penché sur ses fagots, c'est à peine s'il s'est retourné. Dans ces coins retirés, même si les choses avaient vu une véritable révolution en un demi-siècle, on continuait à se méfier de l'étranger.

– Ciel enneigé, flocons apeurés, ça ne tiendra pas la nuitée. Vous avez vu la Croix-de-Fer [1]? Demain il fera beau et fier. Après commencera l'enfer ! m'a-t-il lancé du ton de celui qui savait.

Dans ses phrases, il y avait plus d'enthousiasme que de renoncement, plus de vie que de fatalité, plus de silence que de bruit. Pendant un instant, je me suis senti un peu indécent avec mon intrusion dans son quotidien.

Nous nous sommes trouvés l'un en face de l'autre. Il avait mille rides qui dégringolaient en cascade, des traits de visage tellement affaissés qu'on avait l'impression que ça fuyait de partout, de véritables buissons de coton en guise de sourcils et on aurait pu tresser une corde avec les poils blancs qui dépassaient de son nez. Mais ses yeux étaient un véritable rayon de soleil et semblaient lire en moi. Rien de suspicieux comme ceux qui jaugent, non, simplement la certitude qu'il savait qui j'étais.

– Vous venez de loin, n'est-ce pas ?

– Des années 60, lui ai-je répondu en me rendant compte que je n'avais même pas pensé à me présenter.

Il s'est penché, a rassemblé ses bûchettes, les disposant avec soin en un tas régulier, puis les ligaturant méticuleusement.

1. Sommet dominant situé en face de Vallorcine, côté est.

– Je vais vous les prendre, ai-je dit.

Il s'est reculé, me laissant de bonne grâce la charge de son bois, et s'est dirigé vers l'entrée du chalet. Avant d'en franchir le seuil, il a tapé ses chaussures contre le pas de la porte, et est entré. J'ai fait de même. J'ai jeté un coup d'œil, posé le bois à côté de celui qu'il y avait déjà, près de la cheminée, tout en me sentant scruté par le regard du vieux. Je me suis senti encombré de gestes, d'idées, et d'interrogations inutiles.

Derrière moi, sa chaise a grincé sur le carrelage. Une fois les bûches rangées, je me suis retourné. Il était assis, avait sorti une bouteille et deux verres et enlevait le bouchon, presque religieusement, dans un silence où les mots étaient inutiles. Je me suis assis en face de lui.

Il a versé le vin avec respect, les yeux rivés sur le liquide clair, comme s'il manipulait de l'or fondu. Il a levé son verre et nos regards se sont croisés, dans une presque intimité. Il avait tout son temps et me le faisait doucement savoir avec ses gestes mesurés, parfaitement à leur place.

– Ce n'est plus souvent que j'ai de la visite. Surtout d'un policier.

Je me suis presque senti rougir.

– Commissaire Marac, de la police d'Annecy, lui ai-je simplement répondu. J'enquête sur les morts de Denis Servoz et Serge Vergandi, les glaciologues de Chamonix.

Il a levé son verre, comme pour me dire « Je suis bien au courant », et j'ai fait de même. C'était une infâme piquette, mais quelle importance ?

Tout en buvant, il me tenait sous son regard, dans un silence pesant, attendant de toute évidence que je continue.

– Vous êtes l'oncle d'Hubert Calmat, et le dernier de sa famille directe, d'après ce que j'ai compris. Le frère de son père, décédé ainsi que son épouse il y a une dizaine d'années.

– Ici même, m'a-t-il fait d'un vague geste de la main pour désigner le décor qui nous entourait. La maison des parents.

Après la mort des femmes, elle aurait dû revenir à Hubert ou Claude, mais maintenant qu'ils ont disparu, c'est bien vrai que je suis le dernier !

Le vieux me lançait des énigmes, mais je ne pouvais pas les lui renvoyer de front. Pas par délicatesse, mais parce que, dans cette maison, les mots ne devaient pas devenir encombrants, mais prendre leur place lentement, les uns après les autres, avec le temps qu'il fallait. Et le temps était l'allié de ce bougre, pas le mien, dans le cas présent !

De façon presque synchronisée, nous avons levé nos verres ensemble. Un sourire presque moqueur a plissé ses yeux, m'a-t-il semblé.

– Hubert a disparu dans le glacier de Talière en 1960, c'est ça ?

Au lieu de me répondre, il a regardé la pendule, et m'a lancé :

– Il va faire noir, sous peu.

Il s'est levé, s'est dirigé vers la cheminée et a allumé le feu qui y était préparé. Le crépitement des brindilles a immédiatement envahi l'atmosphère, avec un bruit presque insolent. Puis, il s'est tourné vers le vieux poêle Godin des années 50 qui assurait le chauffage de la pièce, et probablement de tout le chalet, sur lequel trônait une marmite. Il en a soulevé le couvercle, et l'odeur de chou et de lard est immédiatement arrivée jusqu'à mes narines.

– Vous mangerez bien la soupe avec moi, non ?

Comment lui dire qu'il était à peine plus de 16 heures, et que s'il était réglé sur l'horloge solaire, moi j'en étais encore à celle de Greenwich ?

Il a goûté dans la louche, rajouté un peu de sel, quelques herbes, et a refermé.

– Mon neveu Hubert, on l'a retrouvé en juin 1981. Mon garçon Claude, lui, le glacier l'a gardé. Ils étaient partis ensemble. Tout le monde le sait ici. D'ailleurs, vous devez bien l'avoir quelque part dans vos fiches, non ?

Putain ! Le listing de Scampana ne précisait que ceux qu'on avait retrouvés, pas les disparus éternels !

Le vieux est allé rajouter une bûche dans la cheminée, n'attendant de toute évidence aucun commentaire, puis a disposé deux cuillères, une grosse miche de pain et un vieil Opinel sur la table. Pendant qu'il s'affairait sur son chaudron, j'ai découpé deux tranches de pain.

L'assiette fumante s'est matérialisée devant moi, puis la sienne tandis qu'il s'asseyait. Il a déplié une grande serviette à carreaux avec la méticulosité d'un parchemin de l'époque de Charlemagne, a découpé la tranche de pain en petits morceaux qu'il a noyés dans sa soupe. Ensuite, il a plongé sa cuillère dans l'assiette, tournant et retournant avec application la mixture odorante.

J'ai attendu qu'il se décide à avaler la première gorgée pour faire de même. C'était bien de la soupe au lard !

– C'est pour eux que vous êtes venus, n'est-ce pas ?

J'ai fait oui des yeux par-dessus ma cuillère, et j'ai attendu. Mais que faisais-je d'autre depuis une demi-heure ?

– Hubert était le pire voyou qu'on puisse imaginer. Il a pourri la vie de mon frère et de Simone, sa femme. Un bon à rien qui ne pensait qu'à faire des mauvais coups et courir les filles. A vingt ans il en avait même mis deux enceintes, et tout ça s'est terminé en Suisse. Heureusement, c'était pas loin ! a-t-il ajouté avec un drôle de plissement des broussailles qui recouvraient ses yeux. Il a même été arrêté plusieurs fois par les gendarmes pour des agressions et des bagarres.

– Et votre Claude, là-dedans ? lui ai-je demandé doucement.

– Il était béat d'admiration devant son cousin ! Faut dire qu'il avait deux ans de moins et que l'autre avait pas beaucoup de mal à lui faire gober tout ce qu'il voulait ! A l'époque, vous savez, il n'y avait même pas la télé, alors vous pouvez imaginer...

Il s'est levé, est allé récupérer la marmite et l'a posée directement sur la table.

– Resservez-nous donc, m'a-t-il dit en approchant son assiette.

Il m'a regardé faire, longuement, mesurant ma présence. Puis il a coupé deux nouvelles tranches de pain, m'en a tendu une, a de nouveau procédé à la cérémonie des petits morceaux et à celle du brassage avant de recommencer à manger.

Après deux bouchées, il a posé sa cuillère sur le bord de son assiette, a planté ses yeux dans les miens.

J'étais quelque part en France, dans la jungle sauvage d'une cuisine savoyarde. Déguster de la soupe au lard devenait une performance mystico-olympique !

– En fait, on n'a jamais su ce qui s'était réellement passé. Ils avaient barboté nos fusils, et on a même pensé que c'était pour faire un mauvais coup. Mais malgré toutes les recherches, on ne les a jamais retrouvés. C'est simplement en 1981, quand le glacier a rejeté le corps avec le fusil, qu'on a compris qu'ils avaient dû aller chasser là-haut. Probablement le chamois.

– Pourquoi le chamois ?

– Parce que c'était interdit ! Et parce que le glacier a rejeté un corps de chamois quelques semaines après celui d'Hubert, abattu d'une balle du bon calibre.

Un silence de quarante-trois ans s'est installé.

– Malgré ce qu'était leur gamin, a finalement repris le vieux Léon, les parents d'Hubert ne s'en sont jamais remis. Et moi, ma femme en est morte un an après. Cinq morts, en fait ! Comme je vous le disais, je suis le dernier ! Juste là pour les souvenirs...

J'aurais voulu lui poser d'autres questions, plonger dans sa mémoire, l'interroger. Mais le moment de grâce était passé, Léon Calmat contemplait son assiette à moitié vide, déjà absent. Très loin.

J'ai terminé ma soupe sans un mot. Le silence s'était abattu comme une chape dans le chalet. J'ai rajouté deux bûches dans la cheminée, ai remercié le vieux bonhomme, l'ai salué, mais il était pris au piège que son existence lui avait tendu et voguait déjà ailleurs. J'ai refermé la porte très doucement, et j'ai respiré un grand coup l'air frais qui m'a accueilli.

Puis j'ai pris mon portable pour appeler le capitaine Kaufmann et lui demander de me préparer le dossier de la disparition des cousins Hubert et Claude Calmat, en décembre 1960. Il en a profité pour me dire que les deux gendarmes qu'il avait mis sur la recherche de la mystérieuse dernière petite amie de Denis Servoz barbotaient dans une trace aussi claire que de l'encre de céphalopode. Tout au plus avaient-ils réussi à rencontrer quelqu'un qui avait aperçu Denis, un jour, montant vers le glacier de Talière par la voie EDF, en motoneige, avec comme passager une blonde non identifiée accrochée à lui.

17 heures.

Le second sur ma liste était Jean Debouassoux.

C'était un grand nom de la vallée, dont quasiment tous les représentants habitaient le village de Talière.

L'affaire datait de 1951 et, selon le dossier de Scampana, tous les ascendants directs ou collatéraux de Jean étaient maintenant décédés. J'ai opté pour sa « jeune » sœur, Raymonde, âgée aujourd'hui de soixante-six ans.

Elle m'a reçu avec une extrême courtoisie.

Son mari était décédé, son fils avait fait l'ENSA – sa grande fierté – mais, au lieu de devenir guide ou moniteur de ski à Chamonix, il avait préféré partir aux Etats-Unis, où il possédait maintenant un magasin de sport et un restaurant savoyard à Climax, Colorado, pas très loin de Denver.

L'affaire de son frère ? Elle était encore jeune à l'époque, mais elle s'en souvenait parfaitement, bien entendu !

Jean avait été l'un des premiers élèves d'Armand Charlet [1]. Et, malgré les conseils du maître qui lui avait enseigné « qu'il ne suffisait pas de savoir manier des cordes pour être guide », et l'humilité qu'il fallait avoir face à la montagne, il n'avait su résister à l'appel des records. Lui, ç'avait été le Grand Tour. Départ de Chamonix, mer de Glace, aiguille de Talière – au sommet du glacier – et retour par le glacier de Talière. Ils étaient cinq à partir ensemble. Pour forcer le sort, Jean avait misé sur une descente du glacier à skis. Bien entendu, avec la charge des planches sur le dos, il était monté plus lentement que les autres. La descente devait lui permettre de largement rattraper le temps perdu. En fait, personne ne l'avait jamais revu. Dans la nuit, des pluies diluviennes étaient tombées et les recherches, entreprises le soir même, avaient dû être interrompues. Son corps n'avait été rejeté que vingt-deux ans plus tard, signe qu'il avait dû disparaître très haut dans le glacier. Là où il y avait le moins de risque ! Mais la réputation du glacier de Talière ne reposait pas sur des dires, mais sur des faits, de chair et d'os !

La route vers une gloire aussi éphémère que la bestiole du même nom était pavée du sang de la terre !

Une affaire banale, somme toute !

18 heures.

J'ai retrouvé Scampana alors qu'elle terminait sa deuxième visite pratiquement en même temps que moi. Elle m'a fait un briefing rapide de sa voix craquante de coquille d'œuf.

---

1. Guide mythique, qui réalisa plus de 3 000 courses avec 1 200 clients, dont une centaine sur l'aiguille Verte par 18 itinéraires différents, dont 7 premières ! Professeur à l'ENSA, il forma de grands noms : Terray, Rebuffat, Lachenal... Son autre passion était la poésie. Lord Douglas Busk, ambassadeur de Grande-Bretagne, écrivit sa biographie.

– L'histoire Alain Couttet, je vous en avais vaguement parlé. Mais c'était bien ça. Donc je résume ! Bruno Charlet, le guide, a disparu en décembre 1966 avec son client américain après avoir réalisé une hivernale particulièrement difficile côté italien. Les derniers a les avoir vus vivants sont des grimpeurs qui les ont aperçus à la jumelle sur la paroi, alors qu'eux-mêmes étaient déjà en bas, sur le glacier de Triolet, en Italie. Probablement, une fois arrivés au sommet, ont-ils pris la décision de redescendre côté français par le glacier de Talière. Le mauvais temps est arrivé et... vous connaissez la suite. Aucune imprudence. Mais ce putain de destin !

– Ici, ce serait plutôt la tragédie de la vie ! Et son imagination est sans limites ! Surtout pour ceux qui visent la postérité.

– Le PGHM n'a pas pu utiliser l'hélico. Une cordée de sauveteurs est montée par le glacier de Leschaux, une autre par celui de Talière. Mais les deux ont dû rebrousser chemin. Personne n'a pu retenir Alain Couttet, le cousin mais quasi-demi-frère dans l'âme de Bruno Charlet, quand il a décidé de partir seul pour tenter de les retrouver. La tempête a duré quarante-huit heures. Juste le temps suffisant pour qu'il y reste aussi.

– Et son frère ?

– Son aîné de quatre ans. Il est revenu d'une expédition au Hoggar quelques jours plus tard, après avoir été prévenu. C'était un violent patenté, le genre à se castagner avec le premier qui n'était pas d'accord avec lui. Ce qui ne l'empêchait pas d'avoir un sens de la famille exacerbé et d'adorer ses parents et son jeune frère. Considéré comme trop lunatique pour pouvoir rentrer à l'ENSA, refusé d'accès à la gendarmerie, et, par conséquence, au PGHM, il s'était réfugié dans des trucs parallèles, expéditions en tous genres, Sahara et Alaska notamment. Il trimbalait un ressentiment sombre comme un film d'Ingmar Bergman et...

– Ça dépend des films ! Moi j'aurais plutôt dit lugubre, mais enfin !

Elle savait que j'avais apprécié sa métaphore. Un petit concours que nous nous amusions parfois à faire quand l'humeur y était ! Ici, il fallait plutôt la réchauffer ! Les muscles de son visage se sont étirés un à un, la sortant de sa tension, et découvrant un sourire qui s'est ouvert comme un éventail, avant de continuer.

– Il a porté de graves accusations contre les sauveteurs, en prétendant qu'ils n'avaient pas fait le nécessaire pour retenir son frère. Il a même engagé une action en justice, une chose qui ne s'était jamais vue et qui a été très mal prise, vous vous en doutez !

– Et au final ?

– Il a quitté la vallée quelques mois plus tard, définitivement. Pour l'Australie. Les dernières nouvelles de lui datent d'il y a cinq ans. Un courrier de l'ambassade annonçant son décès par maladie. Il avait soixante-cinq ans.

– On classe ?

– Sans risque, je crois.

– Et votre autre client, Dolorès ?

– Bon Joël. Disparu en juin 1969. Une affaire ultrasimple. Ils étaient partis à quatre, deux gars du pays et deux types de l'EDF pour aller regarder des torrents glaciaires.

– Des bédières, pour utiliser le terme exact.

– C'est ça, patron, mais le résultat est le même ! Il a fait une imprudence, s'est approché trop près, à un endroit où l'eau bouillonnait, pour qu'un des photographes puisse faire un cliché choc. Il a glissé, est tombé dans l'eau glacée. Le temps de réagir, il était déjà dix mètres plus loin, encombré par tout son équipement. Ils ont vu sa tête disparaître, émerger, replonger, puis plus rien ! Vingt mètres plus bas, il y avait un puits où l'eau s'engouffrait sur des dizaines de mètres de profondeur.

– Un moulin.

– Exact. L'eau giclait à une vitesse incroyable et il était impossible de descendre là-dedans, malgré le matériel dont les trois autres disposaient. L'EDF s'est considérée comme responsable, a payé des dommages et intérêts, et l'affaire a été classée.

Je lui ai fait un bref résumé de mes deux visites, et nous avons rejoint la gendarmerie.

19 heures.

Nicolas Kaufmann nous attendait, le dossier Calmat sur son bureau, l'air aussi vague qu'un mirage dans le désert. Il tenait à la main un coupe-papier, avec lequel il battait un rythme syncopé et mystérieux sur le bord d'un cendrier rempli de trombones, punaises, agrafes et autres babioles envahissantes, qui se trémoussaient à chaque choc dans des déhanchements métalliques. Pendant un instant, j'ai tenté d'y retrouver un air connu, mais j'ai dû renoncer, le batteur ne devant pas aimer le même jazz que moi. De son autre main, Kaufmann soutenait sa tête, comme Rodin dans ses pires moments de déprime.

Après un instant d'hésitation, j'ai pris mon élan, et je l'ai regardé dans les yeux.

– Je vais finir par croire que vous avez un sacré flair, commissaire. Regardez donc ça !

Il avait dû mesurer avec soin la force de ces quelques mots, car il a laissé au silence le soin de trouver les adjectifs complémentaires qui auraient pu éclairer ma lanterne. A moins qu'il n'ait pas eu envie de foncer vers un abri au cas où un mot lui serait revenu dans la figure.

C'était la liste des pièces constituant le dossier.

– Et alors ? me suis-je permis de lui demander.

– Il manque la pièce n° 8, m'a-t-il répondu pour me faire échapper au noir fixe. Le rapport d'autopsie, avec toutes les photos prises lors de la récupération du corps. Il n'y a qu'une feuille griffonnée à la main, précisant que les causes de la mort sont « le résultat de la chute dans le glacier ».

– Intéressant, ai-je commenté, pour continuer notre concours de verbiage. Qui était le légiste ?

– Le Dr Bernard Roussel. Et l'annotation bizarre sur cette feuille est de sa main. Il est décédé des suites d'une longue maladie, comme on dit – un cancer –, en 1983 je crois. Une vraie vacherie, cette chose-là ! Si tout le modernisme ne nous conduit qu'à ça, il y a vraiment de quoi désespérer.

– Ce ne sont pas les poêles Tefal ou les huiles de vidange qu'il faut incriminer, mais nos vies étriquées, nos horizons banalisés, et tous nos actes déplacés, a murmuré Dolorès, en continuité de la réflexion du capitaine.

– C'est épatant l'optimisme qui règne ici, n'ai-je pu m'empêcher de commenter. Un peu plus et il va illuminer la pièce comme une chaise électrique !

– Vous avez raison, commissaire. Revenons à notre sujet. Puis Roussel a été remplacé par un médecin de Lyon jusqu'en 1994, et depuis par Carole Sauvage, que vous avez rencontrée.

– Merde !

– A vos souhaits ! Depuis votre appel, j'ai tâché de récupérer l'exemplaire de l'hôpital. Envolé lui aussi ! Je ne sais pas si tout ça a un rapport quelconque avec nos meurtres, mais ça cache de toute façon quelque chose.

– Et les photos, qui les a prises en 1981 ? a demandé Dolorès.

– La gendarmerie. Mais les tirages originaux et les négatifs sont classés dans le dossier.

– Et qui avait accès à ce dossier, mis à part vos services ?

– J'ai déjà réfléchi à la question, bien entendu. N'importe qui de la famille aurait pu en demander consultation. De même que le toubib. Vous savez, ici, ce sont tous des gens du pays, qui se connaissent.

– A l'époque, en 1981, les parents d'Hubert Calmat étaient encore vivants, c'est bien ça ?

– Exact, commissaire. Vous pensez qu'ils auraient voulu cacher quelque chose ?

Le toubib... Un enfant du pays, lui aussi... Une longue maladie..., ai-je songé.

– Votre légiste, Bernard Roussel, vous m'avez dit qu'il était décédé en 1983, n'est-ce pas ? En 1981, date où le corps d'Hubert Calmat a été retrouvé, il aurait donc déjà été malade ?

– Vous songez à quoi, commissaire ?

– Une complaisance quelconque par un gars qui, se sachant foutu, a voulu cacher, ou camoufler, un drame supplémentaire à ceux qui venaient d'en vivre déjà un. Inutile de plonger la tête dans le purin quand on est tombé dans la fosse.

– Ce seraient les Calmat qui lui auraient demandé... un service ? Ou Roussel lui-même qui en aurait pris l'initiative ? a précisé le capitaine pour lui-même.

Un meurtre ? me suis-je dit. Oui, mais lequel ?

– Et l'arme d'Hubert Calmat, elle a été retrouvée ?

Il y a eu le froissement des feuilles du dossier, puis Kaufmann a déclaré :

– L'arme était avec le corps. Une carabine Berthier modèle 1918, calibre 8 mm, avec le chargeur à cinq coups enclenché.

– Plein, le chargeur ?

– Il manquait deux balles. Mais... attendez... Non. Cette carabine n'appartenait pas à Hubert mais à son oncle Léon. Elle a été retrouvée avec le corps d'Hubert.

– Et l'autre arme, celle d'Hubert, ou de son paternel plus exactement ?

Nouveau bruit d'écureuil cherchant ses noisettes dans un sac en papier. Scampana a soudain songé au listing qu'elle avait établi. Elle a joué en tandem avec Kaufmann, mais il a été le plus rapide.

– Une carabine de chasse fabrication Manufrance, selon un modèle Parker, calibre 7,65, encore équipée de sa lunette Zeiss. Retrouvée trois jours après le corps d'Hubert Calmat.

– Avec également deux balles qui manquaient dans le chargeur, a poursuivi Dolorès. Une arme idéale pour le chamois. Et le corps de Claude, le fils de Léon ?

– Il n'a jamais été retrouvé.

– Bien qu'apparemment tout porte à croire que les deux corps soient tombés ensemble dans une crevasse, puisque l'arme de l'un a été retrouvée près du corps de l'autre.

– Et, d'après les déclarations officielles, tous les corps portés disparus ont été retrouvés, sauf celui de Claude Calmat, a précisé Scampana pensivement.

– Dites-moi, capitaine, y aurait-il un gars de chez vous qui se soit trouvé ici en 1981 ?

– Il y a vingt et un ans ? Non. Mais un adjudant-chef a pris sa retraite il y a deux ans, et il y était à cette époque.

19 h 30.

Le gendarme à la retraite Roland Bozon nous a reçus en toque et tablier de grand chef, dans le style Alain Ducasse, une cuillère en bois encore fumante à la main. Mais la comparaison s'arrêtait là.

Il faisait un mètre quatre-vingt-dix, devait peser plus de cent kilos, avait sur le nez plus de veines éclatées que dans les mines du Klondike, des yeux gourmands, et un sourire assez éblouissant pour ranimer n'importe quel vieux bouc élevé au fil de fer et aux tessons de bouteilles. Il nous a salués d'une voix de baryton rodée à l'huile de bonheur.

– Ah, capitaine ! Quel bon vent vous amène ?

– Vous vous êtes reconverti dans la cuisine ?

– Elle a toujours été ma maîtresse, vous savez ! Mais avant, avec le boulot, je ne pouvais lui consacrer que des cinq à sept ! Enfin, façon de parler ! Tandis que maintenant, c'est le grand amour ! Et puis, avec les fêtes qui approchent, croyez-moi, ça va devenir la passion, l'extase, la transcendance, la route des flamboyants ! Il s'agit de se dépasser !

– Vous vous êtes spécialisé dans la cuisine du coin ? lui a demandé Dolorès.

Par pure politesse, ai-je déduit, la sachant abonnée aux sandwichs [1] jambon-beurre et, pour les grands jours, un accompagnement de cornichons et de sauce ketchup.

– Ah non, ma petite dame ! J'aurais trop peur de faire déshonneur à quelques siècles de tradition savoyarde. Moi c'est plutôt... tenez ! Je suis en train de mitonner... Bon sang !

Il s'est précipité dans la cuisine, nous avons entendu un bruit de casserole, et notre hôte est revenu une minute plus tard.

– Un peu plus et mes haricots coco cramaient !

– Des haricots... ? a émis le capitaine.

– Coco, oui ! Pas cocorico, ni coconut ! Des gros blancs de Paimpol. Bien ovoïdes. Des princes de Bretagne, bon sang ! Vous ne connaissez pas ? Une de mes spécialités. Un dos de chapon en marmite assaisonné de haricots coco, de pétales de coppa en crémeux de mozzarella au basilic, avec quelques mandarines confites. C'est un entraînement pour après-demain soir ! Et comme dessert, avec ça, j'ai préparé une raviole d'ananas aux épices, crème légère au yaourt et émulsion de fruits de la Passion sur un granité de mangue, de gingembre et de litchi.

– C'est de la cuisine nouvelle ? a demandé Dolorès.

– Pas d'injure chez moi, vous voulez ! Sachez que je l'ai abandonnée il y a dix ans déjà quand j'ai constaté que les lamelles de haricots égratignaient la gorge, que les pousses de blé faisaient roter, et que les cosses de haricots ne garantissaient pas l'érection !

---

1. Du nom du comte de Sandwich, dont le cuisinier inventa cette spécialité pour lui éviter de quitter sa table de jeu. Pour la mémoire collective !

Sur quoi, il a eu un rire tonitruant, une véritable secousse sismique qui a ébranlé toute la montagne.

– Plaisanterie mise à part, chez moi, vous n'aurez jamais faim en repartant, croyez-moi ! Non mais, dites-moi, vous allez rester ce soir, hein ? Ce n'est pas tous les jours que j'ai la visite du capitaine de la gendarmerie, et de...

– Commissaire Marac, de la police criminelle d'Annecy, et le lieutenant Scampana, ai-je précisé.

– Des huiles de la préfecture ! Nom de nom ! Je sais que vous allez refuser par principe, mais j'insiste, je vous assure...

– Dites-moi, Roland, a attaqué le capitaine pour tenter d'endiguer la marée de paroles, on cherche à retrouver quelques précisions sur...

– Et mon entrée, vous ne voulez pas la tenter ? Des macaronis garnis de truffes hachées et de foie gras cru coupé en petits morceaux, avec une crème de chou-fleur. Juste pour vous mettre en appétit !

J'ai vu le moment où il allait pleurer, ou exploser de colère devant notre manque de civilité ! Deux hypothèses aussi encombrantes l'une que l'autre ! Mais, pour tout avouer, après la rusticité de la soupe aux choux, un peu de délicatesse m'a tenté !

– Ecoutez, adjudant-chef, ai-je avancé, on veut bien goûter à vos macaronis truffés, mais avant vous essayez de nous faire déguster quelques-uns de vos souvenirs. D'accord ?

Il m'a regardé comme si je venais de lui apporter un plaisir royal et sincère.

– Marché conclu ! m'a-t-il répondu en m'assenant une formidable tape sur l'épaule.

– Un vieux cru, ai-je continué. Eté 1981, la découverte du corps d'Hubert Calmat dans la moraine du glacier de Talière.

Il a soulevé sa toque, s'est gratté le haut du crâne, d'avant en arrière, puis de droite à gauche, l'air totalement absorbé.

– Eté 1981 ! Dites, vous n'y allez pas avec le dos de la cuillère, vous ! C'est pas du tout récent. Attendez voir ! Le clan Calmat, je les connaissais tous, là-haut, et je me souviens bien quand on a retrouvé le corps de leur gamin, mais vous dire si c'était vraiment en 1981, c'est une autre histoire ! Mais, si vous le dites, c'est que c'est juste ! Pas vrai, capitaine ?

– C'est bien ce que le dossier précise, adjudant-chef !

– Alors, qu'est-ce que vous voulez savoir, commissaire ?

– Vous avez vu le corps, quand il a été retrouvé ?

– Moi ? Non, pas du tout ! Celle qui l'a découvert a prévenu les gendarmes et ils l'ont embarqué directement à la morgue, comme d'habitude dans ces cas-là. Mais, moi, je n'étais pas de service ce matin-là.

– Il y a eu une autopsie, je suppose ?

– Je ne peux pas vous le garantir. Un corps dans le glacier, vous savez, il n'y a pas trente-six raisons pour qu'il y soit tombé. A mon avis, le toubib a dû classer l'affaire. Il avait l'habitude. Quasiment tous les ans il y en a un ou deux qui ressortent d'un glacier ou d'un autre dans le coin.

– Et ensuite, ils ont fait venir les parents pour la reconnaissance du corps ?

– Oui. Même que le vieux Léon, celui qui est toujours vivant, il est venu aussi, je peux vous l'assurer. Car, quand je l'ai revu quelques jours plus tard, il avait l'air tout chose. Faut dire que vingt ans après, ils venaient seulement de savoir ce que leurs gamins avaient fichu quand ils avaient disparu ! Vous vous rendez compte ? Je pense qu'au fond d'eux-mêmes ils avaient gardé un petit espoir que les mômes se trouvaient quelque part à l'autre bout du monde. Mais vivants, et pas congelés dans le glacier, ça, c'est certain ! Et là, vlan ! Ils en ont pris plein la tronche, c'est sûr ! D'ailleurs, ils ne s'en sont jamais remis ! Les parents d'Hubert sont morts peu après et...

– Je sais, oui. Il ne vous a rien dit de particulier, Léon ?

– Si. Simplement que c'était vraiment pas beau à voir, une tête éclatée.

– « Eclatée. » Ce sont ses mots ?

– Vous pouvez me faire confiance, commissaire.

Bien sûr, Léon Calmat, là-haut, devait être au courant de toute l'affaire ! Mais j'ai songé au vieux bonhomme devant sa soupe au lard, la tête plongée dans le glacier et ses souvenirs. D'ailleurs, je n'avais même pas vu de télé dans la pièce où il m'avait accueilli. A l'heure actuelle, il devait déjà dormir !

– Vous avez parlé de « celle qui l'avait découvert », a grincé la voix de Dolorès. Le corps d'Hubert, je veux dire, vous vous souvenez qui c'était ?

– Oh, c'est pas bien difficile ! Depuis qu'elle s'est installée là-haut en face de la moraine, à l'endroit où personne veut aller, c'est elle qui les repère toujours en premier, les corps !

– Lina Hagfors, vous voulez dire ?

– Vous la connaissez, commissaire ?

– Oui. Je loge chez elle. Ainsi que le lieutenant Scampana, qui est arrivée ce matin.

– Eh bien alors, il n'y a plus de problème ! Vous n'aurez qu'à lui demander, à la Danoise.

D'un seul coup, j'ai été pris d'une envie pressante de retrouver les Lucioles. Mais le chef Roland Bozon nous a rappelés à l'ordre.

– Alors, vous me les goûtez ces macaronis aux truffes et foie gras ?

21 heures.

Nous nous étions limités à l'entrée, mais si Roland Bozon avait un talent de maître queux incontestable, il savait aussi choisir les bouteilles, et j'avais l'impression d'avoir ingurgité assez d'alcool pour mettre mon foie en conserve.

J'avais préféré laisser le volant à Dolorès, et elle conduisait quand le bip-bip du téléphone a sonné pour me sortir de ma torpeur. C'était Aline. Qui nous attendait pour dîner !

Dolorès a émis un drôle de bruit, comme un type qui pousse sur la lunette des toilettes, avant d'éclater de rire.

– Vous avez le choix, patron. La raison, vous ne mangez pas ! Le courage, vous faites votre troisième repas de la soirée !

– Vous savez bien que ce sont deux pôles de la vie et que l'un est sans arrêt en train de nier l'autre ! La preuve !

– Cela étant, il reste la sagesse !

Mon silence interrogateur a vagabondé dans l'habitacle.

– Vous invitez votre logeuse, Lina... Machin...

– Lina Hagfors.

– C'est ça, à venir prendre le dessert avec vous. C'est bien la seule chose qui compte, non ?

Sacrée Dolorès !

L'éruption cutanée au bout de son nez s'était enfin résorbée, signe qu'un certain calme s'était installé en elle après sa récente enquête sur le démantèlement d'un sombre réseau pédophile. Mais sa sensibilité à fleur de peau était latente, presque perceptible, et prête à se redresser comme des piquants de porc-épic. Je la savais toujours sur la frange entre un cocktail de rêves frustrés et une hargne qui, une fois qu'elle l'avait laissée monter, était plus difficile à descendre que Fidel Castro.

Elle était d'une intelligence capable de vous balancer un revers d'enfer, sans même voir passer les mots, et ses neurones à l'agilité de furet m'avaient plus d'une fois pris de court.

– L'affaire Boivin, ça commence à se tasser ? lui ai-je demandé pour la situer dans ses marques.

– Je commençais à avoir mal aux pieds.

– Vous pouvez préciser ?

Question de marques, c'était moi qui me trouvais vraiment en dehors, sur ce coup-ci !

– Quand on a mal à l'âme, on reste immobile, pétrifié, et on attend que ça passe. Généralement, on finit par avoir mal aux pieds.

Les phares ont éclairé le bas-côté, il y a eu deux virages dans le silence, puis elle a ajouté :

– C'est bien que vous m'ayez fait venir ici, patron. J'ai l'impression de me remettre à bouger et de reprendre vie.

Qu'est-ce que je disais, hein ?

– Demain matin, ai-je répliqué, je monte voir Léon Calmat à la première heure, et à 10 heures, je dois récupérer le Pr Thomsen à la gare. Je pense que nous monterons sur le glacier aussitôt. Ils annoncent du beau temps, avant un retour sérieux de la neige. Vous voulez venir ?

Elle n'a eu qu'une infime hésitation.

– C'est votre boulot, ça. J'ai quelques petites choses à contrôler encore.

L'envie de lui demander : « Quoi donc ? » s'est bloquée sur mes lèvres. Elle réfléchissait en parlant, comme d'autres font du point de croix en regardant leur feuilleton télé ou récitent des rondeaux de Clément Marot en faisant du parapente.

– Il y a eu un truc pas clair en 1960, avec l'histoire de cet Hubert Calmat. J'aimerais bien vérifier tout ce qui s'est passé d'anormal cette année-là, sans rapport direct avec le glacier. Les coïncidences n'existent pas, mais les concomitances peuvent parfois devenir des corrélations, qui sait ?

Le mot « fin » était loin d'apparaître sur notre écran enneigé, et nous n'avions que des lueurs, même si l'obscurité, là-haut, à la cote 3 200, était totale et certaine.

J'ai décidé de poser mon appareil à neurones et de me concentrer sur l'instant. Un peu de silence, un peu de musique, une pause, un soupir, un ronronnement de moteur, un enfant, une femme, une nuit qui s'annonçait...

22 heures.

Finalement la fondue, au vrai gruyère, est assez bien passée grâce au fendant du Valais qui allait avec. Ici, on respectait les traditions dans la pureté de leurs origines. Pour tout avouer, heureusement qu'il y avait le vin blanc pour pousser le reste !

Lina Hagfors nous a rejoints en fin de caquelon, juste pour partager le kirsch et avant la glace au rhum et raisins de Corinthe. Mais là, j'ai calé !

– A la santé de notre belle hôtesse et du Danemark, ai-je lancé, puisque j'ai appris, aujourd'hui, que vous étiez originaire de ce pays !

– Merci, commissaire ! Mais l'un comme l'autre sont de l'histoire ancienne, vous savez ! La beauté...

– C'est l'harmonie du hasard et du temps, avec un zeste de chance. Et chaque époque fait son petit cocktail. Le vôtre n'est pas si mal réussi, ma foi !

– Dis donc, Marac, c'est l'alcool qui te transforme en poète romantique ? a lancé Aline d'un ton pince-sans-rire, tout en posant doucement sa main sur la mienne.

– Je crois qu'on est toujours convaincu de dire la vérité quand on dit ce qu'on pense. C'est peut-être ce qui fausse toutes les relations entre les êtres ! A toi donc de juger !

– Quant au Danemark, a continué notre hôtesse, je l'ai quitté voilà... pratiquement quarante ans !

– Sans jamais y retourner ?

– Juste pour le décès de mes parents, quelques années après mon départ. Un accident. J'étais leur unique enfant. Avec leur héritage je me suis acheté ce vieux chalet qui était installé aux Praz, et que j'ai démonté pièce par pièce pour le remonter ici, face au glacier !

– Seule ?

– Non ! a-t-elle répliqué en souriant. Avec des gars du pays. Des jeunes. On se donnait volontiers un coup de main, à l'époque, maintenant ça s'est perdu.

– Et, cette attirance pour le glacier de Talière, ce serait indiscret de vous demander pourquoi ?

– Quand j'avais une vingtaine d'années, je suis venue ici. Un voyage d'études, disons. J'y ai rencontré... (Elle a piqué un fard de pucelle regardant l'enlacement érotique de danseurs de flamenco.) ...un homme ! Le premier et grand amour de ma vie. Il a disparu...

– Dans le glacier ?

La question était inutile. Un nuage de tristesse l'a traversée et, pendant quelques instants, chacun a respecté son silence.

– J'ai décidé de l'attendre ici. Quand le glacier le rendrait.

– Et... ?

– Il me l'a rendu, oui. Et je suis restée. L'habitude, aussi. Je m'étais fait des amis, des relations, j'aime la montagne. C'est vieux tout ça... et pratiquement oublié. Il restera toujours la cicatrice, c'est tout. Comme n'importe quel premier amour, non ?

– Et du coup, vous avez été aux premières loges pour voir arriver les corps, n'est-ce pas ? lui a demandé doucement Dolorès. C'est vous qui les avez tous trouvés, je crois, depuis votre installation ici ?

– C'est vrai, oui.

– Vous savez, a poursuivi Dolorès, la mort de Denis Servoz et de Serge Vergandi nous a bizarrement orientés vers une très vieille affaire. La disparition en décembre 1960 d'Hubert et de Claude Calmat, de Vallorcine. Vous n'étiez pas là à l'époque. Par contre, c'est vous qui avez découvert le corps d'Hubert, en 1981. Très... abîmé, avec la tête éclatée, d'après les rapports d'autopsie. Son fusil à côté de lui. Et un corps de chamois a resurgi quelques jours plus tard. Ça vous rappelle quelque chose ?

– Oui, bien sûr. Je me les rappelle presque tous, vous savez. Et si les souvenirs tentent de s'enfuir dans l'oubli, ils viennent alors me hanter la nuit. C'était après les Anglais qui se préparaient pour l'Himalaya, et les Italiens de l'avion. Le corps était affreux à voir ! Il ne restait même plus la moitié du visage...

Scampana a soudain paru se transformer. Ses yeux gris, indéchiffrables, sont devenus deux galets au bout d'une fronde, qu'elle a balancés dans ceux de Lina Hagfors.

– Et le deuxième corps, madame Hagfors, celui de Claude, qu'est-il devenu ?

J'ai vu une fulgurance de peur traverser les yeux bleus, l'instant d'avant si limpides et innocents. La main qui tenait son verre a eu un tressaillement, suffisant pour qu'un mouvement de flux et reflux dans le liquide transparent le trahisse.

– Il n'y a pas eu d'autre corps, mademoiselle, a-t-elle répondu. Beaucoup l'ont attendu. Mais le glacier l'a gardé.

Notre hôtesse a fini son verre, presque trop vite, nous a remerciés, et s'est dirigée vers sa solitude.

Aline et Melinda se sont installées dans un coin pour faire une partie de dames, jeu auquel Melinda était imbattable. Nous nous sommes retrouvés, Scampana et moi, devant nos verres.

– Elle a menti, patron !

– Ou tout du moins elle n'a pas dit la vérité ! Ou *toute* la vérité. Subtile distinction entre la perte d'équilibre vers l'avant avec atterrissage le nez dans les pâquerettes, et la chute en arrière à plat dos avec empreinte en relief des vertèbres dans le limon. Mais le résultat est le même : ça fait très mal !

– Pour elle !

– Bien sûr ! Car nous pouvons avoir des doutes sur tout ce qu'elle nous a raconté auparavant ! Demain, à la première heure, vous appelez Gallay et vous lui demandez un rapport complet sur Lina Hagfors. Il y a toutes ses coordonnées dans les rapports de gendarmerie en tant que témoin de la découverte des corps. Il nous faut la totale avant son installation ici : enfance, parents, études, enfin, vous connaissez ! Avec discrétion. S'il n'y a rien d'inexplicable, ce n'est pas la peine de foutre la réputation des Lucioles en l'air !

– Et Volker Schmitt ?

– C'est qui, celui-là ?

– Elle nous a parlé des corps des himalayistes, découverts en 1977, puis de ceux des deux aviateurs en avril et mai 1981, avant celui d'Hubert Calmat, mais rien sur celui de 1979, entre les deux. Le dénommé Volker Schmitt. Son grand amour, ça ne peut être que lui. Il avait trente ans, elle vingt. Ça colle !

La gigue des neurones, dans la carcasse de héron sous-alimenté de mon lieutenant, s'était transformée en un ballet sacrément bien orchestré ! J'ai eu un petit regard admiratif pour elle, tout en réfléchissant.

– Vous pourrez avoir tous les détails. Certains sont dans le dossier de gendarmerie, d'ailleurs. S'il était marié ou non, avait des mômes ou pas, était le roi des cavaleurs ou menait une vie monacale. Mais une histoire d'amour qui se serait passée ici, rien ne vous permettra d'en avoir la moindre preuve. Laissez tomber, Dolorès.

– De toute façon, patron, on va la faire craquer, croyez-moi ! Et vite fait !

– Et en attendant, si on allait tout simplement se coucher, Dolorès ?

Pendant la nuit.

J'ai sombré dans un de ces sommeils sans fond qui, au lieu de vous reposer, vous laissent abruti et hors du temps. Le genre d'oubli artificiel que je trouvais dans l'alcool, il n'y avait pas si longtemps encore. Probablement l'accumulation des événements de la journée, les différentes hypothèses qui se faisaient jour les unes après les autres, m'avaient-elles précipité dans un vide abyssal, loin de tout sommeil réparateur, et au-delà même de tout rêve. J'ai eu l'impression de brèves périodes de sommeil, où je glissait dans le silence et l'immobilité totale, puis je me remettais à bouger, comme si je voulais me débarrasser d'idées qui parcouraient la pièce et venaient m'écraser la tête sur mon oreiller.

Ce fut un bruit indéterminé, étouffé, qui me sortit de cette léthargie.

Aline dormait. Son visage était détendu, pur et vulnérable. Dans la clarté lunaire qui se glissait dans la pièce, son teint m'a paru délicat, presque irréel. Sa tête dodelinait de gauche à droite, ses sourcils se fronçaient, sa bouche frémissait, ses sens vibraient au rythme de quelque pensée cachée tentant d'émerger du fond de son subconscient. Son corps, que je savais fort et dur quand elle le voulait, m'a paru frêle et lascif. Ses seins étaient ronds, pleins et fermes. Sa peau de blonde était presque diaphane, ses cheveux lui faisaient une auréole à la pâleur dorée. J'ai résisté à la tentation de parcourir de mes doigts les courbes de son corps, jusqu'à son ventre plat, jusqu'à l'angle aigu de ses hanches. J'ai fixé son visage. Elle a bougé, tendu la main vers moi, comme dans un signe de rappel ou de possession maternelle. Ses yeux se sont ouverts sur moi, insupportables de bonheur.

– Melinda, a-t-elle murmuré en se soulevant sur un coude.

Je me suis levé presque en sursaut, comprenant soudain d'où venait ce bruit insolite, et j'ai rejoint la pièce attenante.

Etendue sur le dos, les yeux grands ouverts sur le vide, Melinda pleurait. Sa bouche ouverte laissait échapper de petits hoquets qu'elle s'efforçait d'étouffer. Ses mains étaient agrippées à la couverture, se serrant et se desserrant à chaque sanglot, son corps était traversé de vagues d'une douleur insurmontable.

Je me suis mis à genoux, j'ai approché ma tête de la sienne et lui ai caressé le visage. Elle a tourné son regard vers moi, et je lui ai parlé tout doucement.

– Je suis là, ma petite puce. Je suis là. Aline est là aussi. N'aie pas peur.

Elle s'est assise dans le lit, a serré ses genoux dans ses bras pour se replier sur elle-même, et a enfoui son visage contre ses genoux pour cacher ses pleurs.

– Je n'ai pas peur, Marac, pas peur. J'ai froid. Comme elle, là-haut... Comme Kooba... Elle a si froid maintenant...

Je l'ai prise dans mes bras et l'ai conduite dans notre lit, entre nous deux.

Longtemps encore, les sanglots ont fait vibrer son petit corps. Avant de s'endormir enfin, elle a eu le temps de murmurer :

– Kooba... elle veut me parler... me parler...

18

Le sommeil de Tumai ne fut qu'un vide atroce, une absence de conscience totale sur le temps écoulé, le jour et la nuit. Une angoisse sans nom rongeait les ténèbres pour atteindre son cerveau. Il n'était plus qu'une silhouette perdue dans les terrifiants canaux d'une tombe en train de se cristalliser pour l'absorber. Puis le néant l'envahit, où rien ne surnageait, sinon une obscurité absolue.

Le froid le réveilla. Il sut que, s'il ne faisait rien, il allait très vite mourir. Son cerveau aurait certes pu lui mentir en inventant quelque dénouement différent, mais la souffrance qui traversait ses membres était, elle, sans appel. Ses pieds étaient glacés, ses chevilles raides, son corps un arbre de douleur. Son cerveau lui commandait de ne plus bouger, de se rendormir, de se laisser aller. Mais dans ses tripes, la vie haletait, puisant dans les dernières ressources de cette enveloppe charnelle ses ultimes cris de révolte.

Avec difficulté, Tumai se déplia, étira ses jambes, fit bouger ses pieds, puis ses bras, ses mains. Il se leva et, conduit par le même réflexe que celui du nouveau-né qui aspire sa première bouffée d'oxygène, sauta sur place jusqu'à ce qu'il ressente la sensation de fourmis dans les orteils. Deux doigts de sa main gauche étaient sans vie, ne répondant plus aux gestes qu'il leur ordonnait. La panique le submergea. Il enleva son gant, frappa ses doigts contre le sol, les serra contre lui, mais rien n'y fit. La peur l'aiguillonna. Il remit son gant et décida de mourir en combattant.

Il fallait qu'il retrouve le jour ! Il décida de gravir la longue pente qui l'avait conduit jusqu'ici, au fond de tout. Dans l'obscurité, il retrouva la hache, le poignard du chasseur juste à côté et, après bien des tâtonnements, celui en silex de Kooba. Il eut l'idée de récupérer le sien, accroché à la ceinture de Kooba, tendit la main et, alors même que la honte de son geste traversait son esprit, il sentit sous ses doigts la glace qui emprisonnait déjà le bas du corps. Il retira sa main, comme frappé d'une décharge d'angoisse. Combien de temps était-il resté ici ?

Il décida de creuser dans la glace un emplacement pour poser ses pieds.

Il devait recommencer à frapper ! Son esprit était maintenant zébré des éclairs d'un espoir insensé, flottant dans un halo de pâle certitude, et il commanda enfin à son corps. Celui-ci abandonna toute velléité de révolte.

Une première marche lui permit d'avoir une idée de l'équilibre qu'il rencontrerait en gravissant la pente raide. Il en tailla une deuxième, à peu près à hauteur de sa hanche, pour y poser le second pied. Même en ayant la poitrine collée à la pente, il comprit qu'il lui en fallait aussi une autre pour assurer une prise à sa main. Sinon, le moindre dérapage d'un de ses pieds le ramènerait brutalement en bas. Avec ses gants, et sa main gauche partiellement insensible, une prise était insuffisante. Il tailla une encoche, réussit à enfoncer le poignard du chasseur de quelques centimètres dans la glace, prit appui sur un pied, se soutint avec la main, et trouva l'emplacement de l'autre pied. Il comprit qu'en ajustant bien les écartements, la prise de main allait lui servir pour le pied quand il s'élèverait. Il creusa à hauteur de sa poitrine, aussi haut qu'il le put, la nouvelle prise pour sa main. Il avait trouvé la technique, il lui fallait simplement la répéter. Jusqu'en haut.

Lentement, il s'éleva.

Il taillait une prise, à hauteur de son corps, puis une autre, presque à bout de bras. Il y enfonçait le couteau, prenait appui sur un pied, s'équilibrait avec la main, poussait sur sa jambe, cherchait la prise de son autre pied, le mettait en place, et, en équilibre sur ses deux pieds, redescendait un bras pour creuser. Puis il recommençait.

Un damné creusant pour s'évader de sa tombe !

Il ne s'arrêta pas. Sa position était trop instable, il le savait. Mais surtout, si l'espoir et le désespoir avaient été mêlés dans son esprit au point de ne plus pouvoir distinguer l'un de l'autre, le combat avait maintenant changé d'âme, il avait renoncé à l'attirance mortelle du désespoir pour se laisser prendre par le doute, puis par quelque chose qui n'avait pas encore de nom mais qui tendait vers la lumière.

A un moment, ses coups furent sans effet, le poignard et la hache semblant soudain rebondir dans ses mains, repoussés par une volonté encore plus farouche que celle de son instinct. Les limbes qui l'entouraient lui permirent néanmoins de comprendre qu'il traversait une zone de rocher. Toujours à tâtons, il dut chercher des aspérités, trouver une fissure où assurer ses prises, bloquer ses pieds contre la paroi même. Avec l'angoisse de glisser brutalement vers le bas, vers le néant qui le retiendrait alors inéluctablement.

Puis la sensation glacée, presque réconfortante, revint sous ses doigts.

Un délire quasi conscient s'empara de lui. Il commença à parler à la glace.

– Tu es la puissance, la masse... l'infini... le néant. Et je ne suis rien, rien... un grain de sable dans tes entrailles... Et je t'ai donné Kooba... C'est moi qui l'ai voulu... J'aurais pu la laisser là-haut, les yeux vers le ciel qu'elle aimait tant... Mais je te l'ai offerte ! Sans rien te demander en contrepartie ! Et je veux que tu la gardes ! Toujours ! As-tu vu comme elle est belle ? Tu pourras la contempler aussi

longtemps que tu le désireras... Mais tu me dois une mort... Une mort pour une autre, c'est la règle du jeu... Car je suis mort, maintenant... mort, depuis que Kooba n'est plus là... Alors, tu vas me donner ma longue mort ! Tu m'entends, glacier ! Tu vas me laisser retrouver la mort qui m'attend là-haut, à la lumière !

Tumai resta des heures dans le puits, même si la notion de déplacement du soleil dans la voûte céleste avait perdu toute signification pour lui, noyé dans son obscurité humide, grignotant marche par marche, prise par prise, le temps qui le séparait du long couloir qui l'avait conduit aux entrailles de la Terre-Mère.

Soudain, le sol glacé sous lui fut horizontal. Il avança précautionneusement un bras, puis un autre, un poignard dans chaque main, l'un planté dans la glace devant lui, l'autre prêt à le suivre, croyant à un simple accident de terrain dans la paroi du puits. Ensuite, il osa un genou, puis le second.

Alors, il se releva, sentit au bout de ses doigts le plafond du long couloir qu'il avait emprunté en portant le corps de Kooba.

– Aaaaaaaaaah !

Un hurlement jaillit de sa gorge, bramement vainqueur plus que cri humain, expectoration de la vie rejetant la mort enfouie en elle, gueulement d'un condamné qui se retrouvait face au recommencement.

Tout aussi vite la panique embruma son esprit. Il ne voyait plus rien ! Il était aveugle ! Là, il s'en souvenait bien, un mince filet de clarté existait encore, impalpable, mais il aurait dû le distinguer après sa longue accoutumance à l'obscurité totale. Mais il ne percevait rien ! Rien qu'un néant infini !

– Non ! Pas mes yeux ! Tu n'as pas le droit ! Pas le droit...

Il leva les mains vers ses yeux pour tâcher de les distinguer, dans un sursaut d'espoir dérisoire et inutile. Il ouvrit les doigts, les agita fébrilement. Mais rien, il ne voyait plus rien ! Des sanglots montaient en lui, débordaient déjà.

Les poignards qu'il tenait serrés dans ses mains depuis des heures lui échappèrent. Celui de la main droite resta accroché à son poignet par la cordelette de sécurité. L'autre tomba. Il croyait pourtant l'avoir assuré, mais peut-être la lanière de cuir avait-elle glissé sans qu'il s'en rende compte ? L'arme fit un bruit mat en touchant le sol, sur sa gauche, juste un peu derrière lui. Tumai se baissa pour la ramasser.

– Où es-tu ? Où es-tu ? J'ai encore besoin de toi, tu sais... Ne m'abandonne pas... Viens, allez, viens !

Mais ses doigts avaient perdu leur sensibilité, le gant imbibé d'eau ne lui transmit la sensation qu'à retardement. Il éloigna le poignard en voulant le saisir.

– Non ! gémit Tumai.

La peur le saisit. La béance était là ! A deux pas ! Invisible et prête à l'avaler une seconde fois. Il recula, s'accroupit, puis se mit sur le ventre, tâta de la main sur le sol, devant lui, sentit le silex, voulut le saisir, le pinça du bout du gant, le laissa s'échapper. Il l'entendit tomber, glisser dans le puits, puis le bruit s'atténua, se perdit dans les autres sons du glacier, s'effaça pour ne laisser place qu'au lointain ruissellement de l'eau qui avait accompagné sa longue nuit.

L'arme glissa, ricocha sur les aspérités, fut accrochée plusieurs fois par la cordelette aux amalgames de glace restés en place aux endroits où Tumai avait creusé, se ficha pointe en avant dans une fissure, repartit lentement le long du boyau obscur, reprit un peu de vitesse, fut ralentie par la cordelette, se bloqua dans un dernier creux, pointe en avant, cordelette pendante vers le bas. Sur le cadavre de Kooba qui, lentement, continuait de se recouvrir de glace.

Tumai, terrorisé, recula à quatre pattes, s'éloignant du bord du trou invisible. Puis, lentement, il se retourna et, les mains appuyées contre chaque paroi latérale, il avança vers la sortie.

Un pas après l'autre. Une main après l'autre.

Et c'est alors qu'il vit... devant lui... que ses yeux virent... là, juste un peu plus loin, dessinant des ombres et des contours incertains... la crevasse baignée de la lueur blafarde de la lune.

Il faisait nuit !

Tumai s'assit sur un bloc de glace et, lentement, laissa couler les larmes de solitude qui soudain l'aveuglaient.

– Je n'arrête pas de te voir, Kooba ! Et je sais que, quelque part, tu es encore vivante ! Je le sais parce que tu fais partie de mon être et que je te porte dans mon cœur. Je t'y porterai toujours ! Et tant qu'il restera une parcelle de vie en moi, tu m'accompagneras, comme tu m'as accompagné dans la nuit. Pour cela, Kooba, pour que tu vives encore, et toujours, je sortirai de cette crevasse !

Tumai ne savait pas comment. Mais il sut qu'il devait le faire.

Ses forces l'abandonnèrent. Depuis combien de jours n'avait-il pas vraiment dormi, vraiment mangé ? Depuis combien de temps était-il là ? Son corps était glacé, ses mains gelées, son esprit naviguait entre rêve et délire, réalité et fantasmagorie. Il se passa la main dans la barbe, la sentit beaucoup plus longue que dans son dernier souvenir.

Son corps tremblait, il avait puisé dans ses dernières réserves, et il avait froid.

Tumai longea les murailles qui l'entouraient, revenant là où il avait touché le fond de la crevasse. Il lui sembla que les parois s'étaient resserrées à plusieurs endroits. Il retrouva le tas de neige, le travois avec ses deux lances encore en place, une peau de nuit, puis la seconde, celle de Kooba, repliée dans la sienne, presque sèche, et le corps du chamois.

Machinalement, conduit par son subconscient, il installa le travois en appui sur des blocs de glace, de façon à ce que la peau ne touche pas le sol. Il s'y étendit, enveloppé dans la peau de nuit sèche et s'endormit comme une bête, sa conscience loin de toute réalité.

19

Mardi 23 décembre, 7 heures.

Pas de lune et une nuit encore noire malgré la proximité de l'aube. Quelques lumières disséminées çà et là semblaient posées au hasard pour nous rappeler que nous ne nous trouvions pas au fin fond de l'Alberta, mais sur la route sinueuse qui traversait la forêt avant d'atteindre Vallorcine. Les bas-côtés enneigés semblaient nous encadrer comme la goulotte d'un toboggan silencieux et opaque. Les phares parvenaient difficilement à mordre le ruban de goudron verglacé, faisant ondoyer les contours du paysage, osciller le sol.

J'ai frissonné, malgré le chauffage qui commençait à faire effet. Des pensées fugitives et vénéneuses me traversaient, comme pour m'extraire les quelques certitudes qui me restaient encore sur cette affaire, me repousser hors du connu pour me faire basculer vers le gouffre de l'incertain et de l'indécision.

J'ai pris Dolorès, assise sur le siège à côté de moi, comme témoin de mes réflexions.

– Le corps dans la glace a été officiellement découvert par Denis Servoz le 14. Le 19, j'étais sur place. Le surlendemain, c'est-à-dire avant-hier, j'ai localisé le corps. Deux gars du PGHM ont travaillé d'arrache-pied pour élargir la crevasse hier, et le Pr Thomsen arrive dans quelques heures. J'aurais difficilement pu faire mieux, vu les circonstances !

– C'est vrai, patron ! Mais les circonstances...

– Je sais ! Ce sont avant tout deux morts depuis vendredi, pour lesquels l'enquête semble couler comme une averse sur le dos d'une poule d'eau. De vagues traces mais rien qui reste accroché au passage. Nos certitudes ne boucheraient pas un chas d'aiguille, et nos suppositions me paraissent aussi volages qu'un électron libre qui passerait d'une couche à une autre !

– Vous culpabilisez car vous pensez que nous nous sommes lancés sur cette histoire troublante de 1960 parce que nous avons été incapables d'imaginer d'autres éventualités ? Mais nous tenons quelque chose de concret, patron ! Vous avez vu, hier soir ! Et dans quelques instants, nous saurons s'il faut continuer ou lever le pied !

Scampana avait raison, je le savais, mais d'autres faits me broyaient le crâne.

– Nous avons perdu un temps fou avec la réponse technique sur l'origine des silex. Si elle peut nous orienter, d'ailleurs ! Et même si le Pr Thomsen peut y répondre dès aujourd'hui, qui nous dit que nous rattraperons les trois jours perdus sur cette voie ?

– Je pense que nous n'avons pas perdu de temps, patron. Comme le dit le dicton, il vaut mieux parfois en avoir un qui sait que trente-six qui cherchent !

– Denis Servoz était un passionné de préhistoire, ai-je continué. Cette piste entrouverte a été mise sur la touche comme un vieux navire à l'odeur de moisi. Avons-nous eu tort de ne voir là qu'une grimace du destin ?

Dolorès a émis un borborygme incompréhensible.

Les phares ont ratissé les arbres dans un virage. Le petit chemin de terre conduisant chez le vieux Léon était là. Je me suis engagé sur quelques mètres, me suis garé, et j'ai coupé les phares.

– Je vous attends, patron, m'a dit Dolorès après une hésitation. Ce genre de confidence, s'il doit vous la faire, c'est parce qu'il vous connaît. Moi, au mieux, il me verra comme votre... secrétaire.

– Et au pire ?

– Comme votre sous-main !

Il faisait froid et j'ai remonté le chemin les mains dans les poches et mon anorak fermé jusqu'aux oreilles.

Une unique ampoule nue éclairait le seuil comme une étoile moribonde, petite naine dans l'immensité de notre monde de lumières, qui terminerait peut-être, elle aussi, par une implosion et une fin obscure dans la noirceur d'un univers [1]. Une lueur encore incertaine commençait à faire apparaître les arbres comme autre chose que de gros épouvantails fantasmagoriques. A travers les rideaux tirés se discernait une ombre aux mouvements lents. Je ne m'étais pas trompé, le vieux Léon Calmat se levait aux aurores.

Je me suis avancé jusqu'au seuil, j'ai soigneusement tapé mes chaussures contre le mur, et, avant même que j'aie frappé, la porte s'est ouverte. Sans un mot, il m'a fait signe d'entrer.

De dessous mon anorak, j'ai sorti la bouteille Thermos et la fiole de bourbon que j'avais embarquées.

– Je voulais vous faire goûter mon café, lui ai-je dit.

Il a posé deux tasses sur la table, une boîte de sucre roux, deux cuillères, la miche de pain, son Opinel, et s'est assis. J'ai fait de même.

C'est moi qui ai servi le café, arrosé d'une bonne lampée de Jack Daniel's.

---

1. Une étoile brûle sa réserve d'hydrogène. Puis elle commence à se dilater (phase *géante*) en absorbant les planètes (phase de *nébuleuse planétaire*, ou de *supergéante*), et, devenue *supernova*, implose. Le noyau subit un brutal effondrement gravitationnel, formant une étoile à neutrons ou un trou noir, selon la masse de l'étoile. L'avenir de notre bon vieux Soleil ! Et de la Terre !

Il avait découpé deux tranches de pain, m'en a tendu une, et a trempé la sienne dans sa tasse avant de la porter à sa bouche.

– Vous avez eu raison de monter. C'est pas un goût d'ici, ça ! a-t-il dit pour tout commentaire.

Il a fini son pain, vidé sa tasse, et m'a fait un petit signe de la tête pour que je le resserve.

– Quand on l'a retrouvé, Hubert, il était pas beau à voir, vous savez ! a-t-il fait en avalant une bouchée de pain.

– Il avait reçu une balle en pleine tête ? C'est ça, non ?

– Comment vous avez su ?

– Savoir, penser, imaginer, deviner, ça se ressemble, non ?

– Il avait la moitié de la figure arrachée. Comme par une décharge à bout portant.

– Et la balle ?

– Y en avait point. Mais avec le temps, vous savez... Et la décomposition...

– Et c'est le Dr Roussel qui a étouffé la chose, c'est ça ?

– Nous nous sommes juste regardés tous les deux. Pas un mot, mais il a pas hésité une seconde. Il avait un cancer des poumons, lui qui avait jamais fumé de sa vie.

– Et après ?

– On a pensé à mille choses. Qu'ils s'étaient entre-tués. Mais pourquoi ? Ou que quelqu'un les avait surpris et que les choses avaient mal tourné. Accident ou provocation. Ou bien même qu'il y avait une troisième personne avec eux.

– Une troisième personne ?

– Une fille.

– Une fille là-haut ?

– Pourquoi pas ? Ça marche autant que les gars, vous savez ! Et puis, ça aurait bien été le genre à Hubert, tiens ! « Allez, viens ! On va braconner un peu chez l'Anglais ! » Juste pour faire le mariol. Et puis après, avec le beau temps qui avait succédé à la tempête, ils sont allés se dorer à poil sur le glacier. Et y faire leurs galipettes. Moi, j'ai souvent vu les choses comme ça, vous savez !

– C’est une sacrée supposition, quand même !

– Ouais. Mais j’ai eu le temps d’y réfléchir, depuis. Et je connaissais Hubert ! Et puis, c’était à peu près à la même période que maintenant. Juste avant Noël. Y avait plein d’étrangers qui étaient venus, des Anglais surtout, et des Nordiques. Que des blondes ! Celles qu’Hubert préférait. Il allait les... comment vous dites ? ...draguer, c’est ça ?... en ville. Il baragouinait un peu l’anglais et s’arrangeait toujours pour en emberlificoter une.

J’ai partagé ce qui restait du café entre nos deux tasses et Léon s’est servi lui-même du bourbon.

– Je vais vous dire, commissaire, Hubert, il aurait mal fini un jour ou un autre. Mais mon Claude, y méritait pas ça, non ! Pas ça !

Il a vidé le reste de la flasque dans sa tasse vide, et l’a lampé d’un coup.

– Si jamais vous savez ce qui s’est passé, un jour, surtout vous me le dites pas, hein !

Quand je suis sorti, l’aube perçait à peine. Il faisait toujours un froid glacial et les arbres ensommeillés portaient silencieusement leur harnais blanc. J’ai retrouvé Dolorès qui somnolait. Quand je lui ai rapporté notre conversation, elle a eu un petit rire, gentiment ironique.

– Vous voyez, commissaire Marac !

La route était toujours aussi verglacée. J’ai tendu silencieusement à Dolorès la tranche de pain que j’avais embarquée avant de quitter Léon Calmat.

7 h 45.

Les choses sont allées très vite !

C’est à peine si j’ai eu le temps de voir les phares du gros 4 × 4 qui nous doublait en trombe.

– Il est cinglé, ce mec ! a eu le temps de murmurer Dolorès.

Arrivé juste à notre hauteur, d'un coup sec, il s'est rabattu sur nous dans un entrechoquement de tôles. Une tonne contre trois ! Un welter contre un lourd ! Même pas eu le temps d'apercevoir la tête de qui que ce soit à travers les vitres fumées.

La voiture a été projetée comme un fétu de paille contre la congère, est grimpée à son sommet, presque en équilibre. D'un coup sec, j'ai redressé vers la gauche, enfoncé l'accélérateur jusqu'au plancher, en espérant que les roues rencontreraient quelque chose pour faire adhérence.

L'avant a paru s'envoler au-dessus d'un tapis de neige, il y a eu un choc énorme, dessous. Le capot s'est cabré à droite avec un raclement de désespoir, un rocher rencontré au passage. Dolorès a été précipitée contre moi. J'ai écrasé les pédales de frein et d'accélérateur en même temps, le volant bloqué à gauche. Redressement, enfin. Le châssis a atterri sur la route avec une férocité à nous briser la nuque. La voiture s'est retrouvée pratiquement en travers, partant dans une grande glissade sur le sol glacé. J'ai contre-braqué par réflexe, les muscles tétanisés, les mains accrochées au volant comme des serres. La voiture s'est redressée comme un acrobate.

Dolorès a gesticulé pour sortir son arme, tout en hurlant :

– Foncez ! Foncez !

Juste au moment où le choc, à l'arrière, nous a envoyé une vibration tonitruante de la caisse de la voiture, nous projetant en avant.

Mon airbag s'est gonflé d'un coup, m'enlevant toute visibilité.

– Nom de Dieu ! ai-je hurlé en écrasant la pédale de frein.

Le mammouth, à l'arrière, continuait à pousser, et nous à glisser. Il y a eu un coup de feu. L'airbag s'est amolli. Je me suis bagarré pour l'écarter, le dégager. Un, deux autres coups de feu. Un bruit de verre qui éclatait. Dolorès canardait nos poursuivants.

La voiture s'est de nouveau orientée vers le talus, poussée au cul à plus de cent à l'heure probablement. La vitesse acquise sur le verglas nous a emportés, malgré les roues bloquées par les freins. Les ressorts des suspensions se sont entrechoqués, la carrosserie a grincé, une roue avant a percuté un rocher et a été arrachée. Le capot a brouté le talus, la glace a raclé le fond de caisse, les rochers ont déchiqueté les tôles.

– Sautez ! ai-je hurlé.

Trop tard ! Un coup de flash des phares, un dernier coup de butoir nous a chopés pratiquement par-dessous pour nous soulever, nous propulser de l'autre côté du talus, dans le ravin.

La 307 a décollé du sol, basculé violemment de mon côté, puis s'est rétablie. Mais je ne pouvais plus contrôler grand-chose, le dessous ne devait plus être qu'un champ de tir. Dans la pénombre, le sol est monté à notre rencontre comme un mur de glace. En bas, les arbres, et juste après le grand plongeon dans l'Arve. Mais au passage quelques rochers ont lacéré les pneus, soulevé le flanc gauche, dressé la caisse à la verticale.

Un ralenti de débris éjectés, une carcasse qui dévalait en équilibre, avant que la voiture ne se décide à se renverser sur le toit. La pente a été ratissée par une luge de ferraille et de verre brisé. L'habitacle s'est transformé en une pelleteuse et l'intérieur de la voiture en un sablier où se déversait une avalanche. Piégé par la ceinture, j'ai eu l'impression qu'un ouragan de neige me remplissait les yeux, les narines. Je me suis senti englouti, annihilé. Putain ! Je ne pouvais plus respirer ! Bloqué par ma claustrophobie ! J'ai tenté vainement de me protéger le visage, sans espoir de m'extraire de cet enfer blanc, de ce piège étouffant.

Soudain, un choc, la voiture tournait, repartait à l'envers, rebondissait, glissait de nouveau. Les arbres !

Les bruits se sont étouffés, je ne savais plus où j'en étais. Dolorès bougeait à côté de moi, faisait de grandes brasses frénétiques, cherchant à sauver sa peau, comme moi. Visibilité zéro. Je ne voyais plus rien. Cécité totale ! Comme sur celle de mon compte en banque ! Ou était-ce mon esprit qui ne savait plus dans quel sens s'aventurer ?

Encore un choc, puis plus rien, la voiture s'est arrêtée brutalement après un dernier miaulement. Vide. Absence. Néant. Silence.

Une odeur d'essence, de fumée. Panique ! Mes mains ont cherché frénétiquement à me défaire de la ceinture. Un clic. Ça y était ! Me retourner, trouver la poignée de la portière, tirer dessus, essayer d'ouvrir, pousser avec l'épaule, frapper avec le corps, avec les jambes, ruer. Encore et encore. Enfin, la portière s'est entrebâillée dans un grincement épouvantable.

Je me suis éjecté, le nez par terre, crachant la neige, aspirant l'air à pleins poumons, mon cœur à deux endroits à la fois, martelant mes tempes et explosant dans mes tripes. Lentement, des bribes de conscience ont commencé à se remettre en place, avec circonspection.

Dolorès, nom de Dieu ! Où était donc Dolorès ?

J'ai marché à quatre pattes, j'ai rampé, j'ai crapahuté dans la neige et dans la pente pour faire le tour de la voiture. Le moteur de la bagnole ne tournait plus et il régnait maintenant un tel silence que je n'ai pas voulu lui coller l'adjectif habituel dans ces cas-là. De la fumée se dégageait en grandes volutes. J'ai appelé avec anxiété :

– Dolorès ! Dolorès, mon petit !

Nom de Dieu ! La place était vide. La portière fermée.

– Ici, patron !

La voix était proche de l'arbre qui avait arrêté la voiture, une modulation grinçante émergeant d'une zone encore dans la pénombre. Mais vivante !

J'ai reculé en rampant, me suis dirigé vers elle. Deux détonations coup sur coup m'ont bloqué net sur place. Les flammes blanches m'ont orienté. J'ai compris que c'était Dolorès qui tirait vers le haut.

– Arrêtez, Dolorès, arrêtez !

Je l'ai rejointe. Elle tremblait, le revolver à la main, en état de choc.

– Rien de cassé ? lui ai-je demandé.

J'ai pensé tout à coup à me tâter les jambes, les bras. Quelques coupures au visage. Un peu de sang. Rien ! Indemne ! Et vivants tous les deux ! Un miracle !

– Tout va bien ! J'ai pu sortir par la fenêtre. Mais ce salaud est peut-être encore là-haut ! hoquetait-elle.

– Venez, il faut foutre le camp d'ici, ça risque d'exploser.

Nous nous sommes aidés mutuellement et nous sommes abrités à une dizaine de mètres de là, derrière un gros rocher.

L'explosion a bien eu lieu, fracassante. De grandes flammes ont éclairé le paysage comme en plein jour. Les dix mètres de vide du ravin étaient à quelques pas de la carcasse, un arbre de moins et nous étions bons pour le grand saut de l'ange luciférien !

– Décidément, il faudra que vous achetiez une nouvelle bagnole, patron !

– Ce coup-ci, je crois que je vais changer de marque, celle-ci ne me porte pas chance ! C'est la deuxième 307 en six mois !

C'est le moment qu'a choisi mon téléphone pour émettre sa *Petite musique de nuit* d'appel.

C'était le patron.

– Alors, si je comprends bien, Marac, vous m'avez dépoilé, hein ?

La réflexion a fait naître en moi une envie irrésistible de rire en voyant l'état de nos vêtements et nos têtes de hiboux émergeant d'une avalanche.

– Ecoutez, patron, pour les fringues, un peu plus et ce n'est pas vous qui étiez à poil, mais plutôt nous, Scampana et moi !

– Non, mais dites donc, Marac, ça vous fait rire, en plus !

– Mais nus, je vous dis. Comme vous ne nous avez jamais vus ! Du vraiment nu garanti à cent pour cent !

– Ecoutez, Marac...

– Et en plus étendus côte à côte !

– Non, mais...

– Dans un casier à la morgue, pour que vous puissiez mieux nous engueuler sans qu'on se fende la poire, parole !

– Vous avez perdu la tête !

– Non, elle est toujours en place, patron. C'est la vie qu'on a failli perdre.

– Mais qu'est-ce que vous me racontez, bon sang ?

– On a perdu le championnat de Chamonix de stock-car, trois chocs à zéro. Par un gros méchant 4 × 4 qui nous a collés au tapis en nous prenant en traître, sans même respecter les règlements de la circulation, et qui nous a balancés dans le ravin. D'ailleurs le ravin, on y est encore, pour tout vous avouer ! Et le tapis, on est assis dessus. Une belle neige bien froide, avec un feu d'artifice pour l'illuminer comme en plein jour !

– Comment ça, pour l'illuminer ?

– La voiture est en train de cramer. En fait, ça ne fait pas vraiment feu d'artifice, pour être honnête. Mais plutôt feu de camp de boy-scouts en sous-bois ! Presque romantique si on ne craignait pas que le mec nous attende encore là-haut ! Mais dites-moi, patron, vous êtes bien matinal ?

– Il est 8 h 10. Et le soleil s'est levé à... Non, mais ! Qu'est-ce que vous êtes en train de me faire dire, Marac ? Qu'est-ce qui vous est arrivé exactement ? Vous êtes blessés ?

– Je viens de tout vous raconter. Balancés dans le ravin par un 4 × 4. Blessés ? Non, je ne crois pas ! Et vous, Scampana, ça va ?

– Il fait pas très chaud avec ces fringues déchirées, mais il aurait pu y avoir pire !

– Vous avez entendu, patron ? Scampana demande que vous lui payiez un nouvel ensemble de chez Cardin !

– Mais faites, Marac, faites donc, bon sang !

– Pour en revenir à votre préoccupation, qu'est-ce qui vous fait croire que j'en ai voulu à votre garde-robe, patron ?

– Arcady !

– Eh bien quoi, Arcady ?

– J'ai trouvé un mot de lui sur son bureau me disant qu'il avait pris ses congés. Ce ne serait pas un coup à vous, ça ?

– Sans vous tenir au courant ? Voyons, patron, vous savez bien que vous ne pouvez rien me refuser !

– C'est d'ailleurs réciproque, Marac, non ?

– Si on avait plongé dans le ravin, c'est vrai que vous auriez eu ma mort sur la conscience ! Vous n'aurez que mon relevé de frais, c'est moins pénible.

– C'est vous qui le dites !

– Pour moi, aurais-je dû préciser. Mais pour en revenir au lieutenant Arcady, si je l'avais voulu, je vous l'aurais demandé, croyez-moi ! Et puis, c'est pas ici qu'il viendrait ! Vous l'imaginez sur des skis ? Sauf avec deux paires de planches. Une aux pieds, une aux mains et son bide comme frein. Mais question congés, c'est vrai qu'il en avait un sacré paquet en retard. Peut-être a-t-il voulu offrir une belle convalescence de fin d'année à Denise, non ?

– Et moi, alors ? Comment je vais faire avec le service, hein ? Vous absent, Scampana absente, Arcady en congé, Grossend et Gallay à plein temps sur l'affaire Boivin, je fais quoi, hein ?

– Vous piochez dans les troupes fraîches, la nouvelle garde. Ça vous changera de l'ancienne ! Question obéissance au moins ! Mais n'en profitez pas pour jouer à Napoléon !

– Pourquoi Napoléon ?

– Rappelez-vous la bataille de Moscou, et la retraite qui a suivi. Il n'avait que des bleus le père Bonaparte. Ça ne lui a pas réussi. Les seuls qui s'en sont sortis ont encore été les vieux grognards. Alors, faites gaffe !

Un silence d'au moins zéro degré s'est installé à Annecy. Aussi froid que dans notre vallon.

– Et au préfet, je lui raconte quoi, Marac ?

– Sans risque de vous tromper, que nous sommes sur une bonne piste. A propos des macchabées, je veux dire. Pour Kooba...

– Qui c'est ça ?

– Heu... C'est le nom que nous avons donné à celle qui est dans la glace.

– Vous pouvez répéter ?

– Kooba. C'est Melinda qui a trouvé ce nom, ai-je précisé en toute honnêteté.

– C'est joli, ça ! Kooba... Kooba... Ça sonne bien pour quelqu'un d'il y a dix mille ans ! Vous disiez donc, Marac ?

– Qu'on a des chances de remonter le cercueil de glace demain ou après-demain.

– Un sacré cadeau de Noël, dites donc ! C'est le préfet qui va être content ! Mais alors, vraiment content ! Et le ministre ! Pensez donc ! Portez-vous bien, Marac ! Et ressortez vite de votre ravin, hein !

Sur quoi, il a raccroché !

Le silence était glacial. Mais il a été très bref.

– Dites donc, Scampana, vous ne seriez pas au courant de quelque chose concernant Arcady ?

– Heu...

– Ou même un peu plus, non ?

– C'est-à-dire...

Là-haut, un klaxon s'est mis à vociférer comme un taxi du Caire. Une silhouette est apparue en haut du talus, avec une torche, et appelait. Et un chien aboyait dur.

– Je crois qu'on peut y aller, Dolorès.

– Je crois surtout qu'on est vraiment sur la bonne piste, patron ! Vous voyez, il ne fallait pas trop avoir de doutes !

– Et le doute tue ! Enfin, presque... Les bagnoles en tout cas ! La preuve !

Nous sommes remontés jusqu'à la route comme Jeanne d'Arc venant annoncer la bonne nouvelle à Charles VII. Il allait falloir trouver une autre armure, mais qu'importe, notre adversaire avait fait une faute de stratégie en nous prouvant que nos suppositions étaient bonnes !

Le gars là-haut avait été efficace. Il avait déjà appelé les gendarmes, et ils ont mis moins de dix minutes pour arriver sur place.

La vision des voitures de la gendarmerie et des gyrophares, pour une fois, m'a fait plaisir !

– Ça alors ! C'est vous, commissaire ! m'a fait un des agents que j'avais rencontré auparavant. Mais qu'est-ce qui vous est arrivé ? Le verglas ?

– Non, un pare-chocs plus costaud que le mien !

Il m'a regardé d'un drôle d'air.

9 h 15.

Nous sommes arrivés juste pour le petit déjeuner matinal. Notre entrée a fait sensation, il fallait le reconnaître, même si l'intention n'y était pas. Le temps de nous changer, nous doucher, nous alcooliser à 90° sur quelques bobos, me coller un bout de sparadrap sur une joue et nous nous sommes retrouvés autour de la grande table, dans la pièce commune.

Pendant que la maîtresse des lieux apportait café, chocolat et tartines, j'ai pu rapidement expliquer les faits.

– Vous avez eu beaucoup de chance, m'a dit Aline d'un air lointain. Fais attention de ne pas trop tirer sur la ficelle.

– Tant que tu es à l'autre bout, je sais au moins à qui me raccrocher, lui ai-je répondu.

– Les choses se précisent, maintenant, a avancé Dolorès en trempant une demi-baguette recouverte d'un centimètre de beurre et d'une couche de crème au marron plus épaisse que le pain dans son café brûlant. En décembre 1960, Hubert et Claude Calmat se sont fait tuer sur le glacier. Probablement par balle. Et probablement aussi y avait-il une troisième personne avec eux. Certainement une femme, une Anglaise peut-être, ou plutôt une Scandinave, avec laquelle ils avaient dû faire la java avant d'aller se promener sur le glacier. Une femme qui, à mon avis, a rejoint les deux autres dans la glace. Mais, par un mystère inexplicable, peut-être un accident géologique, son corps ne réapparaît pas comme celui des deux autres vingt ans après, mais quarante-trois ans plus tard ! Car celui de Claude a réapparu, j'en suis certaine ! Denis Servoz a dû faire une indiscrétion malheureuse. Et si quelqu'un l'a flingué ainsi que son collègue, pour nous empêcher de retrouver le corps, et a voulu en faire de même pour nous, car nous étions sur la bonne voie, il n'y a qu'une seule explication possible : c'était lui l'assassin !

Sur ce, elle a englouti dix bons centimètres de sa tartine d'un coup.

– Bon sang que c'est bon ! m'a-t-elle lancé avec un clin d'œil.

– Dites-moi, Dolorès, vous y croyez vraiment à votre aventure mélodramatique ?

Elle a eu un coup d'œil vers la cuisine dont la porte était ouverte, et s'est penchée vers moi pour me répondre.

– Ce n'est pas important. Même si un tel scénario répondrait à beaucoup de nos questions. Ce qui compte, c'est que Lina Hagfors, elle, soit convaincue que c'est maintenant notre vérité ! Et croyez-moi, patron, elle a tout écouté !

– Vous avez évoqué une Scandinave, pourquoi ?

– Pourquoi pas, non ? Elle aurait pu la connaître, qui sait ? De toute façon, elle en sait bien plus qu'elle veut bien nous le dire. Il va falloir que ça pète !

Là, Dolorès venait de faire une démonstration en long, en large, en travers, verticalement, horizontalement et en diagonale, à plat, en deux et en trois dimensions, et même un peu plus, sur les effets de la rencontre d'un spermato lubrique, genre Quasimodo, avec un ovule excité de ciconiidé. C'était très décevant sur le plan esthétique, mais la chaîne chromosomique des circonvolutions neurales présentait indéniablement des surcharges syllogistiques !

– Et les armes en silex ? ai-je tenté en jetant le bouchon un peu plus loin.

Dolorès a avalé son dernier bout de tartine, avant d'en attaquer une autre à la confiture de groseille.

– C'est tout ce que le meurtrier avait sous la main. Car il est cinglé, puisqu'il y avait prescription de toute façon !

J'ai préféré ne pas entendre la première partie ! Pour la deuxième, elle n'avait certainement pas tort !

– En tout cas, on a une certitude, a-t-elle continué. Ce n'est pas la patronne qui nous a balancés dans le ravin. Elle n'aurait jamais eu le temps de préparer un café pareil !

Pendant une seconde, j'ai songé à mon copain Sherlock Holmes quand il disait : « Quand on a éliminé l'impossible, tout ce qui reste, même si cela paraît invraisemblable, ce doit être la vérité. »

– Vous savez, patron...

J'ai attendu avec curiosité une de ses nouvelles et imprévisibles réflexions.

– Ça faisait vraiment longtemps que je n'avais pas eu un appétit pareil !

– Faites gaffe ! On ne sait jamais, si vous preniez quelques grammes !

10 heures.

Pour la deuxième fois, je me retrouvais à la gare à attendre un visiteur.

Un flot de touristes s'est déversé sur le parvis. Masse ondulante et multicolore de tenues de ski, de bonnets, de sacs à dos, de housses à skis, de planches et de bâtons. Encombrement à la sortie. Engorgement. Entrechoquements de textiles, de métaux, de plastiques, de carbone. Bousculades involontaires. Le métro ligne blanche. Station congés payés. Dégorgement. Expansion sur l'esplanade. Inspiration extatique. Asphyxie par surplus d'oxygène. Les Parisiens à l'assaut de l'air pur. Les visages pâles à l'attaque des UV. Mines déjà béates. Avidité de se gaver en un dixième de seconde du paysage qui a mis cinq cents millions d'années à se fignoler. Impatience des déjà-équipés en tenue qui n'allaient pas résister à la tentation de se jeter sur les pistes le matin même de leur arrivée, et malgré la longue nuit passée en train. Quelques jambes cassées en prévision. Les toubibs sur le pied de guerre. Le PGHM qui huilait ses rotors.

Ils étaient deux ou trois couples à détonner dans ce bel ensemble. Peut-être des gens d'ici ou de Saint-Gervais en simple déplacement familial. Mais un seul grand bonhomme, de ma taille, et qui ne pouvait être que le Pr Thomsen, m'attendait adossé au mur.

– Commissaire Marac ! Enchanté, professeur.

– Nous nous connaissons presque ! Par relations et téléphone interposés ! a-t-il répondu en me tendant la main.

J'ai cru qu'il me défonçait les phalanges.

– Vous avez eu un problème ? a-t-il demandé en désignant le pansement sur ma joue.

– Un peu de boxe avec un poids lourd. Rien de bien grave. Il a cru me mettre au tapis, mais je suis du genre increvable. Enfin, avec l'aide d'un arbre ! Venez, je vous expliquerai en route.

C'était un bel homme. Ma taille, mais dix kilos de moins et peut-être moins d'alcool aussi. Probablement une forme physique éblouissante malgré la soixantaine bien tassée qu'il ne pouvait cacher. Les tavelures, ça ne permet pas de tricher. Des épaules carrées, et autant de bedaine qu'une tige de thé vert de Chine. Le gars s'entretenait. Et si on me l'avait présenté comme un alpiniste, j'aurais juré qu'il pratiquait encore régulièrement. Le genre du vieil Abel, le pote de mon paternel, en version CD et non plus 78 tours. J'ai jeté un regard sur ses mains. Droite calleuse, probablement à cause des fouilles, car je le voyais mal planté sur la touche en attendant que ça se déterre, tout prof et bardé de diplômes et de notoriété qu'il soit. La gauche dans un gant de cuir beige discret. Une petite barbichette taillée avec un soin scrupuleux, qui lui donnait un air de Pr Alambic. Des cheveux qui se faisaient rares devant, parfaitement tirés et laqués pour donner un meilleur Cx à un front large et intelligent, mais encore suffisamment abondants en arrière pour avoir été réunis en une petite queue-de-cheval à l'effet aérodynamique assez rigolard. Des yeux bleus... non, verts... non, une couleur claire, pâle... Une impression d'une étrangeté totale, comme une absence, un lointain, par comparaison avec la présence physique que son corps dégageait. Il vous regardait comme si vous étiez mille ans en arrière, en paléontologue digne de ce nom. Le mec avait dû faire craquer plus d'une fille rien qu'avec ça ! Des vêtements dans des tons marron, en harmonie avec son teint, et apparemment très confortables et chauds. Globalement, un look en contrastes, accentué par des lunettes demi-lune qui se baladaient au bout d'un fil passé autour du cou et qu'il ajustait sur son nez de temps en temps, au fil de la conversation.

Je l'aurais assez bien vu en d'Artagnan. Pas dans *Les Trois Mousquetaires*, non ! Dans *Vingt ans après*. Avec cette aisance dans la démarche, et l'entrain presque juvénile du type qui avance en sachant le prix du passé.

Il avait une minuscule valise de cabine à roulettes et un sac de montagne vert groseille et fuchsia, apparemment pas tout neuf, qu'il a soulevé sans le moindre effort.

– Mes affaires de montagne, m'a-t-il dit en le désignant d'un geste du menton.

– Si vous n'êtes pas trop crevé par la nuit, j'ai prévu un hélico vers 11 heures, lui ai-je dit. Il faut en profiter car à partir de demain la météo annonce un retournement du temps.

– Ça ira, ne vous en faites pas ! Pauvres types ! a-t-il ajouté en désignant un groupe de skieurs devant lui d'un air compatissant. Ils rêvaient de glissades sur des pistes blanches et elles risquent fort de se transformer en poivrades sur des zincs gris. Ils en seront quittes pour revenir en février !

Tiens, il aimait aussi les mots, me suis-je dit.

Dans la voiture – le Pajero de Denis Servoz que j'avais réquisitionné –, je l'ai mis au courant de la situation concernant le corps dans la glace.

– Vous avez fait un travail formidable, commissaire.

– C'est vraiment si important que ça, cette découverte ?

– Vous n'en avez pas la moindre idée. Surtout si le corps est dans l'état que vous m'indiquez. L'homme est passionné par son passé car je crois qu'il est plutôt désespéré par son avenir. Jamais il n'y a eu autant de recherches sur les civilisations anciennes. Peut-être le rêve d'un paradis perdu ! Alors que les dimensions de l'espace paraissent infranchissables aux temps présents, sauf pour la science-fiction, bien sûr, et nos lointains descendants. Mais dans quel état leur aurons-nous laissé la planète alors ?

– J'ai fait un enregistrement, je vous l'ai dit, mais nous n'aurons pas le temps de le visionner avant de monter là-haut. Tout juste celui de nous changer.

Scampana était partie replonger dans ses dossiers. Les deux femmes de ma vie avaient décidé de faire un tour à la patinoire, puis à la bibliothèque, avant d'aller déjeuner à La Terrasse. Melinda s'était extasiée devant la couleur prune du bâtiment aux colonnades rococo, et Aline lui avait promis d'aller le voir de l'intérieur. Aux Lucioles, Lina était absente et Thomsen a juste eu le temps de déposer ses affaires dans sa chambre et de s'équiper.

11 heures.

Nous nous sommes retrouvés dans le hall et avons mis moins de dix minutes pour rejoindre l'hélisurface des Bois, dans la plaine des Praz, le long de l'Arveyron, la rivière qui prend sa source au pied de la mer de Glace. Le commandant du PGHM nous y attendait, ainsi que l'équipage de l'hélico et un gendarme.

– Commandant Marciani, Pr Thomsen, du musée de l'Homme, à Paris.

Les salutations ont été rapides et cordiales.

– J'ai tenu à venir avec vous, nous a confié le commandant. La saison est encore calme, et j'en profite avant que les premiers surfeurs ou *free riders* – les fans de hors-piste – ne se coincent dans les barres rocheuses.

– Vous attendez beaucoup d'appels à cette période ?

– Il n'est pas rare d'en avoir une dizaine par jour ! Il faut dire que l'utilisation croissante du téléphone portable a révolutionné la relation du pratiquant de la montagne avec les organismes de secours. Il permet d'avoir des renseignements précis lors des alertes, mais il a banalisé l'appel à ces organismes. Avec des situations de détresse réelles ou fictives, d'ailleurs. Les valeurs de jadis, sur lesquelles se fondait l'alpinisme, l'autonomie et l'engagement, ont cédé le pas à un manque d'humilité et d'apprentissage de la montagne. Elle reste un monde sauvage et magnifique qui demande une véritable initiation. Mais enfin, je ne suis pas là pour parler de mes problèmes, a-t-il ajouté après un silence. Pour une fois, il s'agit d'un sauvetage vraiment hors du commun ! Dix mille ans, vous vous rendez compte !

– Dites-moi, commandant, avez-vous pu faire en sorte que la chose soit... tenue secrète ? Enfin, autant que faire se peut, a demandé le professeur. Vous comprenez, tant que nous n'avons aucune certitude sur la datation...

– Les deux gars sur place sont des sous-officiers de gendarmerie, et ont une formation de guide. Ils ne sont pas mariés, question discrétion, je veux dire, et sont d'habitude sur tous les coups durs. Je les ai mis totalement au courant de l'aspect disons... confidentiel, pour l'instant, de cette découverte. Je crois que c'était la meilleure façon de pouvoir vraiment compter sur eux.

Il y a eu le vrombissement caractéristique des rotors, et l'appareil s'est élevé de la puissance de ses 600 chevaux. Le professeur m'a saisi le bras, presque avec brusquerie, une perle de sueur déjà sur le front.

– C'est... c'est la première fois que je monte dans un hélicoptère, m'a-t-il avoué. Je n'imaginais pas que ça grimpait aussi vite !

– 6,5 mètres par seconde, a précisé le pilote. Vitesse de croisière 195 kilomètres/heure, de pointe 220 ! Tous les records d'altitude : après le mont Kenya, 5 194 mètres, le Kilimandjaro, 5 693 mètres, et dans l'Himalaya 6 004 mètres. Nous pouvons être sur n'importe quel site en moins de dix minutes !

– Détendez-vous, professeur ! a ajouté le commandant. Plus de deux cents pays ont commandé près de mille cinq cents exemplaires de ces Alouette III. C'est statistiquement plus sûr que d'aller de chez vous à votre musée en voiture ! Vous savez, les fameux saint-bernard de légende, ce sont eux en vérité !

– Tenez, regardez, là, les Drus et l'aiguille Verte ! Quel spectacle !

– Ça paraît si facile, d'ici !

– Vous l'avez faite ?

– Oui. Il y a une quinzaine d'années déjà.

Chapeau, professeur ! ai-je noté mentalement.

Le pilote a posé l'appareil sur une plate-forme de la taille d'un timbre-poste, vue du ciel. Déjà oblitéré, car autour ce n'était pas franchement vierge, mais plutôt un entrelacs de mini-crevasses. Le pilote maniait son engin avec autant de facilité que moi ma cafetière sur ma table de cuisine et la descente s'est faite comme l'arrivée d'une flèche sur une cible. Thomsen s'est de nouveau agrippé à ma manche.

A moins de 300 mètres, j'ai pu distinguer qu'on avait installé une tente de glacier où s'affairait une silhouette vêtue de bleu.

Une fois posés, nous nous sommes équipés de crampons et avons rejoint la main courante que j'avais installée un peu en retrait de la rimaye. De là, il nous a fallu une vingtaine de minutes pour atteindre le bord de la crevasse. Sur mon GPS j'ai noté qu'elle avait avancé de 5 mètres par rapport à ma première visite. Il n'y avait vraiment pas de temps à perdre ! D'autant plus qu'un gros amas de glace la surplombant m'a paru avoir pris un air un peu trop penché à mon goût.

Un des gendarmes travaillait au fond, un autre restait en surface, avec un relais toutes les heures. De la crevasse montait un grondement effrayant, amplifié, réverbéré par les parois de glace, qui semblait gicler à l'extérieur et embraser l'oxygène.

– Nous avons attaqué la paroi en face du corps et la crevasse doit maintenant faire pratiquement 2 mètres de largeur à cet endroit, m'a signalé l'un des gars.

– Un sacré travail, ai-je observé, me rappelant l'étroit goulot sombre aperçu sous mes pieds et qui m'avait mis le palpitant à l'envers. Vous avez fait comment ?

– Pas très orthodoxe. Nous avions pensé à de l'eau chaude, mais, mis à part la difficulté d'en approvisionner ici en quantité suffisante, la vapeur aurait risqué de faire fondre la paroi d'en face. Nous travaillons à la tronçonneuse.

– Comme pour les sculptures sur glace ?

– C'est ça ! Et nous avons déjà fait les deux entailles latérales de chaque côté du corps. Demain, nous devrions pouvoir le sortir.

– Le bloc va faire trois tonnes au moins. Vous pensez faire comment ?

– Une entreprise d'hélicos de Morzine travaille régulièrement sur la vallée. Elle est spécialisée en travaux de remontées mécaniques, installations de pylônes EDF, ravitaillement de refuges, déroulage de câbles, protection de falaises, déclenchement d'avalanches, sauvetage d'avions, enfin tout ce qu'on peut imaginer ! Ils ont un Super Puma qui peut soulever quatre tonnes à l'élingue. Nous les avons prévenus.

– Ça va les changer, comme levage ! Et ensuite ?

– Transport dans la chambre froide d'un grossiste en viandes à Sallanches. Ça vous convient, professeur ?

– C'est... parfait ! Vraiment !

Après un silence, Thomsen a ajouté :

– Je pourrais descendre ?

– Vous êtes venu pour ça, non ? lui ai-je gentiment fait remarquer.

– Oui... Bien sûr...

13 heures.

Le professeur était resté en bas une bonne demi-heure et, malgré nos appels, il avait coupé le talkie-walkie qui le reliait à la surface.

Une certaine inquiétude avait commencé à nous gagner.

– Patron ?

C'était la voix de Gallay au téléphone.

– Ecoutez, patron, j'ai balancé vos photos sur plus de deux cents sites liés à la préhistoire, comme vous me l'avez demandé. J'ai présenté ça comme un jeu, avec une promesse de récompense importante au premier qui me mettrait sur une piste.

– Et alors ?

Il était à dix mille années de mes préoccupations présentes, mais je ne pouvais pas décourager son dévouement accroché au socle Marac comme *Les Grandes Espérances* à Dickens.

– J'ai peut-être une piste. Un type qui est allé suivre une conférence d'une ethnoastronome.

– Une quoi ?

– Une ethnologue qui travaille sur le passé en liaison avec l'astronomie, d'après ce qu'il m'a expliqué. Il ne se souvient plus de son nom, un truc étranger compliqué, mais il va essayer de retrouver les organisateurs pour récupérer ses coordonnées.

– C'est bien, Gallay. Vous m'appelez dès que vous avez du neuf.

A l'autre bout, il a tellement rougi que j'ai dû rajuster mes lunettes de glacier.

Quand le Pr Thomsen est remonté, ses yeux avaient opté pour la couleur poussière, son teint ressemblait à de la terre ou à un morceau de Lune complètement égaré dans un univers insondable. Ses traits rendaient les armes en lâchant brutalement leurs décennies par rides entières et il allait devoir hypothéquer son appartement pour se faire enlever les poches qui s'étaient formées sous ses yeux.

Il venait d'encaisser un sacré choc !

Il lui a fallu cinq bonnes minutes avant de se décider à nous faire un commentaire. Un seul mot d'abord ! Tremblant comme le hoquet d'un gamin après un gros chagrin.

– Incroyable ! Incroyable...

Avant de préciser, enfin, la voix toujours en équilibre entre rêve conscient et matérialité brumeuse :

– Cette pureté, cette fraîcheur... après toutes ces années... Je n'aurais jamais cru cela possible...

– C'est évidemment autre chose qu'un squelette au fond d'une tombe, ai-je commenté. Allez, venez, professeur, nous ne pouvons pas faire grand-chose ici.

Pendant le retour, je lui ai posé la question qui me brûlait les lèvres :

– Et ces plaques accrochées à la ceinture, vous avez vu ? De quoi s'agit-il ?

Il a semblé revenir de son mésolithique avant de répondre :

– Les plaques... Ah oui ! Les plaques... Vraiment, je n'en ai pas la moindre idée, commissaire. C'est bien la première fois que je vois ça.

15 heures.

J'avais raccompagné Thomsen aux Lucioles avant de retourner à la gendarmerie pour y retrouver Scampana.

– Une bonne et une moins bonne nouvelle, patron. On commence par laquelle ?

– Par la première.

– Pour respecter la hiérarchie, pardi !

– Quelle hiérarchie ?

– Louis XIII est mort avant Louis XIV, Jean-Paul Ier avant Jean-Paul II, et François...

– ... Mitterrand a passé l'arme à gauche, c'est ça ?

Elle a quand même mis un battement de paupières pour comprendre.

– Les deux gars que le capitaine Kaufmann a envoyés pour retrouver la fameuse grotte. Voilà une journée et demie qu'ils cavalent sur le terrain du vieux lord anglais. Rien ! Impossible de trouver quoi que ce soit ! Il faut dire que c'est truffé d'anfractuosités, de failles de grottes plus ou moins grandes, mais rien qui ressemblerait à celle de 1940. On n'a pas découvert un seul document sur laquelle elle aurait été localisée en latitude et longitude, vous imaginez ! Et, en plus, 2 000 hectares de montagne ! Il faudrait cinquante personnes. On a contrôlé, tous les intervenants de l'époque sont décédés : l'instituteur, le gendarme, les deux gamins qui avaient fait la découverte. On n'a pas eu le temps de pousser plus avant.

– Et l'autre nouvelle ?

– J'ai fouillé dans les archives. Ecoutez bien ! Un avis de recherche lancé début janvier 1961 par une famille de Göteborg...

– En Suède ?

– C'est ça. Sur la disparition de leur fille, Krystina Forborg, âgée de vingt-six ans, qui serait venue passer Noël à Chamonix avec des amis. Sans plus de précision.

Tout a été fait comme il fallait, à l'époque. Contrôles de routines dans les hôtels et meublés de la vallée. Pas de groupe de Suédois. Sans résultat. Ça ne vous rappelle rien, patron ?

– Si. L'histoire de votre cadavre italien non identifié. Et de cet étudiant de vingt-quatre ans qui avait disparu pendant l'hiver 1960, et que les parents recherchaient. C'est ça ?

Elle m'a fait oui d'un hochement de tête avant de continuer.

– Avec l'agent Ramioni – il est d'origine italienne, vous vous en doutez –, nous avons pas mal téléphoné depuis ce matin. Nous avons finalement pu retrouver quelqu'un de la famille, une cousine à lui, qui nous a donné tous les détails nécessaires. Sergio Aimonetto – c'était son nom – était étudiant. Mais ça, on le savait. Ce qu'on ne savait pas, c'était en quoi.

Elle a eu un petit silence pour savourer sa demi-journée d'investigations paperassières.

– En histoire de l'art. Avec une spécialité pointue : les sculptures préhistoriques, essentiellement des représentations de femmes. Les fameuses Vénus. Périodes : aurignacien, solutréen, magdalénien.

– Autrement dit le paléolithique supérieur et le mésolithique ! Et si je me souviens bien du dossier, il était mentionné qu'ils en avaient retrouvé à l'époque, dans la grotte de Talière. C'est ça, non ?

– Oui ! Mais ce n'est pas fini. Du coup, j'ai creusé la question de cette jeune Suédoise, disparue à la même période.

– Si disparition il y a eu...

– J'ai dû réquisitionner quelqu'un qui parlait suédois. Je l'ai dégoté à l'M, un bar pas très loin d'ici où les serveurs vous regardent d'un drôle d'air si vous vous exprimez en français. Un Suédois pure race, blond, grand et pas si glacial que ça. Beau mec en plus ! Tout content de nous aider, le type. Il a passé plus de trois heures avec nous. On vient tout juste de le remercier après avoir eu l'information.

Ce n'était pas la peine de lui demander si elle était satisfaite de son tableau de chasse. J'ai attendu avec l'impatience que donne l'âge.

– Elle était ethnologue. Un début de thèse sur la civilisation d'Etebölle.

– C'est quoi, ça ?

– Une civilisation de pêcheurs complètement sédentarisés qui s'est développée au mésolithique, notamment au Danemark et au Schleswig-Holstein. Elle avait finalement laissé tomber et s'était spécialisée dans les rituels religieux...

– ... du paléolithique supérieur, bien sûr !

– Bien sûr, patron !

– Là, lieutenant Scampana, vous avez fait un sans-faute ! Vous pensez la même chose que moi ?

– Je crois bien, patron... J'ai un schéma qui commence lentement à se dessiner.

16 heures.

– Regardez ça, a émis le capitaine Kaufmann en me tendant un bout de papier.

> *Extraits de la main courante du 2 janvier 1961.*
>
> *Ce jour à 10 heures, témoignage de la dénommée Mathilde Bienaz, quarante-cinq ans, mariée, domiciliée Chalet des Bois, route du Planet, Talière.*
>
> *S'est présentée ce même jour, à 9 heures au domicile de lord Charles Braithwaite, chalet le Creswell, route du Planet. Le susnommé de nationalité anglaise, soixante-dix-neuf ans, domicilié à Talière depuis une quinzaine d'années.*
>
> *La dénommée Mathilde Bienaz venait faire le ménage chez lord Braithwaite, qui habitait à une cinquantaine de mètres de chez elle, une fois par semaine, et ce depuis plus de dix ans. Elle avait été étonnée de ne pas le voir le*

1er janvier, alors que d'habitude il aimait faire la tournée des gens du village. Du coup, elle est passée le 2 pour lui souhaiter la bonne année.

Elle a retrouvé le corps étendu dans le bureau. Un fusil gisait près de lui. Il s'était tiré une décharge dans la bouche. Il y avait un mot sur son écritoire, bien en évidence, de sa main, en français : « Quel désastre ! C'est insupportable. Personne n'est responsable, sauf moi... Je préfère mourir. »

Les premières constatations n'ont laissé apparaître aucun doute sur les conditions du suicide.

Le médecin, convoqué pour la circonstance, a fait procéder à une autopsie qui a situé la mort entre le 31 décembre 1960, 22 heures, et le 1er janvier 1961, 3 heures du matin.

Signé : agent Louis Simond.

– Avec sa signature, a commenté le capitaine Kaufmann. Absolument aucune ambiguïté sur le suicide, d'après les pièces du dossier. Le fusil lui appartenait, et il y avait ses empreintes sur l'arme.

– Et les causes ? a demandé Dolorès.

– Un type apparemment en pleine forme, sans problème de santé, installé dans la vallée depuis près de quinze ans, comme c'est noté, très apprécié des gens du coin, parfaitement courtois et totalement *british* d'après le dossier – à la fois *five o'clock tea* et originalité absolue –, plein aux as...

– L'un va souvent avec l'autre, ai-je fait. L'originalité anglaise et le fric...

– C'est vrai, commissaire. Ecoutez donc la suite. Dernier descendant d'une vieille famille du Lancashire, de gros placements immobiliers dans Londres, sans héritier, grand amateur de vins, spécialement des bourgognes...

– Il a donné son âme au vin et son corps à la bière, a lancé Scampana ironiquement.

Kaufmann, sans relever, a eu un petit sourire de satisfaction avant de continuer, content de nous avoir piégés.

– Et propriétaire de 2 000 hectares de terrain au-dessus de Talière !

– Putain ! a murmuré Scampana.

– Et ce n'est pas fini, commissaire ! Et vous, lieutenant ! Grand mécène, il possédait des collections uniques pour son temps. Vous devinez ?

– Ne me dites pas...

– Si, si !

– Sur le paléolithique ?

– Plus exactement de l'époque de Cro-Magnon jusqu'à l'âge du bronze. La préhistoire récente, d'après le peu que je sais sur le sujet. On lui doit, en Angleterre, d'avoir financé les plus belles fouilles qui ont eu lieu ! Je viens d'avoir l'information par Paris.

Dolorès a eu un instant d'hésitation avant de se lancer.

– Patron... vous pourriez convoquer Lina Hagfors ?

– Ici ?

– Oui. Ce sera plus déstabilisant pour elle. Et... tout de suite si vous n'y voyez pas d'inconvénient.

20

Ce fut le soleil qui réveilla Tumai.

Une seule idée lui vint immédiatement en tête, avant même qu'il ne prenne conscience de sa faiblesse. Sortir de cette tombe !

Il avait bien réussi une première fois à échapper au Monde de l'Au-Delà, aux entrailles de la Terre-Mère, il réussirait à échapper au deuxième piège qu'elle lui avait tendu !

La Terre-Mère ! Celle des Anciens ! La pensée amena un plissement sur ses lèvres desséchées. Quelque chose qui ressemblait à un sourire désabusé.

Elle, la grande, la seule, l'unique, celle qui était supposée donner la vie aux hommes, conduire leur existence, leur donner courage et raison, les deux pôles de la vie. Alors que l'un niait toujours l'autre. Leur offrir la liberté que leur conférait leur pouvoir de penser, comme avait dit Kostai, au contraire des animaux qui ne faisaient que répéter encore et toujours ce que leurs parents leur inculquaient. La pensée les avait conduits à la terreur, à l'incertitude du devenir, au chaos entre les humains, et à la compréhension de leur vraie finalité, la mort.

« Je te hais ! hurlèrent silencieusement ses lèvres. Je te hais ! C'est toi qui avais raison, Kooba, la lumière est dans les cieux, pas sur la Terre ! Pas sur la Terre... Certains des

Anciens l'avaient déjà compris, qui s'étaient tournés vers les étoiles. Je continuerai, Kooba, je continuerai... à apprendre les traditions, à comprendre les Anciens... Mais je te laisserai ton secret... Peut-être quelqu'un le retrouvera-t-il un jour, plus tard ? Moi, j'échapperai au présent qui se modifie sans cesse autour de nous, pour ne pas être obligé de lui céder... Je vous hais, Terre-Mère, et toi, présent ! Car vous m'avez volé mon avenir... Et sans avenir, où peut être ma vraie vie ? »

Paradoxalement, il n'avait pas froid. Mais la fatigue et la sous-alimentation faisaient trembler ses membres. Un doigt inerte de sa main gauche lui envoyait des hurlements de douleur. Il en fut presque heureux, constatant que la vie ne l'avait pas totalement abandonné. Pendant longtemps il massa sa main douloureuse, s'efforçant d'en extraire le froid qui l'avait envahi.

Il accrocha du regard le corps du chamois, et se leva. Pendant plus d'une heure il s'acharna sur le corps gelé, réussit à en détacher une cuisse, puis à la briser en éclats de chair, en fragments de viande informes, en morceaux glacés qu'il fit doucement fondre dans sa bouche avant de les avaler. Il n'y avait plus ni dégoût, ni rejet par son organisme martyrisé, rien que l'assimilation d'une espèce animale par une autre. De temps en temps, il allait recueillir de l'eau qui coulait le long des parois, et s'en désaltérait.

Ce fut alors que son esprit commença lentement à envisager quelle solution possible s'offrait à lui pour échapper aux parois qui l'enserraient.

Du côté d'où il avait émergé, il n'y avait aucune échappatoire. Les parois étaient verticales, lisses, sur une hauteur d'au moins quinze hommes, estima Tumai. La glace compacte et dure n'offrait pas de prises, et les quelques ponts de neige suspendus à mi-hauteur lui parurent hors de portée.

Il récupéra son sac, sa hache, l'unique poignard qui lui restait, passa la corde sur ses épaules, empoigna les deux sagaies, puis la peau sèche, qu'il mit dans le sac, en se disant que ces dernières choses pourraient peut-être lui servir. Une dernière fois, ses yeux se perdirent au loin dans la faille, là où Kooba l'attendait, où il la rejoindrait un jour.

Mais pas encore !

Il s'enfonça dans l'autre sens. Le relief se fit de plus en plus torturé. Le fond était encombré de blocs de glace qu'il devait contourner ou franchir. Sans le savoir, il s'approchait de la frange morainique qui le séparait des roches latérales emprisonnant le lit du glacier. Finalement, il se heurta à un énorme bloc de glace d'une dizaine de mètres de haut, qui semblait fermer le fond de la crevasse. En fait, un éclatement de la faille en deux parties. Mais, au-dessus, un peu de lumière apparaissait. La solution se trouvait de ce côté, il le savait. Il décida de tenter de franchir l'obstacle, pour s'élever un peu plus haut, et voir plus loin, plus haut, plus près de la lumière, de la surface...

Un décollement des deux parois apparaissait à droite, sorte de fissure qui s'élargissait en s'élevant. Tumai attacha les deux lances à la corde, et noua l'extrémité de celle-ci à sa taille. Il tailla plusieurs marches pour s'élever d'environ deux fois sa hauteur, et se cramponna à la fissure verticale en y glissant son couteau et sa hache.

Un peu plus haut, il put glisser son corps entre les deux parois glacées, et gagna encore deux mètres, arc-bouté des pieds et du dos. Mais les forces qui lui restaient ne pouvaient soutenir un tel effort, il dut redescendre. Réfléchir, mettre en mouvement sa mécanique inventive. Celle qui lui avait permis de comprendre comment les Anciens avaient réussi à tailler le silex en fragments si petits. Ou à inventer le lance-flèches.

Il tira les deux lances à lui, remonta la corde. Avec la hache, il tailla des encoches dans la glace, sur chaque paroi, aussi haut qu'il le put. Il creusa jusqu'à ce qu'une lance vienne s'ajuster à la largeur, et grimpa sur cette fra-

gile passerelle. Puis il recommença une deuxième fois, plus haut, en récupérant la lance inférieure avec la corde. En deux fois, il avait gagné environ la moitié de sa hauteur. Il y eut une troisième, une quatrième et une cinquième et dernière fois. Il n'était plus qu'à une hauteur d'homme du sommet. Mais la fissure s'évasait et les lances étaient maintenant trop courtes.

Il tenta de projeter la lance qui lui restait vers le haut, attachée à la corde, pour qu'elle s'accroche à une quelconque prise. Il essaya une fois, deux fois, cinq fois, puis dut renoncer. Collé à la paroi comme il l'était, dans une situation instable, avec une seule main effectivement disponible, il pouvait juste atteindre la plate-forme au-dessus de lui.

En équilibre sur son fragile édifice, il repéra sur sa droite, à hauteur d'épaule, une grosse aspérité de glace. S'il pouvait y prendre appui, ses mains atteindraient le sommet du bloc glacé. Avec la hache, il tailla deux larges marches juste à la verticale de son support, espacées d'une hauteur de mollet. D'un coup sec, il enfonça le poignard aussi haut qu'il le put. Il étudia les mouvements qu'il devait enchaîner, posa le pied droit dans la première marche, quitta le soutien rassurant de la lance, posa le pied gauche sur la seconde. Pendant un instant, il resta à s'équilibrer, le corps collé contre la paroi verticale, crispé au manche du poignard.

Sa jambe droite décrivit un arc de cercle, se posa sur la prise de glace. De la main droite, il récupéra la hache qui pendait à sa ceinture, et, d'un coup sec, voulut la planter dans la paroi de glace, où elle ne s'enfonça que de quelques millimètres. Il redoubla le coup. Sentit une vague résistance dans sa main, juste le temps de s'équilibrer et d'enfoncer le poignard à son tour. Il ramena son pied gauche près de l'autre, poussa lentement.

Sa tête dépassa le sommet. D'un coup, il enfonça la hache dans la masse neigeuse presque gelée, sentit que l'ancrage était solide, se tracta. Il resta alors un long moment allongé sur le sol recouvert de neige, le souffle court.

L'environnement était chaotique. Des blocs de glace se chevauchaient, d'autres s'étaient effondrés, que séparaient des crevasses, souvent peu profondes, mais difficilement franchissables. Une sorte de labyrinthe ne paraissant aboutir que sur des gouffres. Tumai se sentit comme un bateau sur une mer tourmentée.

Mais là, si près et si loin à la fois, il pouvait voir la lumière qui venait frapper une masse sombre, le rocher.

L'obstacle le plus difficile à franchir était la béance qui le séparait d'un amas de glace, à quelques mètres de sa plate-forme. Après avoir récupéré les lances restées derrière lui dans la fissure, il passa un long moment à attacher soigneusement les deux longues pièces de bois ensemble, puis à arrimer fermement la corde au milieu. Pour atteindre l'espace entre deux blocs de glace, mais surtout réussir à y coincer son grappin improvisé, il dut s'y prendre plus de vingt fois. Sans découragement, avec la conviction que donne l'espoir.

Ses bras étaient du bois, ses mains une seule douleur.

Une fois les lances coincées, il put doucement tendre la corde. Il fit une large boucle pour lier ses deux mains et, sans même avoir pleinement conscience de ses gestes, se laissa aller dans le vide. Son corps heurta le tapis neigeux au bas de la paroi, ses jambes étaient presque inertes, sa tête pendait sur sa poitrine. Longtemps, il resta là, accroché à la corde par les poignets, collé à la paroi, sans force.

Puis, lentement, encore une fois, il s'arracha à sa demi-inconscience, gémit sous la douleur qui irradiait de ses mains martyrisées. Il rassembla les quelques forces qui lui restaient, et remonta le long de la corde. Il fixait une aspérité, une strie dans la glace, une irrégularité quelconque, et s'en faisait un objectif pour se hisser d'une hauteur de bras, d'une hauteur de tronc. Il s'arrêtait, les mains tétanisées sur la corde, trouvait un autre repère, ne le quittait pas des yeux, se tractait, encore et encore...

La fatigue déchirait son corps, ratatinait son esprit à une seule pensée, un unique objectif, atteindre la masse rocheuse sombre qui se profilait un peu plus loin devant lui. Il rejoignit enfin l'anfractuosité dans laquelle son grappin était bloqué. Il s'affala sur la glace et perdit conscience. Il revint à lui plus tard. Matin, midi, après-midi ? Il aurait été incapable de situer le soleil dans sa course. Toute notion lucide avait disparu en lui.

Cet obstacle franchi, il dut redescendre, tomba, se releva, se traîna à quatre pattes au fond d'une crevasse, pour remonter une langue neigeuse instable. Il trouva en lui les dernières ressources pour tailler quelques marches encore, contourner une dernière compacité glacée, se faufiler entre des blocs branlants, et finalement atteindre le rocher. Il appuya ses mains glacées sur la roche froide, y colla son visage, des larmes coulaient sur son visage épuisé.

Il se traîna dans la rimaye, au pied du granit, sur quelques mètres, incapable de gravir le surplomb de glace qui lui aurait permis de prendre pied sur le glacier lui-même, trouva finalement une zone où la neige s'était compactée, réussit à gravir la pente et atteignit enfin la surface plane.

Alors, il s'abandonna au mirage hypnotique de la masse blanche striée de chevrons et s'effondra sur le sol.

La nuit vint le recouvrir lentement.

21

Mardi 23 décembre, 18 heures.

Les deux gendarmes étaient allés chercher Lina Hagfors, et nous attendions.

Sur ce coup, on était bien loin des affirmations du bon père Pythagore. Ici, c'était la danse des incertitudes. Des angles qui défiaient le vide, des triangles qui faisaient des pointes, des cercles qui nous faisaient tourner en bourriques, des dénominateurs sans rien de commun, des losanges à sexe multiple, des paraboles au *x*-ième degré, des pyramides avec tout leur mystère. Du blanc sans réelle visibilité, et glacé de surcroît !

Scampana était dans un coin, perdue dans la contemplation des centaines de maisons, des milliers de fenêtres éclairées au-dessus desquelles quelques étoiles se penchaient encore poliment, dans un dernier geste d'adieu avant le grand chambardement blanc annoncé. Elle semblait si absorbée qu'elle n'aurait pas vu un éléphant dégringoler desdites étoiles. Avec son col roulé noir moulant son anatomie de lampadaire, ses lunettes de soleil vissées sur ses cheveux, et que je ne lui avais pas vu descendre depuis son arrivée ici – peut-être par peur de devenir soudain invisible –, elle m'a fait penser à quelque gargouille penchée sur les contradictions de notre satané monde.

C'est le moment qu'ont choisi Carl Schuricht, l'orchestre philharmonique de Berlin et ses cent quatre musiciens pour attaquer la *Petite musique de nuit* sur mon portable. C'était Arcady !

– Alors, patron, ces vacances, ça se porte bien ?

– Toujours le mot pour rire, Arcady !

– C'est ta faute. Tu sais bien que, quand je suis pas là, il t'arrive que des malheurs !

– De quels malheurs parles-tu donc ?

– Ben, de ton emmurée dans la glace, pardi ! Tu sais bien que les femmes, ça t'a toujours joué des tours, hein ! Et alors, une de tes ancêtres, t'imagines !

– Ah oui ? Et comment es-tu au courant de tout ça, tu peux peut-être me le dire, non ?

– Oh putain, j'aurais mieux fait de tourner trois fois ma langue dans ma bouche avant de causer !

– Sept, pas trois.

– Quoi ?

– Sept fois, pas trois ! La langue dans la bouche. C'est un proverbe...

– Dis, quand le vin est tiré, il faut le boire, hein ! Je vais pas le garder cent sept ans dans la bouche ! Cent *sept*, tu vois, pas *trois*. Comme ça, c'est juste et on en parle plus !

– En attendant, tu n'as toujours pas répondu à ma question.

– Ben... Je suis au courant, c'est tout ! Et comme j'avais des congés à prendre je me suis dit que je pourrais peut-être en profiter pour participer un peu à ton enquête.

– Comment ça, *participer* ?

– Ben, j'ai pensé que les armes utilisées, le couteau et la flèche, en silex...

– Parce que tu es aussi au courant de ça ?

– Arrête de m'interrompre tout le temps, bon sang ! Tu vas me faire perdre mon fil, et déjà que j'arrive tout juste à tenir en équilibre dessus, vu mon ventre ! Donc, je disais, il y a quand même peu de chances que ça soit des armes d'époque. Elles viendraient d'où ? D'un musée ? Eh bien, non ! J'ai déjà contrôlé, avec Gallay. On a fait le tour de toutes les déclarations de vols dans les musées au cours des trois dernières années. Et on n'a rien trouvé d'approchant !

– Ah, parce qu'en plus...

– Ben oui. Quand on a une équipe, faut s'en servir, non ? Mais qui ça intéresserait, des bouts de silex, hein, alors qu'on peut faire les mêmes aujourd'hui ? Du silex, c'est pas ce qui manque !

– Et alors ?

– Alors, tu t'es pas demandé, par hasard, si c'était pas ton glaciologue, comment s'appelle-t-il déjà, Denis Servoz, celui qui était passionné en préhistoire, qui l'aurait fabriqué, ce couteau ? A l'occasion d'un de ses stages ? Et qui l'aurait gardé chez lui ? Et là, vlan, le meurtrier arrive, il connaît le gars, et probablement qu'il sait qu'il possède ce couteau et il l'utilise !

– Pour quelle raison ?

– Pour brouiller les pistes ! Ou parce qu'il n'avait que ça sous la main pour... respecter un peu sa victime.

– *Respecter*, tu dis ? Au point de lui éclater le cœur ?

– Il appréciait ce type, mais il a été obligé de le tuer pour l'empêcher de te parler et de t'indiquer l'emplacement du corps. Il a voulu prendre une arme digne de sa victime. Pas un vulgaire couteau de cuisine, quoi !

Le QI d'Arcady me semblait avoir soudain fait un bond hors de tout rapport avec les possibilités de son obésité. Un véritable coup de baguette magique ! Et il fallait bien une fée pour la tenir ! Mais les réflexions de mon brave grognard ne manquaient pas de bon sens. Je l'ai laissé s'épancher.

– Et les microlithes de la flèche, alors ?

– Là, le problème est différent. Il y a plein de types, en France, qui savent tailler le silex de base. Il y a même des kits de formation à l'usage des lycées ou des enseignants.

Une petite boîte, avec tout le bazar à l'intérieur. Mode d'emploi et vidéo compris. Un nucleus de silex, un percuteur dur, un autre mou pour les finitions, du buis ou du noisetier généralement, et...

– Abrège, tu veux !

J'ai entendu sa glotte qui faisait deux ou trois allers-retours devant le combiné. J'avais coupé sa lancée et il n'aimait pas ! Pendant un instant j'ai eu peur qu'il ne s'enlise définitivement. Mais sa voix a repris, masquant son énervement sous l'amertume. Ou peut-être simplement la résignation ?

– De nombreux sites préhistoriques proposent des animations où ils apprennent aux mômes les principes de base. Et même aux adultes d'ailleurs ! Si tu voyais mes mains, tu comprendrais !

– Comment ça, tu as taillé du silex ?

– Ben oui ! C'est bien comme ça une enquête. Faut aller voir à la source ! Donc, pour en revenir à ces fameux micromachins...

– Microlithes.

– Eh bien, en ayant discuté avec les uns et les autres, j'ai appris que les types capables de faire ces minuscules éclats, il n'y en avait pas tant que ça dans l'hexagone. Même les bons spécialistes reconnaissent que c'est très difficile. Ils estiment qu'il faut au moins dix années de pratique avant de réussir une pièce vraiment utilisable. Donc, ça ne peut pas être notre passionné qui aurait pu faire cette flèche. Mais quelqu'un d'autre.

– L'assassin ?

– Il y a de fortes chances. Tous les gars que j'ai vus estiment qu'il y a une dizaine de tailleurs possibles, tout au plus. Mais il y a un hic ! La plupart ne se connaissent même pas entre eux ! Ils se rencontrent plutôt au hasard de séminaires ou de recherches spécifiques. Mais les bons tailleurs de silex, eux, connaissent leurs maîtres !

– Et donc ?

– Je suis en train de faire la tournée de ceux qui ont une certaine notoriété. J'ai commencé par le Périgord. En me disant que, si ce coin a la plus forte concentration au monde de grottes préhistoriques, j'avais des chances d'y faire de bonnes rencontres. Dimanche, j'ai filé à Sarlat.

– Dimanche ?

– Oui, dès que Scampana m'a mis sur le coup !

– C'est elle qui t'a demandé ça, n'est-ce pas ?

– Enfin, si on veut. Sarlat, c'est la cambrousse ! Et le bout du monde, depuis Annecy ! Mais c'est aussi beau, crois-moi ! Avec des pierres vieilles, mais vieilles, tu ne peux pas imaginer ! Et blondes en plus ! Et des lauzes sur les toits, comme à La Clusaz. Avec des arcades, des manoirs, des gentilhommières comme si tu étais au marché. Attends, tiens-toi bien ! Quand je suis arrivé là-bas, il neigeait !

– Dans le Périgord ?

– Il paraît que c'est très rare, mais je suis tombé en plein dedans. Mais le déplacement valait le coup !

– Tu as fait de bonnes rencontres ?

– Truffes, cèpes, foie gras d'oie, confit de canard, c'est quand même mieux que les crêpes au fourre-tout de chez la Grenouille ! Dommage que j'aie pas pu y rester une petite semaine.

– Tu te vois prendre encore dix kilos ?

– Remarque, t'as peut-être raison ! Mais c'est dommage. Pour une fois que c'était des vacances gratos ! C'est bien toi qui payes ? a-t-il soudain ajouté d'un air angoissé.

– T'en fais pas.

Au moins le budget du boss servirait-il à une cause aussi noble que pacifique, celle du tissu conjonctif adipeux !

– Et question boulot ?

– J'ai rencontré le conservateur de Lascaux.

– T'as ramené des boîtes au moins ?

– Des quoi ? Putain, mais tu me fais marcher, patron !

Un conservateur, c'est pas un congélateur, mais un mec qui assure la garde du musée !

– C'est pas vrai ? Et alors, qu'est-ce qu'il t'a appris le directeur de l'usine ?

– Mais puisque je te dis... Bon ! Lui, c'est plutôt les fresques li... li...

– Lithiques.

– C'est ça ! Les peintures sur la pierre, dans les grottes.

– Les fresques pariétales.

– T'as raison, mais c'est la même chose ! C'est sa spécialité au directeur de l'u... Non, mais qu'est-ce que tu me fais dire ! Les silex, c'est pas vraiment son casse-croûte quotidien. Mais il m'a orienté vers un truc qui s'appelle l'Espace Cro-Magnon. Au Thot, à une vingtaine de kilomètres de Sarlat. Le mec m'a offert un monbazillac, tu ne peux même pas imaginer ! Du soleil en bouteille !

– Mais tu m'as dit qu'il neigeait !

– Plus à ce moment-là ! Tu m'embrouilles, bordel ! Bon, t'as compris ! Là, le gars, il s'y connaissait bien question silex. Il m'a orienté vers un chercheur travaillant au sein d'une équipe de préhistoire et technologie au sein de la Maison de l'archéologie et de l'ethnologie d'Aix-en-Provence, un truc dépendant du CNRS. Là, le temps d'y aller, j'y ai passé tout lundi après-midi.

– Résultat ?

– Le type m'a tout expliqué. Les silex gris ciel, bleu calcédoine, noir obsidienne, jaune blende, ocre jaspe, les marron miel, les vitreux orbiculaires, les nodules, les plaquettes... enfin, tous ces trucs qui ne me serviront jamais plus ! Tu me vois jouer au cantonnier à taper sur des cailloux, non ? Il faudrait déjà que je maigrisse de trente kilos pour les voir par-dessus mon bide ! Mes mains, c'est rapport à ça, tu comprends ! Lui, ça fait vingt ans qu'il taille, et notamment des micromachins. En fait, m'a-t-il expliqué, ces petites pièces, ça intéresse peu le public mais plutôt des spécialistes.

Il m'a filé le nom de toutes les personnes auxquelles il a appris la technique et susceptibles d'encore pratiquer. Elles sont toutes du midi de la France. Sauf deux, à Paris. Nous les avons eues au téléphone. L'un a une boutique de minéraux. L'autre n'a jamais mis les pieds à Chamonix. Tout juste s'il sait que c'est au pied du mont Blanc. De toute façon, je t'envoie la liste par fax.

Je lui ai communiqué le numéro de la gendarmerie.

– Le gars d'Aix m'a orienté vers le type qui l'a formé. Un spécialiste de Grenoble qui travaille sur un site dans le Vercors. Je suis sur la route, et je te préviendrai demain quand j'aurai du neuf.

Il y a eu un petit bruit de déglutition à l'autre bout du fil, et un silence au moins aussi long.

– Tu vas bien ? ai-je gentiment demandé.

– Moi, ça va ! C'est mon estomac. J'ai pas bouffé depuis ce matin et il comprend pas vraiment. C'est pas un cerveau, lui. Il faut lui expliquer doucement.

– Un dialogue avec le bas monde, en somme.

– Moi je cause avec mon bide, et d'autres avec Dieu. C'est pas plus mal, non ?

– Tu sais, Dieu... il se fait un peu prier, question causette. Il est en *stand-by* pour racheter nos péchés. D'occase bien sûr. Il est trop fauché actuellement pour se payer du neuf. Alors il attend des subventions pour récupérer les péchés des riches et les refiler aux pauvres. « Priez pour nous, pauvres pécheurs ! » il clame partout ! T'as pas vu sa pub ?

– Tu t'ennuies, m'a lancé Arcady d'un ton sans appel. Quand tu pars dans tes digressions c'est que t'es déjà ailleurs ! A mon avis, avec ta blonde dans la glace ! Mais fais gaffe, hein. Le froid, ça fait des brûlures aussi vaches que le feu !

Sur quoi il a raccroché.

– Dites-moi, Scampana, ces vacances d'Arcady, c'est bien vous qui les avez organisées, n'est-ce pas ?

– C'est-à-dire, patron...

Elle a eu un mouvement d'avant en arrière, comme celui du balancier qui abuse du bois d'une vieille pendule de campagne consentante, avant de finalement se décider à ne pas bouger et à simplement m'expédier un sourire un peu contrit.

– Vous avez sacrément bien fait, croyez-moi ! lui ai-je rétorqué.

18 h 30.

L'audition de Lina Hagfors a été pilotée par Scampana, en présence du capitaine Kaufmann. Je me suis installé dans le bureau attenant, lumière éteinte et porte entrouverte, dans la position d'un voyeur un peu ignoble de la cruauté humaine. Dans celle aussi de la cinquième roue du carrosse, qui pouvait toujours servir si tout venait à basculer.

Lentement, méthodiquement, apparemment sans émotion, Scampana délivra l'état-civil de notre hôtesse.

– Lina Hagfors, née le 4 avril 1939, à Odense, Danemark. Domiciliée aux Lucioles, à Talière, depuis... juin 1964, fit-elle après un coup d'œil au dossier. Retraitée. Célibataire. C'est exact ?

– Ni veuve, ni divorcée, oui.

– Je vous remercie, madame Hagfors, d'avoir accepté de bien vouloir venir ici. Cet interrogatoire n'a rien d'officiel pour l'instant, et ne donnera lieu à aucun procès-verbal. Nous souhaitons simplement vous entendre en tant que témoin dans une vieille affaire.

Les yeux bleus se posèrent sur le capitaine Kaufmann, puis sur Scampana. Sans aucune provocation ni interrogation. Un calme plat, sans même un soupçon de tempête au large.

– Toujours cette histoire des cousins Calmat ?

– Il semblerait en effet qu'il y ait un lien entre les meurtres de Denis Servoz et Serge Vergandi, les deux jeunes glaciologues, et cette vieille histoire. Aussi étrange que cela puisse paraître.

Cette femme n'était pas la même que celle que Scampana avait un peu remuée le matin même. Une force étrange, inébranlable, semblait l'habiter. Un roc sur lequel aurait pu venir se briser n'importe quelle lame de fond. Dès cet instant j'ai su qu'elle ne nous raconterait que ce qu'elle voudrait bien nous dire.

Kaufmann a baissé les yeux, est allé jusqu'à la cafetière électrique et est revenu avec trois tasses et du sucre. Il en a posé une à portée de main de Lina, et a bu une gorgée de la sienne.

– Je peux vous apporter autre chose ?

– Vous avez une drôle de façon de concevoir l'accueil, vous autres. Votre café sent d'ici le refroidi.

L'allusion voilée n'a échappé à personne.

– Le corps d'Hubert Calmat a été rejeté le 22 juin 1981, avec une carabine Berthier 1918.

Scampana s'est interrompue, espérant une intervention de Lina, mais il n'y a rien eu.

– C'est vous qui avez déclaré la disparition.

Nouveau silence. Lina en a profité pour boire une gorgée du café.

– C'est... répugnant, a-t-elle lancé de sa voix toujours égale en reposant la tasse. Le café, je veux dire.

– Le 25 juin, trois jours plus tard, des promeneurs ont retrouvé 200 mètres après la moraine, le long du torrent, un fusil Manufrance. Il s'est avéré que ce fusil appartenait à Hubert Calmat. Et que le précédent était celui de Claude. Le corps de Claude, lui, n'a jamais été retrouvé.

– Et vous pensez que je pourrais être au courant de quoi que ce soit à ce sujet, c'est cela ?

Scampana a tambouriné du bout des doigts sur ses papiers. Kaufmann a gigoté sur sa chaise. Lina Hagfors a rejeté de son front, en arrière, une mèche imaginaire. Geste de celle qui avait eu longtemps des cheveux longs, ai-je noté mentalement. Son mouvement a découvert brièvement sa tempe droite, et j'y ai vu une vilaine cicatrice, que les cheveux cachaient. Une fossette jouait au coin de sa bouche, et elle a lancé un regard vers le bureau sombre dans lequel je me trouvais. Elle ne pouvait me voir, mais j'ai su qu'elle savait que je m'y trouvais, et sa réponse m'était adressée.

– Vous n'avez pas tout à fait tort.

Scampana a arrêté son numéro de batterie et Kaufmann a bloqué sa respiration. Je me suis penché un peu en avant, comme si ces dix centimètres gagnés allaient me permettre de faire un bond de compréhension en avant.

– Je savais que le Dr Roussel s'était arrangé pour ne pas ébruiter les causes probables de la blessure d'Hubert, dans l'intérêt de la famille.

– C'est lui qui vous l'avait dit, malgré le secret professionnel ?

– Nous étions... de vieux amis. Et après la mort, à quoi sert le secret professionnel ? Il ne faisait pas de doute pour lui que le visage avait reçu une balle. Le corps de Claude est ressorti trois jours après celui d'Hubert, juste à la tombée de la nuit. Je l'ai découvert par hasard, en observant des marmottes à la lunette. J'ai immédiatement prévenu le docteur. Nous avons dégagé entièrement le corps de la glace, de nuit, et là, nous avons découvert l'affreuse blessure dans le dos. « En plein cœur ! Ils s'étaient donc bien entre-tués ! a soufflé le docteur. Lina, vous n'avez jamais rien découvert, jamais rien vu ! C'est d'accord ? » Je savais qu'il avait raison. Je connaissais bien le vieux Léon et je crois qu'il serait devenu fou en voyant le corps de son gamin dans cet état. Je suis partie, et le docteur s'est occupé de tout.

Elle nous a bien eus, me suis-je dit. Sa déclaration était invérifiable, même s'il y avait toutes les probabilités pour qu'elle soit exacte. Et il y avait prescription depuis belle lurette ! Sans parler de l'inutilité absolue de remuer toute cette boue ! Mais une chose me paraissait certaine : sa volte-face par rapport à sa déclaration matinale au chalet cachait une autre histoire ! Scampana saurait-elle la saisir au vol ?

– Et après ? a demandé Kaufmann.

– Il n'y a pas eu d'*après*. C'était une histoire close avant d'avoir même commencé. Le docteur a chargé le corps dans sa voiture, je suis rentrée, et nous n'en avons plus jamais reparlé.

Elle a eu un petit sourire de madone désabusée avant de continuer.

– Et vous pensez sincèrement que cette... information va faire avancer votre enquête ?

– J'en suis convaincue, madame Hagfors. Voyez-vous, il y a un point sur lequel vous avez fait erreur, à l'époque, le Dr Roussel et vous-même. Hubert et Claude Calmat ne se sont pas entre-tués. Ils ont été tués, sur le glacier. Et leur meurtrier a balancé leurs corps dans une crevasse.

– Comment en êtes-vous certaine, si longtemps après ?

– Pourriez-vous m'expliquer comment un type qui a reçu une balle en pleine tête, et donc qui est mort instantanément, a pu tirer dans le dos de l'autre ? Ou à l'inverse, le type frappé en plein cœur dans le dos qui peut se retourner pour tirer dans la tête de l'autre ? C'est matériellement impossible ! Par ailleurs, il n'y a pas eu de balle retrouvée dans la tête d'Hubert, alors que la calotte à l'arrière du crâne était intacte. Incroyable aussi !

– Et de quoi seraient-ils morts, alors ?

– D'une flèche, tirée par quelqu'un d'autre. Un troisième larron, notre meurtrier du passé. Et, avec de bonnes présomptions, celui du présent, qui, même s'il y a prescription, ne souhaite pas que l'affaire resurgisse du lointain passé où il croyait l'avoir ensevelie.

Même si Lina Hagfors n'avait pas l'air faite de chair et de sang, elle n'était pas en acier trempé. Sous son hâle naturel, son teint m'a paru soudain terreux. Elle a passé doucement sa langue au coin de sa bouche, comme pour en enlever la trace du café. Ou celle d'une perle de sueur ? Et j'ai vu passer dans son regard une ombre pas facile à découvrir, mais qui n'en était pas moins là. Celle d'une terreur profonde.

– Il y a aussi une autre hypothèse, madame Hagfors, c'est que vous ayez parfaitement compris cette impossibilité, en voyant le corps de Claude, et que ce soit vous qui ayez fait disparaître le corps, et pas le docteur !

– Et dans quel intérêt, je vous prie ?

Sa voix m'a soudainement paru – mais n'était-ce qu'une impression ? – un peu plus blanche qu'avant.

– Dans celui du meurtrier. Et je pense, a conclu Scampana, que vous le connaissez !

– Puisque je n'ai rien d'autre à déclarer, capitaine, a précisé Lina en se levant, et, ostensiblement, sans s'adresser à Scampana, je m'en vais. La prochaine fois que nous nous entretiendrons, s'il y a une prochaine fois, ce sera avec mon avocat. J'ai accepté de coopérer en vous rappelant des souvenirs inutiles pour tous, mais je vois que les choses prennent une tournure... pour le moins étrange !

C'est à ce moment que le télex, dans mon bureau, a émis sa sonnerie suivie du petit crachotement qui annonçait une transmission.

Il y avait une seule feuille.

Du brigadier Gallay, hôtel de police d'Annecy, au commissaire Marac, gendarmerie de Chamonix.

Concerne : Lina Hagfors.

Document confidentiel.

Lina Hagfors, née le 4 avril 1939 à Odense, Danemark. Enfant unique.

Père médecin dans la même ville. Mère directrice pendant de nombreuses années de l'Odense Plaza Hotel, Ostre Stationsrej 24, une sorte de château où sont organisés de nombreux séminaires.

La petite Lina a laissé un souvenir fort à l'école, par sa précocité et ses facilités hors du commun dans les langues. A quinze ans, elle parlait déjà parfaitement bien, outre le danois et le suédois indispensables dans ce pays, l'allemand, l'anglais, le russe, et avait de bonnes bases en français et en italien.

En 1957, après avoir passé l'équivalent de notre bac, donc à dix-huit ans, ses possibilités linguistiques lui permettent de décrocher un travail auprès de la représentation de l'Unesco à Copenhague. Il s'agit d'organiser et de coordonner la mise en application de travaux de fouilles archéologiques internationales à Maglemose.

Pour information, les Maglemosiens, du nom de la localité, étaient des chasseurs-pêcheurs installés près du lac d'Ancyles, vaste étendue d'eau douce créée de 6 800 à 5 000 ans avant notre ère par un soulèvement qui a isolé la Baltique de la mer du Nord. Cette population du mésolithique, dont on sait peu de choses avait porté la pêche en eau douce à un haut niveau de perfection (inventions de l'hameçon recourbé en forme de U, du filet à flotteurs, du canot à pagaies, notamment).

Elle y rencontre de nombreux jeunes chercheurs, ainsi que quelques grands noms de l'ethnologie de l'époque. Et probablement une passion qui, pendant les années suivantes, semble ne pas la quitter.

Elle va participer alors à plusieurs voyages en Europe, dans le cadre de fouilles diverses, toutes plus ou moins coordonnées par l'Unesco. Des traces d'elle se retrouvent dans la découverte de sépultures dans les îles de Teviec et de Hoëdic, dans le Morbihan, ainsi que dans des fouilles à Bristol, en Angleterre.

Il s'avère qu'à cette période, en 1959-1960, elle maîtrise déjà parfaitement le français.

Elle a suivi systématiquement deux campagnes de fouilles financées par lord Braithwaite, un Anglais original et argenté passionné du mésolithique. Il semblerait qu'il lui ait confié l'organisation générale de ses recherches. Aucune ambiguïté ne semble exister sur leurs relations.

Son tempérament est décrit comme particulièrement enjoué et rieur. Elle attire l'amitié et la bonne humeur et mène une vie sexuelle épanouie sans aucun préjugé. Ses aventures masculines sont nombreuses et de courte durée, mais ont laissé un souvenir certain.

En 1961, lord Braithwaite meurt – suicide à Chamonix sans raisons apparentes justifiées, d'après mes informations –, et elle retourne à Copenhague, attachée à des missions purement administratives.

Ses parents décèdent quelques mois plus tard, en juin 1961, dans une noyade en mer Baltique avec un voilier.

Elle hérite d'eux une maison de famille. Quelques mois plus tard, des clercs anglais lui apprennent que lord Braithwaite lui a légué une somme importante (5 millions de livres, soit environ 7,5 millions d'euros), ainsi que le chalet qu'il possédait à Talière, près de Chamonix.

Elle s'y installe en 1964, y reste quatre ans, puis le vend pour acheter une autre construction aux Praz de Chamonix, qu'elle fait déplacer dans l'axe de la moraine du glacier de Talière, malgré toutes les recommandations contraires qui lui sont formulées. (« Lubie de riche », m'a-t-il été expliqué. NB : Les règlements d'urbanisme n'étaient pas, à l'époque, ce qu'ils sont de nos jours.)

Depuis, relatif silence. Ses activités ethnologiques semblent s'être arrêtées, et elle vit largement de ses rentes (de bons placements dans l'immobilier, d'après les informations bancaires recueillies).

Plus de précisions suivront, si nécessaire.

Signé : brigadier Gallay.

– Bon sang ! ai-je murmuré pour moi-même.

Si je m'en tenais aux dires d'Arcady, Gallay avait été mis sur le coup dimanche soir.

Je l'imaginais très bien, les doigts bloqués sur son clavier, les yeux à hauteur des touches, en train de maugréer car la mécanique n'allait pas assez vite. Mais en quarante-huit heures, il avait fait, comme d'habitude, un travail exemplaire.

J'ai appelé un agent, et l'ai prié de demander au lieutenant Scampana de me rejoindre, et de faire patienter Lina Hagfors.

J'ai vu Scampana demander à notre hôtesse de l'attendre une seconde, puis sortir de la pièce, et je l'ai retrouvée dans le couloir, un peu plus loin.

Elle a parcouru le rapport en quelques secondes, et a pris deux minutes de réflexion avant de me regarder.

– Vous l'avez déstabilisée, sur la fin, lui ai-je dit. Essayez de pousser le bouchon un peu plus. Votre idée de ce qui s'est passé sur le glacier n'était peut-être pas si farfelue que ça, qui sait ?

Elle est retournée dans le bureau, les mains vides, et s'est assise à sa place.

– Asseyez-vous, madame Hagfors, je vous en prie. J'ai simplement une précision complémentaire à vous demander.

Lina n'a pas paru troublée, mais ses yeux bleus et brillants ont fait un rapide aller et retour du capitaine à Scampana, puis l'inverse.

– Vous vous êtes installée ici en 1964, c'est bien cela, m'avez-vous dit. Dans le chalet de lord Braithwaite, à Talière. Après son décès.

Lina s'était caparaçonnée dans une espèce de colère froide qu'elle maîtrisait parfaitement bien, mais que je sentais latente et prête à émerger de son self-control.

– Mais en 1960, en décembre, vous étiez déjà venue ici avec lui ?

Lina encaissa le coup salement. C'est-à-dire d'un battement de paupières aussi rapide qu'un coup d'aile de colibri au fin fond de la jungle amazonienne. Elle posa sa main sur son genou. Une main fine, aux doigts longs, qui avaient dû faire vibrer plus d'un mâle.

– En décembre 1960 ? Je voyageais beaucoup, à l'époque.

– C'est pourtant ce que précise mon rapport, dit Scampana en sortant le rapport de Gallay de sa poche et en le tapotant doucement.

Elle y était allée au bluff, mais la chose sembla couler sur le dos de son interlocutrice comme de l'eau sur les plumes d'un cygne.

– En tout cas, vous avez dû lui rendre de sacrés services pour qu'il vous lègue tout ce paquet de pognon ! Se retrouver millionnaire à vingt-deux ans, ce n'est pas donné à tout le monde !

– C'est comme ça que vous gagnez votre vie, vous autres ? En fouillant la vie privée des gens ?

La sortie avait été brutale. Toute gentillesse avait soudainement disparu en elle, et sa voix était de glace.

– Et en essayant d'y dégoter tout ce qui ne paraît pas conforme à votre logique conformiste et coincée ? Est-ce que, par hasard, la jolie petite Lina de l'époque ne se serait pas tapé le vieux lord Braithwaite ? Et pour du pognon en plus ! Une minette de vingt-deux ans avec un vieux de soixante-dix-neuf ans, ça fait bien pour les ragots !

Kaufmann s'est rigidifié, les épaules remontées, comme s'il recevait soudain le contenu d'un pot de chambre sur la tête. Dolorès s'est concentrée sur la contemplation du rapport de Gallay.

– Eh bien, non, voyez-vous ! Moi, je les aimais de mon âge. Beaux, grands et forts ! Et qui aimaient s'envoyer en l'air en rigolant ! Ça vous va comme réponse ?

Sa voix a paru soudain fatiguée, affaiblie par la tension.

– Il a été un vrai père pour moi.

Un silence de quelques décennies a traversé le plafond, s'est installé au milieu du bureau, et a commencé à envahir l'espace. Un truc si dense que chacun semblait à bout de souffle.

Scampana, la première, a réussi à récupérer un peu d'oxygène. Sa voix était à peine perceptible, semblable à un chuchotement de confessionnal.

– Vous savez, il n'y a pas de hasards dans la vie. Rien que des coïncidences, qui finissent par faire des concordances, puis des pages du destin, voire des scénarios. Et là, nous en avons un beau qui se dessine. Lord Braithwaite, votre... patron, se suicide fin 1960 dans un état de désespoir total qui n'est suscité ni par son état de santé, ni par des questions financières. Mais par un « désastre » selon ses propres termes. Et, à la même période, exactement la même, je précise, nous avons ces fameuses *coïncidences* apparentes. Un jeune Italien qui disparaît sur le glacier : Sergio Aimonetto, vingt-quatre ans, étudiant en histoire de l'art, spécialisé en sculptures du mésolithique. Une jeune Suédoise dont on perd la trace à Chamonix : Krystina Forborg, vingt-six ans, ethnologue, branchée sur les rituels religieux. Lina Hagfors, vingt-et-un ans, spécialisée dans le mésolithique. Lord Braithwaite, idem. Un inconnu aussi, j'y reviendrai. Et deux jeunes têtes brûlées qui sont morts assassinés, sans aucun doute possible. Ça commence à faire beaucoup de monde, vous ne trouvez pas ? Presque un chapitre entier du grand livre de la destinée !

J'étais tellement accroché aux lèvres de Lina que j'ai cru la voir murmurer : « Sergio... Krystina... », mais n'était-ce pas qu'un simple reflet de mon imagination ?

– Alors, je ne peux m'empêcher d'essayer de mettre les pages dans le bon ordre. Page 1 : lord Braithwaite organise une réunion de quelques jeunes spécialistes du mésolithique. Probablement dans sa grotte, que nous recherchons d'ailleurs activement. Page 2 : il vous demande de l'aider à organiser cela, comme vous le faites pour tous ses autres, disons... chantiers. Page 3 : pour une raison que nous ignorons encore, Sergio, Krystina et notre inconnu se retrouvent sur le glacier. Page 4 : confrontation avec les cousins Calmat. Que s'est-il passé ? Une histoire de femme, comme le suppose le vieux Léon ? Une bagarre ? Les deux cousins sont tués ! Par une flèche, je le jurerais ! Page 5 : plus de nouvelles de Sergio et Krystina. Page 6 : mais l'un des deux est tué, peut-être même les deux, et le ou les corps balancés aussi dans le glacier. En fait, je pense qu'il n'y en a eu qu'un seul. Page 7 : le meurtrier des deux cousins disparaît dans la nature sans laisser de trace pour ne pas foutre sa vie en l'air. Page 8 : lord Braithwaite se suicide quand il comprend, ou devine, ce qui s'est passé, et dont il s'attribue la responsabilité. Page 9 :

et vous, vous restez sur place, par goût du secteur, sans aucun doute, et pour espérer récupérer les corps quand ils émergeront. Et ainsi protéger votre... ami. Je miserais sur un Scandinave, comme vous. Peut-être même rencontré sur des fouilles, qui sait ? Un homme obligatoirement pour tirer aussi bien à l'arc, et que vous avez peut-être même aidé financièrement. Pour ne pas salir la mémoire de lord Braithwaite. Ou même éviter de voir sa donation à votre égard remise en question s'il s'avérait que vous avez été complice, volontaire ou non, de toute cette affaire.

Une réelle stupéfaction a traversé le visage de Lina Hagfors. Puis, elle a eu un vrai sourire. Comme celui qu'elle nous réservait aux Lucioles quand nous nous retrouvions autour de la table.

– Lieutenant... Vous avez vraiment une imagination incroyable, voyez-vous ! Je vais vous dire une chose toute simple. Le glacier de Talière n'a jamais conservé un corps pour lui tout seul. Il les a toujours, tous, partagés avec les gens de la vallée. Vous pouvez vous plonger dans toutes les affaires recensées. Claude Calmat était l'exception administrative, et vous savez maintenant qu'elle était fausse. Et croyez-moi, je suis bien placée pour le savoir ! Vous allez me dire que j'aurais pu en faire disparaître d'autres aussi ? Alors, dans cette hypothèse, pourquoi serais-je impliquée dans les meurtres des deux glaciologues, puisque je n'aurais plus rien à craindre ?

Sa logique était imparable, et elle le savait. Elle s'est levée, souriante, comme un gamin qui vient de filer une cigarette à son papa avec un pétard dedans, et qui attend un peu plus loin que ça pète. En se marrant d'avance, mais avec un peu d'inquiétude aussi !

– Quant à vous, mademoiselle, pardon... lieutenant, a-t-elle conclu en se levant d'un air définitif, n'ayez pas d'inquiétude. L'accueil est une tradition millénaire chez les Scandinaves. Vous pouvez séjourner aux Lucioles en toute sécurité et sans risque d'être empoisonnée !

Quand la porte s'est refermée sur elle, j'ai rejoint Dolorès et le capitaine dans le bureau.

– Nous avons gagné au moins une certitude, c'est qu'elle était bien là en décembre 1960. Pour le reste, c'était aussi passionnant qu'une visite dans les catacombes : visibilité très mauvaise, mais en ouvrant les oreilles on pouvait s'y croire ! C'est ma foi vrai que vous avez une sacrée imagination, Dolorès ! Mais prenez ça comme un compliment, allez !

Elle s'est furieusement gratté le nez à l'endroit où les grandes contrariétés lui déclenchaient immanquablement une éruption aussi lumineuse que la flamme de la Liberté. Ces temps-ci, elle passait vraiment par des coups de chalumeau et des nuits d'encre !

– Dolorès... Une flèche ? Pourquoi ?

– Serge Vergandi a été tué par un sacré tireur, tout le monde est d'accord. Et pour les deux cousins, un projectile en pleine tête et un autre qui a fait éclater le cœur, il ne fallait pas être manchot ! Et si nous partons de l'hypothèse qu'il s'agit du même homme...

La solution d'un tireur à l'arc se tenait alors parfaitement !

– Mais il reste une inconnue, Dolorès, et de taille ! Pourquoi ce bonhomme aurait-il pris peur en entendant vaguement parler de la découverte d'un corps dans le glacier ? Et ce, quarante-trois ans après les événements !

– Il n'y a qu'une réponse possible patron : parce que ce corps n'a pas encore été rejeté par le glacier. Même si ça paraît difficilement explicable sur le plan scientifique.

Mais, sur ce coup, j'ai senti que la belle locomotive à neurones de Scampana était en train de se fourvoyer. Le cas de Kooba ne s'expliquait que par l'ensemble des facteurs géologiques et climatiques d'il y avait dix mille ans. Et notamment une structuration du glacier totalement différente à l'époque. Alors qu'en 1960, à quelques détails près, le glacier de Talière était le même qu'aujourd'hui. Sans compter que le corps avait toutes les chances d'avoir été jeté dans la même crevasse que celle des deux jeunes Calmat. Pourquoi ne serait-il pas ressorti comme les autres ?

Il était près de 20 heures.

Mon corps m'a paru soudainement brisé en mille petits fragments qui avaient un mal fou à se tenir les coudes pour ne former qu'un grand tout. J'ai réalisé que c'était ce matin seulement que nous avions été agressés dans les gorges.

Je n'ai plus pensé qu'à un lit et à un corps calme, détendu, vulnérable.

Pas le mien.

22

Tumai resta étendu sur la glace toute la nuit et une grande partie de la matinée. Simplement couvert de sa grande veste et de ses pantalons de peau, son sac toujours sur le dos. Pratiquement sans un mouvement. Un corps brisé qui avait puisé dans les ressources inconnues d'une volonté inconsciente, aux multiples connexions formant son système de survie. Peut-être aussi Tumai avait-il refusé de mourir au fond de cette crevasse perdue, dans un lieu intangible et changeant, dans cet amas de glace qui, lui aussi, se régénérait chaque jour pour survivre à sa propre mort ?

La forme échouée sur le blanc, ombre privée d'ombre, n'était plus qu'une présence insolite, une existence encore enchaînée à un souffle de vie, un vide frémissant attendant sans angoisse le coup de grâce final.

Mais le cortex de Tumai s'y refusait encore. La plongée dans les ténèbres était là, devant lui. Il réussit à se soulever sur un coude, à voir le néant glacé qui l'attendait, à se mettre à genoux pour fuir la tombe béante. Il se releva en s'aidant de la longue perche abandonnée sur la glace, réussit à faire un pas, deux pas.

Le soleil déjà haut dans le ciel l'éblouit. Il dut fermer les yeux. Sans savoir si cette cécité peuplée d'orangés et de rouges flottant sous ses paupières n'était que son incapacité à aller plus loin, ou le premier pas vers sa sépulture.

Puis plus rien. Plus aucune pensée ne réussit à traverser son encéphale. Ses forces renoncèrent à tout. Il s'écroula sur le sol, avec un dernier regard vers la vallée, vers ceux d'en bas.

Dans la caverne du Haut, une fois que Tumai et Kooba se furent éloignés, une sorte de silence fait de pensées troubles, d'interrogations muettes, d'inquiétudes sans réponses, avait empli l'atmosphère.

Lentement, chacun était revenu aux obligations qui lui incombaient. Certains étaient allés couper des branches de bois à l'extérieur pour préparer le feu qui brûlerait toute la journée et autour duquel la petite communauté viendrait prendre ses repas. D'autres s'étaient affairés avec le poisson séché apporté – truites, brochets, morue – ou les noix et les fruits secs cueillis l'automne précédent. Ou encore les champignons, les racines et les tranches de viande de renne, de cheval et même de bison, séchés également.

En apparence, la vie avait repris le cours des deux journées précédentes. Tous sentaient, ou comprenaient, que cette Grande Initiation était peut-être la dernière que les représentants des tribus vivaient.

La neige légère qui avait accompagné le départ de Kooba et de Tumai dès l'aube tomba toute la journée. Puis, progressivement, comme sur le glacier, plus haut, elle se fit dense, lourde, épaisse, avec des flocons serrés et étouffants de la grosseur des fleurs de centaurées, dessinant leur cristallisation éphémère comme des aigrettes glacées.

Les grands panneaux portant les peaux de bovins brutes fixées sur les cadres avaient été attachés à la poutre surplombant l'entrée pour faire office de coupe-vent. Le bois et toutes les provisions furent rentrés.

Puis, quand la neige cessa et que la tempête commença à prendre possession du paysage, Kostai décida de fermer la grotte. Tous ensemble, utilisant même de longues perches en guise de leviers, ils réussirent à déplacer les gros blocs servant à l'obstruer, ne laissant qu'un étroit passage par lequel il était possible de se glisser.

La vie fut celle alors de ces temps farouches, quand l'hiver voyait hommes et femmes se replier sur eux-mêmes et ne subsister que grâce aux provisions accumulées.

La lumière était apportée par des lampes à huile installées dans les endroits stratégiques de la caverne, et la lueur pâle descendant de la grande ouverture verticale ne resta plus que le lien ténu qui les reliait à la réalité du temps extérieur.

Chacun s'occupait, assimilant les techniques décrites par ceux qui étaient venus les présenter. Lotha, de son côté, passa de longues heures à tailler avec une pierre de granit un bloc de calcaire apporté de la vallée. Elle lui avait donné sa forme générale, notamment une partie creuse servant à recueillir la graisse, et une autre, en forme d'anse pleine. Puis elle avait fini au burin à silex, y ajoutant ses marques symboliques, celles qu'elle portait à sa tempe. Elle y installa une longue mèche, reposant sur le bord de la lampe, faite de mousse sèche tordue en une sorte de tourillon et imprégnée elle-même de graisse.

Une fois la lampe allumée, elle resta longtemps à observer le minuscule feu. La partie jaune vif, qui commençait au bout de la mèche et s'étirait vers le haut ; à l'intérieur du jaune, la partie plus sombre qui semblait jaillir du bout de la mèche ; et l'autre teinte, plus pâle, presque bleue, qui dansait en bas de la flamme.

Le feu semblait vibrer, danser avec sa respiration, ondulant au rythme de son souffle. Elle songea que cette flamme était un symbole de vie. Que toutes leurs vies ici présentes ne tenaient qu'au feu, et que, sans lui, personne ne saurait survivre à cette tempête.

Elle songea à Tumai. Au plaisir qu'elle n'avait pas partagé avec lui quand il était encore temps, car Kooba lui avait pris cet homme qu'elle désirait. Au temps qu'elle avait passé, collée contre la paroi de leur chambre, à écouter leur hymne à l'amour. Si elle en avait eu une peine infinie, aucun ressentiment à l'égard de Kooba ne l'avait traversée, car elle savait que la femme avait donné du plaisir à Tumai.

Mais Tumai lui appartenait. Ainsi en avait-elle décidé dès son premier regard sur l'étranger. Lotha avait la vie en elle, sans haine ou jalousie. Une pulsion plus forte que toute résignation. Il lui faudrait du temps, mais qu'était le temps face à sa détermination ? Et elle avait juré d'attendre Tumai. Elle l'attendrait.

Au bout du quatrième jour, alors que la tempête déchirait rageusement les parois abritant leur grotte, Kostai décida de partir. Il n'y avait plus de vivres. Rester cloîtré ici dans de mauvaises conditions pourrait vite transformer en ressentiment l'expérience unique qu'il avait fait vivre à chacun. Au final, les risques d'énervement seraient plus éprouvants que le trajet pour rejoindre la vallée.

– Et Tumai ? Et Kooba ? lui demanda Lotha.

Kostai la regarda longuement. Il connaissait bien Lotha et avait senti, dès le premier jour, l'attirance de la jeune femme pour le chasseur. Il ne voulait pas la faire souffrir. Ses ancêtres avaient été des chefs de clans, puis des chefs de tribus, et il était Celui-qui-sait, le chef des meilleurs représentants des porteurs de connaissances des tribus actuelles. De sa bouche ne pouvait sortir que la vérité.

– Personne ne peut survivre à une telle tempête sans abri et sans feu, lui répondit-il en énonçant les mots qu'elle attendait sans oser les écouter. Personne. Si la neige ne les a pas égarés dès le premier jour vers une crevasse, la tempête et le froid auront eu raison d'eux. Ainsi que de Saldan, ajouta-t-il tristement. Il était encore moins bien équipé qu'eux, et il lui aura été impossible d'atteindre le sommet dès le premier jour. Personne ne le peut, même par beau temps. Je connais bien ce glacier.

Lotha regarda Celui-qui-sait. Ses traits s'étaient creusés, son visage émacié portait les stigmates de l'angoisse qui le dévorait. Il serrait ses mains d'ordinaire posées à plat, avec calme, devant lui. Ses poumons repoussaient les os de sa poitrine, émettaient un souffle perceptible. La flamme de vie qu'elle aimait observer sur sa lampe à graisse n'était plus en lui qu'un répit provisoire, elle semblait flotter comme un feu follet venant narguer les vivants depuis leur tombe.

– Dans la vallée, continua Kostai, nous trouverons de quoi manger et de quoi nous abriter, le temps nécessaire avant que chacun ne rejoigne sa tribu.

– Et... après ? demanda la jeune femme.

– Tu es libre, Lotha. Tu pourras partir, rejoindre les tiens. Ou, si tu le veux, retourner sur le glacier. Peut-être réussiras-tu à retrouver leurs corps ? Dans ce cas, nous leur offrirons une sépulture selon les traditions.

– Et si je ne les retrouve pas ?

– D'autres les découvriront, un jour. Ou alors le glacier les a avalés et il les emportera en son sein pour nous les rendre longtemps après.

– Et toi, Kostai ?

– J'assumerai mes responsabilités.

Et il ajouta, lentement :

– On ne fait pas ce qu'on veut, et cependant on est responsable de tous ses actes.

Kostai et Lotha connaissaient bien la route vers la vallée. Et descendre était plus aisé que monter, malgré les griffures du vent, les tourbillons de neige glacée qui s'infiltraient sous les jambières, sous les manteaux, dans les pantalons de peau même. Malgré les rafales qui les brimbalaient parfois comme des fétus de paille, les hurlements dans les rocs, et la glace vive qui s'était formée en de nombreux passages. Malgré la fureur qui assaillit le petit groupe jusqu'au moment, enfin, où ils trouvèrent les premiers contreforts qui les abritèrent des vents du nord.

La vallée s'offrit alors à eux. Un abri sec et équipé de bois s'y trouvait. Ils purent manger largement à leur faim.

Kooba et Tumai devaient être oubliés. C'était ce que le sort pouvait offrir de mieux à ceux qui avaient partagé leur vie le temps d'une Grande Initiation. Même si cela signifiait presque, ou déjà, une mort.

Et un matin, un ciel d'oubli définitif les accueillit, bleu d'azur, sans un nuage ni un souffle de vent. Comme si les jours précédents n'avaient été que la commémoration des temps anciens, quand les éléments du ciel et de la terre s'acharnaient sur les Ancêtres. Les temps difficiles des grands chasseurs d'aurochs.

Après des adieux discrets, sincères, souvent teintés d'émotion, ils prirent tous le chemin du retour vers leurs tribus avant même que le soleil ne soit venu frapper le fond de la vallée.

Sauf Lotha.

Elle trouverait leurs corps ! Ainsi en avait-elle décidé. Et si elle ne parvenait pas à les retrouver, elle attendrait que le glacier les lui livre, comme le lui avait expliqué Kostai. Cela pourrait prendre longtemps. Mais qu'importait ?

Peut-être tout était-il décidé ainsi dans les étoiles, comme l'avait dit Kooba ? Elle aurait bien le temps d'apprendre à les lire !

Ici, dans la vallée, si elle devait y rester, elle serait une étrangère, ce qui signifiait, en ces temps, suspicion et soupçon. Ceux qui étaient d'ailleurs le restaient toujours ! Mais les habitants de la vallée s'habitueraient à sa présence ; sans devenir l'une des leurs, elle saurait se faire oublier. Elle avait plus de connaissances que la plupart des femmes de son âge. Des charmes, aussi, s'il le fallait...

Lotha prépara soigneusement son départ.

Son destin était de vivre, elle le savait. Et la mort tragique de Tumai avait transformé sa vie en une destinée où l'Au-Delà n'était pas inscrit. Elle dompterait son destin par sa force de vie. Mais celui-ci n'était-il pas, de toute façon, lié à son existence ? Chaque instant de sa vie n'était qu'un pas vers les territoires inconnus de l'Au-Delà. Il suffisait de marcher lentement ! Et, au bout, elle retrouverait Tumai !

Elle risquait de rester longtemps sur le glacier, elle en était consciente. Il ne lui livrerait pas Tumai sans résistance.

La première journée après la tempête, alors que chacun faisait ses adieux et reprenait la route du retour, elle fit un premier voyage aller et retour jusqu'à la caverne du Haut. Elle y déposa nourriture et habits de rechange. Il y avait encore du bois sur place, suffisamment pour séjourner quelques jours si le besoin s'en faisait sentir.

Le lendemain, elle partit. Son sac contenait tout ce qu'elle pouvait supporter. Après réflexion, elle s'était finalement décidée à emporter un léger abri de voyage, qui lui éviterait de devoir faire des va-et-vient fatigants de la caverne du Haut vers les hautes altitudes.

Le paquetage était lourd, mais chaque jour, au fur et à mesure qu'elle consommerait la nourriture, il viendrait à diminuer. Ses pas étaient chargés de détermination, et il lui importait peu d'avancer lentement.

Elle suivit d'abord le chemin menant à la caverne du Haut, de façon à contourner la première et grande barrière de séracs infranchissable par un accès direct sur le glacier lui-même. Arrivée à cette hauteur, et sans même faire halte, elle s'engagea alors sur le glacier.

Le blizzard violent avait balayé la surface, effacé toute trace de neige. Celle-ci s'était accumulée dans les creux en des congères planes et compactes difficilement décelables, qui craquaient sous les pas. Sous le soleil aveuglant, une brillance opaque était renvoyée par la glace. Quand l'astre fut au zénith, les congères devinrent humides et traîtresses, cédant sous son poids et la faisant s'enfoncer jusqu'aux genoux. Elle prit garde de les éviter. Les reflets devinrent brillance, scintillement. Le glacier semblait resplendir d'une vie nouvelle, des ruisselets timides coulaient sur sa surface, se perdant vite dans quelques creux inconnus, apportant à Lotha une solution facile pour se désaltérer. La chaleur devint même étouffante, mais Lotha ne se fiait pas à cette caresse passagère, sachant qu'elle pouvait devenir mortelle à tout instant. Elle continua son rythme lent, tâtant la glace devant elle avec une longue perche de bois quand le moindre doute la prenait.

Elle avançait, s'arrêtait, et observait longuement, sans impatience et sans hâte. Les corps de Tumai et Kooba, s'ils étaient sur le glacier, pouvaient n'être qu'un amas de neige un peu particulier parmi d'autres. Lotha accoutumait lentement son esprit aux mouvements naturels de la glace et de la neige, à cette anarchie qui n'en était pas une, régie par les forces naturelles de l'attraction terrestre. Plusieurs fois, elle fit un long détour, avec prudence, contournant des crevasses, longeant une faille, venant côtoyer la rimaye, intriguée par un amas blanc qui, au bout du compte, n'était qu'une accumulation de neige glacée un peu différente des autres.

Elle fit son premier bivouac bien avant la zone atteinte par Tumai et Kooba. L'installation de son abri se fit au ralenti. Outre le choix de l'emplacement et l'aspect matériel des choses, elle savoura l'instant. La solitude la saisit presque brutalement. Depuis des jours et des jours, elle avait vécu dans la promiscuité de ceux de la caverne du Haut. Il lui sembla qu'elle émergeait d'un monde qui l'avait retenue contre son gré sans qu'elle en soit consciente.

Face au soleil qui s'abattait derrière les hautes montagnes de l'ouest, elle se tint debout, les bras ouverts, les yeux clos sur le disque encore clair, et se laissa pénétrer longuement par le froid. Puis elle rentra dans l'abri, se fit à manger et s'endormit d'un sommeil qui ne fut troublé ni par un passé qui lui semblait déjà lointain, ni par un avenir dont les contours ne formaient qu'une vague silhouette indéfinie.

Ce furent les gémissements du glacier qui la réveillèrent, alors que le soleil commençait tout juste à émerger de sa torpeur nocturne. Longtemps, elle resta à le contempler. Lumière blanche sans origine distincte qui semblait monter de l'autre vallée, loin là-bas, à l'est, qui dessinait les cimes comme un chapelet d'ombres chinoises, avant de se décider enfin à la réchauffer de ses premiers rayons.

Sous elle, autour d'elle, le glacier lui parlait. Elle entendait ses murmures, ses appels, ses grincements, les craquements que son lent déplacement provoquait en lui, comme des cris de douleur, ou les gémissements d'un enfantement qui n'en finirait plus.

Elle prit son temps pour préparer son repas, déjeuna copieusement, en savourant chaque bouchée, consciente de l'instant unique qu'elle vivait, presque en osmose avec le monstre vivant. Une fois toutes ses affaires soigneusement rangées, elle reprit son chemin. Le soleil était encore bas sur l'horizon.

Il lui fallut moins de deux heures pour atteindre le pied de la deuxième barrière de séracs. Naturellement, car cette voie était tracée par l'évidence, elle suivit le même itinéraire que celui pris par Tumai et Kooba et, encore avant eux, Saldan.

Elle contourna les blocs instables, se faufila au plus près de la rimaye qui la séparait des rochers, franchit deux ou trois crevasses de faible largeur, en contourna une autre, infranchissable, se trouva sur une arête de glace séparant deux gouffres, et prit finalement pied sur la partie sommitale de la grande zone des séracs.

De là, elle avait une vue dominante sur l'amas chaotique qui fracturait le glacier sur toute sa largeur, et qui dévalait sous elle comme un fleuve brisé et figé en une ultime cascade.

Elle essaya d'imaginer le trajet qu'elle venait d'effectuer dans des conditions effroyables de neige et de tempête, conditions que ceux, enfermés dans la caverne du Haut, n'avaient pu regarder que de loin. Par instinct, elle sut que Tumai et Kooba n'avaient pas pu aller tellement plus loin que le point où elle se trouvait.

Elle décida de prendre encore un peu plus d'altitude, puis d'effectuer de grands allers et retours sur la largeur du glacier, en descendant progressivement, quitte à se pencher sur chaque crevasse pour tenter d'en voir le fond.

Le soleil était maintenant haut et elle avait déjà effectué trois traversées. C'est alors qu'elle crut distinguer, loin là-bas, de l'autre côté, pratiquement contre la rimaye opposée, quelque chose qui bougeait. Un mouvement infime, vu à cette distance, à moitié caché par les inégalités du sol. Mais un mouvement ! Oui, elle en était certaine !

Elle songea à un chamois et resta un long moment immobile, tentant de repérer l'animal. En vain. Lassée, elle prit l'endroit comme point de repère pour sa traversée de retour. Il lui fallut un long moment pour l'atteindre.

Et là, de loin, elle vit le corps étendu sur la glace, les bras repliés sous lui, la veste en peau, les jambières, le sac à dos qu'elle connaissait bien.

– Tumai ! hurla-t-elle en se jetant en avant.

23

Mardi 23 décembre, 20 heures.

La journée avait été longue et éprouvante, mais elle était loin d'être finie. Ce que, bien entendu, je ne pouvais deviner avec mes pensées déjà à l'horizontale.

Aline m'attendait en bas avec ce visage que je n'aimais pas. Celui où les stigmates du passé semblaient remonter à la surface pour rappeler qu'ils faisaient partie intégrante de notre parcours vital. Que toutes les velléités pour les surmonter, les plus infimes traces de provocation pour les oublier, n'étaient qu'une délicate tapisserie de ténèbres ne camouflant qu'un arrêt provisoire.

Une angoisse la travaillait, comme des instantanés de sa vie passée. Presque des ombres qu'un objectif chercherait à recadrer et qui faisaient maintenant sa vie présente.

– Melinda va mal, a-t-elle chuchoté. Elle est dans un état étrange.

– Depuis quand ?

– Depuis que... que nous sommes allées voir Kooba sur le glacier.

Les mots avaient eu du mal à sortir, mais ils étaient bien là, incongrus, inattendus, posés comme une croche sur une partition de berceuse.

– Vous êtes allées sur le glacier ? Je vous croyais...

– En ville ? Oui. C'est Melinda qui a insisté. Vers 13 heures, alors que nous mangions à La Terrasse, elle m'a soudain dit que Kooba avait besoin d'elle, qu'elle l'appelait. Je n'ai rien pu faire pour la raisonner. Tu sais comment elle est dans ces cas-là !

Ce « cas-là » était bien le premier dont ma petite Indienne nous gratifiait, mais j'ai parfaitement saisi ce qu'Aline voulait dire. Entêtement et conviction aussi résistants à toute domestication que des glyphes olmèques !

13 heures, ai-je songé, c'était l'heure où Thomsen se trouvait au fond de la crevasse, dans la contemplation de sa revenante.

– Je savais que tu étais monté là-haut en hélicoptère et j'ai téléphoné au PGHM pour me mettre en contact avec toi. Nous nous sommes ratés de quelques minutes. Tu venais de repartir de la base, mais le commandant Marciani était encore sur place. Je lui ai tout expliqué et il nous a attendues. C'est un type vraiment bien !

– Et ensuite,

– Melinda lui a expliqué qu'il se passait quelque chose là-haut. Quelque chose de grave.

– Et il a cru une gamine de neuf ans, comme ça, simplement parce qu'elle avait un teint bronzé et une plume dans les cheveux ?

– Euh... Elle lui a dit qu'il avait une enfant qui flottait en lui, une petite fille brune aux yeux bleus et aux cheveux bouclés, qui n'arrêtait pas de l'appeler de très loin.

– Et c'est vrai ?

– C'était sa fille. Ils l'ont perdue l'année dernière !

Nous sommes montés voir Melinda.

Elle était assise sur le tapis au milieu de sa chambre, plongée dans une absence aussi évidente que la pleine lune, les yeux vides, avec un léger balancement d'avant en arrière. Une lente mélodie sortait de sa bouche, un murmure plus qu'un chant, quelque chose se baladant sur deux ou trois notes.

– C’est moi, Melinda, lui ai-je simplement dit.

Ses yeux ont décroché du vide, sont venus parcourir mon front, mon nez, mes lèvres, puis se sont accrochés aux miens, avant de s’y arrimer presque brutalement.

– Il faut que tu fasses quelque chose, Marac ! Kooba a peur... très peur ! Elle ne veut pas quitter son monde...

– « Son monde », dis-tu ?

– C’est ce qu’elle m’a communiqué. Elle a eu très peur de celui qui est venu la voir. Ce n’est pas lui qu’elle veut, mais Tumai. Tumai, m’a-t-elle dit.

– Mais il est mort depuis dix mille ans, son Tumai !

– Peut-être veut-elle aussi mourir enfin ?

– Comment ça, « enfin » ?

– Elle a trop attendu. Maintenant, il est trop tard !

– Et que pouvons-nous faire, Melinda ? Que puis-je faire pour elle ?

– Laisse-la où elle est ! Ne la sors pas !

– Mais je ne peux pas...

– Je t’ai dit ce qu’elle voulait, Marac. Tu fais ce que tu penseras bon.

Doucement, j’ai posé une dernière question.

– Et Tumai, Melinda, Kooba sait-elle où il est ?

– Elle va le rejoindre bientôt. Bientôt. Si on la laisse en paix...

Puis elle s’est levée, a secoué la tête comme si elle sortait d’un rêve, s’est serrée contre moi avec une force inattendue.

– Le gros oiseau bourdonnant tout bleu, tu sais... c’était bien ! J’ai aimé ! Peut-être mon aigle viendra-t-il me voir un peu plus vite maintenant que je me suis approchée de lui ?

– Mais lui, il fait moins de bruit, non ?

Elle a pouffé, s’est détachée de moi et a saisi Aline par la main pour l’entraîner hors de la chambre.

– Tu viens faire une partie de dames ?

Avant qu’elles ne sortent, j’ai pu poser ma dernière question :

– Thomsen, vous l’avez vu depuis ?

– Le professeur ? Quand nous sommes revenues, un gendarme le conduisait en ville pour examiner les... armes des deux crimes. Nous nous sommes juste croisés, sans même avoir eu le temps de nous dire un mot.

Pendant un moment, je suis resté là, seul, avec des pensées qui m'asphyxiaient. Je n'ai pas eu trop de mal à faire surface, c'est Mozart qui s'en est chargé.

20 h 30.

Au bout du fil, c'était Gallay.

– Patron ! Le type dont je vous parlais, le gars qui avait suivi cette conférence, vous savez...

– Oui... oui...

– Il a retrouvé les coordonnées de cette ethnoastronome ! Je l'ai eue au téléphone dans l'après-midi et je lui ai envoyé par le Net les photos de toutes les plaques. Je les avais travaillées au scanner, et on y voyait parfaitement bien, vous savez...

– Ne vous excusez pas, Gallay ! Je sais que vous faites toujours du bon boulot ! Et alors ?

– Elle va vous appeler dans cinq minutes. C'est une chercheuse indépendante, une certaine Pascale Warniewiez, une ethnologue passionnée d'astronomie, d'où son appellation officielle. Attendez... (bruit de papiers)... elle est docteur en sciences humaines et membre du LAMIC, je lis, Laboratoire d'anthropologie mémoire identité et cognition sociale, de l'université de Sophia-Antipolis. Une tête, quoi ! Il paraît qu'ils sont moins de cinq en Europe à faire ce type de recherches. Elle habite du côté de Nice. Elle est persuadée que les peintures rupestres de nombreuses grottes sont une représentation du ciel laissée par les habitants de ces sites.

– C'est une théorie audacieuse, dites donc !

– Mais attendez ! Elle a pris comme base de travail Lascaux et a découvert que l'entrée de la grotte est orientée de telle façon que les rayons du soleil y entraient le jour du solstice d'été.

– Pourquoi « y entraient » ? Le soleil ne change pas sa position au solstice, si je ne m'abuse.

– Car l'entrée originale de Lascaux a été obstruée par un éboulement. Toujours est-il qu'on sait où elle se trouve. Et tenez-vous bien ! Cette année, avec le conservateur de Lascaux...

– Encore lui !

– Quoi donc, patron ?

– Rien. Continuez, Gallay.

– Eh bien, elle a prouvé sa théorie ! Les rayons pénétraient bien dans l'axe, et éclairaient la grotte !

– Et quel est le rapport avec nos plaques, Gallay ?

– Elle a pu reconstituer le planétarium de Lascaux, la concordance entre le ciel et les animaux peints sur les parois ! Et les photos des plaques que je lui ai envoyées représentent le même type de correspondance. Les points noirs sont les étoiles, et les traits un peu flous sont les animaux qui leur étaient associés !

– Bon sang ! Ce qui voudrait dire...

– Que nos lointains ancêtres étaient déjà de sacrés astronomes ! Oui, patron ! Et ils sont probablement à l'origine de l'appellation de nos signes du zodiaque.

J'ai imaginé les effets de l'annonce de la découverte d'un corps vieux de dix mille ans parfaitement conservé, avec, en prime, preuve à l'appui, le fait que ces lointains ancêtres avaient déjà une maîtrise de la connaissance du ciel ! Connaissance attribuée jusqu'à présent, au mieux, aux Sumériens qui l'auraient transmise aux bâtisseurs égyptiens de l'Ancien Empire [1] et, au pire, à Aristote et Hipparque de

1. IIIe, IVe et Ve dynasties, qui virent notamment la construction des pyramides de Djoser, à Saqqara, puis de Khéops, Khéphren et Mykérinos, ainsi que du Sphinx, à Gizeh, du temple solaire d'Abousir et des premiers obélisques, toutes constructions étroitement liées à des données astronomiques.

Nicée. La gloire dont rêvait le boss ! Là, sous quelques centimètres de glace qui allaient bientôt livrer leur trésor, Thomsen franchirait un échelon de plus du pinacle sur lequel il s'était hissé, et le patron pourrait enfin arborer son amulette fétiche à sa boutonnière.

Quant à moi... J'ai atterri brutalement sur la réalité glacée de Talière ! Objectivement, que la constellation de Pégase vienne caracoler un peu trop, quitte à bousculer le Petit Renard, le Cygne et le Dauphin, ou que le Lion et le Chien tentent de croquer le vilain crabe du Cancer, tout cela était aussi utile pour la découverte de mon meurtrier qu'un trou dans une chaussette, même en pure laine mohair !

– Dites-moi, Gallay...

– Oui, patron ?

– Il faudra vraiment que vous me dégagiez cette *Petite musique de nuit* de mon portable. Je crois que je vais finir par être responsable de la mort de Mozart !

– C'est entendu. J'y réfléchis et je vous télécharge quelque chose d'autre.

Une inquiétude aussi menue qu'un string du Casino de Paris m'a quand même traversé sur le « quelque chose ».

La dénommée Pascale Warniewiez m'a effectivement rappelé quelques minutes après. Encore un signe de la parfaite organisation de Gallay.

Après les présentations d'usage, elle en est vite venue au cœur du sujet.

– Il n'y a aucun doute possible, commissaire. Ces plaques représentent bien l'association entre les combinaisons d'étoiles auxquelles nous avons donné certaines appellations d'animaux et la forme de ces animaux telle qu'elle était représentée dans certaines grottes, dont Lascaux.

– Je saisis parfaitement l'intérêt scientifique d'une telle découverte, et je crois que le Pr Thomsen, du musée de l'Homme, va être le premier intéressé. Mais, je ne sais pas si mon collaborateur vous l'a signalé, nous sommes actuellement sur une enquête pour un double meurtre, et...

– Bien entendu, je comprends, commissaire. Ce que je voulais vous dire c'est, d'une part, que celui ou celle qui a réalisé ces plaques devait obligatoirement connaître les peintures de Lascaux. Si elles ont été retrouvées dans les Alpes, c'est qu'il s'agissait d'un grand voyageur ! Et non pas de quelqu'un habitant sur place. Il faut que j'analyse toutes les concordances de dessins, leurs similitudes avec toutes les peintures rupestres que nous connaissons.

– Je vois. Vous m'avez dit « d'une part ». Et d'autre part ?

– L'informatique nous permet maintenant de reconstituer la carte du ciel à n'importe quelle époque. Vous avez entendu parler de la Vallée des Merveilles ?

– Vaguement. Un site de pétroglyphes quelque part dans le parc du Mercantour ?

– Entre Saint-Martin-Vésubie et Tende, plus exactement. Quatorze kilomètres de gravures entre 2 000 et 2 700 mètres d'altitude, classées monument historique depuis 1989. En mesurant l'azimut des gravures et en comparant leur ensemble avec le ciel du moment, j'ai pu retrouver la date précise de l'événement céleste, donc celui de la gravure. Le 10 octobre 1718 av. J.-C., une éclipse annulaire du soleil au moment de son lever, en automne.

– Si je comprends bien...

– Si j'arrive à retrouver une logique à cet ensemble de plaques, je pourrai les dater très précisément.

– Et il vous faut combien de temps pour cela ?

– Plusieurs semaines dans le meilleur des cas. Ou beaucoup de chance !

– Et vous misez plutôt sur quoi ?

– Sur le travail ! m'a-t-elle rétorqué en toute logique, avec un éclat de rire.

Je l'ai remerciée en lui demandant de me prévenir de toute découverte de sa part.

Ses recherches étaient probablement passionnantes. Mais, comme Gallay me l'avait laissé escompter, elles apportaient peu d'éléments pour mon enquête. Du moins en ai-je eu le sentiment. Car celle-ci apparaissait de plus en plus comme un gros oignon que je m'efforçais de peler. Avec la complexité de ses couches successives, et de douces vapeurs à vous flinguer les neurones au fur et à mesure qu'on pelait les inconnues. Première couche : des assassinés au moyen d'armes préhistoriques. Deuxième couche : on en venait à se demander si lesdites armes ne provenaient pas de l'une des victimes elle-même. Ça piquait un peu. Troisième couche : on se trouvait embringué dans une sale affaire vieille de quarante ans, dont rien objectivement, il fallait le reconnaître, ne nous prouvait qu'elle avait un lien quelconque avec la nôtre. L'odeur devenait forte. Quatrième couche : on tentait néanmoins de nous flinguer, Scampana et moi, après que nous avions vu le vieux Léon Calmat, lien incontestable avec cette vieille histoire. Là, ça brûlait vraiment ! La cinquième couche se pointait : la sortie du corps, qui allait immanquablement provoquer une réaction de notre assassin. Soit il tentait une action de dernière minute pour empêcher la vérité – ou du moins ce qu'il croyait être la vérité – sur son passé de jaillir, soit... il se rendait compte qu'il avait fait fausse route et disparaissait dans l'anonymat dont nous n'avions pu le sortir jusqu'à présent. Et là-dessus, Melinda me mettait en garde : attention, ne sortez pas ce corps ! Peut-être la dernière couche ? Celle qui cramait tout !

Je me suis dit que cela faisait un joli charabia, aussi loquace qu'une épingle et aussi clair que le dialogue d'un vieux poivrot agnostique avec Dieu.

Les visages des quatre truands autour de leur table de poker, dans le programme virtuel de Gallay, me sont revenus à l'esprit. Ils me sont apparus comme une métaphore de mes propres pensées.

Des pensées engluées dans des ronds d'obscurité, luttant pour avoir l'air d'y voir clair, et carburant à l'alcool. Des pensées commençant à se brouiller en tentant de communiquer avec d'autres pensées, et complètement disjonctées de la vraie réalité !

21 heures.

Le Pr Thomsen m'a fait connaître les résultats de son expertise sur les deux armes en silex. Il avait passé plus de deux heures penché sur sa binoculaire, mais pour lui la conclusion était formelle : le poignard était d'une fabrication récente, les microlithes de la flèche authentiques.

Le poignard était d'une taille de très bonne qualité, avec la superposition de deux techniques différentes, probablement donc deux intervenants successifs. Un élève – Denis Servoz ? – et son maître de stage qui l'aurait aidé à terminer l'outil ? Selon les fines rayures perceptibles sur les faces tranchantes de la pierre, il n'aurait servi qu'à couper... du bois !

Les petites pièces de la tête de flèche dataient, elles, du mésolithique. Elles n'avaient pas la perfection du travail de l'époque, et pouvaient même, selon Thomsen, avoir été des rebuts abandonnés sur un chantier par les tailleurs de l'époque. En effet, elles ne portaient aucune trace d'utilisation préalable. Elles n'étaient pas destinées, d'après lui, à être montées sur une flèche, mais plutôt sur un manche de rasoir. Ce qui n'avait pas empêché leur efficacité. Il était donc envisageable qu'elles aient été retrouvées au hasard de fouilles quelconques, mais non inventoriées vu leur qualité médiocre.

Toutes ces informations, que j'attendais comme un paumé en manque de joint, auraient dû me faire grimper au plafond pour m'y accrocher par les doigts de pied et y pousser mon grand cri de Tarzan. C'est à peine si elles m'ont fait lever un sourcil. Que m'apportaient-elles vraiment ? Retrouver leur origine paraissait à peu près aussi facile que comprendre les syllabaires japonais katakana et hiragana. Et peut-être confirmeraient-elles la théorie d'Arcady ?

Un coup de blues m'a pris et j'ai entendu Memphis Slim et son piano gueuler dans ma tête *I Guess I'm a Fool*.

Thomsen, pour conclure, m'a précisé qu'il resterait sur le glacier avec le commandant Marciani. Compte tenu des prévisions météo alarmantes, deux autres types allaient y travailler encore toute la nuit. Lui et le commandant monteraient une autre tente dans laquelle ils pourraient passer la nuit et donner un coup de main, si nécessaire.

Je me suis dit, très objectivement, que si j'avais été à sa place j'en aurais certainement fait autant !

Nous nous sommes retrouvés, Melinda, Aline, Scampana, Double-Mètre et moi-même, autour de la table.

Lina Hagfors nous a servis avec son efficacité et sa discrétion coutumières. Salade aux lardons et noix, gratin dauphinois au vrai lait de vache, accompagné d'un cuissot de sanglier – une bestiole qui ravageait encore quelques jours plus tôt un terrain de golf des bords du lac Léman, et qu'un de ses clients et amis lui avait apporté –, et un cake aux fruits secs en dessert. Sans évoquer deux bouteilles de pommard 1997 qui se sont frayées sans trop de difficultés un chemin royal jusqu'aux abords de ma gastrique chronique. Pour le lendemain soir, la veille de Noël, Lina nous a promis des « vanillekranse », sortes d'anneaux meringués traditionnels de Noël. Pour le reste, elle n'avait encore rien décidé. Son interrogatoire n'avait pas laissé plus de traces sur elle que le reflet dans son miroir, et j'ai songé qu'elle avait dû naître sous le signe du cygne, celui sur lequel tout glisse sans l'atteindre.

Bien que la comparaison ne soit pas exactement en phase, Dolorès m'a fait penser à Androclès, cet esclave romain livré aux lions qui avait été épargné par un animal qu'il avait soigné. Approche angoissée et final relax.

Melinda, qui ne connaissait rien aux sangliers, et dont la curiosité était insatiable, a été passionnée par cet animal et a terminé la soirée devant un dictionnaire illustré.

Aline, un peu absente, a mis un petit quart d'heure à digérer sa quinzième défaite successive aux dames, malgré ses efforts de concentration, puis à peaufiner une nouvelle stratégie pour les parties suivantes. A moins qu'elle n'ait pris la décision toute secrète de proposer un autre jeu à Melinda !

Et Double-Satisfait s'est endormi sur un os de trente centimètres de long que Lina lui avait spécialement gardé, cuvant le litre de bière panachée, sa faiblesse congénitale, qu'il avait ingurgité avec.

22 h 30.

Une fois dans ma chambre, la douche chaude m'a terrassé. Des épines de feu me traversaient, des pointes de douleur me martyrisaient les nerfs, des cascades de grêlons me trituraient les chairs, des ondes de douleur faisaient craqueler mes écailles de vieux reptile. Tout mon corps se relâchait tardivement des contusions de notre carambolage matinal, et mon dernier souhait, quand ma tête s'est posée sur l'oreiller, a été que la mue se fasse le plus rapidement possible. Mes paupières ont tout juste eu le temps de fermer les volets. Puis tout s'est dilué dans un néant bienfaisant.

Pendant la nuit.

C'est Double-Mètre qui m'a réveillé. Dans ma tête tournoyaient encore les ailes d'une chauve-souris de cauchemar, et j'ai mis un moment à émerger de ma torpeur. Mon canidé se trémoussait comme un duo de castagnettes non synchronisées, la queue donnant le tempo, et le son en position off. Sachant juger des moments où aboyer ou non, il m'a simplement fait signe, en courant vers la porte et en revenant vers moi, qu'il se passait quelque chose d'anormal.

– Grouille-toi ! m'a-t-il fait du museau et des oreilles.

J'ai regardé ma montre. 3 heures du matin. Aline dormait profondément. Dans la chambre attenante, Melinda devait rêver à son sanglier, ou à son aigle. J'ai mis ma robe de chambre, empoigné mon arme dans son holster, et j'ai ouvert la porte donnant sur le couloir.

Dolorès m'y attendait. Elle a posé un doigt sur ses lèvres, m'incitant au silence, m'a repoussé à l'intérieur et m'a suivi. Les mots sortaient, mi-borborygme mi-chuchotement, comme ceux d'un gars coincé la bouche ouverte chez le dentiste.

– Lina va foutre le camp ! J'étais sortie...

– A cette heure-là ?

– Je n'arrivais pas à dormir.

– Quelle chance de pouvoir ainsi grignoter du temps sur la vie !

– Ou la raccourcir ! Bon, je l'ai vue se faufiler dans le garage. J'ai pu y jeter un coup d'œil. Elle se préparait il y a juste une minute encore. Tenue de montagne, sac à dos et tout le barda. Je suis remontée en vitesse terminer de m'habiller. Je crois savoir où elle va.

– La grotte ?

– C'est ça ! Il doit y avoir des indices compromettants, et elle sait maintenant que nous la recherchons. Je vais la suivre. Vous pourriez me passer votre portable, j'ai oublié le mien à la gendarmerie ?

Je le lui ai donné, avec le code d'accès. Elle m'a communiqué le sien.

– Prenez ça aussi, lui ai-je dit en lui tendant la montre-GPS qui n'avait plus quitté mon poignet. Le bouton en haut à droite pour les points de route, une pression chaque fois. Et celui en haut à gauche, en cas d'urgence, trois poussées et il émet un signal continu pour vous repérer.

Elle avait déjà filé aussi silencieusement qu'elle était venue.

C'est à peine si j'ai eu le temps de lui dire de bien prendre garde à elle. Mais c'était évident qu'elle le ferait ! Je me suis senti comme un vieux papi gâteux se collant des trouilles pour rien, ou pour ce qui faisait peur à ses vieux quelques décennies avant, quand c'était lui le gamin !

Le toubib, un vieux pote qui me servait parfois de confessionnal, Dieu étant inscrit aux abonnés absents depuis longtemps dans mon agenda, m'avait bien dit qu'il s'agissait de phénomènes de régression normaux. Ce qui ne m'avait pas empêché de me plonger avec angoisse dans les cas de schizophrènes revenant au stade fœtal, de déprimés assoiffés d'amour, réclamant leur mère et le biberon, d'obsessionnels si économes qu'ils refusaient de donner leur matière fécale, d'obsédés revenus au stade anal du développement psychosexuel. Sans évoquer ceux qui se prenaient pour des chats et voulaient tout faire comme eux, même l'amour sur les toits ; ceux qui, regardant des corps à identifier à la morgue, poussaient un soupir de soulagement en constatant qu'ils n'étaient pas parmi eux ; ceux qui voyaient deux personnes en eux et demandaient une consultation double chez le pyschiatre ; ou même ledit psychiatre qui se complaisait avec une compagne moche, alcoolique et à l'intelligence de balai, car elle avait des cauchemars franchement merveilleux !

Au bout d'une demi-heure, les yeux ouverts sur mes pensées et n'y tenant plus, j'ai récupéré mes vêtements, je suis sorti de la chambre en refermant la porte aussi doucement que la dernière page des *Odes funambulesques* de Théodore de Banville, et me suis habillé dans le couloir.

Le planton de garde à la gendarmerie avait passé trois ans à la BPDJ de Lyon – la Brigade de prévention de la délinquance juvénile – mais y avait vu des trucs tellement démoralisants qu'il avait demandé sa mutation ici à Chamonix. Il m'a longuement parlé de sa courte expérience et m'a offert un café après que j'ai récupéré le portable de Dolorès.

– Il faudra vous y habituer, lui ai-je dit.

– Au boulot ici ?

– Non, au café dégueulasse ! Sur ce point, à la gendarmerie ou dans la police, c'est vraiment la même filière !

Mais je n'ai pas voulu appeler Dolorès. J'ai essayé de l'imaginer, traquant doucement, essayant de se faire aussi grosse qu'une souris – ce qui pour elle, d'ailleurs, n'était qu'une question de taille, et pas de poids – avec soudain cet enfoiré d'Amadeus qui viendrait l'invectiver !

Puis je suis remonté aux Lucioles pour attaquer la grosse journée qui nous attendait avec la sortie du corps de Kooba. En fait, je me préparais au pire. Tout en songeant à Rostand [1] qui avait écrit que « ce que nous redoutions n'arrivait pas, mais qu'il arrivait pire ! » Mais même le meilleur pouvait bien se tromper, non ?

Le ciel était d'un noir d'encre. La vallée tout entière semblait s'être mise en deuil. Le monde souterrain avait foré dans celui des humains, le menaçant d'un holocauste de ténèbres. Des pancartes grinçaient un peu partout. Les décorations lumineuses gigotaient sans aucun sens harmonieux au bout de leurs fils. Les lampadaires gémissaient. Arbres et feuilles commençaient une danse hoquetante faite de spasmes, de coups de repos, de reprises violentes, de saccades désordonnées. Tout cela n'annonçait rien de bien.

Les Lucioles m'ont paru un bateau ensommeillé isolé du temps. La demeure de walkyries alpines. Avec la musique de Wagner par-dessus, annonçant la tempête !

Ce n'était même pas la peine que j'essaye de dormir. J'ai enclenché la cassette de Kooba, et je l'ai regardée trois fois avant de l'immobiliser sur *Pause*, plein écran sur son visage. Qui étais-tu donc, inconnue des temps anciens ? Et d'où venais-tu puisque je savais maintenant que tu ne pouvais pas être d'ici ?

Et si Melinda t'avait bien comprise, qu'attendais-tu vraiment de nous ?

---

1. Jean Rostand (1894-1977), biologiste, auteur de travaux sur la parthénogenèse, la tératologie et l'hérédité. Frère de Maurice, écrivain et fils d'Edmond (1868-1918), l'homme de *Cyrano de Bergerac* et de *L'Aiglon*. Une bonne hérédité quand il s'agissait de sortir de bons mots !

24

Quand Lotha toucha le corps sur la glace, elle crut tout d'abord que Tumai était mort. Elle avait déjà connu ce froid qui se dégageait du gibier ramené de la chasse, des animaux abattus, des corps dépecés.

C'est à peine si elle reconnut le visage émacié, dont la peau marquait les arcades sourcilières et les os des pommettes, avec la barbe blonde remplie de cristaux de glace qui avait envahi tout le visage, et les longs cheveux inextricablement emmêlés.

Elle approcha ses lèvres de celles de l'homme, y chercha un souffle de vie, ne perçut rien. Elle les colla dessus, les sentit froides, les vit violettes. Fébrilement, elle ouvrit la veste, posa son oreille à hauteur du cœur. Et là, elle entendit !

Boum... boum, boum... boum... boum...

Un battement désordonné, faible. Une vie qui fuyait, incapable de rythmer son sursis, de poser ses pas dans le temps à venir. Mais une vie quand même, là, quelque part ! Le dernier appel...

Lotha comprit qu'il souffrait de tout, de froid, de faim, d'épuisement. Elle compta sur ses doigts. Il lui fallut plus que ses deux mains complètes. Douze jours qu'il était parti ! Et il avait survécu ! A la neige, au froid, à la tempête, au manque de nourriture.

Mais pourquoi donc était-il ici ? Et Kooba ? Et Saldan ?

Elle leva les yeux, vit sur le névé remontant de la rimaye les traces dans la neige qui s'enfonçaient vers l'amas de séracs. Elle comprit que Tumai était tombé dans une crevasse, et qu'il en était ressorti.

De la chaleur ! Il fallait qu'elle puisse le réchauffer à tout prix. Et l'alimenter !

Un peu plus haut, pas très loin, le glacier était presque plat, brillant, éclatant sous le soleil. Au mieux d'une exposition solaire. Avec des gestes rapides et précis, elle remonta y installer son abri.

Tirer le corps de Tumai de l'endroit où il s'était affalé lui prit un temps désespérant. Elle transporta le sac jusqu'à l'abri, étendit la grande peau sur le sol. Elle revint vers le corps, le retourna sur le dos, le prit sous les bras et, assise sur la glace, tenta une sorte de reptation à l'envers, pour hâler le corps en prenant appui sur ses pieds. Mais la pente était trop raide, elle n'avançait pas. Elle utilisa alors la corde, l'entoura autour de la taille de Tumai, posa la tête de celui-ci sur sa propre veste, et réussit à tirer, lentement, pas après pas, longueur après longueur. Elle dut longuement contourner une crevasse qu'elle aurait pu franchir d'une simple enjambée. Quand enfin elle put aborder la partie la moins en pente, elle saisit alors Tumai sous les aisselles et, en marche arrière, affalée plus que debout, elle réussit à le conduire jusqu'à l'abri.

Elle étendit Tumai sur la grande peau, le déshabilla presque entièrement, et se mit à masser son corps, lentement, longuement. Puis elle le frappa du plat de la main, sur les bras, les mains, les jambes, le torse. Elle remarqua les mains bleuies, un doigt presque noir à gauche, les ongles décollés par le froid.

Aucune réaction ne se manifestait. Tout au plus les battements du cœur lui parurent-ils plus perceptibles.

Elle ôta ses vêtements, se colla contre le corps, et se recouvrit de ses propres habits pour tenter de communiquer un peu de sa chaleur au corps inerte. Il lui sembla épouser un bloc de glace. Le désespoir la saisit.

– Tumai ! Reviens... reviens... Tu as frôlé le Monde de l'Au-Delà, mais tu n'y es pas encore... Pas encore ! Tu as toute ta vie à vivre... toute ta vie... Reviens, reviens ! Ne m'abandonne pas maintenant... Pas maintenant que je t'ai retrouvé... Que je t'ai enfin à moi... juste à moi...

Lotha savait que Kooba et Saldan étaient maintenant dans le monde des ténèbres. Mais elle était un être de compassion et sa douleur en fut immense. Quelques heures auparavant, elle avait encore en tête que tous les trois n'étaient plus de ce monde. En avoir maintenant la certitude absolue pour deux d'entre eux amplifia en elle le poids de ces disparitions.

– Reviens, Tumai... reviens...

Combien de temps resta-t-elle ainsi, luttant souffle après souffle avec les entrailles de la Terre-Mère, chassant pore après pore les ténèbres qui avaient envahi Tumai, apportant la chaleur de son sang à celui de l'homme, repoussant pas à pas le cours du temps ?

– Reviens ! Reviens !

Elle colla sa bouche sur celle de l'homme, l'entrouvrit, y insuffla sa vie, y força le passage vers le retour.

Ses mains saisirent les cheveux, les tirèrent à les arracher. Elle mordit ses joues, ses oreilles, son cou, son torse, frappa le corps de ses poings fermés.

– Reviens, Tumai ! Reviens !

Encore et encore ! S'écrasant sur lui, se collant à sa chair, y faisant pénétrer sa chaleur, sa force de vie.

Le soleil avait quitté depuis longtemps sa position haute dans le ciel, mais il frappait encore de ses rayons l'emplacement où Lotha avait installé l'abri sur la glace. Et elle continua, entre espoir et renoncement, entre hargne et désespérance, entre volonté et fatalité.

Et Tumai revint !

Pas avec un frémissement du corps, non ! Simplement la bouche s'entrouvrit seule, une aspiration un peu plus longue, puis une déglutition tout aussi lente. La pomme d'Adam fit un interminable aller et retour, prête à se bloquer sur le plus infime obstacle pour s'y immobiliser peut-être définitivement.

Un doigt d'une main tressauta, abandonna enfin son immobilisme, relancé par la complexe machinerie nerveuse qui sortait de sa torpeur.

– Reviens, Tumai ! Reviens !

Les paupières enfin furent parcourues d'un frisson, et tentèrent de soulever la chape de ténèbres écrasante.

Lotha pleurait. Des sanglots sans bruit, sans même un hoquet. Des larmes inconscientes, petites rigoles incontrôlables qui tombaient sur le visage de Tumai. Elle ne pleurait pas de bonheur, de joie, d'un soudain espoir insensé, non ! Mais pour maintenant, pour l'instant, pour ces yeux qui allaient peut-être se découvrir ! Pour ce retour qu'elle avait forcé, qu'elle attendait sans oser l'espérer !

Les yeux s'ouvrirent enfin. Le regard encore perdu, encore si lointain, si absent. Un vide immense. Mais ce vert, ce gris, cette transparence insupportable qu'elle avait croisée la première fois dans la caverne du Haut, quand elle était allée à la rencontre de Tumai !

Finalement victorieuse, mais vaincue par l'émotion, Lotha s'effondra en larmes sur le corps de l'homme.

Il sembla à Tumai qu'il émergeait des brumes d'un incertain passé. Et là-bas, dans le lointain, quelqu'un l'appelait.

– Reviens, Tumai ! Reviens !

Cet appel était-il d'ailleurs ? Un monde inconsistant le retenait dans son nuage, le tenait prisonnier de son utopie, maquillait son environnement, amortissait ses sensations, étouffait son esprit.

Il lui sembla que sa mémoire n'était qu'un trou dans lequel il s'enfonçait, un cimetière d'images dont plus rien ne dépassait, plus rien n'émergeait.

Sur ses joues, il ressentit une sensation étrange, douce et chaude. Quelque chose coulait vers le coin de sa bouche, s'y infiltrait, glissait sur sa langue. Liquide et salé.

Une image émergea lentement. Les ténèbres scintillèrent. Un ciel noir, constellé de petites taches brillantes. Des étoiles ! Il voyait à travers les yeux de quelqu'un d'autre ! Le visage apparut. Puis le nom s'imposa !

– Kooba !

Au début, ce ne fut qu'un soupir parmi d'autres. Une tentative pour faire fonctionner cette chose énorme dans sa bouche qui recevait cette sensation salée, qui voulait s'étirer, se soulever, se déplacer, se replier, mais restait immobile comme une baleine sur une grève.

– C'est moi ! entendit-il. C'est moi...

Le visage de Kooba envahit ses pensées. Aucun souvenir précis ne le traversait encore, mais elle était là ! Elle lui prenait la main... Comme elle était chaude... Elle soulevait sa main... Oui, elle embrassait sa main... Cette sensation...

– Kooba..., parvint-il enfin à murmurer dans un effort de vie désespéré qui fit bouger ses doigts dans ceux de Lotha.

– C'est moi, Tumai... C'est moi... Tout va bien aller maintenant... C'est fini... Tu vas vivre, Tumai... Tu vas vivre...

Vivre ? Le mot lui parut incongru, bizarre, sourd et vidé de ses entrailles à la fois. Un grand trou sans consistance qui n'abritait plus rien, ni souvenir, ni rêve, ni même pensée. La réminiscence d'un cheminement fait de douceur, de tendresse, de baume et de caresses, mais aussi de froid, de violence, de lente décomposition, d'un affreux désastre qui l'avait amené seul au fond d'un gouffre dans un silence qu'il ne pouvait plus exprimer.

Et l'image de Kooba derrière son mur de glace, qu'il n'avait jamais vue, mais que ses sens avaient palpée, imagi-

née aussi clairement que si ses yeux l'avaient contemplée, devint un précipice, un silence, un infini et une fin en même temps.

On lui ouvrait doucement la bouche. Il ne voulait pas, mais il ne pouvait lutter. Quelque chose y coulait, s'y déversait. Salé aussi, mais chaud. Qui voulait descendre, plus bas. Il faillit s'étouffer, hoqueta, rejeta d'un spasme le liquide. Celui-ci revint, aussi doucement, chercha encore son chemin, le trouva, arriva à destination. Etrange bien-être. Il ouvrit encore la bouche, pour goûter de nouveau à cette sensation agréable, encore, et encore...

Lentement, les images revinrent à Tumai. Avec de grandes béances qu'il tentait de remplir petit à petit, par fragments qu'il s'efforçait de raccrocher les uns aux autres, sans savoir s'ils étaient dus à son imaginaire ou s'il s'agissait de faits qu'il avait réellement vécus.

Pendant longtemps, sa sortie de la crevasse resta sur la frange de limbes incertains. Des images émergeaient, éclataient à la surface de ses visions telles des bulles d'eau : le chamois qu'il dévorait cru, comme un animal, la hache de silex qui s'enfonçait avec son bruit mat dans la neige, le grappin qui se coinçait enfin entre les deux blocs de glace...

Mais, paradoxalement, la chronologie de ce qu'il avait vécu au fond du gouffre restait minutieusement imprimée en lui, sans qu'il puisse en comprendre le sens, alors que tout s'était déroulé dans un noir absolu.

Et soudain, l'image des deux hommes de la Horde violant Kooba s'imposa à lui. Il revit la flèche qui se plantait dans le dos de l'homme. Puis l'autre, qui pénétrait dans l'œil. Mais surtout le corps bronzé qui s'affaissait lentement, les cheveux blonds épars sur la neige, lui qui courait, qui courait vers elle... Le sang sur ses mains, la plaie béante dans le dos, la vie de Kooba qui fuyait.

Il poussa un long gémissement en comprenant alors qu'elle était vraiment morte. Et que la femme près de lui n'était pas celle qu'il avait accompagnée jusque dans les ténèbres de l'Au-Delà.

Ses souvenirs de la caverne du Haut furent les derniers à émerger. Là seulement, il sut qui était Lotha et qu'il lui devait la vie.

25

Mercredi 24 décembre, 5 heures.

Mes pensées se baladaient au rythme d'un cheval éperonné sans motif et sans but précis, et la sonnerie du téléphone les a arrêtées juste avant l'emballement final. Il m'a fallu quelques secondes pour comprendre que le scherzo symphonique de *L'Apprenti sorcier* sortait bien du téléphone de Dolorès et non de l'orchestre de ma nuit blanche.

– Pa... on...

La voix était à peine un souffle et j'ai compris à la fois que Scampana murmurait et que la ligne passait très mal.

– ... suivi les traces... forêt d'abord... une faille très longue... j'ai contourné... je... maintenant des éboulis... dangereux... le glacier plus bas... au-dessus des premiers séracs... devant nous... vous rappelle...

Et clac ! L'apprenti sorcier Marac s'est senti un peu dépassé par la situation !

J'avais toute confiance dans les capacités de Dolorès, que j'avais même rodées, il y avait peu, aux délices transpirants de la montagne, mais, pour tout avouer, la savoir je ne savais pas où précisément avec je ne savais pas qui exactement, me laissait à peu près aussi à l'aise qu'Arcady posant en tenue d'Adam pour une pub sur les bienfaits de l'alimentation bio.

Nous étions convenus avec le commandant Marciani de monter, dès l'aube, sur le glacier en hélico. Mais lui s'y trouvait maintenant depuis hier soir avec Thomsen, et rien ne me garantissait, vu le temps, qu'il souhaiterait risquer quoi que ce soit pour me mener là-haut.

Le problème était que la zone dépressionnaire qui nous tombait dessus avait été annoncée pour durer au moins huit jours. Le choix était simple : ou bien la crevasse risquait de s'effondrer sur elle-même par le jeu de son avancée et de nous barboter son trésor, juste le temps de l'attendre encore une bonne vingtaine d'années, ou bien il fallait sortir ce dernier coûte que coûte aujourd'hui !

Et il était hors de question qu'au petit jeu des découvreurs je sois mis sur la touche. Je suis descendu au garage pour préparer la motoneige.

Il s'était écoulé un peu plus de deux heures depuis mon passage à Chamonix, et le temps n'avait pas changé, présentant toujours cette alternance de rafales brutales et de calmes tout aussi soudains.

Sans réelle raison, si ce n'était peut-être parce que les idées doivent bien s'évacuer du crâne comme des graminées de pissenlit de leur tige, j'ai songé à tous les types que j'avais vus à la sortie du train, en allant récupérer Thomsen. Avec leur barda et leurs planches sur l'épaule, venus ici pour s'éclater sur les pistes. Notre destinée, me suis-je dit, était vraiment en prison. Celle des idées toutes faites et des programmes préfabriqués, neige et ski égale soleil, par exemple ; quand ça changeait, on n'avait même plus assez de dents pour bouffer les barreaux ! Rien que des paroles toutes faites, pleines de regrets standardisés pour découper un avenir écrit d'avance, aussi passionnant qu'une rognure d'ongle, et tâcher de le vendre en tranches afin de banaliser la plus triste des banalités.

6 heures.

Je me suis senti sur le sentier de la guerre !

En pleins préparatifs mentaux dans une cuisine qui sentait l'arolle, l'encaustique et les bons petits plats, et devant un café que j'avais réussi à me faire après avoir ouvert trente-six placards pour trouver la tasse, le café, le filtre, la cafetière, le sucre et la cuillère.

– Tu vas aller là-haut pour la sortir, n'est-ce pas ? m'a lancé une petite voix qui a presque fait exploser le sac de noix qui gigotait dans mon crâne.

– Viens donc ici, ai-je simplement répondu à Melinda en lui faisant une petite place sur mes genoux. C'est un peu tôt pour déjeuner, non ?

En cinq secondes, trois-dixièmes et quarante-deux centièmes, elle avait trouvé le chocolat, la tasse, le lait, et mis la casserole sur le feu ! Après quoi, elle a pris place où je l'attendais.

A l'odeur de ses cheveux, qui folâtraient un peu sur ma joue, s'en était mêlée une autre, que j'ai mis un moment à distinguer. Celle de cannelle, celle d'Aline, qui faisait autant partie d'elle que la voûte en ogive et sa rosace du billet de vingt euros. Aline qui, probablement, allait bientôt se réveiller.

Belle, sans ornements, dans le simple appareil
D'une beauté qu'on vient d'arracher au sommeil

aurais-je pu dire en plagiant Néron [1].

Aline, qui allait étendre le bras pour me chercher, tâcher de retenir autour d'elle le fil des heures, l'ordre des jours, des mois et l'avenir de notre relation, toutes choses qu'elle savait si bien maîtriser la nuit. Comme l'amour, le sommeil était pour elle un lieu sûr qui lui permettait de contourner le risque d'usure de notre quotidien cerné par des années

---

1. Dans *Britannicus*, acte II, scène 2.

d'habitude, et surtout d'échapper à l'angoisse qui avait traversé ses jours, il n'y avait encore pas si longtemps, avant que nos chemins n'aient trouvé leur point de jonction. Elle pour qui vivre était une maladie dont le sommeil ne faisait que la soulager, un simple palliatif, la mort étant le remède salvateur mais ses effets secondaires terrifiants.

– Aline dort encore ? ai-je demandé à Melinda.

– Je veux venir avec toi.

Ses yeux immenses dans les miens, sa main qui savait si bien se blottir dans la mienne, sa petite voix qui frappait toujours en pleine cible, en plein cœur.

– Là-haut, a-t-elle précisé.

J'avais bien compris !

– Viens, lui ai-je dit.

Nous avons préparé le déjeuner tous les deux, sur un grand plateau, et presque religieusement avons pris la direction de la chambre. Au passage, Melinda a récupéré une branche de houx qu'elle a déposée sur la serviette d'Aline.

Nous avions une bonne heure pour tous nous retrouver.

8 heures.

Un appel au commandant Marciani m'avait bien confirmé qu'il ne souhaitait pas faire décoller l'hélicoptère, sauf cas d'extrême nécessité. Le scooter des neiges restait encore la solution la plus sûre pour monter là-haut, car j'avais laissé le 4 × 4 et sa remorque sur la piste d'accès EDF, juste où commençait la neige. Je sentais les petites mains de Melinda agrippées à moi tandis que nous longions lentement la longue rimaye, au-dessus de la première barrière de séracs. Ça et là, les traces de chenilles étaient encore visibles, et je repérais facilement le chemin, que j'avais déjà pratiqué trois fois maintenant.

Le ciel était plombé de ténèbres denses, et on aurait pu se croire quelques heures avant l'apocalypse. Un univers étrange, un monde où le ciel, la terre et la glace étaient mis en scène. Peut-être bien un résumé de la vie de l'humanité avec ses drames, mais aussi ses espérances. Un succédané de la bagarre permanente du Bien et du Mal. L'alpha et l'oméga de l'univers enfin réunis. Un monde où la notion de l'heure se résumait à ce que je pouvais lire sur ma montre-bracelet, et dont la route était éclairée par les phares de la motoneige sur la glace.

A cette altitude, le vent lançait de longs beuglements se fracassant sur les falaises surplombant le glacier, rebondissant sur elles dans des tourbillons de neige aveuglants. Le bruit était parfois aussi puissant que des grondements de tonnerre, et, un instant encore, j'ai évoqué les sept trompettes et les quatre cavaliers de la prophétie.

– Regarde ! m'a hurlé Melinda dans les oreilles en me secouant.

J'ai stoppé. Me suis retourné vers elle.

– Regarde là-haut !

Son doigt désignait un point dans le ciel, à une cinquantaine de mètres juste au-dessus de nous.

– Un aigle !

Il y avait bien un aigle dans la prophétie, mais c'était si loin, tout ça ! Et celui-ci était tout près ! Qu'est-ce qu'il pouvait bien faire dehors par un temps pareil ?

– C'est mon aigle ! m'a dit Melinda. Il est venu pour me parler. Et pour soutenir Kooba. Tout va bien aller, Sun-kalowapi ! Tout va bien aller, ne t'inquiète plus maintenant !

Elle était radieuse !

Ma brave petite Indienne ! C'était facile tout ça ! Une évasion gratuite dans les royaumes inconnus des esprits, et hop, le tour était joué ! On n'avait plus aucun emmerdement terrestre, on s'évadait, on planait, on était un autre !

Il n'y avait plus d'heures qui tuaient, ni de glas d'église. Plus de visiteurs médicaux pour vous piquer votre femme, ni de liposuccion pour les grosses dondons. Plus de révolutions finissant entre de mauvaises mains, ni de pape prenant un bain de foule en papamobile blindée. Plus d'implants testiculaires pour des travelos siliconés, ni de Silicon Valley pour des cerveaux informatisés. Plus de cachalots mazoutés, ni de bébés éléphants en jupette dans les cirques. Plus de beurre à 0 % de matière grasse, ni de nappes de nitrates sous les élevages de suidés hormonés. Plus de loukoums dans la bouche des politicards, ni d'odeur de moisi dans les couloirs du ministère de la Justice. Plus de directeurs de banque refusant un emprunt à un pauvre flic smicard, ni de SDF auxquels de vieux connards balançaient des pièces de monnaie hors circuit. Plus d'alibi véridique, ni de vieille reine s'amusant à rendre les vaches folles pour qu'on arrête un peu de parler du prince Charles et de sa lady Tampax. Plus de religieuses faisant du strip-tease pour clore les fins de mois, ni de femmes devant se coucher quand elles voulaient grimper. Plus de rêves en or massif où on passait sa vie à creuser dans le noir pour trouver le filon, ni de cauchemars en fer forgé qui se terminaient dans une boîte en planches rabotées ou une urne en terre cuite...

Il n'y avait même plus de commissaire sur une motoneige en train de grimper vers il ne savait pas exactement trop quoi, et, accrochée à lui, une petite Indienne, une plume dans les cheveux, dont il avait toujours vu toutes les prophéties se réaliser !

Rageusement, j'ai embrayé et je suis reparti avec mes réflexions bien au chaud dans mes gants.

9 heures.

La tente installée pour Thomsen et le commandant Marciani était près des rochers, et aurait pu ressembler à un camp assailli par le blizzard dans l'Arctique. J'y ai retrouvé le commandant vissé à son téléphone.

– Finalement, les gars de Morzine vont venir ! m'a-t-il lancé en guise d'accueil.

In petto, je me suis dit qu'ils avaient dû sacrément se faire appâter pour accepter de déplacer un hélico de quelques millions avec un temps pareil. Pour une fois, même si mon ego devait en prendre un coup, j'étais heureux de n'être pas intervenu dans la prise de décision. A coup sûr, Thomsen avait de sacrées relations quelque part près d'un gros porte-monnaie !

Melinda avait le nez en l'air. Dans le ciel, là-haut, l'aigle continuait son observation silencieuse.

Je l'ai assurée à moi, et j'ai rejoint le bord de la crevasse. La main courante avait été renforcée, mais le sol s'était légèrement incliné depuis mon dernier passage. Il n'y avait aucun doute, le glacier avançait bien, en se fichant éperdument des crottes de mouches qui se promenaient sur sa surface, aussi noble que fût leur tâche !

Un gendarme était près du treuil, une radio en boutonnière et un talkie-walkie à la main. L'endroit était protégé par le gigantesque amas glacé qui le surplombait, et le vent y était relativement plus faible que près de la rimaye.

– Mathieu, s'est-il simplement présenté. Le Pr Thomsen a absolument voulu descendre pour les derniers préparatifs. Le bloc de glace est entièrement découpé et la paroi au-dessus totalement dégagée pour lui permettre de passer quand on va le faire remonter. Nous avons déjà installé les sangles et quand l'hélico va arriver, il n'y aura plus qu'à l'arrimer au filin.

– Ça risque de tirer un peu au décollage. Vous êtes sûrs de la résistance de vos sangles ?

– Il y en a deux prévues pour dix tonnes chacune. Le bloc repose sur des cales que nous avons glissées en entaillant dessous. René, mon collègue, et le professeur, contrôleront le décollement quand ça va tirer.

Tout ça était parfait, mais une petite mouche bourdonnait au milieu de mon crâne, et, tant qu'elle n'aurait pas vu la lumière et le sarcophage de Kooba, cette vague anxiété ne me quitterait pas.

10 heures.

Le téléphone m'a balancé ses bips d'appel.

– Patron ? Nom de Dieu, mais qu'est-ce que tu fous avec le téléphone de Dolorès ? Ça fait une heure que j'essaie de t'appeler, et rien ne passait ! J'ai essayé sur celui-là en dés... poir... cause. Tu m'en... ? Pu... télé... one ! Atten... Thom...

Ma batterie était vide ! Le froid l'avait sucée comme un Toblerone au cadmium. J'ai refermé méchamment le boîtier et j'ai collé l'appareil dans ma poche. Mais que pouvait donc me vouloir Arcady ?

« Atten... Thom... », ça voulait dire quoi exactement ? Attention à Thomsen ? De lui, ou pour lui ? De toute façon, là où il était actuellement, je ne pouvais franchement pas faire grand-chose !

La radio a crachoté ses grésillements d'appel et, avant même que le commandant ne signale son arrivée, le bruit du gros Puma s'est superposé à celui du vent, puis l'a remplacé. Il est devenu effroyable lorsque l'appareil s'est trouvé à quelques mètres au-dessus de nous, et je me suis dit que, en utilisation militaire, la grosse masse sombre de plus de 18 mètres de long et le bruit infernal des 1 600 chevaux des turbomoteurs devaient être suffisants à eux seuls pour foutre la trouille aux mecs qui avaient l'engin aux fesses. La neige giclait dans une valse d'enfer à quatre temps, pire que celle de Jacques Brel, au rythme des pales qui brassaient l'air dans leur ronde saccadée. Nos vêtements semblaient vouloir s'arracher, et la petite tente à côté luttait vaillamment contre la furie qui l'avait brutalement assaillie.

Le dénommé Mathieu était en contact radio avec l'hélico et a commandé le largage.

On a vu l'élingue se développer lentement, mais elle fouettait l'air dans des soubresauts furieux de serpent affamé, et je voyais mal comment attraper le crochet sans risque de nous faire happer. Nous avons dégagé pour laisser le terrain libre et, là-haut, ils ont laissé brutalement se dévider le câble, et le crochet est venu s'affaler sur la glace avec quelques spirales de métal. Le gendarme Mathieu a prévenu en dessous par talkie-walkie et l'a glissé dans la crevasse.

Pendant un bon moment, nous sommes restés là, pendus au bout de ces ondes qui ne se décidaient pas à vouloir remonter du fond.

Le bruit infernal ne permettait pas d'entendre quoi que ce soit. J'ai vu le gendarme discuter dans son talkie-walkie, faire de grands gestes rageurs, puis il s'est tourné vers nous. Il a voulu dire quelque chose, a gesticulé des mains, mais le bruit était si assourdissant qu'il m'a semblé assister à un spectacle de pantomime, le temps qu'il nous rejoigne.

– Le crochet est en place et dès que le câble sera tendu et le bloc suspendu, on remonte René par le treuil.

– Et Thomsen ?

– Il est cinglé ! Il ne veut pas quitter le bloc et restera dessus jusqu'à la surface. Impossible de le faire changer d'avis !

En contact avec son collègue, au fond, il a suivi la manœuvre, puis s'est mis à actionner le treuil. Le gars est apparu, le visage creusé, une barbe de trois jours et les vêtements trempés. C'était un des deux que j'avais vus la veille.

– Venez, a-t-il hurlé. Il vaut mieux dégager. Là au fond, au bout du câble, c'est la danse de Saint-Guy.

– Chorée de Sydenham, lui ai-je précisé. Ça peut frapper tout le monde, même le temps !

Les yeux fatigués m'ont regardé d'un drôle d'air. Je devais faire partie des personnes atteintes !

– Il est malade, l'autre, là-bas au fond ! Il s'est accroché aux sangles avec son baudrier et s'est mis à cheval sur le bloc !

Nous avons remonté la main courante, franchi un bloc de glace et nous sommes restés postés là, tous les quatre, à une dizaine de mètres.

Malgré sa masse, le Puma là-haut était ballotté dans tous les sens, et, connaissant un peu ce type d'engin, j'en ai conclu que le pilote ne devait pas franchement être à la fête. Lentement, le câble est remonté, avec des va-et-vient d'un côté à l'autre des lèvres de la faille, comme un poisson qui se débattrait pour rester dans son élément. Sauf qu'ici, c'était le moulinet qui tanguait, en plus de la bestiole au bout de son fil.

L'apparition aurait fait crouler de rire tout l'Olympia, moi, elle m'a foutu un coup d'angoisse qui s'est porté sur ma gastrite. J'ai inspiré trois fois lentement pour tenter de mieux y voir.

Tout d'abord, il n'y a eu que la tête de Thomsen, coiffée d'une sorte de chapeau de trappeur en peau à la Davy Crockett, avec les pattes de castor qui gesticulaient dans tous les sens. Puis la tête elle-même, congestionnée, les yeux exorbités, avec ses besicles à double foyer sur le bout de son nez, un peu de travers, le tout formant une vision ahurissante. L'émergence a continué. Le corps du professeur, puis le bloc de glace, qu'il chevauchait comme à Saint-Cyr, les mains agrippées aux sangles qui entouraient le bloc, les jambes ballant de chaque côté.

Et, dans son linceul translucide, le corps de Kooba ! Pendant une seconde, nous sommes restés le souffle court, le cœur en syncope, hypnotisés par la vision.

Mathieu, à côté de moi, est resté la bouche ouverte. René a eu un hoquet instantané. J'ai cru que j'allais chialer.

Melinda, accrochée à moi, a murmuré distinctement :

– Non ! Pas lui... Pas lui...

Par signes, Thomsen a fait comprendre à l'hélico de le déposer au-dessus, sur la partie plate du glacier.

Les choses sont alors allées très vite. Dès que le bloc de glace n'a plus été guidé par les parois latérales de la crevasse, il s'est mis à se trémousser au rythme du vent et des mouvements de l'hélico. Plus de trois tonnes en mouvement de pendule incontrôlé, c'était une mise au tapis garantie pour l'appareil. Le pilote a tout de suite compris, il a treuillé vers le haut et foncé en avant pour atteindre au plus vite la zone de dépose de sa cargaison. Le coup de vent l'a pris en traître et l'a déséquilibré vers l'avant. Il a piqué du nez, a failli partir dans un grand plongeon, a finalement réussi à redresser à quelques mètres du sol.

Mais le paquet n'est pas passé ! Le bloc, avec Thomsen, a été précipité sur l'énorme amas de glace qui surplombait la crevasse. Malgré le bruit du rotor, on a entendu le hurlement de Thomsen. Le pilote a réagi au quart de seconde en lâchant du câble. Le bloc a glissé lentement le long de la paroi, s'est immobilisé verticalement, toujours accroché au filin. Nous avons vu Thomsen qui se détachait, glissait à côté de la masse de glace, apparemment groggy mais sauf !

Puis, d'un seul coup, comme dans un film au ralenti, le bloc a basculé, s'est retrouvé à l'horizontale, a commencé à glisser inexorablement vers la crevasse. Thomsen s'est accroché à lui, a essayé dans un réflexe puéril d'enrayer la chute, mais il était à peu près aussi efficace que mon ex-307 pour freiner une locomotive.

Le filin s'est brutalement tendu. Le Puma tentait de le retenir, mais il était secoué comme un fétu de paille par le blizzard déchaîné qui le prenait de plein fouet. La chute vers le vide s'est arrêtée.

J'ai bondi de mon poste, malgré Melinda qui tentait de me retenir.

– Foutez le camp, Thomsen ! ai-je gueulé dans le brouhaha de la tempête et de l'hélico confondus.

Il a bondi sur le bloc, les yeux fous. Il avait une arcade sourcilière ouverte et le sang inondait toute sa joue.

– N'approchez pas ! Je vous interdis, vous entendez ! Je vous interdis ! Elle est à moi ! Rien qu'à moi !

Le bloc a repris sa lente progression vers le néant dont il était sorti.

– Thomsen ! ai-je gueulé. Sautez, bon Dieu !

Au-dessus, l'hélico a tenté une manœuvre désespérée, à moins que le pilote n'ait plus assuré le contrôle de la machine. Il s'est posé en catastrophe, dans un bruit effroyable. L'appareil avait dû en prendre un sacré coup même si le type connaissait son affaire.

– Kooba est à moi, rien qu'à moi, vous entendez !

Avec son visage en sang, Thomsen ressemblait à un diable réclamant son dû auprès de paroissiens effrayés. Il s'est arrimé par un mousqueton de son harnais à une sangle, le corps couché sur le sarcophage de glace. Son visage était contre celui de la femme, séparé par quelques centimètres d'éternité.

Il y a eu un fouettement d'ailes quand l'aigle s'est abattu sur lui et a arraché au passage la toque de fourrure, avant de disparaître aussi vite qu'il était venu. Comment cette bête avait-elle osé venir flirter de si près avec les pales du rotor ? J'ai songé aux paroles de Melinda et un filet glacé m'a coulé dans le cerveau.

Presque d'un coup, le bloc a fait le saut final, Thomsen collé à lui, sans même une parole ou un cri. Rien. Le silence de la tempête et de l'hélico une seconde, puis un premier fracas. Le câble s'est déroulé. Le pilote essayait de sauver ce qui pouvait encore l'être. Il y a eu un second choc, déjà assourdi par tous les autres bruits. Le câble s'est brutalement tendu, en bout de course et l'hélico s'est trouvé entraîné. Le pilote a mis les gaz à fond, mais avant même qu'il puisse repartir, un des patins s'est trouvé en déséquilibre sur la crête de glace.

– Sun-kalowapi ! ai-je entendu Melinda crier par-dessus les autres vacarmes.

J'ai vu la masse de l'appareil en équilibre instable, les moteurs hurlant, dans une tempête de neige soufflée par les rotors. Je me suis jeté en arrière juste au moment où le bloc de glace qui me surplombait se fissurait, cédait sous le poids de l'hélico et de la cargaison au bout de son élingue.

En un même mouvement, glace et ferraille confondues ont basculé. Les cinq tonnes du Puma se sont retournées les premières, comme une crêpe, les pales se sont encastrées dans la glace, se sont immobilisées, le moteur s'est arrêté. L'énorme masse de glace s'est fracturée en recouvrant l'appareil et s'est enfoncée dans la crevasse avec lui en l'y entraînant. Les patins ont émergé encore un instant, puis ont disparu à leur tour, recouverts par la glace qui continuait de tomber de la paroi supérieure.

Pendant deux ou trois secondes, il n'y a plus eu que le bruit de la tempête.

Une vibration est montée du sol.

– Vite, vite ! a gueulé un des gendarmes. Tout cède !

J'ai saisi Melinda par la main, et j'ai remonté à toute vitesse la main courante. D'un coup, elle est devenue molle. Le sol avait cédé derrière nous, juste à l'endroit où nous nous trouvions quelques minutes auparavant !

Le relief se transformait. La masse de glace supérieure s'enfonçait dans celle du bas, la repoussait, la recouvrait, la faisait retourner dans les couches plus profondes. Une nouvelle crevasse se formait, un peu plus haut que celle que nous venions de quitter, tout aussi semblable à la précédente mais pourtant sa fille très différente. Le mouvement était naturel, mais avait été accéléré par le choc de l'énorme masse qui avait basculé avec l'hélico.

Un nouveau chaos avait succédé au précédent, et il était difficile d'imaginer que quelques instants auparavant tout ait pu être si différent.

Nous sommes restés là, atterrés, assis autour de la minuscule tente, témoignage presque incongru de l'inanité des insectes humains à vouloir défier les forces de la nature.

Un peu plus haut, une silhouette a gesticulé, puis s'est mise en marche vers nous. Un des types de l'hélico ! Quand il nous a rejoints, il avait un visage ravagé par la douleur.

– Il aurait pu sauter ! Il aurait pu... Mais il a voulu essayer de sauver l'appareil. Le vent nous a collés au tapis..., a-t-il encore murmuré avant de s'asseoir dans la neige, la tête entre les mains.

Melinda m'a serré la main et, des yeux, m'a fait timidement signe de suivre son regard.

Là-haut, sur la crête de la nouvelle corniche dominant la nouvelle crevasse, l'aigle déchirait avec acharnement la toque en peau de Thomsen.

– C'était... Non... ce n'était pas Tumai, m'a-t-elle dit.

– Qui était ou n'était pas Tumai ?

Je n'y comprenais rien !

– Le professeur. Ce n'était pas Tumai.

– Celui qui devait venir la réveiller ?

Elle a paru réfléchir une éternité.

– Ce n'était pas le Tumai que Kooba attendait. C'est pourquoi elle a préféré retourner d'où elle venait.

Doucement, je l'ai prise dans mes bras et je l'ai serrée. Fort, très fort.

– Tu as raison, ma petite poulette. Je crois qu'elle sera beaucoup plus heureuse dans sa glace que là où on allait l'envoyer.

14 heures.

Nous sommes redescendus à trois sur la motoneige, Melinda, René et moi. René était au bord de l'épuisement et, une fois dans le Pajero, je l'ai ramené directement au PGHM. Un de ses collègues avait été prévenu au téléphone par Marciani et m'attendait pour récupérer le scooter sur la piste EDF et aller à la rencontre des deux gendarmes et du mécano de l'hélico qui avaient attaqué la longue descente à pied.

Ce n'est qu'à ce moment que j'ai pris conscience du silence de Scampana. Et que l'appel d'Arcady m'est revenu en tête.

Melinda m'a attendu dans la voiture pendant que, sur le premier téléphone venu, je tentais d'appeler mon numéro. Vu l'heure, si Scampana avait continué de marcher, depuis 3 heures ce matin, elle serait déjà arrivée sur l'autre versant, en Italie ! Et j'étais convaincu qu'elle n'avait pas dépassé le point où avait eu lieu notre catastrophe, mais bien avant. J'ai donc laissé sonner longuement. Rien !

Quelque chose s'était passé et j'ai eu l'impression que mes genoux se changeaient en eau. J'ai dû m'asseoir. A moins que ce ne soit la coulée de glace ayant tout enseveli là-haut qui venait me recouvrir à son tour.

Toute cette histoire était une folie conduite par des hommes avides de gloire, et je commençais à prendre conscience du gâchis qui l'entourait.

– Vous pouvez localiser une balise de détresse ? ai-je demandé.

Le type s'est activé sur plusieurs fréquences. Les grains de sable du sablier n'en finissaient pas de recouvrir mes inquiétudes de couches de plus en plus épaisses dans lesquelles je me sentais m'enliser.

– Nous l'avons ! m'a-t-il dit au bout d'un moment.

Il a fait un relevé GPS avant d'ajouter :

– Dans la combe du Bec noir. A environ 2 800 mètres d'altitude. Mais qu'est-elle donc allée faire dans ce coin perdu ?

Je lui ai expliqué. Sans fioritures. Le regard qu'il m'a lancé était celui d'un professionnel. Il est allé chercher deux cafés, en a posé un devant moi, et a commencé à boire l'autre lentement.

– C'est notre boulot, commissaire. Et vous êtes crevé !

Déjà il s'activait, s'organisait, préparait l'équipe d'intervention.

J'ai songé à l'appel interrompu de Dolorès.

– Ce matin à 5 heures, elle m'a téléphoné. Après trois heures de marche, donc. Elle m'a parlé d'une faille très longue, puis du contournement de quelque chose, avec ensuite des éboulis dangereux surplombant le glacier. Apparemment elle se trouvait plus haut que les premiers séracs...

Les hommes se sont consultés, se sont plongés dans l'étude de la grande carte accrochée au mur. Brutalement, je ne me suis plus senti d'aucune utilité. Simplement lessivé, vidé, ratatiné. Un être de chair et de sang ramené à ses fonctions minimales. Des globules exsangues cherchant désespérément comment arrêter enfin de gigoter sans arrêt.

Lentement, j'ai fait descendre le breuvage noir et amer, sans même avoir la tentation d'aller chercher du sucre.

Avant de rejoindre la voiture, j'ai tenté d'appeler Arcady. La voix du répondeur, aussi mélodieuse qu'une horloge parlante, m'a demandé de laisser un message ! J'ai raccroché, vide de toute force. Décidément, ce n'était pas ma journée !

Il aurait fallu que je prévienne le boss de ce qui s'était passé, mais quitte à lui faire digérer son repas aussi facilement qu'un tas de cailloux, j'ai préféré attendre un peu. Les derniers instants d'un homme condamné à ne voir fleurir les rosettes que sur le revers de veston des autres ! Notre discussion, voici quelques jours à peine, sur la gloire m'est revenue à l'esprit. C'était prémonitoire, bon sang !

Dans la voiture, Melinda dormait, recroquevillée sur le siège arrière, seule sa longue tresse et son bout du nez dépassant de la couverture dans laquelle elle s'était enveloppée.

En m'efforçant de faire le moins de bruit possible, j'ai sorti ma flasque de mon anorak et en ai pris une petite lampée pour tenter de remonter le moral en berne de mes leucocytes. L'alcool est descendu comme un schuss à skis, avec une arrivée incontrôlable en bas !

26

Tumai resta étendu la nuit entière, soigné par Lotha qui ne cessa de lui prodiguer des massages, de lui réchauffer lentement les pieds, les mains, les bras. Il ressentit la sensation de l'eau chaude sur sa chair, une véritable brûlure qui se transforma doucement en un bien-être total. Des aliments étaient glissés entre ses lèvres, il les laissait descendre doucement en lui, sans que ses mâchoires puissent mâcher ce qui était solide, et qu'il rejetait aussitôt. Son organisme retrouvait lentement la béatitude infantile, celle où le contentement passait par la satisfaction des instincts les plus primaires : manger, dormir, éliminer, et recommencer.

Et il y avait la voix ! Celle qui lui parlait sans arrêt, lui disait son nom, le faisait revenir dans le monde présent, et caressait son être autant que les mains qui l'effleuraient.

Dans une demi-inconscience, ou un demi-sommeil, il entendit les paroles de la jeune femme :

– Ne t'inquiète pas, ne bouge pas ! Je vais partir, mais je reviendrai bientôt.

Dans l'obscurité du petit matin, seulement éclairée par la lune, Lotha prit la direction de la caverne du Haut. Elle n'avait plus de provisions et savait pouvoir trouver là-bas tout ce qu'il lui faudrait.

Elle retrouva ses propres traces, descendit presque en courant, fit quelques préparations une fois arrivée sur place, et repartit avec le sac plein. Elle savait qu'il faudrait au moins deux jours pour pouvoir envisager de redescendre avec Tumai et se chargea de tout le nécessaire pour ce temps-là.

Le retour lui prit deux fois moins de temps que pour la première montée, pratiquement sans une seule pause.

Quand elle arriva en vue de l'abri, fatiguée par l'effort, le soleil était très haut dans le ciel. Elle aperçut, de loin, la silhouette de l'homme assis devant l'entrée de l'abri, le visage exposé au soleil, le corps recouvert de la grande peau de nuit. Il semblait concentré sur la vision de l'infini montagneux et ne porta son regard vers la jeune femme que quand elle fut à quelques pas de lui. Il plongea ses yeux dans le bleu de ceux de la femme. Elle eut l'impression de la caresse d'une ombre, une mer de tristesse tentant de s'échapper de ses berges, la remontée feutrée du silence d'un abîme, une infinie lassitude.

– Il faut que je te raconte, Lotha. Tout ce qui s'est passé.

Elle enleva son sac lourdement chargé, vint s'asseoir près de Tumai, et appuya sa tête sur ses genoux.

Et Tumai raconta.

Il lui fallut longtemps pour exposer à la jeune femme son aventure désastreuse, devenue celle de sa propre vie. Alors, ils restèrent silencieux, perdus dans leurs pensées ou témoins de leurs interrogations, appuyés l'un à l'autre.

Tumai savait que désormais il vivrait, en raison de son esprit de survie qui avait dominé ses pensées, et de Lotha, cette femme qui lui avait dit qu'elle l'attendrait et qui l'avait fait ! Il n'avait qu'une perception vague des jours qui lui restaient à vivre, et de ce qu'il pourrait en faire dorénavant. Mais Kooba était enracinée au plus profond de son être. D'autant plus que le temps, cet ami si traître, n'apporterait jamais l'usure que leur vie en commun aurait pu générer. Kooba resterait toujours intacte en lui et pour lui, belle et sans reproche, telle qu'en elle-même et en lui-même jusqu'à son dernier souffle !

Bien que Tumai ne se soit pas étendu sur l'intensité de sa relation avec Kooba, Lotha avait perçu qu'un lien étrange, plus fort que la vie, plus intense que la mort, s'était tissé entre l'homme qu'elle avait ramené de si loin et la femme qui gisait désormais dans son tombeau de glace. Quelque chose qui n'avait rien à voir avec le besoin physique brutal qui la traversait parfois, ni avec cet éveil des sens qu'elle savait si bien provoquer chez les hommes et le plaisir qu'elle savait leur donner quand elle-même était disposée à le faire. Ni même avec ce que son père et sa mère appelaient la tendresse et qui les avait unis encore après des années. Les choses de la vie ne l'avaient jamais effrayée, mais celles de l'ombre, des ténèbres et de l'Au-Delà recelaient par leur inconnu même des maléfices devant lesquels elle restait sans réponses.

Mais cela lui importait peu ! Tumai était là, bien vivant. Et elle avait le temps pour elle, tout le temps ! Elle réussirait à effacer de sa mémoire le souvenir de l'autre, le souvenir de ce qu'ils avaient vécu ensemble, et même le souvenir de ces souvenirs, elle en était certaine !

Quand les premières fraîcheurs s'accouplèrent aux ombres qui glissaient lentement vers eux sur le glacier, ils rentrèrent sous l'abri. Tumai s'étendit, et s'endormit aussitôt. Lotha veilla, soigna sa main gauche comme elle le put, tout en sachant qu'il faudrait certainement enlever ce doigt noir par lequel les impuretés risquaient de s'immiscer dans le corps du rescapé. Contrairement à son idée initiale, elle décida qu'ils ne devaient plus tarder maintenant, et qu'ils redescendraient le lendemain. Même si elle devait soutenir Tumai, ou s'il apparaissait nécessaire de faire une autre halte dans la longue descente.

Au milieu de la nuit, il se réveilla et elle le nourrit longuement. Puis il repartit dans cette léthargie presque cataleptique dont il semblait ne s'être évadé que pour évoquer son étrange disparition.

Accablée de fatigue, Lotha finit par s'endormir. Elle tomba comme une masse, la tête dans les bras, contre le corps de l'homme, sans même le sentir.

Ils reprirent lentement le chemin du retour avant que le soleil ait commencé à ramollir la surface gelée du glacier. Lotha avait encordé Tumai à elle, et il s'appuyait sur une des perches qui avait été réduite à la longueur d'une grande canne.

Elle avançait très lentement, choisissant avec précaution l'emplacement de chacun de ses pas, se retournant fréquemment. Tous les quarts d'heure, elle faisait halte, donnait à boire ou à manger des fruits séchés à l'homme, le laissait recouvrer une respiration normale avant de repartir.

Chaque pas dans cette avancée lui faisait tourner le dos à un passé qu'elle avait décidé d'ensevelir aussi profondément que Kooba. Jamais elle ne regarda vers le haut. L'avenir de Tumai, ainsi que le sien, lui appartenait. Il fallait simplement qu'il émerge des profondeurs encore inconscientes de son compagnon.

Elle songea à Kostai. La Grande Initiation était terminée. Celui-qui-sait était maintenant trop âgé, et les événements qui venaient de se produire, et dont il ne connaissait pas encore le détail, le condamnaient de toute façon à ne jamais pouvoir envisager de transmettre l'idée à un autre porteur des connaissances. Et qu'en serait-il quand les tribus apprendraient ce qui s'était passé, et la disparition de deux des leurs ?

Et ceux d'en bas, de la Horde ? N'étaient-ils pas déjà à la recherche de leurs compagnons disparus depuis plusieurs jours ? Une angoisse la saisit. Si jamais ils les trouvaient, elle et Tumai, sur le glacier, quels arguments pourraient-ils évoquer ? Et qu'en serait-il alors de leurs vies à tous deux ?

Inconsciemment, elle allongea son pas.

Lentement, l'idée de taire à tous ce qui s'était passé s'insinua en elle, avec la lenteur d'une couleuvre en quête de la pierre chaude qui prendrait possession de ses sens. La réflexion était arrimée en elle et fit son chemin. Il y avait bien eu un désastre, mais le responsable était Kostai. Et c'était lui qui devrait faire le nécessaire pour effacer les traces de tout cela. Et il le pouvait, Lotha le savait.

Car n'était-il pas, lui, Kostai, le seul lien entre les tribus ?

La nuit tombait quand ils arrivèrent enfin à la caverne du Haut. Avec les pierres qui obstruaient l'entrée et la neige qui avait colmaté les interstices, la paroi semblait lisse. Seul, Tumai ne l'aurait pas retrouvée, et il comprit pourquoi Kostai avait choisi cet emplacement si peu repérable.

Ils prirent un long repos, profitant de la chaleur que leur apportait le bois qui avait été entreposé. Lotha avait choisi la pièce qui avait été la sienne, plus facile à chauffer. Les peaux sur le sol étaient encore là, quelques peaux de nuit aussi. Au milieu de la grotte, autour du grand foyer commun, se distinguaient encore les pierres à brûler, le cadre en bois qui avait servi à supporter l'estomac de cheval et la soupe, et quelques os épars, restes du sanglier. D'autres objets avaient été abandonnés, deux plats à manger en omoplate taillée, un bol en fibres végétales tressées, une louche taillée dans une corne de bovidé. La source dévidait son lent goutte à goutte au fil du temps qui s'écoulait.

Tout dénotait la présence presque palpable des humains qui s'étaient réunis ici quelques jours encore auparavant. Tumai réalisa à peine qu'il en faisait partie. Il sortait lentement de sa torpeur, et la conscience réelle des événements remontait lentement à la surface de la réalité.

Lotha le trouva dans la chambre qui avait été la sienne, et celle de Kooba, pour deux nuits. Il pleurait silencieusement.

Elle le prit doucement par la main et l'entraîna vers l'univers qu'elle lui réservait.

27

Mercredi 24 décembre, 15 heures.

Les Lucioles présentaient l'apparence d'un chalet vide et sans âme, aucune lumière n'y brillait. Une ambiance sépulcrale baignait toute la vallée et avait fait s'allumer des milliers de fenêtres qui s'égrenaient comme un parterre de lampyres.

Où Lina pouvait-elle bien être allée ? Elle qui détenait probablement la clé du silence téléphonique de Scampana. Et surtout Aline ?

Le garage était entrouvert. Des équipements de montagne, ainsi que du matériel de ski et des raquettes en nombre suffisant pour une colonie de pingouins traînaient encore dans un coin. Mais ne sachant pas exactement ce qu'il y avait précédemment, cela ne m'a rien appris.

Dehors, le vent continuait à jouer à saute-mouton avec les toits dans un vacarme d'autotamponneuses, et j'ai décidé d'opter pour le confort de l'intérieur.

Avec précaution, j'ai pris Melinda dans mes bras, toujours enveloppée dans sa couverture. Elle a simplement poussé un petit soupir, et a calé sa tête contre ma poitrine pendant que je la transportais à l'intérieur.

Le sas d'entrée franchi, j'ai poussé la porte donnant sur la grande salle commune. La chaleur particulière qu'il y faisait m'a surpris. Le chauffage fonctionnait, bien entendu, mais s'y ajoutait cette sensation incomparable du feu de cheminée. Mes yeux se sont portés vers le grand foyer capable d'avaler des bûches d'un mètre de long, et, effectivement, il était rougeoyant.

Mais c'était à peu près la seule lueur qui permettait de s'y retrouver, aucune lumière n'étant allumée.

Mes pas m'ont porté vers l'escalier conduisant à notre chambre, au premier, et j'ai actionné l'interrupteur du bout des doigts.

– Je vous attendais, commissaire !

La voix m'est tombée dessus comme l'acide nitrique sur Sainte-Claire Deville [1]. En étant préparé, on pouvait éviter le pire mais, par surprise, l'effet était brutal.

Dans l'autre coin de la pièce, Lina Hagfors se tenait droite, derrière une chaise, un revolver à la main. Sur la chaise, il y avait Aline. Quant au revolver, il était pointé sur sa tempe. Et, du premier coup d'œil, j'ai reconnu l'arme non réglementaire de Dolorès.

– Je peux la poser ? ai-je demandé en désignant Melinda du menton.

Elle a acquiescé de la tête, et je suis allé déposer Melinda sur le canapé face à la cheminée.

J'avais pu constater le sang-froid de notre hôtesse lors de son interrogatoire de la veille, et je savais qu'il serait difficile de vouloir la déstabiliser. Lentement, je suis revenu vers elle.

– Là, a-t-elle dit en me désignant une chaise en face d'elle, de l'autre côté de la table.

Je m'y suis assis, les mains bien à plat sur le bois rustique, et Lina a envoyé Aline rejoindre le siège voisin du mien.

---

1. Prénom Henri (1818-1881) qui, outre cette charmante invention, sut aussi préparer industriellement l'aluminium et le magnésium, deux autres diaboliques créations humaines !

Elle est restée debout derrière sa chaise, l'arme pointée sur nous, et à voir sa façon de la tenir, je me suis dit qu'elle savait certainement où se trouvait la sécurité !

– Qu'avez-vous fait du lieutenant Scampana ? ai-je demandé.

– Cette grue insolente ? Elle doit bien dormir maintenant ! Peut-être pour l'éternité !

– Une grue, je vous le concède ! Insolente... je dirais plutôt lucide, ou clairvoyante, ou même intelligente, qui sait ? Chacun ses appréciations !

– Fermez-la, commissaire !

– Dans la combe du Bec noir, c'est ça ?

Le coup a porté. Elle a relevé l'arme dans ma direction.

– Des hommes sont déjà à sa recherche. Si jamais elle est... morte, je ne donne pas cher de votre peau, Lina. La mort d'un flic, surtout quand il est bon, ça n'est jamais pardonné !

– Je me fous d'elle ! Le responsable, c'est vous ! Pourquoi avez-vous remué tout ce vieux passé ? Pourquoi ?

Elle avait hurlé le dernier mot. Dans ma tête, des équations défilaient à toute vitesse, et j'ai retrouvé mes capacités de matheux quand j'avais passé mon bac avec 16 sur 20 dans un problème d'intégrales.

– L'histoire qu'avait devinée Scampana était vraie, n'est-ce pas ?

Elle a pâli et, du geste rageur que je lui avais déjà vu, elle a découvert son front d'une mèche imaginaire.

– La réunion de jeunes spécialistes en préhistoire organisée par lord Braithwaite. Puis le jeune Italien, comment déjà... Sergio, et la fille suédoise... Krystina, se sont retrouvés sur le glacier et y ont rencontré les cousins Calmat. Les choses ont mal tourné. Une bagarre ? Une histoire de sexe, tout simplement ? Les deux cousins ont flingué Sergio, je parierais... Et eux ont été abattus à leur tour ! Les trois corps balancés dans une crevasse. Et ils sont tous ressortis, y compris Sergio que vous avez fait disparaître comme le docteur l'a fait pour Claude Calmat. C'est bien ça ?

Elle m'a lancé un regard froid, sans aucun commentaire. J'ai continué mes élucubrations selon ma table de facteurs inconnus.

– Mais vous aviez raison, Lina ! Une fois ce corps récupéré, quel risque couriez-vous ? Aucun ! Donc...

– Donc, commissaire ? m'a-t-elle balancé froidement.

– Le corps de Krystina, par un caprice incroyable du glacier, n'était toujours pas ressorti ! Et vous avez paniqué quand Denis Servoz vous a fait une confidence involontaire... C'est cela ! Denis et vous... Vous avez été sa maîtresse, n'est-ce pas ? C'était donc vous sa dernière... amie, malgré la différence d'âge ! Mais vous avez dû déployer un luxe de précautions pour que ça ne jase pas dans la vallée ! Il y avait plein de choses qui vous réunissaient... La montagne, la fascination du glacier de Talière, et surtout la préhistoire ! Il a dû se laisser aller à une confidence involontaire, sans entrer dans le détail !

– Denis était un amour, et je regrette sincèrement sa mort, croyez-moi !

– C'est vous qui l'avez tué en utilisant un poignard que vous saviez trouver chez lui. Je me trompe ?

Elle n'a pas eu un cillement, et je me suis senti soudain en position d'accusé de je ne savais trop quoi. Peut-être de mauvais raisonnement ?

– J'ai beaucoup d'estime pour vous, Lina, et je vous sais capable de choses très étonnantes. La preuve !

Son visage a esquissé son fameux sourire. Un quart de seconde, puis a repris ses traits impassibles.

– Mais je vous vois mal, là-haut, à vingt-deux ans, avec cette autre presque compatriote, Krystina, flinguer deux hommes armés, même en état de légitime défense, croyez-moi ! Il y avait bien quelqu'un d'autre... Un homme ! Un homme que vous avez protégé toutes ces années ! Je suis sur la bonne voie maintenant ? C'est lui qui vous a débarrassé des deux gredins ! Un homme que vous avez passionnément aimé, au point de le laisser disparaître sans dire un mot ! Sauf à lord Braithwaite, qui s'est senti responsable de tout ce carnage et a préféré se suicider plutôt que de vivre avec trois morts sur la conscience, un assassin en liberté, une jeune spécialiste promise à un bel avenir, témoin, et sa meilleure assistante, complice ! Et cet homme est encore vivant ! Et ne doit à aucun prix être mêlé à un scandale, même ancien... Même si la loi ne peut plus agir... Un homme important... Que vous avez rencontré par le biais de votre passion commune, la préhistoire... De votre âge, beau et musclé, comme vous disiez...

Le visage de Lina Hagfors s'est tendu, et j'ai senti que j'étais sur la bonne voie. Tout près même !

– Nom de Dieu !

Toutes les données se sont soudain assemblées dans un flash éblouissant.

– Thomsen ! Benjamin Thomsen ! C'était lui ! Ça ne peut être que lui... Je commence à bien visualiser la scène. Vous étiez tous les quatre sur le glacier. Peut-être faisait-il un temps comme nous en avons eu voici quelques jours ? De quoi vouloir se dépoiler au soleil et batifoler un peu avec le copain pour se faire des chauds et froids après les dures séances de travail avec lord Braithwaite ? Krystina et Sergio d'un côté, vous et Thomsen de l'autre. Les cousins Calmat arrivent, attirés par la chair blonde et fraîche. Bagarre. Ils tuent Sergio et violent Krystina. Thomsen intervient et les tue tous les deux !

– Non, Marac !

La voix d'Aline est soudain sortie du silence dans lequel mon flot de paroles l'avait noyée.

– Regarde-la ! Regarde cette douleur qu'elle porte ! Il y a quelque chose d'autre encore ! Quelque chose qui brûle en elle et qui l'a consumée toute sa vie durant.

Un silence pendant lequel les regards des deux blondes se sont affrontés. Détermination froide contre compassion sincère.

– Lina, dites-moi, Thomsen, cette fille, Krystina, c'était elle qu'il aimait, n'est-ce pas ? Et pas vous... Et vous, vous le... teniez seulement ! Par le passé ! Quel gâchis, bon sang ! Votre vie... Votre jeunesse... Une si belle vie !

– Taisez-vous ! Thomsen m'a aimée pendant toutes ces années. Il m'a aimée vous comprenez ?

– L'amour qu'on donne peut parfois être si intense qu'on n'imagine pas qu'il ne puisse être réciproque.

– Et le hasard, ai-je continué, appelons-le destinée cette fois-ci, vous a balancé un énorme pied de nez ! Le corps, pour une fois, a été retrouvé avant qu'il n'arrive à la moraine. D'où votre hâte à vouloir empêcher son repérage. Vous avez fait taire Denis Servoz, et Serge Vergandi dans la foulée, dans une belle mise en scène ! Et, ironie encore plus grande, ce n'est pas le corps que vous attendiez, mais celui d'une femme de dix mille ans que Denis Servoz a involontairement découvert ! Au lieu d'un possible déshonneur, c'est la gloire absolue que le glacier apportait à Thomsen ! Et vous, vous avez commis deux meurtres pour rien ! Pour rien !

Lina Hagfors n'était plus que deux fentes bleues qui visaient mes yeux. Son doigt s'est crispé sur la détente. Mais je n'ai pas baissé le regard.

Des détails arrivaient maintenant par vagues successives, dont certains s'écrasaient sur d'autres questions. Thomsen qui semblait connaître par cœur les horaires de train pour Chamonix ! Arcady qui, sans aucun doute possible, voulait me mettre en garde *contre* Thomsen ! La réservation du boss spécialement chez Lina Hagfors ? Je pressentais une explication !

– Et le 4 × 4 qui a voulu nous balancer dans le ravin, comment vous y êtes-vous pris ? Ce n'était pas vous, donc ça ne pouvait être que lui, n'est-ce pas ? Le lieutenant Scampana commençait à cerner de trop près cette boue du passé. Mais quelques heures après je l'ai réceptionné à la gare, bon sang !

– Les avions privés, ça existe, commissaire, vous devriez le savoir ! Après mon interrogatoire à la gendarmerie, je l'ai prévenu. L'avion a atterri à Annecy où un 4 × 4 de location l'attendait. Et à 3 heures du matin, il était ici. Après votre... accident raté, il a largement eu le temps de descendre à Saint-Gervais récupérer le train spécial de Paris.

– Et quand il vous a appris que le corps découvert par Denis venait d'un passé infiniment plus ancien, comment a-t-il pris le fait que sa petite chérie, puisque vous le dites, ait froidement abattu deux pauvres gars ?

– Taisez-vous, commissaire ! La seule chose qui importe pour moi, maintenant, c'est qu'il est mort ! Mort, vous entendez !

– Et c'était pour cela que vous étiez partie ce matin ? Pour aller vous poster à un endroit où vous auriez une vue directe sur les événements, sur la sortie du catafalque de glace ? En emportant même votre lunette adorée pour mieux voir ? Au moins, vous avez été servie ! Le spectacle, même s'il n'y a eu qu'une seule représentation, a été franchement grandiose ! *Apocalypse now* en version chamoniarde ! Vous avez vu la tête de Thomsen quand le bloc de glace est sorti avec lui dessus ?

– Taisez-vous !

– Pourquoi donc cacher la vérité ? Je ne sais pas quelle femme il a aimée, vous, ou Krystina comme le pense Aline. Mais je peux vous dire une chose : son boulot, ses recherches, ont été sa vraie passion ! Bien plus que tout l'amour que vous lui avez peut-être égoïstement donné !

– Vous vous êtes bien convaincu, commissaire ? Tant mieux pour votre petite satisfaction personnelle d'enquêteur ! Pour moi, la suite n'a plus aucune importance. Surtout pas ma vie. Ni la vôtre, d'ailleurs. Mais j'ai besoin d'une dernière compensation, ce sera votre douleur contre la mienne. Allez, maintenant que vous vous êtes rassasié du passé, debout ! Tous les deux !

Nous nous sommes levés.

– J'ai perdu Thomsen. Vous allez perdre Aline. Ensuite, je quitterai ce monde, et vous, vous pourrez bien faire ce que vous voudrez !

Aline m'a serré la main avec douceur. Elle n'était même pas moite, confiante simplement. Je me suis glissé devant elle.

– Comme vous voulez, commissaire. Mais elle seule me suffisait ! Tant pis pour vous ! Et ça ne changera rien pour elle !

– Lotha...

La voix douce de Melinda nous a fait sursauter tous les trois, tandis que ma petite Indienne s'approchait de nous et qu'elle venait se coller contre moi, dans son geste habituel. Puis elle s'est tournée vers Lina Hagfors.

– Je connais Lotha, tu sais !

J'aurais hypothéqué sans hésiter mon futur dentier en or massif pour savoir qui était Lotha. Mais ce n'était pas moi qui tenais la roulette et j'ai dû attendre, avec une curiosité à fleur de gencives.

– Lotha..., a répété Lina, comme hypnotisée par le mot. Que sais-tu encore ?

– Je sais qui était Lotha ! Et comment elle aimait Tumai ! Et ce n'est pas toi qui as fait tout ça !

Et l'incroyable s'est produit ! Devant nous, Lina a pleuré ! Pas un gros chagrin d'amoureuse transie, non ! Simplement deux énormes larmes sans fin qui sont descendues le long de son nez, aux coins de sa bouche, pour clore enfin ce passé si terrible.

– Va-t'en, Melinda ! Va-t'en, je t'en prie !

– Non ! Mon aigle est venu. Et il reviendra encore !

Sans regarder la gamine, sans un geste pour essuyer son visage, Lina Hagfors a levé son arme sur moi.

J'ai pensé à Dolorès. Dans mes précédentes enquêtes, elle était toujours arrivée au dernier moment, quand je l'attendais le moins, pour mettre sa touche personnelle généralement bien placée. Allait-elle surgir de sa combe du Bec noir comme par enchantement ?

Un moment, je l'ai cru, quand le coup de feu a retenti.

La balle avait dû traverser l'épaule ou le haut du bras car Lina a lâché l'arme qui est tombée au sol. L'étonnement m'a tellement saisi que je n'ai pas eu le temps de tenter de faire le tour de la table. Déjà, avec une rapidité stupéfiante, elle avait récupéré l'arme de la main gauche, le bras droit pendant, et l'avait de nouveau pointée sur moi. Elle vacillait d'avant en arrière, au bord de l'évanouissement. Son bras bougeait, son corps tremblait, mais le canon semblait rivé sur ma poitrine.

Le deuxième coup l'a atteinte sur le côté. Avec l'angle de tir, c'était le seul endroit possible. Elle s'est effondrée pratiquement sur elle-même.

– Putain ! Il faut toujours qu'il y ait quelqu'un pour te tirer des mauvaises situations ! Tu ne changeras jamais, hein ! Pour la causette, y a pas à dire, ça marche, et on apprend plein de trucs au passage. Mais pour le flingue, c'est autre chose !

Arcady ! Là-haut, dans la coursive de l'étage !

J'étais déjà penché sur Lina. Je la sentais partir. Elle voulait me parler. J'ai mis mon visage tout près du sien.

– Pour Denis, vous leur direz... je regrette tout... tout... Sergio... Pas de chance... Benjamin... Si beau tout ça... L'amour... Tumai, Kooba...

Ces noms ! Elle, et Thomsen qui avait hurlé « Kooba » sur son bloc de glace, avant de mourir !

Comment pouvaient-ils les connaître puisqu'il n'y avait que Melinda, Aline et moi-même qui les connaissions ? Et le patron, ai-je songé. Mais il n'en avait pas dit un mot à qui que ce soit, je le savais, même si j'allais le contrôler.

Elle n'en dirait pas plus. Quelque chose battait encore faiblement sous mes doigts, là, à la carotide, mais elle était déjà ailleurs.

– Arcady ! L'hôpital, vite !

Pendant tout le temps où nous avons attendu autour du corps étendu, j'ai tenté une compression pour bloquer l'hémorragie, sans grand espoir. Aline a étendu une couverture sur elle, mais il nous semblait voir la chaleur vitale quitter le corps inexorablement. Arcady avait fait ce qu'il fallait, ce qui ne l'empêchait pas d'essayer de regarder le bout de ses chaussures par-dessus le débordement de son ventre, tentative désespérée pour oublier son coup de feu final. Melinda s'était assise à côté de Lina et, tout doucement, en sioux, psalmodiait une lente mélopée. Peut-être un dernier hommage à un bon combattant de la vie ?

L'ambulance est arrivée en moins de dix minutes.

Quand ses feux ont disparu dans la longue descente vers Chamonix, c'est Arcady qui a broyé le premier le bloc de silence qui s'était installé.

– Elle l'a couvert jusqu'au bout ! Je t'avais bien dit que je devais voir un type dans le Vercors, tu te souviens ? A Vassieux-en-Vercors, exactement. Il y a très longtemps, il existait là un atelier de taille du silex. Comme il y avait un important gisement et que les hivers étaient froids... Bon, j'abrège ! Un musée de la préhistoire a été installé sur ce site, avec des spécialistes de la taille. Le gars que j'ai rencontré a une soixantaine d'années et taille le silex depuis près de quarante ans. Il m'a montré la technique des micro-machins, et m'a expliqué pourquoi c'était si difficile à réaliser. Il a mis des années pour réussir ! Grâce à un expert en la matière, un type qu'il avait rencontré sur un chantier de fouilles. Un Danois prénommé Henrik. Tu vois qui ?

– Allez ! va, lui ai-je dit. Tu as bien fait tous ces kilomètres pour trouver ça, non ?

– Henrik Benjamin Thomsen, d'origine danoise, installé en France et nationalisé français il y a plus de trente-cinq ans.

– Dans les années 1962 à 1965, c'est ça ?

– Comment tu sais ?

– L'héritage de lord Braithwaite aura servi aussi à ça !

– Du coup, j'ai demandé à Gallay de faire une recherche complète. Et il a découvert que Thomsen avait une collection privée exceptionnelle d'armes préhistoriques. Qu'il était un sportif accompli : montagne, ski, VTT, et... tir à l'arc dans un club de Paris depuis plus de trente ans ! T'imagines ! J'ai voulu te prévenir, mais ton téléphone ne répondait pas. Et puis après, la ligne a été coupée.

– Le froid, ai-je murmuré.

– Mes fesses, oui. Un mauvais modèle. Je t'en trouverai un autre ! Vu que j'étais pas loin, j'ai décidé de rappliquer ici. Pour tout dire, j'ai pas vraiment respecté toutes les limites de vitesse.

– A force de rouler à tombeau ouvert, un jour, tu vas le refermer sur toi, tu vas voir !

– Toutes ces années pour finir comme ça : mort ! Ce serait vraiment con ! C'est comme si j'avais servi à rien ! Me parle pas de malheur, hein ! Donc, je continue. J'arrive ici. Noir complet, pas un péquenot ! Je rentre, je monte dans les chambres, je repère la vôtre. Et là, voilà que Lina Hagfors entre, un flingue à la main, et devant le flingue, devine qui, Aline ! Le flingue, en plus, j'ai tout de suite vu qu'il s'agissait de celui de Dolorès. Elle dit calmement qu'elle va t'attendre pour régler quelques comptes. Alors, j'ai attendu aussi, pour essayer de comprendre. Tu connais la suite. Putain, j'aurais dû la désarmer tout de suite, oui ! Jamais j'aurais pu imaginer qu'elle allait récupérer son flingue de la main gauche !

Arcady s'épanchant, c'était un risque de déraillement lacrymal garanti. Il valait mieux l'aiguiller sur une autre voie immédiatement.

– C'était donc Thomsen pour toi ?

– Il a le profil idéal, non ?

Mais sur ce coup, mon gros avait quand même déraillé du cerveau.

– Ça n'a aucun sens. Pourquoi Thomsen aurait-il flingué ces deux glaciologues alors qu'il savait parfaitement qu'il s'agissait d'un corps d'il y avait dix mille ans ? Il n'avait plus rien à craindre !

– D'après toi, il n'en aurait pas parlé à Lina avant que nous arrivions ici, c'est ça ? Et elle, ne sachant rien, a agi pour le protéger de cette vieille histoire du passé ?

– Peut-être. Ce dont je suis certain, c'est que jamais il n'aurait parlé de cette découverte à qui que ce soit. C'était la gloire de sa vie ! Le directeur du musée de l'Homme, le plus grand spécialiste européen de cette période, celui qui avait été écarté des travaux sur Ötzi...

– C'est qui celui-là ? Il n'est nulle part dans l'enquête, m'a demandé Arcady avec une suspicion à fleur de ventre.

– Un type de l'Ötzal. Tu ne connais pas.

– C'est un continent disparu, ou c'est toi qui me caches quelque chose ?

– Disons, une très vieille histoire d'un type qui s'est lui aussi fait flinguer par une flèche. Et qui s'est retrouvé congelé avec des roubignoles de la taille d'un pépin de raisin.

La réflexion l'a vraiment remué, mon brave lieutenant.

– Tu me raconteras, hein ?

– Promis.

– Bon, revenons à nos congelés. Parce que Thomsen, il l'est aussi maintenant ! Alors, quand il a découvert que sa copine Lina avait flingué les deux autres, il a fait quoi, il lui a donné la Légion d'honneur ?

– D'après moi, il ne pouvait pas l'imaginer en meurtrière potentielle. C'est bien là le problème ! Pour quelle *autre* raison a-t-il essayé de nous mettre à la baille, Scampana et moi ?

Arcady m'a regardé dans l'attente de son eau bénite.

– Et que signifient leurs derniers mots, à Thomsen et elle, « Tumai, Kooba » ?

– C'est quoi ça ?

– Des noms ?

– Et alors ?

– Alors ? Même toi, tu ne le savais pas !

Nous lui avons fourni les explications.

Melinda a résumé ce que je pressentais maintenant :

– Ce n'était pas elle, Marac !

– Je commence à le croire, ma poulette ! Elle n'a été qu'un instrument du destin...

– Wakantanka, tu veux dire ?

– C'est ça, oui. Elle a aimé Thomsen toute sa vie. Et Lotha, dis-moi, c'était qui ?

– Lotha, c'était Lina... avant.

– Avant quoi ?

– Avant, il y a très longtemps, très, très longtemps, c'est tout !

C'était ainsi avec Melinda ! Un labyrinthe au parcours difficile avec de petites fenêtres qui s'ouvraient soudain sur des horizons inconnus, mais quand on essayait de se pencher pour mieux voir, on basculait sur le gazon glacé de la réalité ! Et là, il m'a semblé que, brutalement, il ressemblait bien à la case départ !

Pourtant, et l'expérience présente venait encore de me le prouver, tout ce qu'elle racontait avait une fâcheuse tendance à se réaliser !

16 heures.

– Patron ? J'ai besoin d'une seule réponse...

– Alors Marac, on en est où ? Allez, dites-moi, ne traînez pas, voyons !

La voix du boss était aussi radieuse qu'un lapin de garenne émergeant dans un champ de carottes. J'ai préféré lui faire digérer la soupe aux herbes sauvages un peu plus tard.

– Plus tard, patron ! Je vous raconterai. Le chalet que vous nous avez réservé, Les Lucioles, ici à Talière, pourquoi l'avez-vous choisi ? Vous y aviez embarqué une de vos dulcinées ?

– Marac, s'il vous plaît ! Un peu de respect !

– Allez, patron, vous savez bien que la dose de respect que l'on porte aux autres est proportionnelle à celle que l'on se porte à soi-même ! Et que les autres se portent à eux-mêmes !

– Ça devient un peu compliqué, non ?

– Alors, patron ?

– Eh bien, c'est... c'est le Pr Thomsen qui m'a donné l'adresse. Il y a un problème ?

– Un problème de chauffage, oui. Thomsen s'est gelé de froid, et la proprio s'est cramée.

Le silence à l'autre bout du fil a été aussi éloquent que celui de Cicéron frappé d'amnésie, d'aphasie, d'apraxie, d'agnosie, de dysmnésie et de syndrome de Korsakoff tout ensemble.

– Et vous ? a-t-il finalement pu prononcer.

– C'est la tempête, ici. On est en plein brouillard et c'est un peu dur de voir où on va !

Je l'ai remercié et j'ai raccroché, le laissant à ses angoisses cérébrales.

Mon idée était donc bonne. Thomsen avait bien fait le nécessaire pour nous avoir sous la main par Lina Hagfors interposée, et savoir ainsi, par la bande, où nous en étions de nos avancées. Donc, il souhaitait bien ne pas nous voir découvrir quelque chose, qui ne pouvait pas être cette ancienne histoire du passé, puisqu'il savait que le corps dans le glacier ne représentait aucun risque pour lui.

Alors, quoi d'autre ?

A moins qu'il n'ait voulu couvrir Lina en ayant découvert qu'elle avait flingué les deux glaciologues ?

J'avais un turban de fonte autour du crâne, et la petite mouche qui se baladait n'avait toujours pas trouvé la sortie.

18 heures.

– Arcady, tu ne veux pas arrêter de tourner en rond comme ça, non ? Tu vas finir par me faire rater ma mayonnaise, et, en plus, je ne suis pas certain que le plancher soit prévu pour ça !

– Quelle mayonnaise ?

– Celle que je suis en train de remuer dans mon cerveau.

– Mais c'est vrai que j'ai faim, putain ! Tu parles d'un réveillon, dis donc !

– Tu n'es quand même pas venu ici juste pour ça, non ?

– Ben, je m'étais dit que te donner un coup de main et venir manger le petit Jésus avec toi, c'était pas incompatible, c'est tout !

– Et ta dulcinée, alors ?

Il n'a pas eu le temps de me répondre.

Le téléphone et la voix de Marciani nous ont tirés de nos considérations philosophiques.

– Commissaire Marac ?

– Votre lieutenant, Dolorès Scampana, nous l'avons retrouvée...

J'ai eu trois-dixièmes de seconde d'arrêt cardiaque.

– ... sauve, ne vous en faites pas. Gros traumatisme crânien et des hématomes sur tout le corps, suite à une chute de plus de 100 mètres sur une pente glacée. Le GPS et les balises de détresse, c'est une merveille, vous savez !

Je me suis dit que j'irais payer un gueuleton à Martial Munari, le photographe, quand je lui rapporterais enfin son appareil.

– D'ailleurs, elle tient à vous parler, commissaire.

– Patron... désolée, vous savez...

La moitié des mots s'étouffaient entre langue et palais et les rares qui s'extrayaient semblaient sortir d'un gaufrier.

– Je suivais les traces dans la neige, de loin... Rien vu... Soudain, un coup sur la tête... Le brouillard... Elle aurait pu me tuer... Je crois... c'est pas elle, non !

Les derniers mots avaient été propulsés dehors. Même si sa carcasse allait demander quelques révisions, ses petites cellules grises s'agitaient toujours ! En harmonie avec les miennes, en plus.

– Vous avez fait du bon travail, Dolorès, et Lina Hagfors a été forcée de se découvrir. Allez, reposez-vous ! Je passe vous voir dès qu'on vous aura descendue.

– Alors, patron ?

– Scampana est amochée, mais récupérable. Faudra qu'elle fasse gaffe pendant un certain temps, et que tu l'aies un peu à l'œil.

– Quel œil, patron ? m'a-t-il lancé, soudain ragaillardi.

– Celui qui a toujours été ébloui par les idées qu'elle t'a soufflées, ça ira ?

19 heures.

L'appel de l'hôpital nous a informés qu'après l'extraction de la balle dans le thorax, Lina Hagfors était entrée dans un coma profond. Elle avait été placée sous assistance respiratoire et son état était jugé très critique.

– Je crois qu'elle a renoncé à se battre pour vivre, m'a résumé le chirurgien.

– A-t-elle pu dire encore quelque chose avant...

– A son arrivée, oui. Quelques secondes de lucidité. Elle a simplement prononcé « Tumai, Tumai... » ou quelque chose comme ça. Vous avez une idée de quoi il s'agit ?

– Pour être totalement franc, docteur, pas la moindre !

Melinda est venue s'asseoir près de moi.

– Kooba, Tumai, Lotha... ils étaient tous ensemble, Sun-kalowapi ! Il y a très longtemps... Mais tu dois les voir avec leurs yeux, et pas avec les tiens. Toi, tu ne vois la lumière que par une fente étroite, mais, de l'autre côté, il fait très clair. Tu dois écarter les arbres qui te gênent pour avancer dans la forêt et découvrir enfin la clairière, et là tu comprendras.

– Et toi, tu as compris, Melinda ?

– Quand les guerriers ont franchi le pont des Ames mortes pour rejoindre les terrains de la Chasse éternelle, ce sont eux qui décident de communiquer ou non avec les vivants.

– Et ils t'ont envoyé l'aigle pour te parler, c'est cela ?

– Oui, car il sait voir ce que les humains ne voient jamais. Surtout les clairières. Les endroits désolés sont parfois les moins évidents à trouver.

Voir autrement ! Et dans le passé ! Oui, mais par quel bout fallait-il prendre la lorgnette du temps ? Et où se trouvait-elle, cette fameuse clairière des connaissances ?

28

Kostai avait choisi un rocher que le soleil caressait plusieurs heures par jour pour venir y méditer.

Il aimait écouter le bruit du torrent qui cascadait de pierre en pierre, qui s'ébrouait en éclaboussures étoilées avant de mieux se ressaisir pour aborder la chute suivante, semblant un moment hésiter devant un étranglement rocheux, puis s'y précipiter avec une impétuosité renouvelée, pour finalement disparaître et se perdre plus loin. Des cristaux de glace se formaient de-ci, de-là, comme pour laisser l'empreinte de l'eau le temps d'un hiver. Formes incertaines que le temps polissait, et qui finissaient par prendre l'aspect de cataractes immobilisées dans l'attente d'un renouveau incertain. Plus l'hiver avançait, plus les formes figées l'emportaient sur celles qui continuaient à courir vers leur destin. Là où le soleil ne frappait pas, tout n'était que givre, neige croûtée, cristallisations lourdes, branches ployant sous le poids d'une neige déjà vieille de près d'une demi-lune. Parfois, presque incongrues dans ce désert de solitude, quelques traces de lagopèdes ou de léporidés témoignaient que la vie n'était pas absente de ce fond de vallée.

Par une étrange association de pensées, ce monde essentiellement minéral rappelait à Kostai le déroulement de son existence. Elle avait été marquée par sa passion à connaître les Anciens. Il les avait traqués jusqu'au plus profond de leurs traditions, pour qu'ils ne soient jamais oubliés, que les temps actuels se rappellent toujours qui ils étaient et de qui ils provenaient. Mais tout ce qu'il avait fait n'était-il pas semblable à cette eau qui se renouvelait sans cesse et se perdait plus loin, dans le temps, en laissant si peu de traces de son passage, si ce n'était un simple sillon ?

La Grande Initiation avait été son œuvre maîtresse, son idée la plus originale. Et probablement celle qui avait fait le plus avancer les connaissances des Anciens. Mais il avait été trop seul pour mener cette tâche à bien, et trop vieux aussi. Les autres ne l'avaient pas suivi. Et seuls les jeunes avaient été passionnés par cette quête de l'esprit si en avance sur les préoccupations matérielles de son époque.

Tout se terminait finalement par un désastre. Il songea longtemps à Saldan qui avait été ébloui par les connaissances. Puis aux paroles de Kooba de la tribu de Skoghall, à la curiosité de Tumai de Skive qui l'avait conduit à si bien maîtriser la matière des Anciens. Deux des meilleurs avaient rejoint la Terre-Mère, ou le glacier, songea-t-il avec amertume.

– Nous sommes heureux de te revoir, Kostai.

La voix lui sembla jaillir de ses pensées sans le prévenir, et il faillit glisser de son rocher de surprise.

Il contempla l'homme qui l'avait apostrophé.

Malgré ses épaules toujours bien carrées, le chasseur avait maigri et une extrême faiblesse se devinait en lui. Une barbe recouvrait tout son visage, se mélangeait à ses cheveux, cachait ses traits que l'on devinait creusés, débordait de son menton, se perdait sur son cou. Ses cheveux, que Kostai avait vus si soyeux, étaient devenus un enchevêtrement de longues mèches entortillées d'un blond sale, triste.

Sa main gauche était enveloppée dans un bandage grossier et sa droite ressemblait plus à celle d'un tailleur de silex débutant qu'à celle d'un chasseur. Kostai n'osa cependant pas poser la moindre question.

Les yeux si transparents n'avaient pas changé, même s'ils étaient ourlés de cernes sombres. Et les vêtements de peau, il les reconnaissait bien ! Leur souvenir ne l'avait jamais quitté quand les deux ombres s'étaient évanouies dans la neige, en quittant la caverne du Haut pour suivre les traces de Saldan. Mais maintenant ils étaient sales, tristes restes de ceux que portait le jeune homme lors de son arrivée. Une tache sombre se devinait dans l'enchevêtrement de poils et il sut qu'il ne pouvait s'agir que de sang.

L'homme s'appuyait sur une sorte de longue canne et son visage était vide de toute expression.

A côté de lui se tenait celle qu'il savait en partie l'initiatrice de cette apparition. Car Tumai était bien allé de l'autre côté de la vie, Kostai en était certain. Le côté dont personne ne revenait. Mais au dernier moment, l'Au-Delà n'avait pas voulu de lui, et Lotha avait pu le ramener !

– Tumai, murmura-t-il, comment cela est-il possible ?

– Lotha m'a ramené, dit simplement Tumai. Sans elle, je serais resté là-bas.

– Je n'ai jamais renoncé, ajouta-t-elle presque froidement.

Par ces simples mots, Kostai sut qu'elle lui reprochait en fait d'avoir abandonné Tumai et Kooba à leur destin.

– Nous devons parler, dit-elle en conduisant Tumai vers une pierre au soleil et en s'asseyant elle-même à côté de lui, face à Kostai. Kooba et Tumai ont survécu à la tempête en se cachant dans une faille dans les rochers. Ils ont retrouvé le corps de Saldan qui était mort de froid, et l'ont caché dans cette faille, qu'ils ont refermée avec des pierres. Quand Tumai est allé chasser pour trouver quelque chose à manger, deux chasseurs de là, dit la jeune femme en désignant la vallée du regard, ont blessé et violé Kooba. Tumai est arrivé trop tard, mais il a tué les deux hommes. Kooba est morte et Tumai a voulu la rejoindre. Il lui a fait une sépulture au plus profond de la glace, dans un endroit dont il ne sait plus exactement comment il y est arrivé et par où il en est revenu. Quand je l'ai retrouvé, il était mourant au

bord du glacier. Est-ce bien ainsi que les choses se sont passées, Tumai ?

– Oui, c'est cela, ajouta sobrement l'homme.

– Pourrais-tu retrouver l'endroit où tu as jeté les corps des chasseurs ? demanda Kostai après un long moment de silence.

– Je crois que je le pourrais, oui. De même que celui où nous avons, Kooba et moi, enseveli Saldan, précisa-t-il.

– Mais il ne le fera pas, ajouta Lotha. Il n'y a que sa parole pour tout cela. Le corps de Kooba est introuvable. Ceux des deux chasseurs ont peut-être déjà été avalés par la glace. Que deviendrait alors la vie de Tumai ? Y as-tu songé, Kostai ?

Comment Kostai aurait-il pu songer à quoi que ce fût alors que pour lui Tumai était mort depuis longtemps déjà ? Et que fallait-il donc qu'il fasse concernant les cadavres des deux autres hommes dont Lotha venait de parler ?

Mais il avait compris le message de la jeune femme, c'était à lui de régler le problème.

Il se sentit soudain très seul. Et très vieux.

– Personne n'était au courant, ici, de la Grande Initiation et de tes idées, continua Lotha. Que tout ceci ait été un bien ou une folie ne nous concerne pas, Tumai et moi. Et ce que nous en pensons maintenant sera l'interrogation sans réponse avec laquelle tu devras vivre, Kostai. Mais personne ne doit savoir que nous sommes venus sur ce glacier, Tumai, Kooba et les autres. Personne ! ajouta-t-elle presque sauvagement en se levant et en prenant Tumai par la main. A toi de faire ce qu'il faut pour que les temps présents et futurs oublient tout ce qui est arrivé. Nous partons maintenant. Je vais raccompagner Tumai chez lui. Adieu, Kostai !

Lorsqu'ils se furent éloignés d'une dizaine de pas, Lotha se retourna vers le vieil homme et le contempla longuement. Il était voûté, ses épaules tombaient, et une profonde résignation avait envahi ses traits. Mais aussi le sentiment d'une paix retrouvée qu'elle ne lui avait pas vu quand ils étaient redescendus de la caverne du Haut avec tout le groupe.

Elle sut qu'il ferait ce qu'ils attendaient de lui. Mais aussi qu'elle ne le reverrait jamais.

– Puisses-tu trouver la réponse aux questions que tu t'es toujours posées, mon maître, et enfin la paix ! murmura-t-elle avec une compassion non feinte.

Kostai lut les mots sur ses lèvres plus qu'il ne les entendit, et il sourit à Lotha en sachant qu'elle partait en paix avec lui, et lui avec elle.

29

Mercredi 24 décembre, 21 heures.

L'odeur de cuisine m'a saisi quand nous sommes arrivés, et j'ai tenté, en vain, d'y mettre des images. De toute évidence, il s'agissait d'un plat recherché, mais c'est à peine si j'ai fait le lien avec le fait que nous étions la veille de Noël.

Arcady m'accompagnait, et j'ai vu les plis de son ventre se trémousser, frappés de plein fouet par une crise de désespérance gastrique. Il a tenté de les remonter sous l'anorak trop petit que je lui avais trouvé, mais n'a pu en caser qu'un, et les autres sont restés là, débordant de béatitude, comme une auréole dégringolée sur le ventre d'un saint ventripotent.

– Je savais bien que vous finiriez par revenir, m'a dit mon interlocuteur en me faisant signe de m'asseoir face à lui.

– C'est le temps qui a trahi ma vision des faits, lui ai-je avoué. Il se plaît à faire des affronts aux plus belles choses.

– Et « il saura faner vos roses comme il a ridé mon front », a-t-il terminé. J'apprenais ça à l'école à mon époque, et c'est un des seuls vers dont je me souvienne !

– Quand on voit les personnes comme elles sont, dans leur état actuel, si je puis dire, il est effectivement difficile de les imaginer quand elles avaient vingt, trente ou quarante ans.

– Vous voulez boire quelque chose ?

Sans attendre de réponse, le personnage a sorti trois verres, une bouteille de vieux bourgogne, et nous a servis.

– Vous étiez le seul à pouvoir être au courant de toute l'affaire. Longtemps, je me suis demandé comment. Et puis, j'ai essayé de voir tous les protagonistes de ce drame il y a quarante ans, puis il y a une vingtaine d'années, quand les corps ont commencé à réapparaître du glacier. Et là, ma vision a subitement changé !

Le verre dans sa main n'a pas tremblé une seconde quand il est arrivé à la hauteur de ses lèvres.

– Vous étiez au courant quand le Dr Roussel a camouflé la véritable cause de la mort d'Hubert Calmat, je le sais. Et quand le corps de Claude est sorti à son tour, quelques jours après, c'est vous qu'elle a appelé, n'est-ce pas ? Peut-être en même temps que le docteur, ou pas, mais ça n'a pas beaucoup d'importance. Car c'est vous qui avez pris la décision de, disons, faire disparaître le corps.

– C'était normal, non ?

– Non, pas du tout ! Mais ça l'était devenu parce que vous aviez appris ce qui s'était vraiment passé là-haut sur le glacier. Et je ne vois qu'une seule façon d'avoir eu plus de renseignements que tous les autres. Vous avez été son amant, n'est-ce pas ?

– Quand elle est arrivée dans la région, Lina a fait sensation, vous savez. C'était une femme très belle, extraordinairement attirante et surtout très... libérée. Elle était peut-être folle de son Thomsen, et il venait la voir régulièrement et sans se cacher, mais le reste du temps elle aimait la vie, croyez-moi ! Quand elle avait envie d'un homme, elle l'avait ! Alors, j'ai fait partie de la liste ! Mais peut-être ai-je réussi à la comprendre un peu mieux que les autres, et nos relations ont duré plus de vingt ans ! C'est étrange, non ? Voir régulièrement une femme, l'avoir dans son lit de temps en temps, partager ses émois physiques, tout en sachant qu'il n'y a aucun amour de son côté, mais être raide amoureux pendant tout ce temps et ne rien dire ! Enfin...

– Et vous avez appris ce qui s'était passé là-haut ? Ils étaient quatre. Deux gars, deux filles. Thomsen et Krystina Forborg, Sergio Aimonetto et Lina, c'est ça ? Hubert et Claude sont arrivés, ont tué Sergio, Thomsen les a flingués, et les trois corps se sont retrouvés dans une crevasse.

– Comment dites-vous ? Sergio ? C'est qui celui-là, un Italien ? Je n'en ai jamais entendu parler et Lina ne l'a jamais évoqué. Les choses ont été un peu différentes, commissaire. Vous, vous avez eu quelques jours pour comprendre. Moi, j'ai mis vingt ans ! Bribes par bribes, fragment par fragment, soupir après soupir, et j'ai tenté de reconstituer le puzzle. Même maintenant, il reste encore de grandes zones d'ombre.

Patiemment, j'ai attendu qu'il prenne son temps.

– Thomsen et Krystina sont allés sur le glacier pour des raisons que j'ignore. Ils y ont rencontré Hubert et Claude. Ne me demandez pas comment, je n'en sais pas plus que vous !

– Et alors ? a dégluti Arcady, soudain aussi passionné par le récit que par la casserole qui chauffait doucement sur le feu.

– Hubert et Claude ont violé et tué la fille, et Thomsen les a tués ! Et il a balancé les trois corps dans des crevasses. Une pour les gamins, une autre pour la fille. Lina aimait Thomsen et elle a tout appris, je ne sais pas comment. Je ne sais même pas si elle était là-haut ou pas ! La suite, vous l'avez bien reconstituée.

– Sauf que le corps de la fille n'est jamais ressorti, c'est ça ?

– C'est bien ça, commissaire !

– Alors, quand vous avez appris... Mais comment, au fait ?

– Denis Servoz et elle...

– Oui, je sais.

– Il lui a dit qu'il avait probablement trouvé un corps dans la glace...

– Rien d'autre ?

– Non. Elle a pensé à celui de Krystina et m'a prévenu, au nom de notre ancienne... complicité, disons.

– Et vous, vous saviez qu'on allait faire le rapprochement avec les deux autres corps, et comprendre le massacre qu'il y avait eu là-haut. Peut-être bien trouver la preuve du crime dans le corps de la fille, c'est ça ?

– Exact, commissaire.

– Le poignard ?

Arcady a lâché le couvercle de la casserole, qu'il avait soulevé, et m'a lancé son regard de chien de la SPA récupéré par son maître, Dieu tout-puissant.

– Comment tu le sais ?

– Tout à l'heure, quand nous sommes passés à la gendarmerie, j'ai contrôlé la liste des objets retrouvés sur le corps d'Hubert. Il n'y avait pas de poignard. Et je ne connais aucun chasseur qui ne se balade pas avec ce genre d'outil. Ils le portent tous attaché à leur ceinture comme un Jap en congés payés ses appareils photo.

Le bonhomme a rempli son verre et celui d'Arcady, a vidé le sien d'une seule longue goulée, sans même une respiration, avec un plaisir évident. Puis il l'a reposé sur la table avant de se resservir.

– Et vous ne l'avez pas retrouvé non plus sur le corps de Claude, c'est ça ? ai-je continué. Peut-être même l'étui était-il ouvert, et vous vous êtes dit qu'on avait toutes les chances de le retrouver dans le corps de la fille ?

– Vous ne vous trompez pas, commissaire ! C'était un poignard qui lui avait été offert, avec ses... initiales sur le manche.

– Vous connaissiez Denis Servoz, comme beaucoup. Et lui vous connaissait aussi. Probablement aviez-vous fait connaissance par le biais de Lina Hagfors. Vous êtes allé le voir sous un prétexte quelconque. Vous connaissiez sa passion pour la préhistoire ainsi que l'existence d'un couteau de silex qu'il avait taillé à l'occasion d'un de ses stages.

– Il nous avait fait tout un cours sur la taille du silex, un soir, aux Lucioles, et nous avait montré l'arme. Il en était bien fier, il faut dire, de son bout de caillou ! Ainsi que d'une flèche qu'il avait montée avec des chutes de taille.

– Putain, c'était donc aussi simple que ça, a gémi Arcady. Quand je pense que je me suis tapé tous ces kilomètres pour entendre ça, c'est à te dégoûter du foie gras et du confit de canard !

– Vous voulez en goûter ? a demandé le bonhomme à l'intention d'Arcady.

– Quoi donc ?

– Du foie gras frais, cuit avec des cèpes des bois et mitonné avec une compotée d'oranges, de citrons et de potimarrons.

– Ça doit pas être dégueulasse ! a fait Arcady en soulevant un deuxième coup le couvercle, avec délices.

– Dis donc, Arcady ! Tu ferais mieux de filer regarder ce que je t'ai demandé !

Il a rougi, comme si je venais de le choper sur le vif à faire pipi dans l'eau de rose de grand-mère, et s'est évaporé avec autant de discrétion qu'un menhir. J'ai repris le cours de ma conversation avec soudain un creux au ventre, moi aussi.

– Vous êtes entré, il préparait une stratégie aux échecs et, en vous voyant arriver, il vous a proposé de casser la croûte avec vous après avoir pris son bain. C'est lui ou vous qui avez mis le *Lac des cygnes* ?

– C'est moi, m'a-t-il répondu en vidant son quatrième verre après m'avoir regardé d'un drôle d'air, comme si je venais de composer soudain devant lui le *Ballet des anatidés en deuil*.

– Et vous l'avez abattu froidement dans son bain.

– J'ai pas pu taper assez fort, et il a réussi à arracher l'arme de sa poitrine, a murmuré le bonhomme, soudain écrasé par l'image. Alors, je suis sorti de la salle de bains, et j'ai bloqué la porte de dehors. J'ai entendu le bruit de l'eau, et puis tout un vacarme, lui qui remuait, et puis... plus rien ! J'ai entrouvert la porte et je l'ai vu étendu de tout son long, mort.

– Et ensuite, vous êtes allé dans la cuisine vous en jeter une ?

– Je tremblais comme une feuille. J'ai bu un bon coup de poire à la bouteille, directement. J'ai essuyé le goulot, et je suis resté là, complètement anéanti.

– Dans la cuisine, en buvant du café, avec le CD qui tournait en continu ?

Il a simplement hoché la tête de haut en bas.

– Vous avez récupéré la flèche avec son embout en silex, et avec votre arc vous avez froidement abattu Serge Vergandi.

– Puisque vous le dites, ça a dû se passer comme ça...

– Avec le lieutenant Arcady, on est allés consulter les archives, tout à l'heure. Police ou gendarmerie, c'est le genre de paperasserie qui est toujours aussi bien classée qu'un Bottin mondain. Et là, j'ai compris. Vous avez toujours été un chasseur. Un sacré même ! Il y a quatre ans, vous vous êtes même fait choper à abattre un chamois hors quota. Les gars du coin ont classé l'affaire, par respect pour vous, mais le PV, lui, n'a pas été détruit. Et il y était bien précisé que vous l'aviez abattu à l'arc ! Vous avez toujours pratiqué, n'est-ce pas ?

– C'est mon père qui m'avait appris. Il adorait ça, bien plus que les armes à feu. Et moi, j'ai repris sa passion. J'ai toute une collection d'arcs de chasse.

– Arcady va nous la ramener, ne vous inquiétez pas. Peut-être même pourra-t-on trouver encore une trace de cette fameuse flèche sur la corde ou le bois de l'un d'entre eux. Les technologies modernes, vous savez, elles servent de temps en temps !

Il m'a regardé d'un air aussi triste qu'une graine d'amarante crête-de-coq voyant se pointer un bec de poulet.

– Et ce que j'ai découvert aussi, dans les archives, c'est que vous m'aviez menti ! Des deux cousins, ce n'était pas

Hubert le terrible, le violent, l'irrespectueux, l'engrosseur, mais Claude ! Lui, à qui vous aviez collé cette passion de la chasse, mais qui préférait quand même les bonnes vieilles carabines familiales. Lui qui a entraîné Hubert sur le glacier, et, par contrecoup, a fait mourir de chagrin son oncle et sa tante ! C'est cela que vous vouliez que personne n'apprenne jamais, n'est-ce pas ?

Le vieux bonhomme a baissé la tête.

– C'est bien cela, Léon, je ne me trompe pas ?

Mais tout avait été dit. A présent, le vieux Calmat, qui avait été un beau jeune homme, puis un homme dans la force de l'âge, devait émerger pour mieux mourir. Il n'avait plus qu'un triste chemin devant lui, où il avancerait comme un aveugle, agrippé aux choses du monde extérieur, lesté de son passé, et probablement sans inquiétude pour un avenir qui n'avait plus vraiment de sens.

Arcady est entré. Il tenait à la main un paquet de six ou sept arcs qu'il avait entouré d'un sac-poubelle en plastique noir, et qu'il manipulait comme une caisse de dynamite.

– C'est... fini ? a-t-il demandé.

– Oui.

Le vieux Léon semblait totalement passif, les influences de l'extérieur semblant glisser sur lui sans y faire le moindre impact. Un vieux végétal qui s'effriterait dans l'absurdité de ses actes, disparaîtrait de la lumière pour se murer dans un univers clos et froid.

– On y va, lui ai-je simplement dit.

– Je peux prendre quelques affaires ?

Sans même attendre la réponse, il s'est dirigé vers la chambre attenante, dont il a laissé la porte ouverte.

Il y a eu des bruits de portes de placard, de linge doucement froissé, avec lenteur, les sons des dernières caresses à un univers qui disparaissait, des raclements d'objets, un choc métallique, un claquement mat...

– Nom de Dieu ! ai-je gueulé en me précipitant dans la chambre.

Juste une seconde, j'ai eu le temps de voir encore Léon Calmat debout, le canon sous le menton, avant que sa tête n'explose littéralement sous l'impact des grenailles et que l'odeur de cordite ne se mélange à celle, affreuse, du reste.

Arcady s'est précipité à son tour, tenant toujours les arcs, a passé la tête, est resté quelques secondes les yeux exorbités à contempler les murs décorés en rouge.

– Putain ! a-t-il résumé en posant son paquet sur la table pour sortir son mouchoir à carreaux rouges et blancs avant de faire demi-tour.

Quand il est revenu, les yeux encore barbouillés, il a eu un hoquet avant de résumer la situation.

– C'était peut-être un crac à l'arc, mais il avait quand même conservé une pétoire, ce salaud.

Quel gâchis ! ai-je songé tandis que les doigts d'Arcady s'activaient sur les touches de son portable comme ceux d'un informatisé sous contrôle binaire.

– Attends, lui ai-je demandé.

J'avais tout en main ! Dans le cerveau aurait-il fallu dire...

Léon Calmat avait abattu Denis Servoz et Serge Vergandi pour cette sombre et vieille histoire qui remuait plus sa tripaille qu'elle n'aurait risqué de réellement le mettre en cause. Et cela pour un corps hypothétique qui n'était pas le bon !

Benjamin Thomsen avait voulu nous éliminer, Scampana et moi, en nous balançant au fond d'un ravin, car on approchait trop près d'une certaine vérité. Mais, de toute évidence, il ne s'agissait pas de la même que celle du vieux Calmat ! Et pourtant il n'avait pas hésité à s'en prendre à deux flics ! Donc l'affaire devait être de réelle importance !

Lina Hagfors avait voulu se venger sur moi de la douleur de la mort de Thomsen. Compréhensible ! Mais elle n'avait pas une âme de tueuse, sinon elle aurait pu se débarrasser définitivement et sans la moindre difficulté de Dolorès, qui l'avait perturbée par sa perspicacité.

Et la femme dans la glace, que Melinda appelait Kooba, mais que Lina Hagfors et le Pr Thomsen connaissaient aussi par ce nom par on ne savait quel miracle, était retournée à ses mystères pour au moins vingt ans !

Pour tout dire, j'avais bien envisagé que ce corps soit celui de Krystina ! Mais pourquoi, dans ce cas, Lina Hagfors et Benjamin Thomsen l'auraient-ils appelée Kooba ? Et surtout, toute logique s'y opposait ! Le poignard en silex était bien vieux de dix mille ans. Le Pr Thomsen n'aurait jamais pu lancer des recherches sur une erreur pareille, au risque de passer pour le plus grand rigolo de l'histoire. Il avait remué ciel et terre pour la sortir de son trou, fait affréter un hélicoptère par un temps de chien, et risqué sa vie, pour finalement la perdre ! Cette idée saugrenue n'avait vraiment aucun sens, et je devais me rendre à la triste réalité que le corps dans la glace était bien celui d'une inconnue d'il y avait dix mille ans, et donc que celui de Krystina avait disparu quelque part, ou était tout simplement réapparu assez abîmé pour que ses restes aient été emportés par les eaux torrentielles du printemps sans avoir été repérés à leur sortie.

Il restait une seule hypothèse, qui ne reposait sur rien, mais elle était tellement délirante que j'ai préféré la laisser planquée sous le chapeau en fonte qui me broyait les méninges.

Une conclusion au moins était aussi évidente qu'un pois de senteur fleurissant sur un nez de ministre : les actions du commissaire divisionnaire d'Annecy, mon cher patron, allaient dégringoler plus vite que l'indice du CAC 40, attaquées en piqué vertical par une OPA de ministre, préfet, maire, conseiller général, procureur et tous ceux qui se mettraient dans le même obus !

Ma compassion à son égard avait rarement dépassé une attention miséricordieuse à l'égard de ses pompes, lui qui avait une certaine tendance à rester engoncé dans son monde administratif de moquettes ouatées et de tapis laineux. Refusant de plonger dans l'essaim sauvage et frémissant d'un quotidien obstinément avide. Se crispant et s'immobilisant dans les illusions et les apparences d'une fonction n'existant que par la merde qui se trouvait sous les souliers des autres, ses troupes. Les miennes en l'occurrence.

Mais il n'était pas pire que les précédents, peut-être même était-il conscient que sa perception des réalités était faussée et déformée, et qu'il devait déverrouiller ses pensées, éviter de devenir le voyeur maladivement émotif d'un univers régi par l'absurdité et l'abus, dans lequel s'infiltrait insidieusement la folie d'un certain pouvoir qui, en tout état de cause, lui échapperait toujours. Par voie de conséquence, autant le reconnaître, il avait fini par acquérir un art certain de ne plus m'emmerder ! Et, sur ce coup, il avait assumé comme il pouvait une partie faussée d'avance par d'autres que lui.

J'ai décidé d'essayer de faire quelque chose pour lui.

Au point où en étaient les choses, une approximation de plus ou de moins pouvait bien arranger les apparences.

– Dis, patron...

La voix d'Arcady m'a fait remonter à la surface. Il était le thermomètre de mes élucubrations, digressions, trébuchements, confusions, remue-ménage et remue-méninges verbaux, blablatages, bavardages, billevesées, sornettes, boniments, quand ce n'était pas tout simplement des babioles, bibelots, bimbeloterie, breloques ou pacotilles de mots que je déversais parfois à pleines brouettes et qu'il s'empressait de trier pour en extraire un doigt de nectar qu'il tentait d'enfermer dans son tonneau culturel aussi obstinément vide que celui des Danaïdes.

– On va tout de même pas laisser ça ici, a-t-il suggéré en me désignant la cocotte du vieux Calmat qu'il venait de retirer du feu. Ça te fait rien si je l'embarque, hein ? Au moins on aura un petit casse-croûte pour ce soir. Et c'est pas le vieux qui nous le reprocherait, vu que je crois qu'il t'aimait bien finalement !

– Va me planquer tous ces arcs, ai-je répondu à Arcady. Dans un trou, sous un tas de bois, enfin où tu veux mais dans un endroit où on n'ira jamais les chercher.

– Mais, patron...

Il avait senti que j'allais commettre l'irrémédiable, le dérapage incontrôlé hors des lignes horizontales du rapport flicaillon en quatre exemplaires. Du coup, il a arrêté de lécher la cuillère en bois.

– Ecoute-moi bien. Le vieux Calmat, on l'a trouvé comme ça, d'accord ? Et il ne nous a rien raconté ! Rien !

– Mais alors, pourquoi il s'est buté ?

– Si tu embarques sa potée, on pourra dire que c'est parce qu'il en avait assez de passer Noël tout seul ! Ou peut-être parce qu'il avait finalement appris par Lina Hagfors que son fils, qu'il attendait de voir sortir du glacier depuis vingt ans, lui avait été finalement volé par d'autres.

– Et le... le... le flingueur, ce sera qui, alors ?

Sans lui répondre j'ai composé le numéro de Gallay.

22 heures.

– Alors, Marac ?

La voix du boss hésitait entre déglutition forcée et mise en attente de la bouchée entre mâchoires et bajoues. J'en ai déduit qu'il devait avoir entamé sa soirée de réveillon avec sa sœur, son beau-frère et leurs trois gamins, ses alibis habituels pour se donner un semblant de dignité familiale au moins une fois par an.

– C'est fini, patron.

– Qu'est-ce qui est fini, bon sang ? J'attends votre appel depuis 16 heures, vous vous rendez compte ?

– Asseyez-vous, vous voulez, il vaut mieux.

Il y a eu un bruit perceptible de chaise qui traversait les espaces glacés, puis la respiration du boss a encombré la ligne au rythme d'un soufflet asthmatique. Il pétochait d'avance, mais probablement valait-il mieux cela qu'un effondrement brutal sur le sol ciré de son beau parquet.

– Je résume. La congelée préhistorique est retournée dans le trou d'où elle venait, Thomsen l'a accompagnée en faisant du rodéo sur le bloc de glace, avec par-dessus l'hélico et son pilote plus quelques milliers de mètres cubes de glace pour tout boucher définitivement.

– C'est... c'est...

– Non, ce n'est pas tout, patron, désolé. Le Pr Thomsen a été le grand instigateur de tout. C'est lui qui, par recherche de gloire, mais surtout de crédits pour son musée, probablement, a fait gober à sa hiérarchie ministérielle que le corps dans la glace avait dix mille ans, alors qu'il ne s'agissait en fait que de celui d'une disparue depuis une quarantaine d'années. Il ne pensait pas que les choses iraient si vite, ou si loin. Ni probablement qu'on aurait le temps de remonter le corps avant que le glacier ne l'engloutisse dans son mouvement naturel. Il a pris peur quand il a su que j'intervenais et il a abattu les glaciologues pour m'empêcher de retrouver l'emplacement exact. C'est également lui qui a tenté de nous coller dans le ravin, Scampana et moi. Et, finalement, en profitant de conditions météo effroyables, il a fait disparaître les traces de tout, et de lui-même par la même occasion, sachant qu'il était un type désormais foutu.

– Mais... le poignard... la vidéo ?

Sa voix n'était plus que le souffle d'un type écrasé par une malchance encore plus pesante que la voûte céleste sur les épaules du géant Atlas.

– Pour le poignard, peut-être a-t-il falsifié les rapports, ou changé la pièce, impossible à savoir désormais. Pour la vidéo, oubliez-la, patron. D'ailleurs, Gallay vient de m'appeler pour me dire qu'il l'avait involontairement bousillée en tentant des agrandissements. Sur mes ordres, je veux dire.

– Les... agrandissements ?

– Bien sûr, patron. A quoi donc pensiez-vous ? Il y a eu aussi quelques petits incidents parallèles.

– Quelques incidents...

– Scampana a dégringolé dans une combe glacée. C'est sans gravité, elle sera vite sur pied. Lina Hagfors, notre charmante hôtesse, est dans un sale état à l'hôpital après avoir tenté de nous flinguer, Aline et moi. Une vilaine histoire d'amour, sans plus. Et un vieux bonhomme, un voisin s'est suicidé, en prime. Enfin, mon rapport vous précisera tout ça. J'oubliais le principal, au fait.

A l'autre bout, il n'y a eu qu'un silence hertzien troublé par le bruit du vent qui s'acharnait sur les tuiles du vieux chalet.

– Passez quand même un joyeux Noël.

Puis, doucement, j'ai raccroché.

Toute l'affaire était officiellement close.

Mais les mots « Kooba, Tumai, Lotha » ne voulaient pas s'extraire de leur gangue de mystère.

– Tu sais tout ? ai-je demandé presque timidement à Melinda une deuxième fois quand nous nous sommes retrouvés ensemble.

– Tout ce que toi aussi tu peux comprendre, si tu acceptes que le loup qui est en toi puisse enfin circuler par-dessus tes pensées.

Peut-être m'a-t-elle quand même un peu aidé à mieux imaginer la vision incroyable que j'avais eue ?

Thomsen qui prenait Krystina morte dans ses bras... Krystina habillée en vêtements préhistoriques... Qui lui faisait un tombeau de glace dans un endroit mystérieux du glacier échappant à sa logique mécanique imparable... Thomsen qui, quarante ans après, venait la sortir de sa crevasse pour la revoir une dernière fois avant de mourir avec elle... Thomsen qui l'avait aimée au-delà du temps...

Thomsen qui se serait alors appelé Tumai... Krystina, Kooba... Et Lina, Lotha...

Mais quand cela s'était-il passé ?

Il y avait dix mille ans, et Thomsen et Lina étaient la réincarnation d'êtres de ces temps anciens ?

Ou il y avait simplement quarante ans ? Mais aucun fait réel ne permettait d'imaginer une telle hypothèse. Bien au contraire, les seules certitudes scientifiques que nous avions nous prouvaient le contraire : le poignard en silex datait effectivement de 10000 av. J.-C. – comme la contre-expertise me le confirmerait par la suite – ; le corps repéré par Denis Servoz se trouvait exactement au bas de l'accident tectonique souterrain qui retenait la glace des millénaires anciens en profondeur ; les vêtements que portait la femme dans la glace ne pouvaient être que réels, car comment imaginer qu'ils puissent être un quelconque déguisement au mois de décembre, à 3 200 mètres d'altitude ? Et surtout, comment Thomsen aurait-il pu ensevelir le corps de Krystina de façon à l'empêcher de suivre le mouvement naturel du glacier, et de le voir réapparaître donc en même temps que ceux des cousins Calmat ?

Finalement, j'ai renoncé à chercher. Peut-être ma curiosité tiendrait-elle le coup encore vingt ans, quand le glacier rejetterait finalement le corps avec celui de Thomsen ? Peut-être serais-je déjà mort depuis longtemps dans ces temps futurs, et toutes ces questions ne représenteraient vraiment plus aucun intérêt alors ?

30

Tumai se sentait affreusement sale après tous ces jours dans la montagne. Tout sur lui n'était que crasse, sueur mêlée à des relents d'urine, et odeur sauvage du chamois qui avait imprégné sa veste en poils, et celle, très perceptible, de la fumée de la caverne du Haut.

Sa peau semblait ne plus lui appartenir, comme si elle l'avait quitté. Les sensations s'étaient atténuées, surtout les moins agréables ; sa chair comme son esprit étaient endormis.

Petit à petit, son corps sembla vouloir réintégrer sa carcasse, réveillant les douleurs. Celles de sa chair, avec ses blessures, ses mains abîmées, son doigt gelé, ses pieds crevassés, ses vertèbres douloureuses, ses muscles ratatinés. Et celles de son esprit, surtout.

Lentement, il se retourna une dernière fois, contempla d'en bas le paysage écrasant du glacier qui venait étendre ses dernières langues de glace jusque dans les frondaisons des épicéas vert sombre. Tout lui sembla soudain si vide. Et si loin déjà !

– Kooba, gémit-il.

Puis il prit la décision de faire la seule chose possible : vivre cette vie, puisque la mort n'avait pas voulu de lui.

Vivre ! Mais sans jamais oublier. Jamais !

Quand il ressortit, longtemps plus tard, pour retrouver Lotha qui l'attendait, il était un autre homme.

Ses cheveux étaient propres, coupés assez court, ramenés librement en arrière, dégageant son front et faisant ressortir l'incroyable clarté de ses yeux. Il ne portait plus la barbe, qu'il avait soigneusement rasée, et, malgré ses joues émaciées, son visage semblait avoir retrouvé la fraîcheur qui avait si fortement attiré la jeune femme quand son regard s'était porté sur lui lors de leur première rencontre.

Elle le regarda s'approcher avec visiblement beaucoup de plaisir. Sa nouvelle tenue provoqua en elle un émoi encore plus violent que la première fois !

Il portait un jean Wrangler bleu, légèrement délavé, en toile épaisse, comme cela se faisait maintenant avec cette nouvelle mode américaine. Avec le temps doux, il avait opté pour une chemise en laine à carreaux jaunes et verts avec des liserés d'un bleu en harmonie avec son jean et l'anorak léger qu'il avait négligemment posé sur ses épaules.

Elle ouvrit la porte de la Coccinelle 1300 beige avec laquelle elle était arrivée à Chamonix, et il y déposa son gros sac de montagne Millet, ainsi qu'un autre, sorte de gros cabas de marin cylindrique.

– Allez, viens, il faut filer à l'hôpital en vitesse, lui dit-elle. Nous avons déjà assez perdu de temps.

– Mon doigt est foutu, non ?

– Qu'est-ce que tu penses ? lui répondit-elle doucement en posant sa main sur le pansement immaculé qui recouvrait celle du garçon.

– Tout cela était vraiment de la folie, déclara-t-il lentement. Cette idée de Kos... de lord Braithwaite de réunir les meilleurs jeunes spécialistes du mésolithique du moment, qui ne se connaissaient même pas, pour faire avancer plus vite l'état des découvertes, et les mettre en situation d'époque. De la folie...

– La Grande Initiation ? Nous faire agir comme à cette époque, jouer le rôle de nos ancêtres ? Non, c'était une idée extraordinaire ! Qui a réellement fait progresser l'état des recherches et suscité nombre de réelles vocations. Simplement, la chance n'a pas été avec lui cette fois-ci.

Ni avec Saldan et Kooba, voulut-elle ajouter, mais elle préféra ne pas prononcer ce dernier nom.

« Et sauf pour moi ! » songea-t-elle.

Bien sûr, il faudrait qu'il s'habitue maintenant à elle, mais elle avait la vie devant elle. Leur vie !

– Au fait, continua Tumai, ton nom... je veux dire, ton vrai nom, dans la vraie réalité, c'est comment ?

– Lina Hagfors.

– Et moi Henrik Benjamin Thomsen, dit-il sans qu'elle le lui ait demandé.

– Je préfère Benjamin, si tu veux bien.

Epilogue

Les conclusions que j'avais soumises au boss lui sont restées en travers de la gorge, au point de lui déclencher une jaunisse carabinée dont il a mis plus de trois semaines à se remettre. Il est des vérités qu'on ne veut pas entendre, et des silences qui hurlent si fort qu'ils peuvent nous rendre sourds !

Bien entendu, le capitaine Kaufmann a émis quelques doutes. Mais son collègue Marciani du PGHM, qui avait vécu la scène de la remontée du corps en direct, a confirmé ma position selon laquelle Thomsen avait vraiment provoqué la catastrophe en décidant d'affréter l'hélicoptère par ce temps, et délibérément choisi de mourir.

Dès le lendemain, jour de Noël, j'ai fait le nécessaire pour récupérer et détruire toutes les autres copies de la bande vidéo, celle qui se trouvait à Annecy ayant été brûlée par Gallay. Sauf une, que j'ai planquée. Peut-être pour pouvoir mieux attendre encore vingt ans ?

Le scandale était si énorme, je le savais, que l'affaire ne pouvait pas être officialisée. Elle a été étouffée avant même le bureau du secrétariat, et mon rapport classé en *top confidentiel*. Mais, pour une fois, c'était le boss qui avait maintenant un bel atout en main ! Il n'avait pas sa rosette au revers du veston, mais un as de pique dans la manche aussi efficace qu'une armure d'airain. Son *deus ex machina*, cette fois-ci, s'était appelé Marac. Une fois que son visage a repris une couleur normale, après être passé par le jaune caca d'oie, le vert marbré foie de volaille et le violet délavé bile de lapin, il m'a silencieusement remercié. Jamais il ne m'a réclamé de notes de frais ni un quelconque remboursement.

J'en ai profité pour offrir des vacances à Arcady et Denise, qui sont redescendus goûter aux délices de Sarlat. Quant à Aline, Melinda et Double-Mètre, ils ont terminé avec moi le mois de location aux Lucioles.

Gallay a pu s'offrir l'ordinateur portable dernier modèle dont il rêvait et qui, en fait, allait tourner essentiellement pour le commissariat.

Ma brave Dolorès, vite remise, ne savait pas encore quoi faire avec notre monde aux valeurs humaines polluées. Elle s'est culpabilisée, s'est accablée, s'est mise à l'écart, comme un chat blessé et fier, le visage fermé et tendu, un boulet au ventre la tirait vers une tour d'ivoire aux pensées faussées et illusoires. Il a fallu toute la compréhension d'Aline pour réussir à faire remonter à la surface ses émotions, plus envahissantes que jamais. Là seulement, elle a pu commencer à apprécier la tranquillité de l'instant.

Lina Hagfors a refusé de se battre. Elle est sortie de son coma. Dolorès et Aline lui ont rendu de longues visites quotidiennes. Mais elle s'est emmurée dans son dernier refuge, celui de ses ultimes secrets. Quelques jours plus tard, le 5 janvier, elle a choisi de rejoindre l'homme qu'elle avait si passionnément aimé, probablement sans réel retour. Elle a simplement décidé d'éteindre la lumière d'une vie qui, finalement, ne lui avait peut-être jamais vraiment appartenu.

Son enterrement a été extraordinairement émouvant. Une foule de personnes se sont recueillies sur sa tombe dans le cimetière communal, en reconnaissance à celle qui était vraiment devenue une des leurs, une de la vallée.

Le fatalisme avec lequel le vieux Léon Calmat avait pris les choses, là-haut, m'avait troublé. Par acquit de conscience, j'ai fait effectuer certains contrôles. Une interrogation ne cessait de me harceler, surtout depuis que je savais comment Thomsen avait réussi à être présent à Chamonix par avion avant même d'y arriver officiellement par le train.

La nuit du 18 au 19 décembre, celle pendant laquelle Denis Servoz et Serge Vergandi s'étaient fait tuer, Benjamin Thomsen avait également affrété un avion privé ! Le pilote l'avait attendu sur l'aéroport d'Annemasse-Cranves-Sales de 21 heures, heure d'arrivée, jusqu'à 7 heures du matin. Qu'était-il donc venu faire à Chamonix ? Se pouvait-il que ce soit lui, finalement, qui ait tenu l'arc et la flèche qui avaient foudroyé le jeune Vergandi ?

Par ailleurs, presque sans y penser, j'ai retrouvé aux Lucioles l'ordinateur personnel de Denis Servoz, comme l'analyse de son contenu me l'a confirmé. Ainsi que, par la même occasion, le poignard de chasse aux initiales C.C. de Claude Calmat.

Du coup, la version officielle que j'avais concoctée m'a soudain semblé moins amère que la soupe d'orties que mes remords digéraient difficilement.

Il y avait aussi, dans la chambre de Lina, quelques reliques dont elle n'avait probablement pas pu se séparer : une lampe à huile apparemment préhistorique, une petite Vénus en os de défense de mammouth, montée en collier avec des os de cervidés et des dents de poisson, et une hache de silex.

Nous n'avons jamais retrouvé la fameuse caverne qui, quelque part au-dessus du glacier de Talière, recelait probablement certaines réponses à nos interrogations. Il faut dire que, une fois l'affaire officiellement élucidée, il n'y avait plus de raison de mobiliser une dizaine de types pour tenter de localiser une grotte dont l'intérêt scientifique avait déjà cessé de passionner qui que ce soit, et qui, sur un plan judiciaire, ne figurait même pas dans le rapport en quatre exemplaires dûment paraphé par mes soins.

Un jour, peut-être, un autre promeneur finirait bien par la repérer, par le plus grand des hasards. Pendant un temps, je me suis demandé si ce ne serait pas moi, cet inconnu, qui irait vadrouiller du côté où Dolorès avait été agressée par Lina. Quelque chose me disait qu'elle devait se trouver par là, cette fameuse grotte...

Mais il y a un moment où il faut savoir tourner la dernière page d'un livre. J'ai renoncé à risquer de devoir me coltiner un deuxième tome encore plus nébuleux que le premier.

Un détail, que j'avais oublié de vous préciser, pris par mes pensées : le jour de Noël, le 25, nous nous sommes tous retrouvés là-haut, à Chamonix. Scampana avec ses pansements, sa minerve et son flingue qu'elle avait récupéré, Arcady avec Denise qui l'avait rejoint pour la circonstance, Gallay avec ses histoires drôles, Melinda avec ses secrets troublants, Aline et moi essayant d'arrêter nos pensées bruyantes pour laisser la vie présente émerger et se déployer lentement en nous, et Double-Mètre à l'affût de nos joies et de nos faiblesses.

Finalement, nous avons mangé le foie gras frais cuit avec des cèpes des bois, et sa compotée d'oranges, de citrons et de potimarrons. Enfin, ce qu'il en restait après le passage d'Arcady ! Un vrai délice qu'il aurait été effectivement honteux de laisser là-haut.

Plusieurs semaines plus tard, alors que les méandres de la vie normale nous avaient repris, une note de Pascale Warniewiez, l'ethnoastronome de Nice, arrivait sur mon bureau. Elle y résumait ses principales observations.

« Les dessins sur les plaquettes représentent incontestablement des constellations associées aux animaux figurés sur les parois des principales cavernes du paléolithique, il y a de cela plus de trente mille ans. De toute évidence, il se confirme, comme mes propres études tendent à le montrer, que ces très lointains ancêtres avaient déjà une connaissance du ciel que nous ne leur avions jamais soupçonnée au préalable, et que le symbolisme de leurs gravures n'est plus contestable. Mais depuis que l'archéologie et la paléontologie existent, c'est bien la première fois qu'une preuve nous en est apportée par un de leurs descendants directs ! Avec néanmoins une interrogation. Deux des constellations représentées sur les tablettes ne peuvent pas avoir été vues dans l'hémisphère boréal, le nôtre, il y a dix mille ans, étant alors sur la frange extérieure de notre voûte céleste visible. Seul un observateur placé aux... pôles, aurait pu les représenter telles qu'elles l'ont été ! »

Mes interrogations restaient entières. Kooba, si c'était elle, n'avait peut-être pas existé il y avait dix mille ans ! Mais c'était peut-être aussi une grande voyageuse de cette lointaine époque ! La preuve étant qu'elle avait représenté le grand taureau de Lascaux et d'autres animaux figurant dans des sites maintenant réputés. Alors, ne serait-il pas envisageable qu'elle soit allée jusqu'au cercle polaire, qui avait été colonisé quelques millénaires pendant le mésolithique ?

Peut-être les lecteurs de mes mémoires, si je me décidais un jour à les écrire, auraient-ils, eux, enfin la vraie solution ?

A moins qu'ils n'aient réussi à trouver une méthode pour remonter dans ce lointain passé ?

Un dernier mot de Marac

Cette enquête m'a obligé à remettre quelques-uns de mes souvenirs montagnards à jour, et surtout à découvrir et comprendre l'univers secret des glaciers.

Si l'aventure vous tente, équipez-vous bien, allez à Chamonix, par exemple. Commencez par contempler longuement les grands monstres blancs qui défient le temps pour apprendre à mieux les respecter. Puis prenez contact avec un glaciologue local. Avec un peu de chance, il pourra vous entraîner dans les entrailles du monstre, ou mieux, dessous, dans les espaces sous-glaciaires. Vous serez fasciné par le bruit assourdissant des torrents, le courant d'air engendré par l'aspiration, le roc poncé par des siècles d'abrasion glaciaire, les cannelures dans la semelle du glacier, les chandelles de glace, l'obscurité totale et si présente.

Si vous voulez un peu moins d'angoisse, penchez-vous, sans risque de tomber dans une crevasse, sur l'un des bouquins suivants :

Dans le secret des glaciers du Mont-Blanc, Luc Moreau (que je remercie tout spécialement pour ses nombreux conseils) et Robert Vivian, Glénat, 2000.

Des glaciers de Faucigny aux glaciers du Mont-Blanc, Robert Vivian, La Fontaine de Siloé, 2001.

Chamonix quarante ans dans la vallée, J. P. Charbonnier, Glénat, 1992.

Chamonix Mont-Blanc, Jean-Marie Jeudy, Glénat, 2000.
Histoire de l'alpinisme, Roger Frison-Roche et Sylvain Jouty, Arthaud.

Et si enfin, là au fond, proche des entrailles de la Terre-Mère ou enfoui dans vos pages, l'ombre de Kooba vous saisit soudain à bras-le-corps, ne fuyez pas ! Remontez le temps, très loin en avant dans ces âges encore farouches.

Les Civilisations postglaciaires, Michel Barbaza, La maison des Roches, Histoire de la France préhistorique, 1999.

La Préhistoire et les origines de l'homme, Micheline Watelet et Françoise d'Eaubonne, Famot, 1975.

Les Premiers Hommes, Nick Merriman, Gallimard, 1990.

Guide de l'homme préhistorique, David Lambert, éditions Larousse, 1987.

L'Art de la préhistoire en Europe orientale, J.-K. Kozlowski, CNRS éditions, 1992.

L'Idéel et le Matériel, M. Godelier, Fayard, 1984.

Les Enfants de la Terre, Jean M. Auel, Presses de la Cité, 5 tomes, 1980 à 2002.

L'Homme préhistorique et l'astronomie, Chantal Jègues-Wolkiewiez, www.archeociel.com.

Ötzi, collectif de spécialistes internationaux, www.archeobase.com/archeologie/otzi.

Ces hommes surgis du passé vous émouvront certainement. Ils ont été chasseurs, artisans, artistes, mystiques, avec des visages multiples, plus ou moins séduisants selon les normes de notre époque, mais toujours à la recherche du progrès. Et, sur ce point, ils nous ont bien légué leurs gènes ! Avant l'écriture, ils ont occupé les mêmes régions que nous pendant environ trente mille générations. Ce qui est considérable à l'échelle d'une vie et peu à celle de notre planète ! Une seule heure, la dernière du 31 décembre, si la vie de la Terre était ramenée à une année !

Peut-être alors tout cela vous conduira-t-il à arriver à cette vision de la vie que je partage avec Darwi Odrade, un des personnages de *La Maison des mères*, de Frank Herbert, un de mes copains enquêteur... du futur !

« En vous confinant dans un simple rôle d'observateur, vous passez à côté même du sens de la vie. L'idéal pourrait être ainsi défini : vivez de votre mieux. La vie est un jeu dont les règles s'apprennent en y sautant à pieds joints pour être immergé jusqu'au cou, sous peine d'être toujours pris au dépourvu, toujours surpris par le moindre changement de décor. Les spectateurs passifs se plaignent en gémissant que la chance est passée juste à côté d'eux. Ils refusent de voir qu'une bonne part de cette chance, c'est à eux qu'il revenait de la créer. »

Alors, rendez-vous quelque part entre le passé de certains autres et votre propre futur ?

Marac
Opio, juin 2003

Composé et mis en pages
par DV Arts Graphiques à Chartres,
cet ouvrage a été achevé d'imprimer sur Roto-Page,
par l'Imprimerie Floch à Mayenne,
pour le compte des Éditions Anne Carrière
104, bd Saint-Germain 75006 Paris
en janvier 2004

Imprimé en France
Dépôt légal : novembre 2003.
N° d'édition : 283 – N° d'impression : 58978.